长相思

1 如初见

桐华

— 著 —

中国友谊出版公司

图书在版编目（CIP）数据

长相思 . 1，如初见 / 桐华著 . —北京 : 中国友谊出版公司，2019.5

ISBN 978-7-5057-4726-5

Ⅰ . ①长… Ⅱ . ①桐… Ⅲ . ①长篇小说—中国—当代 Ⅳ . ① I247.5

中国版本图书馆 CIP 数据核字 (2019) 第 089516 号

书名	长相思 . 1，如初见
作者	桐　华
出版	中国友谊出版公司
发行	中国友谊出版公司
经销	新华书店
印刷	嘉业印刷（天津）有限公司
规格	700×1000 毫米　16 开 18 印张　411 千字
版次	2019 年 7 月第 1 版
印次	2019 年 7 月第 1 次印刷
书号	ISBN 978-7-5057-4726-5
定价	45.00 元
地址	北京市朝阳区西坝河南里 17 号楼
邮编	100028
电话	（010）64678009

如发现图书质量问题，可联系调换。质量投诉电话：010-82069336

LOST YOU
FOREVER

君若水上风，妾似风中莲。

相见相思，相见相思。

君若天上云，妾似云中月。

相恋相惜，相恋相惜。

君若山中树，妾似树上藤。

相伴相依，相伴相依。

君若天上鸟，妾似水中鱼。

相忘相忆，相忘相忆。

目录

LOST YOU FOREVER

1

长相思

目录

LOST YOU FOREVER

① 如初见

LOST YOU FOREVER

引言

宇宙混沌，鸿蒙初开，盘古大帝劈开了天地。

那时候，神族、人族、妖族混居于天地之间。天与地的距离并非遥不可及，人居于陆地，神居于神山，人可以通过天梯见神。

盘古大帝有三位情如兄妹的下属，神力最高的是一位女子，因年代过于久远，名字已不可考，只知道她后来建立了华胥国[1]，后世尊称她为华胥氏。另外两位是男子：神农氏，驻守中原，守四方安宁；高辛氏，驻守东方，守护日出之地汤谷[2]和万水之眼归墟[3]。

盘古大帝仙逝后，天下战火频起，华胥氏厌倦了无休无止的战争，避世远走，创建了美丽祥和的华胥国。可她之所以被后世铭记，并不是因为华胥国，而是因为她的儿子伏羲、女儿女娲。

伏羲、女娲恩威并重，令天下英雄敬服，制止了兵戈之争。伤痕累累的大荒迎来太平，渐渐

1.《列子·黄帝》：“（黄帝）昼寝而梦，游于华胥氏之国……不知斯齐国几千万里；盖非舟车足力之所及。”

2. 神话中的日出之地，“日出于谷而天下明，故称旸谷”。旸谷也称汤谷，与之相对的日落之地是虞渊。

3.《列子·汤问》：“渤海之东不知几亿万里，有大壑焉，实惟无底之谷，其下无底，名曰归墟。八纮九野之水，天汉之流，莫不注之，而无增无减焉。”

恢复生机。

伏羲、女娲被尊为伏羲大帝、女娲大帝。

伏羲大帝仙逝后，女娲大帝悲痛不已，避居华胥国，从此再没有人见过她，生死成谜，伏羲、女娲一族日渐没落。

大荒的西北，一个小神族——轩辕族，在他们年轻首领的带领下正在慢慢崛起。几千年之后，轩辕族已经可以和古老的神农、高辛两族抗衡。

中原的神农、东南的高辛、西北的轩辕，三大神族，三分天下。

神农王遍尝百草，以身试药，为世人解除疾苦，受万民爱戴，被天下人尊为医祖。神农王仙逝后，三足鼎立的局面打破，轩辕王雄才伟略，经过和神农族的激烈斗争，统一了中原。

统一并不是斗争的结束，而是另一种斗争的开始。

神农、轩辕两个部族经过痛苦的斗争，逐渐能和平相处，可一切的矛盾犹如休眠的火山，随时会爆发。

第一章 人生忽如寄

LOST YOU FOREVER

那一日，和以往的上千个日子一模一样。

几声鸡鸣后，清水镇上渐渐地有了人语声。回春堂的老木赶早去杀羊的屠户高那里买羊肉。两个小伙计在前面忙碌，准备天大亮后就开门做生意。医师玟小六一手端着碗羊肉汤，一手拿着块饼，蹲在后院的门槛上，稀里哗啦地吃着。

隔着青石台阶，是两亩半种着药草的坡地，沿着中间的青石路下去，是一条不宽的河。此时朝阳初升，河面上水汽氤氲，金光点点，河岸两侧野花烂漫，水鸟起起落落，很是诗情画意。

小六一边看，一边琢磨，这天鹅倒是挺肥的，捉上两只烤着吃应该很不错。

一碗热汤下肚，他把脏碗放进门槛边的木桶里，桶里已经有一摞子脏碗，小六提着木桶出了院门，去河边洗碗。

河边的灌木丛里卧着个黑黢黢的影子，看不清是什么鸟，玟小六放下木桶，随手捡了块石头扔过去，石头砸到了黑影上，那黑影子却未扑腾着飞起。玟小六愣了，老子啥时候百发百中了？他走过去几步，探头看，却不是只鸟，是个人。

玟小六立即缩回了脑袋，走回岸边，开始洗碗，就好似一两丈外没有一个疑似尸体的东西。

玟小六边洗碗边抱怨："这顿洗干净了，下顿仍旧要脏，既然迟早要脏，何必还每顿都要洗呢？只要自己吃自己的碗，又不脏，一两天洗一次就行。"玟小六从不叠被子，他认为早上叠了，晚上就要打开，自个儿和自个儿折腾，有毛病啊？他的被子自然是从不叠的，可这吃饭的碗却不能不洗，要不然老木会拿着大勺打他。

小六念念叨叨地把所有碗冲了一遍，提着一桶也许洗干净了的碗往回走，眼角扫都没扫灌木丛。清水镇上的人见过的死人比外面的人吃过的饭都多，就是小孩子都麻木了。

回春堂虽不是大医馆，但玟小六善于调理妇人不孕症，十个来求医的，他能调理好六七个，所以医馆的生意不算差。

忙碌了半日，晌午时分，玟小六左摇摇、右晃晃，活动着久坐的身子，进了后院。

在院子里整理草药的麻子指指门外，"那里来了个叫花子，我扔了半块饼给他。"

小六点点头，什么都没说。厨房一日只动早晚两次火，中午没有热汤，小六拿了块饼，从水缸里舀了一瓢凉水，蹲在门槛上，边吃边看着院外。

几丈外的地上趴着个人，衣衫褴褛，脏发披面，满身污泥，除了能看出是个人外，别的什么都看不出。小六眯着眼，能看到一条已经被太阳晒干的泥土痕迹，那痕迹从叫花子身旁一直延伸到河边的灌木丛。

小六挑挑眉头，喝了口冷水，咽下了干硬的饼子。

眼角余光瞥到地上的黑影动了动，小六看向叫花子。麻子的准头还不错，半块饼子就掉在叫花子的身边，可他好似连伸手的力气都已经没有，显然一直都没有去拿。小六边吃饼子，边看着他。半晌后，吃完了饼子，小六用袖子抹了下嘴，拍拍手，把水瓢扔回水缸中，哼着小曲，出诊去了。

傍晚时分，小六回来，大家热热闹闹地开饭。

小六吃完饭，用手背抹了抹嘴，把手在衣服上蹭了蹭，本想回屋，可鬼使神差，脚步一拐，居然背着手出了院门。

"六哥，你去干什么？"麻子问。

"消食散步。"

小六去河边转了一圈，哼着小曲，踱着小步回来时，停在了叫花子身边，那半块饼正在他脚下。

小六蹲下，"我踩坏了你的饼，你想要什么赔偿？"

叫花子一声未发，小六抬头看着天，上弦月，冷幽幽地挂在天边，如同老天的一抹讥讽世人的嘲笑。

半晌后，小六伸手抱起叫花子，是个男人，骨架子不小，可骨瘦如柴，轻飘飘的，一点不见沉。

小六抱着他踢开门，进了院子，"老木，去烧热水，麻子、串子来帮我。"

正坐在院子里嬉笑吹牛的三人看了也没诧异，立即该干吗就干吗了。

小六把叫花子放在榻上，麻子端着温水进来，把屋子里的油灯点燃，小六吩咐：“给他洗洗身子，喂点热汤，如果有伤，你们看着办吧。”

刚走出门，听到麻子的惊叫声，小六立即回头，却看麻子脸色发白，好似见鬼，麻子的声音发颤，“六哥，你……你来看看吧，这人只怕活不了。”

小六走过去，俯身查看，男子整张脸青紫，肿如猪头，完全看不清五官，大大的头，配上没有一两肉的芦柴棒身躯，怪异得可怕。

小六扯开褴褛的衣衫，或者该叫碎布条，男子的身上全是交错的伤痕，有鞭痕、刺伤、烫伤，胸膛上还有一大片发黑的焦皮，显然是烙铁印，因为身上没肉，肋骨根根分明，那焦煳的皮松垮垮地浮在肋骨上。

小六拿起他的胳膊，手上的指甲已经全部被拔掉，泡了水，个个肿起，血肉模糊。小六轻轻放下他的胳膊，检查他的腿，右腿的小腿骨被敲断了，十个脚趾的指甲也被拔掉，脚底板有几个血洞，显然被长钉子钉过。

麻子和串子虽然见惯了伤者，可仍觉得身上直冒寒气，不禁后退了两步，移开视线，都不敢看。

玟小六却很淡然，从容地吩咐：“准备药水。”

麻子回过神来，立即跑去端了药草熬的水，想说我来清洗伤口，可实在没有勇气面对那些伤。小六好似也知道指望不上他们，一声未吭地亲自动手，用干净的软布蘸了药水，仔细地为男子擦拭着身体。估计是伤口剧痛，男子从昏迷中醒来，因为眼皮上有伤，他的眼睛睁不开，只是唇紧紧地抿着。

小六温和地说：“我叫玟小六，你可以叫我小六，是个小医师，我在帮你清理伤口。要觉得疼，就叫出来。”

可小六把他的上半身擦拭完，他一点声音都没发，只是额头鬓角全是汗珠。也许因为他这份沉默的隐忍，小六带着一分敬意，心真正软了，用帕子帮他把额头鬓角的汗轻轻印掉。

小六开始脱他的裤子，男子的身体轻颤了下，是痛入骨髓的憎恶，却被他硬是控制住了。小六想让他放松一些，开玩笑地说：“你是个男人，还怕人家脱你裤子？”

待脱下裤子，小六沉默了。

大腿外侧到臀腰也是各种各样的伤痕，但和大腿内侧的酷刑比起来，已不值一提。男子大腿内侧的皮被割得七零八落，从膝盖一直到大腿根，因为伤口有新有旧，颜色有深有浅，看着就像块缀满补丁的破布，十分刺目。那实施酷刑的人很懂得人体的极限，知道人双腿间的这块地方是最柔软敏感的，每次割上一片皮，让他痛不欲生，却不会让他死。

小六吩咐：“烈酒、火烛、剪刀、刮骨刀、夹板、布带、药膏……”

串子来回奔跑着，麻子在旁边协助，眼睛却尽量避开男子的身体。

小六看到串子拿来的各种药膏，蹙眉，“去我屋里拿，藏在衣箱最底下的那几罐子药。”

串子眼中闪过不舍，迟疑了一下才转身去拿。

小六的手势越发轻柔，凝神清理着伤口，可再小心，那毕竟是各种各样的伤口，有些腐肉必须刮掉，有些死皮必须剪掉，小腿的腿骨也必须接正。因为剧痛，小六感觉得到男子的身体在颤抖，可他依旧只是闭着眼睛，紧紧地咬着唇，沉默地隐忍。

他赤裸着残躯，满身都是屈辱的伤痕，但他的姿态却依旧高贵，清冷不可冒犯。

小六完全能想象出他在承受酷刑的时候只怕也是这样，被羞辱的人居然比实施羞辱的人更有尊严，那实施酷刑的人肯定充满了挫败感，也许正因为如此，才越发心狠手辣。

两三个时辰后，小六才清理完所有伤口，也是一额头的汗，疲惫地说："外伤药。"

麻子打开一个琉璃罐子，有清香飘出，小六用手指挖出金黄的膏脂，从男子的脸开始，一点点地涂抹着。冰凉的药膏缓解了痛苦，男子的唇略微松了松，这才能看出他唇上的血迹。小六蘸了点药膏要抹在他嘴上，男子猛地闭嘴，含住小六的手指，那唇舌间的一点濡湿软腻是小六今夜唯一从他身上感受到的柔软。

小六愣神间，男子已经张开嘴，小六收回手，轻轻地抬起他的胳膊，一点点抹着药。又花了小半个时辰，才给男子全身上完药，包扎好伤口。

玟小六用干净的被子盖好他，低声说："我这几日要随时查看你的伤口，先不给你穿衣服了，你放心，我们这满院子没一个女人，就算无意走了光，也没有人要你负责娶她。"

麻子和串子都笑。

玟小六开始说药方："茯苓六钱、旱莲草四钱……"麻子凝神记住，跑去抓药。

玟小六看了看天色，估摸着还能再睡一个时辰，低头看到男子脏污的头发，皱了皱眉头，叫串子："帕子、热水、水盆、木桶。"

小六坐在榻头，脚下放了个空盆，他把男子的头抱起，放在膝头，开始为男子洗头。

串子不好意思地说："六哥，明天还要出门去看病人，你去睡吧，这活我能干。"

小六嘲笑："就你那粗重的手脚，我怕你把我好不容易清理好的伤口又给弄坏了，浪费我一夜辛苦。你换水就行。"

小六的手势格外轻缓，把皂荚在手里搓出泡沫，一点点揉男子的头发，揉透后，用水瓢舀了温水，顺着发根，小心地冲洗。待把污泥血渍全部洗掉，他拿了剪刀细细看，把不好的头发剪掉。洗完头发，他的手指在头发里翻来摸去，低着头查看，感受到男子的身体紧绷，小六解释："我是看看你头上有没有受伤。"不幸又庆幸的是，那些实施酷刑的人为了让男子丝毫不落地感受到所有酷刑的痛苦，对他的头部没有下毒手。

小六不敢用力，换了好几块帕子，才擦干男子的头发，怕梳子会扯得他伤口疼，小六叉开五个指头，当作大梳，把头发略微理顺，让串子拿了干净枕头，把他的头放回榻上。

天色已亮，小六走出屋子，用冷水洗了把脸，一边吃早饭，一边对在窗下煎药的麻子吩咐："这几日铺子里的事情不用你管，你照顾好他，先别给他吃饼子，炖些烂烂的肉糜汤，加些绿菜，喂给他。哦，记得把汤水晾凉了再给他。”

小六吃了饭，背起药筐，出诊去了。

麻子隔着窗口对榻上的人说：“叫花子，六哥花了一夜救你，可是把自个儿救命的药都给你用上了，你要争气活下来。”

◈

下午，小六回来时，又困又累，上下眼皮子直打架。

他把一只野鸭子扔到地上，去灶上舀了碗热汤，把饼子撕碎泡进去，坐在灶台后，呼噜呼噜地吃起来。

老木一边揉面，一边说：“我听麻子说了那人的伤。”

玟小六喝了口汤，“嗯。”

“麻子、串子看不出来，可你应该能看出他是神族，而且绝不是你我这样的低等神族。”

玟小六喝着汤不吭声。

“杀人不过头点地，那样的伤背后总有因由，救了不该救的人就是给自己找死。”

小六边嚼边说：“你把那鸭子收拾了，稍微放点盐，别的什么调料都别放，小火煨烂。”

老木看他一眼，见他一脸无所谓的样子，暗叹口气，“知道了。”

小六吃完饭，去问麻子：“他今日吃饭了吗？”

麻子压着声音说：“估计他喉咙也有重伤，药喂不进去，肉汤根本吃不了。”

小六走进屋子，看案上有一碗凉掉的药，他扶起叫花子，“我回来了，听出我的声音了吗？我是小六，我们吃药。”

男子睁开眼睛看他，比昨天强一点，眼睛能睁开一点。

小六喂他药，他用力吞咽，却如给幼儿喂食，几乎全从嘴角流下来，男子闭上了眼睛。

小六柔声问：“他们对你的喉咙也动了刑？”

男子微不可见地点了下头。

小六说：“告诉你个秘密，我现在睡觉还流口水，有一次梦到吃烧鸡，半个枕头都弄湿了，而且这毛病没法治。你这只是暂时，有我这绝世神医在，保证过几天就好。”

小六爬到榻里侧，把男子半搂在怀里，舀了小半勺汤药，像是滴一般，慢慢地滴入男子的嘴里。男子配合着他用力吞咽，药汁竟然一点没落地喝了。

一个一点一点地喂，一个一点一点地咽，一碗药花了大半个时辰，小六居然让男子全喝了。男子像是跑了几十里路，满头都是汗，疲惫不堪。

小六拿了帕子给他擦汗，“你先休息一会儿，等鸭子汤好了，我们再吃点鸭汤。”

小六端着空碗出来时，麻子、串子、老木站成一排，都如看鬼怪一样看着他，小六瞪眼问："看什么？"

串子说："比照顾奶娃子还精细，不知道的人会以为你是他娘。"

"去你娘的！你才是他娘！"小六飞起一脚，踹在串子屁股上。

串子捂着屁股，一溜烟地跑了。麻子和老木神情恢复了正常，老木说："还是小六，不是别人冒充。"

麻子拍拍胸口，表示终于放心。

小六打着哈欠，对麻子说："去把门关了，今天不看病人了，我先睡一会儿，鸭汤好了叫我。"

麻子本想说我来喂也成，可想想刚才喂药的场面，琢磨了一下，觉得那实在比绣花还精细，他还真做不来。

等鸭汤炖好，麻子去敲小六的门，小六展着懒腰出来，进了男子的屋子。和刚才喂药一样，花费了大半个时辰，让男子喝了半碗鸭糜汤。

等男子休息了半个时辰，小六双手抹上药膏，准备替男子揉捏穴位，"你、那个被……时间有些长，有的肌肉已经萎缩了，很疼，但这样刺激刺激，有助于恢复。"

男子闭着眼睛，微微点了下头。

小六讪笑，那样的酷刑都受下来了，这些疼痛的确不算什么，可还是一边揉捏，一边说话，尽量分散着他的心神，"今天我出诊时经过一户人家，白墙黑瓦，墙头攀着一株比胳膊还粗的紫藤，紫蓝紫蓝的，开了满墙，风一吹，那紫藤花像雨一样落。我看着看着就出神了，琢磨这家人怎么那么没心眼，你说紫藤花蒸饼子多好吃啊，他们怎么由着花儿落呢……"

屋子外，麻子对串子嘀咕："我看六哥不会让我照顾叫花子了。"叫花子的身体残破脆弱，狰狞丑陋得触目惊心，他也实在不愿再接触。

如麻子所料，小六不再让麻子照顾叫花子，从喂药喂饭到擦身子擦药，小六都亲力亲为。

一个月后，叫花子喉咙里的伤好了，开始能自己吞咽，但一切已成习惯，每天喂药喂饭时，麻子依然习惯于端着碗，站在院子中，冲着前堂大叫："六哥——"

小六总是尽快地打发了病人，匆匆地跑回后院。

大半年后，男子身上的伤渐渐康复，手上脚上的指甲还没完全长好，但见水已经没问题，于是小六不再帮他擦洗身体，而是准备了浴桶，让他正儿八经地洗个澡。

被小六精心照顾了大半年，男子虽然不像刚开始似的瘦得皮包骨头，可依旧非常轻，小六抱起他时，念叨："多吃点啊，都硌着我骨头了。"

男子闭着眼睛不说话。一直以来，他都是如此，每次小六接触他身体时，他总是闭着眼睛，紧抿着唇。小六明白，经历了那些身体上的折磨后，他本能地对肢体接触有排斥，每一次，他都在努力克制。

小六把麻布放在他手边，轻言慢语地说："你自己洗吧，指头还没长好，别太用力。"

小六坐在一旁，一边吃零食，一边陪着他。

也许因为身上狰狞的伤疤每一道都是屈辱，男子一直半仰着头，漠然地闭着眼睛，没有去看自己的身体，只是拿着麻布搓洗着身子，从脖子到胸口，又从胸口慢慢地下滑到腹部，渐渐地探入双腿间。

小六的视线一直随着他的手动来动去，可看着看着突然扭过了头，用力地啃着鸭脖子，发出咔嚓咔嚓的声音。

男子睁开了眼睛，看向小六。阳光从窗户透进，映照着小六，他脸颊发红，在阳光下晶莹剔透，好似带着淡淡血晕的美玉。

小六等男子洗完，抱了他出来，因为他的腿还没好，往常都是小六帮他穿衣袍，可小六今日却把他往榻上一放，立即就松了手。

男子低垂着眼，一只手按在榻上，支撑着身体，一只手摁着腰上的浴袍，手指枯瘦，显得非常长，新长出不久的指甲透着粉嫩嫩的白。

小六低着头，把衣衫放到他手旁，"那、那个……你自己试着穿，若不行再叫我。"小六匆匆走出去，站在门外听了一会儿，窸窸窣窣，好似一切正常，他才离开。

串子在整理药草，看到小六，问道："这大半年一直没听到他说话，该不会是傻子吧？"

麻子狠甩了串子一大掌，"不许胡说！"经过那么残酷的折磨，能活着已经让人非常敬佩，那样的坚韧，绝不可能是个傻子。

麻子低声问："他的嗓子是不是有伤，已经无法说话了？"

小六说："我检查过他的喉咙，有一定的损伤，说话的声音会变，但应该能说话。"

麻子庆幸道："那就好。"

小六说："关于他的伤，不管你们看没看见，以后都不许再提。"

串子举起手，"我压根儿不敢正眼看他，是真什么都没看见。"

麻子说："放心吧，老木已经叮嘱过了。我记性不好，别说别人的事，就是自个儿的事情都记得稀里糊涂。"

门缓缓拉开，男子扶着墙，蹒跚学步般、摇摇晃晃地走出来。以前都是太阳快落山时，小六把他抱出来，让他透透气，晒晒太阳，这是他第一次在白天走进院子。他靠着墙壁站着，仰着头，沉默地望着辽阔的蓝天白云。

麻子和串子都呆呆地看着男子，因为他身上可怖的伤给他们留下了很不愉快的经验，让他们总会下意识地回避去看他，串子甚至从不进他的屋。这是第一次，他们真正看清楚他的模样。墨黑的长眉，清亮的眼眸，笔挺的鼻子，薄薄的嘴唇，简单的粗麻衣衫，却是华贵的姿态，清雅的风度，让麻子和串子一瞬间自惭形秽，不由自主就生了敬畏。

小六揉着甘草说："如果腿脚疼得不厉害，尽量多动动，再过两三个月应该可以离开了。"

男子低头，凝视着小六，"我、无处、可去。"大概几年没有说过话了，声音喑哑，吐词很是艰涩。

小六跷着二郎腿，嚼着甘草问："无处可去，真的假的？"

男子点了下头。

小六问："你叫什么名字？"

男子摇了下头。

"不知道？忘记了？不想告诉我？"

"你、救我。我、是、你的仆人。赐名。"

小六呸的一口吐出甘草渣，"我看你可不像个居人之下、听人命令的人，我不想要你。"

男子低垂着眼眸，"我、听、你。"

小六把一小截甘草丢进嘴里，含含糊糊地说："以后见了认识你的人，你也听我的？"

男子抿着唇，纤弱的指紧紧地抓在窗台上，泛出青白，半晌不说话。小六正要笑，男子抬眸凝视着他："听！"清澈黑亮的眼眸好似两团火焰，要把那个"听"字烙印到小六心底。

小六怔了下，说道："那你留下吧。"

男子唇角抿了抿，好似要笑，却又完全看不出来。小六把一截甘草扔给他，"去一边坐着，嚼着吃了。"

男子乖乖地坐到一边的石阶上，慢慢地撕开甘草，掰了一小截放进嘴里。同样是吃甘草，可他的动作偏偏很文雅清贵，让人觉得他吃的不是甘草，而是神山上的灵果。

"哎，那个叫花子……这是甘草，对嗓子好。"麻子抓抓头，对小六说，"六哥，给起个名字吧，总不能还叫他叫花子。"

小六说："就叫甘草得了。"

"不行！"麻子和串子全部反对，"起个好点的，别像我们的名字。"

小六一人给了一巴掌，"我们的名字哪里不好了？"

"配我们成，配……他不行。"串子诚恳地说，麻子点头附和。

小六眨巴着眼睛，看看坐在石阶上的叫花子，头凑到串子、麻子的脑袋前，指着自己的鼻子，不能相信地小声问："我不如他？"

串子小心地问："六哥想听真话还是假话？"

麻子安慰道："六哥，这有的人生来就是天上云，有的人却如地上泥，没有可比性，咱们守着本分做我们的地上泥就行了。"

小六怒了，"我要叫他地上泥。"

麻子和串子异口同声地说："不行！"

麻子为了叫花子将来不会因为名字怨恨他，哀求道："六哥，好歹重新想一个吧。"

串子也说："是啊，是啊，重新想一个，想个和六哥的名字一样好听的。"

小六这才高兴起来，随手从晒药草的竹席子上拣了一株药草，扔给麻子，"数数，有几片叶子就叫他什么。"

"一、二、三……十七片。"

小六转头，大声说："叫花子，从今天开始你就叫叶十七。"

叶十七点了下头，麻子和串子琢磨了下，觉得还不错，也都笑呵呵地和十七打招呼。

老木在前堂叫："小六，有病人。"

小六冲麻子和串子的屁股各踢了一脚，哼着小曲，跑出去看病人。

◈

晃晃悠悠又是半年多，十七的伤，能好的算是全好了，不能好的却也是真的没办法好了。他小腿骨被敲断的地方，虽然接了回去，可毕竟医治得晚了，走路时，无可避免地有些一瘸一拐，至于别的暗处的伤究竟好得如何，连小六也不是很清楚。因为自从十七手脚能动，就不再让小六帮他换药。

麻子偷偷摸摸地把自己的积蓄塞给十七："我们这回春堂……嘿嘿……你也能看出来六哥的医术其实不怎么……嘿嘿……神农氏的医术你听说过吧……嘿嘿……你去镇子东头，那里有家医馆，叫百草堂，里面的巫医是神农王的再传再传再传弟子，医术十分高明，也许能治好你的腿。"

十七沉默地把钱还给麻子。

麻子着急，"别啊！钱你慢慢还，腿可是大事，大不了你以后加倍还我。"

十七低垂着眼睛说："这样、很好。"

"这样哪里好了？你想一辈子做瘸子啊？"

"他、不嫌弃。"

"啊？谁不嫌弃？"麻子抓抓头，"哦！你说六哥不嫌弃你就行？他不嫌弃你有什么用啊？你看六哥那懒样子，头顿吃了饭的碗能接着吃第二顿，衣服和抹布一样……"

十七看向麻子身后，麻子还要再接再厉地劝十七，一巴掌拍到他脑袋上，吓得麻子立即闭嘴。小六的脑袋凑了过来，从麻子手里夺过钱袋，"咦，钱不少啊！今天晚上可以喝酒了！"

小六见钱眼开，也顾不上问麻子鬼鬼祟祟在干什么，抓着钱袋就冲了出去，麻子哭嚎着追，"别啊，六哥，那是我存来娶媳妇的钱……要干正经事情……"

晚上大家大鱼大肉大酒了一顿，小六和串子是不吃白不吃，吃得乐不可支；麻子是多吃一口少亏一点，吃得痛不欲生；老木边喝酒边瞅十七。

吃完饭时，小六、串子、麻子都醉倒了。今日轮到小六洗碗，可不知从什么时候起，回春堂的规矩就变成了十七的活是十七的活，小六的活也是十七的活。十七收拾好碗筷，用大木盆盛了水，蹲在院子里，洗刷起来。

老木站在他身后，问："你是谁？"

晚风中，喑哑的声音："我是，叶十七。"

第二章 前路未可知

LOST YOU FOREVER

清水镇不大，却是大荒内非常特殊的一个地方。

清水镇外从北到南，群山连绵，地势险恶，自成天然屏障。神农国被灭后，不肯投降的神农国将军洪江率几万士兵占据了清水镇以东的地方，与轩辕王对抗。清水镇西接轩辕，南邻高辛，东靠洪江义军，既不属于轩辕管辖，也不属于高辛管辖，所以，清水镇渐渐地变成了一个三方势力夹杂，三方势力却都管不了的地方。

在清水镇，没有王权、没有世家、没有贵贱，更没有神与妖的区别。只要有一技之长，不管你是神还是妖，不管你从前是官还是匪，都能大摇大摆地在这里求生存，没有人追问你的过去。

渐渐地，各种各样的人都汇聚到此。

因为几百年的战争，鲜血、尸体、生命孕育了很多铸造师和医师，清水镇的兵器和外伤医术在大荒内都小有名气。有了铸造师，有了医师，自然有了来锻造兵器、寻访医师的人；有了男人，自然有了娼妓；有了女人，自然有了成衣铺子、脂粉店；有了男人和女人，自然有了酒楼茶肆……也不知道到底是鸡生蛋，还是蛋生鸡，反正现在的清水镇人很多、很热闹，完全感受不到这里是两军对峙的前沿。

回春堂是坐落在清水镇西的一个小小医馆，清水镇是个强者生存的地方，因为竞争激烈，医馆尤其不好开。麻子和串子告诉叶十七，也曾有人想踢馆，但老木是轩辕逃兵，虽然是最低等的神族，可好歹有几分灵力，对付一般人足够了。小六医术一般，那些大医馆不屑抢回春堂的生意，所以回春堂的生意不好不坏，勉强地维持着五个人的生计。

两年多过去，十七看上去依旧瘦弱，但他的力量出乎意料地大，挑水、劈柴、种药、磨药都能干，尤其是记忆力十分好。麻子和串子跟着小六已经十来年，很多药草依旧记不住，十七却不一样，不管什么药草，只要小六给他讲解一遍，他就能牢牢记住。渐渐地，小六不管去哪里，都带着他，力气大、记性好、沉默寡言，吩咐什么做什么，简直是杀人放火做坏事的首选伙伴。

晚上，吃过饭，五个人聚在一起，在麻子和串子的强烈要求下，小六仔细数了一遍他们所有的钱，叹气，“清水镇里男人多女人少，找个女人偶尔睡几次，花点钱就能在娼妓馆买到，但娶个媳妇天天睡却很难。短期来看，去找娼妓睡觉比较划算，可从长期来看，却是娶个媳妇回来睡更省钱。”

麻子和串子都呆滞地看着小六，老木一张老脸皱得和朵菊花一样，十七低垂着眼，唇角微微上翘。

小六问麻子和串子：“你们是愿意现在起偶尔去睡呢，还是再忍几年，等存够钱天天睡？”

麻子严肃地说：“六哥，媳妇不是用来天天睡觉的。”

“你花了大钱娶了媳妇回来，却不愿意和她睡？”小六简直要拍案而起。

“当然不是，我是说不仅仅是为了睡觉，还是为了一起吃饭，能说话，有个伴。”

小六不屑，“我和你一起吃饭，和你说话，一直陪伴你，你为什么还想要媳妇？”

“因为媳妇能陪我睡觉，你不能。”

“那娶媳妇不就是为了睡觉？”

麻子无力地趴下，“好吧，就算是为了睡觉吧。”他抓住串子的手，规劝道：“你别听六哥的胡言乱语，耐心存钱，自个儿的媳妇比娼妓好很多，不光是为了睡觉。”

老木边笑边拍麻子的肩，“别发愁，我和六哥儿会给你们存够钱的。”

麻子和串子回屋睡觉，十七也被打发回了屋子。

老木和小六商量，“串子还能等等，麻子的婚事却不能拖了。你也知道麻子和屠户高的姑娘看对了眼，我们如果再不下聘，麻子瞅好的媳妇就要飞了，我琢磨着进一趟山，挖些好药草，如果侥幸能挖一两株灵草……”

小六摆了下手，“山里是神农兵的地盘，你个轩辕的逃兵进山不是找死吗？况且你对那些花草也不了解，我去吧。”

老木琢磨着说：“洪江军纪严明，从不滥杀无辜；普通平民碰上了神农兵也不怕，可是那个军师相柳，却不好相与。传闻他是只九头妖，天生九条命，绰号九命，手段十分狠辣。”

小六笑，“我又不是去刺探军情，只是去挖些灵草，他再狠辣，也要遵守军纪。何况，我根本不可能碰到军师相柳这种大人物。”

老木想着的确是这个理，他打了半辈子的仗，别说九命相柳，比九命再低好几级的军官也没见过。他放下心来，叮嘱小六一切小心，能去的地方就去，不许进入的地方千万不要进。如果挖不到灵草，回来后再想办法。

小六怕麻子和串子阻拦，没告诉他们，准备好后，天还没亮就出发了。

哼着小曲，啃着鸡爪子，小六走着走着，突然觉得不对，回头一看，十七无声无息地跟在他身后。小六挥挥手，“你怎么跟着出来了？我要去山里挖草药，你赶紧回去吧。”说完接着往前走，不想十七并未离开，而是依旧跟着他。

小六叉着腰，提高了声音：“喂，我让你回去，你没听到啊？”

十七安静地站住，低垂着眼，用沉默表达了坚持。

也许因为一开始的缘起就是怜惜，小六很容易对他心软，问道：“你是神农的逃兵吗？”

十七摇了下头。

“你是轩辕的士兵吗？”

十七摇了下头。

“你是高辛的细作吗？”

十七摇了下头。

小六笑道：“那你可以进山，跟着吧。”

十七把小六背上的筐子拿过去背上，手里提着小六装零食的小竹篓子。

小六啃完一个鸡爪子，十七沉默地把小竹篓子递过来，小六又拿了个鸭脖子，啃完鸭脖子，刚准备把手往衣服上蹭，一块干净的帕子已经递到了眼前，小六嘿嘿一笑，擦干净手。十七把一个葫芦递给他，小六喝了口梅子酒，打了个饱嗝，觉得这小日子真他娘的过得惬意啊！

两人快步走了一天，傍晚时已经进了山。

小六找了个接近水源的避风地休息，用药粉撒了个圈，对十七说：“山里怪兽多，晚上不要出这个圈。我去打水，你去捡点干柴，赶在天黑前回来。”

小六打完水，采了一些野蘑菇野葱，回去时，看十七还没回来，正想去找他，十七背着一堆柴，手里拎着一只山雉回来了。小六乐得眉开眼笑：“你生火，我给你做好吃的。”

小六把山雉收拾干净，把野蘑菇和野葱填到山雉肚子里，抹好盐，洒了点梅子酒，用大叶子把整只山雉包好，封在黄泥里，埋到篝火下。

小六又动作麻利地架了个简易的石头灶，用带来的陶皿熬野蘑菇山雉内脏汤。

十七沉默地看着他忙碌，小六边用木勺搅拌着汤，边笑着说：“我在山里混了好几年，能吃的不能吃的都吃过，在山里跟着我，保你吃得好！”

算着时间到了，小六把烧得坚硬的泥块拔拉出来，用力一摔，泥土裂开，扑鼻的香气。小六把山雉分成三份，一份包了起来，放到背篮里，略大的一份给十七，“必须吃完，你太瘦了。”

小六啃着自己的那份，边吃边看十七，十七依旧是那样，一举一动都优雅清贵，好似坐在最好的食案前，品尝着最精美的宴席。

小六怅然地叹了口气，“十七，你迟早会离开。”

十七抬眸看他，“不、会。”

小六笑笑，喝完蘑菇汤，冲到溪水边去洗手漱口。

◈

清晨，小六醒来时，十七已经生了火，烧好热水。小六把昨夜剩下的山雉剁成块，放进热水里煮成汤，从背篮里拿了块大饼，和十七一人一半，就着热汤吃完，灭了篝火，继续爬山。

小六带着十七，一路走一路寻找草药，一般的草药都不采，只那些不常见的，他才会小心摘下，放进背篮。连着走了三天，他们已经进入深山。

小六蹲在地上，盯着一小坨动物粪便，眉头微微蹙着，好似有什么难以决定的事情。十七背着他们所有的家当，沉默地看着他。

小六想了一会儿，站起说：“你在这里等我，我要独自去找个东西。”

十七没有点头。

小六走，他也走。

小六瞪他，“你说过会听我的话，你如果不听话，我就不要你了。”

十七默默地凝视着他，从树梢漏下的一缕阳光，清晰地照出他鬓角的伤痕，他眼里有淡淡的忧伤。

小六心软了，走近了两步，想拉十七的胳膊，又惦记起他还有些排斥身体的触碰，只拽住了衣袖，“十七最乖了，又听话又能干，我不会不要你。不让你去，不是因为有危险，而是那鬼东西太机灵了，一点气味就会惊走它，远遁千里。只能用它的粪便抹在身体上，才能接近它。粪便不够，只能我一个去。你在这里等我，我若捉不住立即回来。”

小六歪着头，笑眯眯地看着十七，十七终于点了下头。

小六抓起地上的粪便，特意走远几步，小心地涂抹在裸露的肌肤上，边涂边对十七说：“是不是有点恶心？在你出生长大的环境中从来没见过吧！其实没有那么脏了，不少好药材都是动物的粪便，望月砂是野兔的粪便，白丁香是麻雀的粪便，五灵脂是飞鼠的粪便……”小六一抬头，十七就站在他身旁，小六愣了愣，忘了下面想说什么。

十七把小六的袖子理好，低声说："小心！"

小六大剌剌地笑道："我一个人在山里待了很多年，饿了时，连千年蛇妖下的蛋都被我偷来吃。凶禽猛兽对我而言，实在不算什么危险，说老实话，再凶猛的怪兽也没有人可怕……"小六束了束腰带，潇洒地挥挥手，"我走了。"

"我、等你。"树下的十七站得笔直。

这世上谁都不可能等谁一辈子，小六不在乎地笑笑，一蹿一跳，人就消失在了树丛中。

小六想捉的东西叫朏朏（fěi fěi）[4]，形状像狸猫，有一条白色的长毛尾巴，把它养在身边，能让人忘记忧伤，很受人族的贵族欢迎，是能卖大价钱的异兽。小东西没什么攻击力，可十分机敏灵活，又生性狡黠胆小，只要察觉一点危险，就会奔逃远离，很难捕捉。不过，小六自然有对付它的方法。朏朏喜听少女的歌声，若有忧伤的少女歌唱，朏朏就会被歌声吸引，甚至忍不住接近她，想让少女忘记忧伤。

小六选了个合适的地方，布置好陷阱。

他跳进泉水里，洗去身上的粪便，爬到石头上，抱膝坐下。石块被太阳晒得暖融融的，小六一边晒着太阳梳理头发，一边轻声歌唱：

君若水上风
妾似风中莲
相见相思
相见相思
君若天上云
妾似云中月
相恋相惜
相恋相惜
君若山中树
妾似树上藤
相伴相依
相伴相依
君若天上鸟
妾似水中鱼
相忘相忆
相忘相忆
…………

4.《山海经·中山经》："有兽焉，其状如狸，而白尾有鬣，名曰朏朏，养之可以已忧。"

歌声悦耳，忧伤萦绕，胐胐被歌声吸引而来，刚开始还很胆小，谨慎地藏在暗处，待感受不到危险时，它无法抗拒令人忘忧的天性，忍不住露出身子，吱吱鸣叫。

小六一边绾发髻，一边凝视着它。它瞪着圆溜溜的大眼睛，憨态可掬，煞是可爱，一边鸣叫，一边甩动着白色大尾巴，时不时还翻个跟斗，踢踢小腿，用小爪子拍拍自己的胸膛，做出各种逗趣的样子，逗他欢笑。

小六叹了口气，挥手解除了陷阱，“小傻子，你走吧，我不捉你去换钱了。”

胐胐疑惑地看着小六，突然，尖锐的风呼啸而下，一只白羽金冠雕抓向胐胐，胐胐无处可躲，竟然用力一跳，跃进小六怀里。

白羽金冠雕倨傲地站着，盯着小六，那样子活脱脱是在告诉他：大爷要吃它！不想死，就滚一边去！

小六能感觉到这白羽金冠雕虽然还没修炼成人形，但肯定已经能懂人语。他叹了口气，作揖行礼，“雕大爷，不是小的想冒犯您，您应该知道胐胐很不好抓，如果不是我先把它诱了出来，雕大爷只怕想吃也吃不了。”

白羽金冠雕扇了一下翅膀，一块大石头被它拍得粉碎，杀气扑面而来。

小六不敢后退，奔逃往往会引发野兽的致命攻击，这只雕虽然会思考，但野性肯定未改。

胐胐的爪子紧紧地抓着小六的衣衫，用力缩着身子，减少自己的存在感。小六一手抱着它，一手轻轻地往外弹药粉，双眸看着白羽金冠雕，很是真诚谦卑又无害，“雕大爷相貌英武、身姿不凡、翅力惊人，一看就是雕中王者、天空霸主，小的实在佩服……但对不起，今日我不能让你吃它。”

白羽金冠雕想灭了面前的臭小子，可它只觉得头晕爪软，感觉很像那次偷喝了烈酒，可它明明没喝酒……左摇右晃，雕儿软倒在地上。

小六正想逃，有声音从树上传来，“毛球，我和你说过很多遍，人心狡诈，这次长记性了吧？”

一个白衣白发的男子优雅地坐在横探出的树枝上，幸灾乐祸地看着白羽金冠雕。

小六心里叹气，真正的麻烦来了！他把胐胐用力扔向树丛，以胐胐的灵敏，它应该能逃掉。可没想到胐胐打了个滚，头朝男子，四足贴地趴着，身子不停地抖，却连逃的勇气都没有。

你不逃，老子要逃了！小六朝白衣男子扔出一包药粉，撒腿就跑，白衣男子挡在了他前面。小六又是一包药，白衣男子蹙眉，掸掸衣服，阴恻恻地说：“你再乱扔这些破玩意儿，脏了我的衣服，我就剁掉你的手。”

小六立即停手，对方修为高深，毒药、迷药都没用，他也明显打不过人家，已经无计可施了，只有——下跪求饶。

小六扑通一声跪下，一把鼻涕一把眼泪，“大爷，小的是清水镇上的小医师，进山来就是想弄点灵草，卖点钱，两个兄弟等着娶媳妇……”

男子抚摸着白羽金冠雕，“解药。”

小六忙跪着爬过去，双手奉上解药。

男子把解药喂给雕，这才低头看小六，“我这坐骑吃的毒蛇没有几十万条，也有十几万条，连轩辕宫廷医师做的药都奈何不了它，真是没想到清水镇的小医师都这么厉害了。”

小六身上直冒寒气，对天赌咒：“瞎猫逮着死耗子。小的真没骗人，真是小医师，专治妇人不孕不育，清水镇西河边的回春堂，大人可有妻妾不孕……”

一小队士兵跑过来，向男子恭敬地行礼，“大人。”

男子一脚把小六踹到他们面前，“捆了！”

“是！”两个士兵立即用手指粗细的妖牛筋把小六捆了个扎扎实实。

小六反倒松了口气，这是神农义军，洪江将军虽然被轩辕王称作乱贼，可他军纪严明，上百年来，从不扰民。小六知道自己所说一切全是事实，他们查明了自然会放人，反倒这人很危险……小六偷瞄白衣男子，男子关切地看着雕。

解药是真的，白羽金冠雕很快就能恢复行动，可那只傻朏朏依旧瑟瑟发抖地趴在地上，小六赔着笑，“求大人放了那朏朏吧。”

男子好似没有听到，只是轻抚着雕儿的背。金雕抖抖羽毛，站了起来，飞扑到朏朏身上，利爪撕裂了朏朏。“吱——”惨叫声刚起，就急促地消失。

小六垂下眼眸，带着血迹的白毛随着风，落在了他的鞋上。

男子等雕儿吃完，带着人回扎营地。

小六紧闭着双眸，坚决不看，只能根据听到的人语声，估摸着是个不大的营地，应该是临时扎营地。小六被扔到地上，男子的声音冰凉凉地滑进耳朵里，“好细作的耳朵常比眼睛更厉害。”

小六睁开眼睛，从他的角度看出去，只能看到男子的腰部，“我在清水镇上已经待了二十多年，查过便知道真假。”

男子不理他，换了外袍，坐在案前处理公文，此时，小六才能看清他的模样。白发如云，未束发髻，一条碧玉抹额将一头白发一丝不乱地拢在脑后，自然披垂，五官俊美到妖异，整个人也干净整洁到妖异。此时，他手捧公文，眉梢眼角含着轻蔑，带出阴戾气。

察觉到小六打量他的目光，他含笑看向小六，小六打了个寒噤，立即闭眼。这样的目光他小时曾在一个大荒闻名的恶魔眼中见过，那是要踩着无数尸体人头才能磨炼出的。小六猜到了他的身份，那个传说中俊美无俦的杀人魔头九头妖——有九条命的相柳。

小六手脚被捆，一动不能动，时间长了全身酸痛，熬到晚上，有士兵端了食物进来，相柳慢条斯理地用饭。

小六又渴又饿，看相柳的模样，显然不会给他吃饭，小六只能尽量转移注意力。他琢磨着，十七现在肯定去找他了，但不可能找到这里，估计会返回镇子。

相柳吃完喝完，洗漱后慵懒地躺在榻上，散漫地翻阅着一册帛书。

有士兵在外奏报，近身侍卫进来把一枚玉简奉给相柳，又快速地退了出去。

相柳看后，盯着小六，默默沉思。

小六猜到刚才的玉简肯定是关于自己的消息，努力让自己笑得诚实憨厚一些，“大人，小人所说全部属实，家中还有亲人盼着小人归去。”

相柳冷冷地说：“我只相信自己的判断，你究竟是谁？”

小六简直要翻白眼，“我是玟小六，回春堂的医师。”

相柳盯着他，手指轻扣着榻沿，小六忍不住颤抖，那是生物感受到死亡的本能惧怕。小六很清楚，相柳没耐心探寻他的可疑，相柳只想用最简单也最有效的方式解决问题，那只朏朏就是他的下场。

杀气扑来的刹那，小六打了个滚，一边躲避，一边急速地说：“大人，我真的是玟小六。也许我的确不仅仅是玟小六，但我从没对洪江将军的义军怀有恶意，我不属于轩辕，不属于高辛，也不属于神农，我只是个……”

小六沉默了，他也想问自己，我究竟是谁？他努力地抬起头，让自己的所有表情都在相柳的视线中，“我只是个被遗弃的人，我无力自保、无人相依、无处可去，所以我选择了在清水镇做玟小六。如果大人允许，我希望自己一辈子都能是玟小六。”

相柳漠然地看着他，小六不敢动，额头的冷汗一颗颗滚下，眼中有了水汽，几十年没有撕开的壳被强逼着撕开了。

半晌后，相柳淡淡说道：“想活，就为我所用吧！”

小六不吭声。

相柳熄了灯火，“给你一晚考虑。”

小六睁着眼睛，发呆。

清晨，相柳一边穿衣服，一边问：“想好了吗？”

小六恹恹地说：“还在想，我好渴，要先喝点水。”

相柳冷冷一笑，出了屋子，“把他带出来。”

两个士兵拖着小六出来。

相柳淡淡说：“鞭笞，二十！”

军队的鞭笞之刑能把最奸猾的妖兵打到畏惧，可想而知那个疼痛度，而九命相柳手下的行刑官臂力惊人，曾一百二十鞭就把一个千年的妖兵打死。

粗如牛尾的鞭子，噼里啪啦地打下来，小六扯着嗓子狂叫：“想好了，想好了……”

二十鞭打完，相柳看着小六，问：“想好了吗？”

小六喘着气说：“想好了，小人愿意，只有三个条件。”

“鞭笞，二十！”

鞭子又是噼啪着甩了下来，小六嘶叫：“两个条件、两个条件，一个条件……”

二十鞭打完，小六的整个背上全是血，全身都痛得痉挛。

相柳淡漠地看着小六，问：“还有条件吗？”

小六满面是汗，嘴里全是血，说不出完整的话，“你……打死我，我也……也……一个条件。”

相柳一边的唇角上挑，冷冷地微笑，“说！”

“我、我……不离开清水镇。”小六很明白，相柳看中了他的用毒本事，只要不离开清水镇，相柳就不能差使他去毒害轩辕的将领们，也不可能去要挟高辛的贵人们。

相柳显然也明白小六的用意，面无表情地盯着小六。

一直表现得很胆小怕死的小六这一次却没有退缩，回视着相柳，表明你若不答应这个条件，就打死我吧!

半晌后，相柳说道：“好！”

小六松了口气，人立即软倒。

小六被两个士兵抬进屋子，军中医师熟练地撕开衣服，给他背上敷药，相柳站在营帐口冷眼看着。小六趴在木板上，温顺地任由医师摆布。

待上好药，所有人退了出去，相柳对小六说：“帮我配置我想要的药物，平时可以留在清水镇做你的小医师，但我传召时，必须听命。”

“好，但不是大人想要什么，我就能配出什么。”

“配不出，就拿你的身体来换。”

“呃？”小六没想到相柳还好男风，小心地说，“大人天姿国色，小的倒不是不愿意服侍大人，只是……”

相柳的唇角上翘，似笑非笑，伸出脚尖，对着小六背上最重的伤口处，缓慢却用力地踩下，鲜血汩汩涌出，小六痛得身体抽搐。

“一次配不出，就用你身体的一部分来换。第一次，没用的耳朵吧，两次后，就鼻子吧，鼻子削掉了，只是丑点……”相柳脚下用力踱了踱，“放心，我不会剁你的手，它们要配药。”

小六痛得上下牙齿打战，“小的、小的……明白了。”

相柳收回了脚，在小六的衣服上仔细地擦去沾染的血渍，淡淡地说：“你是条泥鳅，滑不留手，一不小心还会惹上一手污泥，但我是什么性子，你应该仔细打听清楚。”

小六讥嘲：“不用打听都明白了。”

兵器撞击的声音传来，“大人，有人私闯军营。”

相柳快步出去，吵闹声刹那消失。小六听到有军士问：“你是谁？私入神农军营，所为何事？”

粗哑的声音：“叶十七，小六。”

是十七！他竟然寻来了？！小六跌跌撞撞地爬了出去，急叫道：“相柳大人，别伤他，他是我的仆人，来找我的。”

十七向小六奔来，灵力出乎意料，竟然把阻挡他的士兵都打开了。可这是训练有素的精兵，打倒了两个，能再上四个，小六大叫：“十七，不要动手，听话！”

十七停住，士兵们团团地围着，恼怒地盯着他。十七却不看他们，只盯着相柳：“我、要带小六走。”

小六一脸谄媚，哀求地叫：“大人！小的已经是你的人了！”这话说得……让在场的士兵都打了个寒战。

相柳蹙眉，终是抬了下手。士兵让开，十七飞纵到小六身前，半抱半扶着他，手掌轻轻地抚摸过他的背。也许是心理作用，小六竟然真的觉得疼痛少了几分。

十七蹲下，“回家。”

小六趴在了他背上，对相柳谄笑着说：“大人，我回去了。”

相柳盯着十七打量，小六一着急，居然孩子气地用手捂住了十七的脸：“你别打他的鬼主意，他是我的。”

相柳愣了愣，唇角上翘，又立即紧抿住了，他微微咳嗽了一声：“经查实，你是清水镇的平民，对我神农义军无恶意，现放你回去。”

小六也只能装模作样地说：“草民谢谢大人，草民回去后，一定广为宣传大人的仁爱之心。”

士兵散开，十七背着小六，快步离开。

听不到背后的声音了，小六才有气无力地说：“十七，我渴。”

十七轻轻放下他，把装水的葫芦给他，小六喝了几大口，长出了口气，“我们快点走吧，那个相柳心思诡异，万一反悔就惨了。”

十七蹲下，小六想起他对身体触碰的排斥和厌恶，可如今也不可能有其他办法，小六小心地趴到他背上，“对不起，我知道你不愿意背人。你就想象我是块石头，可石头不会发出声音……那你想象我是头猪，一头会说人话的猪，对了，你讨厌猪吗？要不然你想象我是一只……”

十七的声音低低传来，“我就想象是你，我愿意……背你。”

小六愣了一下，喃喃说：“那也成，你就想象我是一只我。”说完才反应过来自己说了什么，呵呵地干笑，笑到一半停下，哼哼唧唧，“十七，我背上疼得很，你陪我说会儿话。”

“嗯。”

“十七，你怎么找来的？”

“有迹、可查。”

“哦，你很善于追踪，是以前学的？”小六想起他肯定不想回忆过去，“对不起，你不想回答就别回答了。”

“十七，那个相柳很阴险，以后见着他小心一点。如果让他发现你有可以利用的地方，他肯定会打你的主意。”

“嗯。”

“呜呜呜，这次亏大了，没赚到钱，却把自己赔进去了，我怎么就被相柳这个死魔头盯上了呢？往后的日子怎么过啊……”

十七停住步子，扭头想看小六，唇碰到小六额头，温热的气息拂在小六脸上，十七立即僵硬地移开，“别……怕。”

也许因为刚被相柳折磨过，也许因为坚硬的壳子被撕开的缝还没合上，小六很贪恋这份手边的依靠，闭着眼睛靠在十七的肩膀上，脸颊贴着他的脖子，小猫般地蹭了蹭，“我才不怕他，我就不信天下没有能毒倒他的毒药，等我配出毒药的那天，我就……”小六用手做了个恶狠狠揉碎一切的样子。

“十七，回去后，什么都别说啊，不要让老木他们知道，老木和神农打了半辈子仗，挺害怕魔头相柳的。其实我白叮嘱了吧？麻子和串子一直想套你的话，可我看这一年多，他们连自己身上有几颗痣都交代干净了，对你却一无所知……”

十七的脚步慢下来，小六安抚地拍拍他的胸口，“我知道，你是十七，我希望你能一辈子是十七，但我知道不可能。不过你一日没离开，一日就是十七，要听我的话……”

“嗯。”

“必须要只听我的！”

“嗯。”

小六乐得像偷着油的老鼠，觉得背上的疼痛淡了，趴在十七背上，渐渐地睡着了。

因为背上的伤，小六不想立即回去，指点着十七找了个山洞，休息静养。

十七尽可能地给小六铺了一个舒适的草榻，把山洞暂时当作家，两人好似过上了山中猎户的生活。

每天，十七会出去打些小猎物回来。等十七回来，小六动嘴，他动手，一起做饭。十七显然从没做过这样的活，笨手笨脚，不停地出错，小六哈哈大笑。但十七太聪明了，没有几次他已经做得有模有样，让小六失去了很多乐趣。

山中岁月很寂寞，不能动的人更寂寞。小六抓着十七陪他说话，天南地北、山上海里，什么都讲，一道好吃的菜，某个山谷中曾看过的一次日落……十七安静地聆听。

小六偶尔也良心不安，“我是不是话太多了？我一个人生活过二十多年，那时候我得了一种怪病，不敢见人，一直四处流浪。刚开始是不想说话，可日子长了，有一天我在山里，发现忘记果子的名字了，突然很害怕，其实我都不知道自己怕什么。但从那之后，我开始逼自己讲话，我最厉害的一次是捉了只猴子，对着它说了一天的话，那只猴子受不了，居然用头去撞岩石想自尽……”

小六哈哈大笑，十七凝视着他。

每隔一天，要上一次药，小六大大方方地脱衣服，把赤裸的背对着十七。

小六看不到十七的表情，调笑道："我已经看完你的全身上下，你只能看到我的背，亏不亏啊？"

十七不吭声，小六嘿嘿地笑。

小六的伤不轻，十七本以为两人要在山里耽搁一两个月，可没想到不到十天，小六就能拄着拐杖行走了。

又养了两天，小六决定回家。

小六收拾药草时，竟然发现有两株植楮（chǔ）[5]草，"这是你采的？"

十七点头，"打猎时看到，你提过。"这段日子，和小六朝夕相处，在小六的"蹂躏"下，他说话比以前顺溜了很多。

小六狂喜，简直想抱住十七亲，"太好了，麻子和串子的媳妇有了。"

十七蹲下，想背小六。

小六退开了，"不用，我自己走。"之前是无可奈何，现在自己能走，哪里再能把人家一句客气的愿意当真？

十七默不作声地站起，跟在小六身后。

两人回到清水镇，老木挥舞着木勺质问："为什么走了那么久？我有没有告诉你不该去的地方不能去？"

小六笑嘻嘻地把采摘的药草拿给他看，"当然没去了！十七不熟悉山里地形，不小心走进了迷障，所以耽搁了几天，我这不是安全地回来了吗？"

看到植楮，老木大喜过望，急忙把草药拿了过去，小心翼翼地收好。

小六冲十七眨眨眼睛，哼着小曲，回了自己的屋子。

一个月后，在老木的张罗下，麻子和屠户高家的闺女春桃定下了亲事。

一切，都恢复了正常。每日的生活，依旧和前一日一样，平静到乏味，乏味到无趣，无趣到平安，平安到幸福。除了，偶尔会有一只白羽小雕飞来找小六，带来一些东西，带走一些东西。

小六为相柳做药总是留一分退路，比如毒药是很毒，绝对满足他的刁钻要求，可或者有特别颜色，或者有特殊气味，总而言之，都不可能拿去毒杀那些被环绕保护的大人物。小六本以为时间长了，相柳会找他麻烦，可相柳竟然对"色、香、味"没有任何要求，只要毒性达到他的要求，他全部接收。

小六凭借他那七零八落的医术和毒术推测相柳因为体质特殊，所以功法特殊，是以毒修炼，小六制作的每一份毒药应该都是进了他的肚子。

想透了这点，小六暂时松了口气，开始变着法子把毒药往难吃里做。

5.《山海经·中山经》："有草焉，其状如葵叶而赤华，荚实，实如棕荚，名曰植楮，可以已癙，食之不眯。"

一年后，老木为麻子和春桃举行了简单热闹的婚礼。

麻子是战争的产物——孤儿。他乞讨时，坚信他的命运是某个冬日，阳光照在路边，他的尸体被野狗啃食着，野狗边吃边欢快地嚎叫，这是和大部分孤儿一样的命运。但是，小六和老木改变了他的命运。

小六、老木都不是人族。麻子七八岁时，被小六捡了回来，十几年过去，麻子长成了八尺大汉。如今小六看着比麻子还面嫩，但麻子觉得小六和老木就是他的长辈。当着所有宾客，他领着春桃跪下，结结实实地给小六和老木磕了三个头。

老木激动地偷偷擦眼泪，小六也难得的一脸严肃，对麻子嘱咐："和春桃多多睡觉，早生孩子。"

麻子本来还想再说几句掏心窝的话，可一听小六掏心窝的话，他不敢说了，如果让春桃知道娶她就是为了能天天睡觉，比娼妓省钱，这媳妇肯定要跑。他拉着春桃，赶紧逃了。小六嘿嘿地贼笑，十七好笑地看着小六。

老木迎来送往，小六没什么事，坐在院子一角，专心致志地啃鸡腿。串子突然冲过来，结结巴巴地说："有……有贵客。"拖着他往外走。

相柳一袭白衣，站在回春堂门口，长身玉立，纤尘不染，就好像一朵白莲花，还是被雨水洗刷了三天三夜的，干净得让所有人都想回家去洗澡。老木甚至不好意思接他的贺礼，双手使劲地在衣服上擦着，生怕一点汗就脏了人家。

小六嘿嘿笑着走了过去，随手把啃完的鸡腿扔到地上，两只油腻腻的手从相柳手中接过贺礼，还不怕死地在他手上蹭蹭。相柳笑意不变，只是视线扫向小六身后的串子，小六立即收敛了。

小六把贺礼递给串子，对相柳躬着腰，谄媚地说："请屋里坐。"

相柳坐下，不知是敬还是怕，他身周三丈内无人敢接近。

十七默默地坐到小六身旁，小六看了他一眼，唇角不禁上弯，成了一弯月牙，眼睛也变成了两枚小月牙。

小六问相柳："你要的药，我都给你配好了，应该没有差错吧？"

相柳微笑，"你做得很好，所以我来送份贺礼。"

小六无语，你来是提醒我现在不仅是三个人质了，还多了一个。

院子里，一群年轻人在戏弄麻子和春桃，时不时爆发出大笑声。小孩们吃着果子，跑出跑进，老木和屠户高几个老头边吃菜边说笑。

相柳看着俗世的热闹，不屑又不解地问："等他们都死时，你只怕依旧是现在的样子，有意思吗？"

小六说："我怕寂寞，寻不到长久的相依，短暂的相伴也是好的。"

相柳看小六，小六殷勤地给他倒酒，“既然来了，就喝杯喜酒吧，我自个儿酿的。”

相柳喝了一杯后，淡淡地说：“除了酒中下的毒之外，无一可取之处。”

小六关切地问：“你中毒了吗？”

相柳轻蔑地看着小六，小六颓然。

相柳问：“你很想毒死我吗？”

小六诚实地说：“我又不是轩辕的士兵，你我之间现在还没有生死之仇，我只是想抽你百八十鞭子。”

“你这辈子就别做梦了。”相柳又喝了一杯酒，飘然而去。

小六气闷地对十七说：“我迟早能找到他的死穴，毒不倒他，我就倒着走。”

十七眼中有微微的笑意，小六看到他这超脱万物的样子，恨不能双手狠狠揉捏他一番，忍不住倒了一杯毒酒给他，“喝了！”

十七接过，一仰脖子，喝下。

小六愣了，“有毒的。”

十七眼中的笑意未消散，身子却软软地倒了下来。小六手忙脚乱地给他解毒，嘴里骂：“你个傻子！”心中却泛起一点点说不清道不明的涟漪。

麻子的婚宴之后，九命相柳偶尔会来回春堂的小院坐坐，喝几杯小六斟给他的酒，吃几片小六做的点心。走时，他总是面不改色心不跳。

相柳这种丝毫不把小六放在眼里的态度激怒了小六。小六入医术此行时，一开始就是歪路，目的是要人命，而不是救人命。相柳把他的毒药当糖豆子吃，让他反思后，决定沉下心思好好钻研如何害人，继续在歪路上前进，目的就是迟早毒倒那个魔头！

第三章 客从远方来

LOST YOU FOREVER

屠户高就春桃一个孩子，麻子没有爹娘，两人成婚后，麻子成了屠户高的半个儿子，常常去帮屠户高做些活。渐渐地，人在屠户高家住的日子越来越多，回春堂的活就很少干了。串子嘲笑说屠户高好算计，既拿了嫁女儿的钱又抢了个儿子。小六和老木却都不介意，对小六而言，一个十七顶十个麻子，对老木而言，只要麻子过得平安幸福，他就高兴。

这一日，当麻子被屠户高和春桃搀扶进来时，老木有点不敢相信，小六皱了皱眉。如果是串子被人打了，小六不奇怪，串子有时候会犯贱，那就是个欠抽打的货。可麻子不同，麻子虽然长得膀大腰圆，可很讲道理，凡事总让人三分。

“怎么回事？”老木问。

春桃口齿伶俐，边抹眼泪边说：“早上杀了羊后，我给人送羊血，不小心冲撞了个小姐。我和小姐赔礼道歉，说东西坏了我们赔，可那小姐的婢女骂我压根儿赔不起。我爹着急了，争吵几句，就打了起来，麻子哥为了保护我爹，被打伤了。”

清水镇上没有官府，唯一的规则就是强者生存。串子听到这里，扛起药锄，一溜烟地跑了。串子小时很瘦弱，麻子一直照顾他，两人看着整天吵吵嚷嚷，其实感情比亲兄弟还好。

小六叫："老木。"老木立即追了出去。

麻子的伤不算重，小六清理了伤口，上好药，老木和串子还没回来。小六对春桃吩咐："你照顾麻子，我去看看。"

屠户高提起屠刀想跟着一块儿去，小六笑，"你的生意不能耽搁，去忙吧，有我和老木呢。"

十七一直跟在小六身后，小六赶到客栈时，老木正在和个黄衫女子打架。串子在地上躺着，看到小六，委屈地说："六哥，我可没闹事，我还没靠近她们，就被打得动不了了。"

小六瞪了他一眼，看向老木。老木明显不是黄衣女子的对手，女子像戏耍猴子一般戏弄着老木，一旁的石阶上站着一个戴着面纱的少女。少女边看边笑，时不时点评几句："海棠，我要看他摔连环跟头。"

海棠果然让老木在地上摔了个连环跟头，少女娇笑，拍着手道："蹦蹦跳，我要看他像蛤蟆一样蹦蹦跳！"

老木无法控制自己的双腿，就好似有人压着他的身体，逼得他模仿着蛤蟆的样子蹦蹦跳。

少女笑得直不起身，看热闹的人也都高声哄笑。

小六挤到前面，先对少女作揖，又对海棠说："他认输，请姑娘停手。"

海棠看向少女，少女好像什么都没听到，说道："我要看驴打滚。"

老木在地上像驴子一般打滚，少女咯咯地娇笑，看热闹的人却不笑了。

小六郑重地说："清水镇的规矩，无生死仇怨，认输就住手。"

少女看向小六，"我的规矩却是冒犯了我的人就要死！轩哥哥不许我伤人，我不伤人，我只看他耍杂耍。"

老木一个铁铮铮的老爷们儿，居然眼中有了泪光，对小六乞求："杀了我！"他是轩辕的逃兵，可他逃避的只是战争，不是男人的尊严。

小六动了杀意，上前几步。

老木突然不再打滚，串子赶忙跑过来扶起他，少女不满，"海棠，我让你住手了吗？"

"不是奴婢。"海棠戒备地盯着人群中的十七，慢慢后退，挡在了少女身前。

"不是你，是谁？是哪个大胆贱民？"少女想推开海棠，看清楚。

海棠紧紧抓住少女，压着声音说："对方灵力比我高，一切等轩公子回来再说。"海棠扯着少女匆匆退进客栈。

小六看着她们的背影，微笑着说："我在回春堂等你们。"

老木在西河街上也算是有些面子的人物，今日却当众受辱，他脸色晦暗，一言不发地钻进了屋子。

小六知道这事没法安慰，只能嘱咐串子盯着点，提防老木一时想不通自尽。

小六大马金刀地坐在前堂，十七站在屋角的阴影中，小六把玩着酒杯，和平时一样唠叨："老木、麻子、串子都觉得我是大好人，可实际上我很小时就杀了不少人……我很久没有杀过人了，可今天我想杀了她们。”

“她们是神族。”十七突然出声。

“那又怎么样？”小六眉眼间有飞扬的戾气。

十七沉默。

小六斜睨着他，“你会帮我？”

十七点了下头。

小六微笑，突然之间，觉得好似也不是那么想杀人了。

小六喝了一小壶酒，他等的人来了。

少女取下了面纱，五官一般，一双眼睛却生得十分好，好似潋滟秋水，顾盼间令五分的容貌顿时变成了八分。她身旁的男子却十分出众，眉眼温润，气度儒雅，远观如水，近看若山，澹澹高士风姿。

男子对小六作揖行礼，“在下轩，这位是表妹阿念，婢女海棠中了公子的毒，所以特意前来，还请公子给我们解药。”

小六抛玩着手上的药瓶，笑眯眯地说：“好啊，只要给我兄长磕个头赔罪。”

阿念不屑地瞪着小六，“让我的婢女给你兄长磕头赔罪，你们活得不耐烦了吧？”

小六冷冷地看着，海棠好似很痛苦，扶着墙壁，慢慢地坐到地上。

阿念娇嗔，“轩哥哥，你看到了，是他们先来找我麻烦，我压根儿没有伤到他们，只是小小戏弄了一下，他们却不依不饶，一出手就想要我们的命。如果我身上不是带着父……亲给的避毒珠子，我肯定也中毒了。”

海棠痛得呻吟了一声，轩盯着小六，“请给解药！”

小六冷笑，“怎么？你还想强抢？那就来吧！”

“见谅！”

轩出手夺药，小六后退。小六知道十七在他身后，只需十七帮他挡一下，他就能看出轩的灵力属性，毒倒他。可是，十七没有出手。小六回头，看见屋角空荡荡的，十七并不在屋内。

小六被轩击中，身子软软倒下。

轩没想到看似很自信的小六竟然灵力十分低微，仓促间尽力收回了灵力，“抱歉，我没想到你……”他抱起小六，查探他的伤势，还好他本就没打算伤人，小六只是一时气息阻塞。

小六靠在轩的臂膀上，唇角慢慢地上翘，笑了起来，眼中尽是讥嘲，似乎要笑尽众生。

轩愣住了。

阿念捡起地上的药瓶，喂给海棠。海棠闭目运气一瞬，说道：“是解药。”

阿念讥嘲小六，“就你这没用的样子还敢和我们作对？”

小六推开了轩，挣扎着站起，“滚！”

阿念想动手，轩拦住她：“既然毒已经解了，我们回去。”他看了小六一眼，拽着阿念往外走去。

阿念回头，用嘴形对小六无声地骂：“贱民！”

小六走进后院，坐在石阶上。

十七站在了他身后。

小六微笑地看着天色慢慢暗沉，长长地叹了口气。他错了，不该去指望别人。

十七蹲在小六身旁，把装零食的小竹篓递给小六。

小六问：“你认识他们？”

十七点了下头。

“他们是神族中世家大族的公子、小姐？”

十七犹疑了一瞬，缓慢地点了下头。

“你是怕他们认出你，才躲避？还是觉得我不该招惹他们，所以你隐匿，让他们顺利取走解药？”

十七低下了头。

小六抬手打翻了小竹篓，鸭脖子鸡爪子撒了一地。

小六向门外走去，十七刚要站起，“不要跟着我！”小六的命令让他只能站住。

小六走到河边，看着河水哗哗流淌。不是生气十七让轩夺走了解药，而是——当他想倚靠一个人时，回头时，那人不在。他只是生自己的气，竟然会让自己有了这种可笑的欲望。

小六跳进水里，逆流向上游去，河面越来越宽，河水越来越湍急。冰冷的河水冲刷着一切，不分昼夜，川流不息。小六与水浪搏击，感受着会冲走一切的力量。

笑声从空中传来，小六抬头，看见相柳闲适地坐在白羽金冠雕上，低头看着小六，“深夜捉鱼？”

相柳伸手，小六抓住他的手，借力翻上雕背。大雕呼啸而上，风云翻滚，小六湿衣裹身，冻得直打哆嗦。

相柳把酒葫芦扔给小六，小六忙喝了几大口，烈酒入肚，冷意去了一点。

相柳斜倚着身子，打量着他。小六酒壮狗胆，没好气地说：“看什么看？我又不是女人！”

“只有少数的神族才能拥有自己的坐骑，即使灵力不低的神第一次在坐骑背上时，也会惊慌不安，而你……太放松自如了！”

“那又怎么样？”

“我只是越来越好奇你的过去。”

小六仰头灌酒。

“你在和谁生气？”

“要你管！”

“你又欠抽了！”

小六不吭声了。

大白雕飞到一个葫芦形状的湖上，皓月当空，深蓝色的湖水银光粼粼，四野无声，静谧得像是锁住了时间。

小六把酒葫芦扔给相柳，站了起来。他张开双臂，迎风长啸，满头青丝飞舞张扬。啸声尽处，他突然翻身掉下，若流星一般坠向湖面。

相柳探了下身子，白雕随他意动而飞动，也坠落。

小六如美丽的蝴蝶，落进了银色的波光中，消失不见。粼粼银光变成了一圈又一圈的涟漪，就在光影变幻最绚烂美丽时，小六像游龙一般，冲出水面，伸手抱住白雕的脖子，“会游水吗？咱们比比。”

相柳不屑地笑。

小六说：“有本事你不要用灵力。”

相柳举起葫芦喝酒。

小六继续：“怎么？不敢和我比？”

相柳抬头赏月。

小六再接再厉：“怕输啊？不是吧？魔头九命居然胆子这么小！”

相柳终于正眼看小六，“看在你在求我的分儿上，我同意。”

“我求你？”

“不是吗？”

小六头挨在白雕的脖子上，“好吧，我求你。”

相柳慢吞吞地脱了外衣，跳进水中。

小六朝着岸边奋力游去，相柳随在他身后。

湖水冰冷刺骨，小六用力地一划又一划，身子渐渐地热了，可以忘记一切，就像是回到了小时候，那么自由，那么轻松，那么快乐，唯一的目标就是游回岸边，多么简单。

一个多时辰后，小六游到了岸边，相柳已经坐在篝火边，把衣服都烤干了。

小六爬上岸。“你赢了，不过……”他从衣服里抓出条鱼，“我捉了条鱼，烤了吧，正好饿了。”

小六真的开始烤鱼，相柳说：“你小时候应该生长在多水的地方。”

“会游泳就能说明这个？”

“会游水不能说明，但游水让你快乐放松。你们人不停地奔跑追寻一些很虚浮的东西，可实际真正让你们放松快乐的东西往往是你们童年时的简单拥有。”

小六吹了声响亮的口哨，“都说你是九头的妖怪，九颗脑袋一起思索果然威力非同凡响，连说的话都这么有深度。”

“你不知道这是个禁忌话题吗？”

小六不怕死地继续：“我真的很好奇，你说九个头怎么长呢？是横长一排，还是竖长一排？或者左右排列，左三个，右三个？你吃饭的时候，哪个头先用？哪个头后用……”

小六的嘴巴张不开了。

“呜呜……呜呜……”

相柳把烤好的鱼拿了过去，慢条斯理地吃起来，小六只能看着。

相柳吃完鱼，打量着小六，“其实我比较爱吃人，你这样大小的正好够我每个头咬一口。”他的手抚上小六的脸，伏下身子，咬住了小六的脖子。小六的身体簌簌颤抖，猛地闭上眼睛。相柳的舌尖品尝到了血，心内震惊过后有了几分了然，他慢慢地吮吸了几口，抬起头，“还敢胡说八道吗？”

小六用力摇头。

相柳放开他，小六立即连滚带爬地远离了相柳。

相柳倚着白雕，朝他勾勾食指，小六不但没走过来，反而倒退了几步。相柳睨着他，含笑问：“你是想让我过去吗？”

小六急忙摇头，乖乖地跑过来，爬上了雕背。

快到清水镇时，相柳一脚把小六踹下雕背，小六毫无准备地坠入河里，被摔得七荤八素。他仰躺在水面上，看着白雕呼啸远去，隐入夜色尽头，连咒骂的力气都没有了。

小六闭着眼睛，河水带着他顺流漂下。估摸着到回春堂时，他翻身朝岸边游去，湿淋淋地上了岸，一抬头看见十七站在前面。

小六朝他笑笑，“还没睡啊？小心身体，早点休息。”从十七身边走过，十七跟在他身后，小六当作不知道。

一直走到屋子前，十七还是跟着他，小六进了门，头未回地反手把门关上。

他赶紧脱下湿衣，随便擦了下身子，光溜溜地躲进被子。

本该冰冷的被子却没有一丝冷意，放了熏球，熏得被窝又暖和又香软，串子和老木显然不是这么细致温柔的人。

小六只是笑笑，翻了个身，呼呼大睡，疲惫的身体连梦都没做一个。

第二天，小六和什么都没有发生过一样，该干什么就干什么。因为麻子在屠户高家养伤，老木虽然看上去恢复了正常，却只在院子里忙，不肯去前堂见人，所以很多活都要小六干。幸亏十七能帮上不少忙，看病、磨药、做药丸……忙忙碌碌一天。

晚上吃过饭，串子看老木进了厨房，低声问：“这事就这么算了？”

小六啃着鸭脖子，“不这么算了，你想怎么样？”

串子用脚踢着石磨，“我不甘！”

小六把鸭脖子甩到串子脸上，打得串子捂着半边脸，“我看这些年我太纵着你了，让你都不知道天高地厚了！这世上，只要活着，就有再不公也要忍气吞声，就有再不甘也要退一步，我告诉你，就是那些王子王姬也是这么活！”

串子想起了小时的苦日子，不得不承认六哥的话很对，他们只是普通人，低头弯腰是必然的，可嘴里依旧嘟囔着顶了句：“说得和真的一样，你又不是王子王姬！”

“你个龟儿子，三天不打上房揭瓦！”小六跳了起来，提起扫帚就挥过去，串子抱着头，撅着屁股，冲进屋子，赶紧关了门。

小六用扫帚拍着门，怒气冲冲地问：“我的话你听进去了没？”

老木站在厨房门口，说道：“小六，你的话我都听进去了，放心吧，我没事。”他关好厨房门，低着头，佝偻着腰回了自己的屋子。

小六立即偃旗息鼓，把扫帚扔到墙角。

串子把窗户拉开一条缝，担忧地看向老木的屋子。小六拍拍他脑袋，低声说：“那些人只是清水镇的过客，等他们走了，时间会淡化一切，老木会和以前一样。”

串子点点头，关了窗户。

十七把装零食的小竹篓递到小六面前，小六拿了个鸡爪子，十七的眼睛亮了，小六冲十七客气地笑笑，“谢谢。”

十七的眼睛暗淡了。

小六一边啃鸡爪子，一边进了屋子，随便踢了一脚，门关上。

十七端着小竹篓，低垂着头，静静地站着。

◈

六个月后，轩和阿念并没有如小六预期的一样，离开清水镇，让一切变成回忆。

串子一边锄地，一边愤愤不平地说：“六哥，那臭娘们儿和小白脸在街头开了个酒铺，我叫几个乞丐去把他们的生意坏掉吧？”

小六踹了他一脚，“你要能有本事坏掉人家生意，你就不是串子了！”

串子狠狠地把锄头砸进地里，小六呵斥，“你给我仔细点，伤了我的草药，我锄你！”

串子闷声说：“老木到现在连门都没出过。他们留在了镇子上，你让老木怎么办？”

小六趴在木桶柄上，吃着花草琢磨，家里可不仅仅是老木不出门，十七现在也是很少出门，偶尔出门时，也会戴上半遮住面容的箬笠。小六想不明白了，十七估计是迫不得已，不能回去，可那小白脸轩和臭娘们儿阿念看上去日子过得挺顺，怎么也赖在清水镇呢？难道他们是相恋却不能相守，私奔出来的？身家普通的小白脸勾引了世家大族的小姐，小姐带着婢女逃出家，一对苦鸳鸯……

串子蹲到小六面前，“六哥，你想啥呢？”

小六说："看看吧，清水镇的生意不好做，他们坚持不住，自然就关门大吉了。"

串子一想，也是。那些做酒生意的人自然会想办法排挤掉这个想分他们生意的外来户，小白脸怎么看都不像做生意的料，串子高兴起来。

三个月后，串子和小六都失望了。

小白脸的酒铺子不但在清水镇站稳了脚跟，而且生意很是不错。

串子愤愤不平地说："那些娼妓都爱俊俏哥儿，很是照顾小白脸的生意，总是打扮得花枝招展地去买酒。那小白脸也很不要脸，每次都和娼妓眉来眼去……"

小六看看依旧大门不出的老木，决定去街头的酒铺子逛逛。

小六往门外走，十七跟着他，小六说："我要去小白脸的酒铺子，只是看看，不打架。"

十七停住脚步，小六微微一笑，踱着小步走了，可不一会儿，十七戴着箬笠追了上来。小六看了他一眼，什么都没说。

小六走进酒铺子对面的食铺，叫了两碟糕点，施施然坐下，正大光明地窥探。十七坐在小六身后，安静得犹如不存在。

没看到阿念和海棠，估计以她们的身份，还是不乐意抛头露面、迎来送往，应该在后院。铺子里就小白脸在忙碌，穿着平常的麻布衣裳，收钱卖酒，招呼客人，竟然和这条街没有一点违和感。

美貌的娼妓来买酒，他笑容温和，眼神清明，和招呼平常妇人没有一丝差别。那两个娼妓也是矜持地浅浅笑语，很尊重他，更爱护自己。

小六狠狠咬了口糕点，娼妓乐意照顾他的生意，并不是因为他长得俊俏，而是因为他忽视了外在，他的，娼妓的。

等生意忙完，小白脸提着一小坛酒走过来，"在下初来乍到，靠着家传的酿酒手艺讨碗饭吃，以后还请六哥多多照顾。"小六在清水镇二十多年了，又是个医师，这条街上做生意的都叫他一声"六哥"，小白脸倒懂得入乡随俗。

小六嘿嘿地笑，"好啊，等你生不出儿子时来找我，我保证让她生。"我一定让你媳妇给你生个蛋。

小白脸好脾气地笑着作揖，把酒坛打开，恭敬地给小六倒了一碗，又给自己倒了一碗，先干为敬，"以前有失礼之处，还请六哥大人大量。"

如果只是到此一游，那么自然是强龙厉害，反正打完了拍拍屁股走人。可如果要天长日久地过日子，强龙却必须低头，遵守地头蛇定下的规矩，否则小六隔三岔五地给他酒里下点药，屠户卖肉时添点料，糕点里说不定有口水……小六看小白脸很明白，索性也不装糊涂了，"我对你们大人大量，你那媳妇不见得对我大人大量。"

小白脸说："阿念是我表妹，还请六哥不要乱说。"

小六只微笑，并不动面前的酒，小白脸又给自己倒了一碗，干脆地喝完。

小六依旧不理他，拿起一块糕点，慢慢地吃着。

小白脸连着喝了六碗酒，看小六依旧吃着糕点，他又要给自己倒，酒坛却空了，他立即回去又拎了一大坛，小六这才正眼看他，“让你表妹给老木道歉。”

小白脸说：“我表妹的性子宁折不弯，我摆酒给老木赔罪。”

“你倒是挺护短的，宁可自己弯腰，也不让妹妹委屈自己。”

“我是兄长，她做的事情自然该我担待。”

小六低着头，也不知道在想什么，忽而笑了笑，终于端起面前的酒碗，咕咚咕咚地喝完了酒，真心赞道：“好酒！”

小白脸笑道：“请六哥以后多光顾。”

小六说：“你也不用摆酒赔罪了，就拣你的好酒送老木两坛。”

“好，听六哥的。”小白脸作揖，回去继续做生意。

傍晚，小白脸带着海棠来回春堂，还雇了两个挑夫，挑了二十四坛酒，从街头酒铺走到街尾医馆，街坊邻居都看得一清二楚，算是给足老木面子。

海棠给老木行礼道歉，看得出来心里并不情愿，但规矩一丝没乱，不愧是世家大族出来的。

老木坐在一旁，脸色铁青，自嘲地说：“技不如人，不敢受姑娘的礼。”

小白脸让海棠先回去，自己留了下来，也没废话，拍开一坛酒，给老木和自己各倒了一碗，先干为敬。

老木毕竟憨厚，何况得罪他的也不是小白脸，没挡住小白脸的一再敬酒，开始和小白脸喝酒。

一碗碗酒像水一般灌下，老木的话渐渐多了，竟然和小白脸行起酒令。老木可不是文雅人，也不识字，酒令是军队里学来的，粗俗到下流，可小白脸竟然也会。你吆喝一句白花花的大腿，我吆喝一句红嘟嘟的小嘴……两人比着下流，真正喝上了。

小六和串子看得呆住，十七低着头，静静地坐着。

老木笑呵呵地逗十七：“面皮子真薄！就这么几句就耳热了？”

小六留意到十七没有回避小白脸，看来他认识的人是那位阿念。

串子拿胳膊肘捶小六，高兴地说：“老木笑了。”

小六笑瞅了小白脸一眼，是个人物啊，从女人到男人、从雅的到俗的，都搞得定，难怪能拐了大家族的小姐。

两坛子酒喝完，老木已经和小白脸称兄道弟，就差拜把子。送小白脸出门时，还一遍遍叮嘱，回头来吃他烧的羊肉，咱爷俩再好好喝一顿。

老木和串子都喝醉了，小六忙着收拾碗筷，十七说：“我来，你休息。”

小六呵呵笑，“哪能都让你干？”

十七洗碗，小六擦洗着灶台，半晌都没有一句话。十七几次看小六，小六只笑眯眯地干自己的活，偶尔碰到十七的视线，也不回避，反而会做个鬼脸，龇牙咧嘴地笑一笑。

十七洗完碗，去拿小六手里的抹布，小六不给他，“我就快完了，你先休息吧。”

十七安静地站着。

好一会儿后，十七说：“小六，你还在生气。”

“啊？”小六笑着装糊涂，“没有。老木都和人家称兄道弟了，拍着胸膛承诺把阿念当小妹，凡事让着她，我还生什么气？”

十七知道他在装糊涂，盯着小六说：“你不和我说话。”

“哪里有？我每天都和你说话，现在不就在和你说吗？”

“我……想……你和以前一样，我想听你说话。”

“以前？”小六装傻，“以前和现在有什么不同？我对你不是和对麻子他们一样吗？”

十七低下了头，不会巧言辩解，只能用沉默压抑住一切，瘦削的身影透着孤单。

小六挂好抹布，把手在衣服上擦了擦，“好了，干完了，休息吧。”

小六快步回了屋子，心上的硬壳已经关闭，那份因为心软而起的怜惜让他糊涂了，现在已经清醒。这世间的人都是孤零零来、孤零零去，谁都不能指望谁，今日若有多大的希冀，明日就会有多大的伤害，与其这样，不如从未有过。

既然十七暂时不能回去，那么就暂时收留他。暂时的相伴，漫长生命中的一段短暂经历，迟早会被遗忘。

日子恢复正常，老木恢复了操心老男人的风采，买菜做饭、喝酒做媒——串子的亲事。

小六属于出力不操心的类型，十七惜言如金，老木满腔的热情无人可倾诉，居然和小白脸轩情投意合了。他常常买完菜就坐在小白脸的酒铺子里，一边喝着小酒，一边和小白脸唠叨，东家姑娘看不上串子，串子看不上西家姑娘……酒铺里聚着三五酒鬼，给他出谋划策。

串子的亲事遥遥无期，麻子的媳妇春桃给麻子生了个大胖闺女，老木一边热泪盈眶，一边继续抓紧给串子谋划亲事。

平淡琐碎又纷扰的日子水一般滑过，小白脸的酒铺竟然就这么在清水镇安家了，西河街上的人真正接纳了轩。

小六刚开始还老是琢磨轩为什么留在清水镇，可日子长了，他也忘记琢磨了，反倒把所有精力投入了医药研究中。相柳老是催逼着要一些稀奇古怪的毒药，小六不得不打起精神应付他。

◈

深夜，小六站在窗前，对着月亮虔诚地许愿，希望相柳吃饭噎死、喝水呛死、走路跌死。

许完愿，他关了窗户，准备怀抱着渺茫的幸福愿望，好好睡一觉，一转身却看到相柳，一身白衣，斜倚在他的榻上，冷冰冰地看着他。

小六立即说："我刚才不是诅咒你。"

"你刚才在诅咒我？"相柳微笑着，勾勾手指。

小六一步一顿地蹭到他面前，"别打脸。"

相柳果然没动手，只是动嘴。他在小六的脖子上狠狠咬下去，吮吸着鲜血，小六闭上了眼睛，不像上次只是为了威慑，相柳这次是真的在喝他的血。

好一会儿后，他才放开小六，唇贴在小六的伤口上，"害怕吗？"

"怕！"

"撒谎！"

小六老实地说："那夜我就知道你一定发现我身体的秘密了，本以为你会琢磨着如何吃了我，但今夜你真来了，发现你只是想要我的血，我反倒不怕了。"

相柳似笑非笑地说："也许我只是目前想要你的血，说不准哪个冬天就把你炖了，滋补进养一下。"

小六嬉皮笑脸地摊摊手，"反正我已经是大人的人，大人喜欢怎么处置都行。"

"又撒谎！"

小六看相柳，今晚的他和以前不太一样，虽然白发依旧纹丝不乱，白衣依旧纤尘不染，但好像没有以前那么干净，"你受伤了。"

相柳抚摸着小六的脖子，好似在选择从哪里下口，"你究竟是吃什么长大的？如果让妖怪们知道你的血比最好的灵药药效还好，只怕你真的会被拆吃得一干二净。"

小六笑，没有回答相柳的话，反问道："大人深夜来访，有何贵干？"

相柳脱了外衣，舒服地躺下，"借你的榻睡觉。"

"那我睡哪里？"

相柳看了他一眼，小六立即蹲下，明白了，随便趴哪儿不是睡。小六恨恨地看着，那是我的被子，今天十七刚抱出去，在外面晒了一天太阳，拍打得蓬蓬松松。

小六裹了条毯子，蜷在榻角，委委屈屈地睡着。

半夜里，小六摸索着爬到榻上，骑在相柳身上，相柳徐徐睁开眼睛。

小六掐着他的脖子，狰狞张狂地笑，"在运功疗伤吧？可别岔气啊，轻则伤上加伤，重则一身灵力毁了，神志错乱。"

相柳闭上了眼睛。

小六拍拍他的左脸颊，"我抽你四十鞭子如何？"

小六拍拍他的右脸颊，"你这臭妖怪怕的可不是疼，只怕砍了你的左胳膊，你还能用右胳膊把左胳膊烤着吃了。"

"嘿嘿……"小六翻身下了榻，跑去厨房，从灶台里捡了几块烧得发黑的木炭，一溜烟地跑回屋子，跳到榻上，阴恻恻地说："你小子也有今天！别生气哦，专心疗伤哦，千万别被我打扰哦！"

小六拿着黑炭，开始给相柳细心地上妆，眉毛自然是要画得浓一些，这边……嗯……那边……也要……脑门子上再画一个……

木炭太粗了，不够顺手？不怕，直接拿起相柳雪白的衣衫擦，磨到合用！

小六画完后，满意地看了看，拿出自己的宝贝镜子，戳戳相柳的脸颊，"看一看，不过别生气哦，岔了气可不好。"

相柳睁开眼睛，眼神比刀锋还锋利，小六冲他撇嘴，拿着镜子，"看！"

镜子里，相柳的左眼睛下是三只眼睛，右眼睛下是三只眼睛，额头上还有一只眼睛。小六一只只地数，"一只、两只、三只……一共九只。"

小六用黑黢黢的手指继续绘制，画出脑袋，九只眼睛变成了九个脑袋，一个个都冰冷地盯着他，小六皱眉，"我还是想象不出九个头该怎么长，你什么时候让我看看你的本体吧！"

相柳嘴唇动了动，无声地说："我要吃了你。"

小六用脏兮兮的手指在他唇上抹来抹去，抹来再抹去，"你不嫌脏就吃呗！"

相柳的嘴唇已经能动，手应该就要能动了，他的疗伤快要结束了。

小六下了榻，歪着脑袋看相柳，"我走了，你不用找我，我要消失几天，等你气消了，惦记起我的好，我再回来。"

小六从厨房里拿了点吃的，小心地掩好门，一抬头看见了十七。

小六刚欺负完相柳，心情畅快，对十七招招手，扬着脸笑起来。

十七快步走过来，眼中浮起笑意，刚要溢出，看到了小六脖子上的齿痕，不知内情的人看到只会当是一个吻痕。十七飞快地瞟了眼小六的屋子，眼睛里的光芒淡去。

小六对十七叮嘱："相柳在我屋里，别去打扰，让他好好休息，他醒了就会走。我有点事情要出门，你和老木说，别找我。"说完，也不等十七回答，一溜烟地跑了。

小六边跑边琢磨，躲哪里去呢？躲哪里那个魔头才想不到呢？我平时最不想去哪里呢？

一边想着，一边跑，兜了几个圈子后，溜进了小白脸轩的酒铺子。

天还没亮，小六趁着黑摸进酒窖，藏了进去，觉得天知地知人不知，安全无虞，他简直都要佩服死自己。

靠着酒坛子正睡得酣甜，听到轩进来拿酒，说话声传来。

"他们如何了？"

"死了三个，逃回来一个。主上，不是我们没用，而是这次惊动了九命那魔头，不过三个兄弟拼死伤到了相柳。"

"相柳受伤了？"

"我们安插在山里的人也知道是个除掉九命的好机会，可找不到他。"

“嗯。”

“小的告退。”

酒窖的门关上，酒窖里安静了。

小六这才轻轻地吐出口气，继续睡觉，并没有什么特别的感觉。洪江和轩辕已经对抗了几百年，刚开始时，轩辕王还派军队剿杀，可中原未稳、高辛在侧，洪江又有地势之险，轩辕王损兵折将，没有讨到好，只能把洪江围困住，想逼迫洪江投降。战争渐渐地就从明刀明枪变成了暗中的争斗，阴谋诡计暗杀刺杀……估计只有小六想不出的，没有人做不出的。

轩辕甚至公布了赏金榜，九命相柳在轩辕的赏金榜上比洪江的悬赏金额还高，名列第一。原因很奇怪，洪江是高贵的神农王族，任何一个人如果为了金钱杀了他，都会背负天下的骂名。可相柳没关系，他是妖怪，还是丑恶可怕的九头妖，所以，杀他，即使为了金钱，也不会有心理负担。

至于轩是为了钱，还是为了其他，小六懒得去琢磨，反正这世间的事不外乎名利欲望。

小六在酒窖里躲了三天，第四天半夜去厨房里偷东西吃时，刚塞了满嘴的鸡肉，轩的声音从身后传来，“要不要喝点酒呢？”

小六呆了呆，觍着脸回头，轩靠着厨房的门，温雅地看着小六。

小六嘿嘿一笑，“我……你家的菜比老木做得好吃。”

“热着吃更好吃。”

“呃……那热一热？”

“好啊！”

轩往灶膛里放了些柴，真的点火热菜。

小六坐在一旁，轩倒了一碗酒给他，小六慢慢地喝着。

“如果喜欢，就多喝一点，别客气。”

“嗯……谢谢。”

轩盛了热饭热菜给他，自己也倒了一碗酒，陪着小六一块儿喝酒。

小六想，如果不是半夜，如果不是没有邀请，这场面还是很温馨的。

小六说：“菜是阿念做的？手艺挺好。”

“阿念只会吃。”轩的语气中有很温柔的宠溺。

“没想到你既会酿酒又会做饭，阿念真是有福气。”

“她叫我哥哥，我照顾她是应该的。”

“最近很少见到阿念。”不是很少，而是几乎没有。

轩微笑，“六哥想见阿念？”

“不、不，随口一问。”最好永远不见。

“我让她帮我绣一幅屏风，所以她一直在屋中忙活。”

小六恍然大悟，难怪女魔头这么安分，原来被小白脸设计绊住了。

轩好似知道他在想什么，“日后阿念若有无礼之处，还请六哥看在她是个女孩子的分儿上，包涵几分。”

日后？有日后……今夜不会杀人灭口。小六笑得眉眼弯弯，“没问题，没问题。我一定让着她。”

轩站起作揖，郑重地道谢，让小六不得不在心里重复了一遍，让着阿念，把一句敷衍变成了承诺。

小六叹了口气，带着几分怅惘说：“做你的妹妹真幸福。”

这大概是小六今晚最真心的一句话。轩也感受到了，面具般的微笑消失，“不，我并不是个好哥哥。”语气中有几分由衷而发的伤感。

小六一口饮尽了残酒，“我回去了。”

轩说：“我送你。”

小六赶紧站起，轩把他送到门口，“有空时，常来坐坐。”

“好，好，你回去吧，不用送了。”

小六一溜烟地跑回去，蹑手蹑脚地从墙上翻进院子，悄悄溜入屋子，关好门。一个人影从榻边站起，小六吓得背贴着门板，一动不敢动。

横竖都是死，不如早死早了。小六闭着眼睛，颤巍巍、软绵绵：“我……我……错了！”像猫儿一般，以最柔软的姿态乞求主人怜惜，只求相柳看在他又能制药，又能让其喝血疗伤的分儿上，别打残了他。

可是，半晌都没有动静。

小六的心怦怦直跳，实在挨不住煎熬，慢慢地睁开眼睛，居然、竟然、是、十七！

小六大怒！人吓人，吓死人啊！他指着十七，手都在哆嗦，疾言厉色地问：“你、你……怎么是你？”

十七脸色发白，声音暗哑，“对不起，让你失望了。”

“你在我屋里干什么？”

十七紧紧地抿着唇，低下头，匆匆要走。

小六忙道歉，“对不起，我、我刚把你当成别人了。那个、那个……语气有点着急，你别往心里去，我不是不许你进我的屋子。”

“是我的错。”十七从他身旁绕过，出门后，还体贴地把门关好。

小六好几天没舒服地睡觉了，急急忙忙地脱了衣衫，钻进被窝，惬意地闭上眼睛，深深地吸了口气，干净、温暖，有着淡淡的皂荚香和阳光的味道。

被子是新洗过的，白日应该刚刚晒过，小六笑笑，对自己叮嘱，可千万别习惯了啊！人家迟早要离开的，自个儿懒惰，那就是睡冷被子、脏被子的命！

小六念叨完，翻了个身，呼呼睡去。

第四章 最难欢聚易离别

LOST YOU FOREVER

秋天的午后，是一天中最美丽的时光。

没有病人的时候，小六喜欢拿一片荷叶遮住眼睛，仰面躺在晒草药的草席上，双臂贴着耳朵往上伸展，双脚自然合并，脚尖往下。整个身体笔直得像一条线，想象中好似身体可以无限延展，那种筋骨撑拉的感觉，配上温暖的太阳、荷叶的清香，简直就像骨头饮了酒，小醉微醺的美妙。

他曾经鼓励过麻子和串子像他这样晒太阳，可麻子和串子嫌光天化日下丢人，从来不和他学。所以这种美妙的感觉，小六只能自己寂寞地独享。

小六撑拉够了，缓缓收回手臂，拿开荷叶，看到十七在切药。

麻子自从女儿出生，几乎常住屠户高家了。本来串子还能干些活，可这两三个月他整天在外面野，也不知道在折腾什么。医馆里只剩了十七，不过小六一点没觉得活儿比以前多，反倒更省心清闲，每次想起什么，刚想去做，发现十七已经做好。

小六盘腿坐到席子上，把荷叶顶在头上，看着十七专心致志地干活。十七一直低着头切药，等切完了，把切好的小药块仔细地装进药盒里，等这个药盒装满了，他又开始切另一种药。

小六叫：“十七。”

十七停了一瞬，抬起头，默默地看着小六。

“嗯……”小六摇摇头，“没什么。”

十七低下头，又开始忙碌。

“十七。”

十七停下，这次没有看小六，只是微微侧头，凝神听着。

“你休息会儿吧！”

“不累。”十七继续干活。

小六拿下荷叶，一边看着十七，一边一下又一下，慢慢地把个圆圆的荷叶撕成了一条条。老木和串子都察觉不出他在和十七生气，可十七和他都知道，刚开始十七还想赔礼道歉，他却故意装糊涂，越发客气有礼，渐渐地十七不再提，只是沉默地像影子一样跟随着他，把以前三个人干的活一个人都干了。

“十七……”

十七抬头看向小六，小六却不知道自己想说什么，咬了咬嘴唇，忽而眉开眼笑地拍拍身旁，“你过来，我教你个好玩的事情。”

十七放下手中的活，走到小六身旁。

小六躺下，连说带比，指挥着十七也躺下，像他一样很没形象地晒太阳，十七果然不像麻子和串子，毫不迟疑地一一照做。小六眯眼数着瓦蓝天空上的洁白云朵，心满意足地叹了口气。虽然晒在身上的太阳依旧是那个太阳，躺在身下的草席也依旧是那张草席，可两个人一起晒太阳的感觉，也不知道为什么，就是比一个人晒太阳的感觉好。

小六昏昏欲睡时，十七的声音突然传来：“不会再有第二次。”

“嗯？”小六迷惑地睁开眼睛。

“不管什么原因都不会再让你想要倚靠一下时，却找不到我。”

小六彻底清醒了，忽然觉得自己这段时间的小脾气怪没意思的，亏得十七竟然还耐心琢磨了一番。小六翻身坐起，挠着头干笑几声，想说点什么，老木突然跑进来，拽起小六就跑。

“鞋，我还没穿鞋！”小六匆匆穿上鞋，快跨出门了，突然回头对十七说：“一起去！”

小六被老木拽着一路快跑，顾不上看十七有没有跟过来。

一直跑到街头，小六刚跟轩打了声招呼，就被老木摁着躲到几个酒缸后，老木和轩打手势，轩点点头，表示一切明白。

有人小心地蹲在了他身后，小六也没回头，就知道是十七来了。小六回头冲十七笑做了个鬼脸，调整了下姿势，笑眯眯地等着偷窥不知道是什么的玩意儿。

轩大声咳嗽了几声，老木立即一副进入戒备的状态，小六也立即从酒缸缝里偷看。

三个娼妓姗姗而来，声音软糯地对轩说着要买什么酒，要几两。买完了酒，两个走得快，还剩一个慢慢地落在后面。

小六正看得不耐烦，老木用力捶了他一下，他这才看到串子不知道从哪里冒了出来，和那落在后面的一个娼妓并排走着，走着、走着……不见了。

老木拽着小六又是小跑，左拐右弯，钻进个小巷子里。串子和那娼妓躲在暗影中低声说话，说着说着，两人贴到一起，开始扭糖丝。

小六笑眯眯地看着，老木却脸色铁青，一脸伤心失望。小六侧头看十七，十七站得笔直，眼睛却看着自己的鞋尖，绝对的非礼勿视。

扭糖丝的两个人越来越激烈，女的靠着墙壁喘息呻吟，老木想冲出去，可又实在不知道该怎么处理这么尴尬的事情，对小六说："你看着办吧！"说完，气冲冲地走了。

小六顾不上理会老木，只是好笑地看着十七，十七的眼睫毛微微地一颤一颤，小六忍不住凑了过去，"大家族的子弟就是没有侍妾，也该有几个美貌的婢女吧？你身边的婢女比这女子如何？"

十七不说话，想避开小六往后退，可已经贴着墙壁了。

小六忍着笑，继续自己的邪恶，双手张开，往墙上一放，把十七圈住，恶霸调戏民女的架势，"你喜欢什么样的女人？是小白兔那样清纯羞怯的，还是像这个女子一样风骚热情的？"

在女人的呻吟声中，十七苍白的脸颊慢慢地染上一层红晕。小六已经快要笑破肚子，却越发邪恶，更是凑近了，几乎贴着十七的脸，声音低沉地问："你想要吗？"

没想到，十七慢慢地抬起了头，虽然有一点羞涩，可眼神清亮清亮，竟然溢出了笑意！

小六愣住了，半晌脑子里才冒出句，披着羊皮的狼啊！

小六又羞又恼，脸腾地红了，把气全撒到串子身上，直接冲了过去："串子！你胆子大了啊，都学会嫖妓了？钱哪儿来的？"

串子吓得提着裤子就跑，可习惯性地跑了两步，又跑了回来，挡在女子身前。那女子却毫无愧色，只迅速地整理好衣衫，推开串子，对小六行了一礼，"奴家桑甜儿，与串哥儿相好，并未要他的钱。"

小六笑笑地问："你个娼妓，陪他睡觉不要钱，不是亏了？"

桑甜儿笑笑，"我乐意！"

小六问："你乐意陪他睡一辈子吗？"

桑甜儿愣了，似乎明白了小六的意思，却不敢相信小六是那样的意思。串子急急忙忙地说："我愿意！我愿意和她睡一辈子！"

小六踹了他一脚，"滚一边去，我问她话呢！"

串子可怜兮兮地看着桑甜儿，对她猛点头。

桑甜儿终于相信小六问的就是那个意思，眼中有泪，跪下，"奴家愿意。"

小六说："你想好了？跟着串子可要干活受累。"

"奴家愿意。"

"成，你回去等着吧，想想什么时候成亲。"

桑甜儿不敢相信地看串子，一切能这么简单？串子扶起她，"六哥虽然凶，可向来说什么就是什么。”

小六拧着串子的耳朵，拽着他就走，“你可真是长大了！”

串子心愿得成，一边哎呀呀地叫着痛，一边高兴地冲着十七笑。十七跟在他们身后，只是看着小六，眼中满是笑意。

经过酒铺子时，小六对轩说：“谢谢你了！”

轩瞅了一眼被小六拧着耳朵的串子，笑着拱手，“如果办喜事，记得照顾我的生意啊！”

“成，到时你和老木谈吧。”

小六拎着串子，快进门时，小六低声说：“还不叫得凄惨点？”

串子立即反应过来，大声哭嚎起来，小六连踢带踹，把串子打到老木面前，老木又心疼，嘀咕：“都老大不小了，要打也背着人打，好歹给他留点面子。”

老木本来一肚子气，可小六已经收拾了串子，老木突然有些不知道该怎么办了，“小六，你说这算什么事啊？串子怎么就和个娼妓黏糊到一起了呢？”

小六说：“想办法赎人吧！赎了之后，该怎么办就怎么办，反正麻子有的，也别给串子缺了。”

如果老木是神农或高辛人，以他对串子的真心疼爱，恐怕很难接受串子娶一个娼妓，可他来自民风奔放彪悍的轩辕，蹲在门槛上吹着冷风，琢磨了半晌，觉得也没什么不行的，串子的媳妇就这么定了下来。

老木一旦决定了，立即开始张罗。娼妓馆也许是觉得有利可图，也许是想惩戒桑甜儿，开了个高价，都够麻子再娶十个春桃了。老木四处托人说情，但是，以老木和小六在清水镇二十多年的关系，竟然完全搞不定。

老木气得要死，却一点办法都没有。娼妓馆在清水镇是很特殊的场所，那里是所有消息汇集和传播的地方，有着最美艳、最有才华的女子，是有权势的男人们会常去坐坐的地方，那里有各种势力在掌控，不仅仅是轩辕、神农、高辛，还有各大世家，从中原的赤水氏到北地的防风氏都有。

老木愁眉不展，长吁短叹，“我看甜儿是真心想跟咱家的串子，如今宁可挨打都不接客了，可那老鸨实在可恶！”

麻子看着难受，私下里劝串子放弃，桑甜儿再好看，可不是他们这种人能想的。

串子脸色晦暗，坐在院子的门槛上，抱着脑袋，整宿整宿地不睡。

◈

屋内，小六躺在榻上，跷着二郎腿，捧着他的宝贝小镜子，嘿嘿地直笑。

小镜子里正在放一幅幅画面，全是那个深夜他的杰作。相柳的脸上被他画出了九个头，睁着冰冷的眼睛，如利剑一般看着他。

小六对着镜子，弹相柳的头，“让你凶！让你凶！”弹完了，他抹了下镜子，所有画面消失，小镜子恢复正常，除了看上去比一般的镜子更精致一些，完全看不出能记忆过去发生的事情。

这面看似普通的镜子实际是用狌狌（xīng xīng）[6] 精魂锻铸而成。大荒内有异兽狌狌，天生就有窥视过往的能力，但窥往见未都是逆天之举，因为狌狌的这个逆天之能，它们修炼十分不易，所以狌狌妖极难碰到，而用狌狌妖的精魂锻造的镜子更是古往今来只此一面。因为用狌狌精魂所铸的神器一定要狌狌在被炼化时心甘情愿，没有一丝怨恨，才能重现往事，可想而知，很难有狌狌妖在承受残酷的锻造之痛死去时会没有一丝怨恨。

小六把镜子贴身收好，双手交叉放在脑袋下。

那夜之后，已经几个月了，相柳一直没有出现。那么多人找他的麻烦，他不出现是正常，如果出现，小六也明白自己活到头了。小六一直在心里祈祷，多一些人找他麻烦吧，最好忙得他完全忘了清水镇上还有个玟小六。

但是，现在……唉！

白羽金冠雕毛球幻化的小白雕从窗户外飞了进来，趾高气扬地落在小六面前。

小六对它说：“看到你这副踟屁的样子，我就想拔了你的毛，把你左半边烤着吃，右半边煮着吃，吃完的骨头再喂狗。”

毛球朝小六扑过来，小六抱着头，滚到榻下，“和你主子说，我要见他，有正经事。”

毛球恶狠狠地盯了小六一眼，展翅飞入黑夜。

小六觉得不能在屋子里见相柳，同一个环境会让他想起上次的受辱，很容易激发凶性。

小六出了门，沿着河往上游跑，一直跑出清水镇，进入茂密的山林。他沿着一棵五六人合抱的大树攀援而上，找了个舒适的位置坐下。

树很高，能居高临下地俯瞰一切，山林簌簌，西河蜿蜒曲折，如一条闪烁的银带，流淌出婀娜多姿。如果不是冬天，如果不是寒风吹得紧，一切很完美。

他来了！

小六抬头看去，白雕驮着相柳从圆月中飞来，白衣白发，从九天飞下，若雪一般，轻轻地落在小六身旁。

小六说：“三个选择，可以抽我四十鞭，可以把我从这里踢下去，还可以听我说正事。正事！”

相柳问：“洗过澡吗？”

小六依旧油嘴滑舌，“洗刷得很干净，就等大人临幸了。”

相柳一手扣住小六的肩，伏下头，小六很温顺地头微微后仰，相柳的尖牙刺入他的脖子，吮吸着他的血。小六没有闭眼睛，而是欣赏着月亮。

相柳真是没客气，小六的头渐渐地有些发晕，“你打算一次吃干净啊？虽然你有九个头，可

6.《山海经·南山经》中记载的一种异兽，“其状如禺而白耳，伏行人走，其名曰狌狌，食之善走”。《淮南子》中说它可以知道一个人的往事，不过，无法知道将来的事情，所以叫“知往而不知来”。

没听说你有九个胃啊！不能剩下点下次吃吗？”

相柳的唇贴着他的脖子，对着那个直和心脏相连、维系着生命的血管。“你说我什么时候该咬断这里？今夜如何？”

小六赶紧狗腿地出谋划策，“今夜不好，值此良辰美景，对月谈心何等风雅。杀我这种煞风景的事情不如等到我真想杀了你时。”

“你难道不想杀了我吗？”

“不想！”小六微笑起来，“你明明知道我不想杀你，更不会杀你。”

“我不知道，我只知道你应该恨我。”

“你不知道就敢受伤时来见我？你真把我当小白兔啊？还是你九个脑袋在打架，犯傻了？”

相柳咬他，打算继续进食。

小六赶紧说：“我寂寞！”

相柳的唇贴着他的脖子没动。

“不管你信不信，我真的不记恨你，也一点不想杀你，因为我很寂寞。那时候，我得了一种怪病，躲在深山里，好几年没有见到人，我和花草说话，它们不理我，只有风和它们玩时，它们才跳舞；我和猴子说话，猴子一直想逃，逃不掉竟然想撞岩壁自尽。后来，我碰到一个蛇妖，它很想吃了我，差点把我的一条腿咬断，可是它能听懂我说话，对我的每个动作都有反应。我明知道很危险，却依旧忍不住，时不时跑到它面前晃悠，气得它发狂……有了它，山里的日子再不寂寞。”小六咕咕地笑，“时间长了，它发现我越来越狡猾，吃不到我，想离开。我为了留下它，把它下的蛋给偷吃了。这下我们可结了生死仇怨，它不离开了，追在我屁股后面想杀了我。”

小六看着头上的月亮，眉梢眼角有了难言的寂寥，“都说得上苍眷顾的是神族，可我看是人族，他们一切都和神一样，唯一的不同就是他们的寿命短。可你看那月亮，千年前就是这个样子，再美丽的景色，天长地久了也是乏味！”

“那条蛇，后来？”

“死了！”

“你杀死的？”

“不是，狐族的王。”

“九尾狐？”

小六闭上了眼睛，“九尾狐想抓我，蛇妖认为只能它吃我，它挡了那只恶毒狐狸的路，所以……就死了！”

相柳轻声笑，“有意思，那只狐狸呢？”

“被我杀了。”

“你有这本事？”

“他应该一捉住我就杀了我，可是他被仇恨和贪婪蒙蔽了眼睛，用各种各样的宝贝养着我，逼我吃很多很恶心的东西，想把我养得肥肥时，再吃了我，用我的灵血恢复他失去的功力……哦，我忘记告诉你了，他其实已经不是九尾狐了，而是八尾，他的尾巴被剁掉了一根，元气大伤。他养了我三十年，就要大功告成，可那天他不小心，在我面前喝醉了。”

“他把你养在笼子里？”

“嗯。”

相柳沉默了一瞬，手在小六的脖子上摩挲，“我是排解你寂寞的蛇？”

小六笑，“谁知道呢？也许我才是逗你趣的蛇。”

相柳放开了他，“正事！”

“东槐街上的娼妓馆是你们的吗？”

“你问这个做什么？”

“串子想娶那里面的一个娼妓。”

“你想求我帮你放人？”

“那娼妓馆是你们的吗？”

“娼妓的名字。”

“看来不是你们的，我也觉得这种刁难不像你的行事风格。”小六咧着嘴笑，眼睛里闪着贼溜溜的光，“不用你帮我，我去求另一个人帮忙。”

白雕毛球飞来，绕着树打转，相柳轻飘飘地跃起，落在了雕背上，“这就是你的正事？”

“呃……串子的亲事很重要……啊——”

小六坐的树枝被砍断，小六跌下。

噼噼啪啪，身体和树枝不停地撞击，虽然缓解了下坠的速度，同时也把小六撞得吐血。

砰——小六终于直挺挺地砸到地上，溅起一团烟尘。

毛球乐不可支，在低空盘旋着，嘲笑小六。相柳立在雕背上，微笑着说：“你充其量就是那颗任人随便吃的蛇蛋！”

毛球呼啸而上，相柳离开了。

小六缓了半晌，才强撑着坐起来，可头也晕，眼也花，腿痛得根本走不了。

被惊醒的松鼠探头探脑地看他。

小六笑眯眯地对它们说：“看什么看？看我出丑啊？我可没出丑，我这是用小换大，至少下次见了那魔头，他不会想捏死我了……”

天还未亮，十七寻了过来。小六在一堆断裂的树枝中，蜷缩着身子酣睡，一身狼狈，嘴角却噙着笑。

十七蹲下，小心翼翼地摘下他头上脸上的干草枯叶。小六的脖子上有两个齿痕，隔着衣领，半隐半露。暗红的痕，勾勒出隐约的唇形。

小六眼皮微微一颤，“十七？”他睁开眼睛，对十七无赖地笑，“我又走不了了。”

十七背起了他，小六温顺地伏在他背上。

◈

小六休息了三天，待拄着拐杖能走时，他让老木做了些菜，请轩来喝酒。

轩如约而至，小六热情地给所有人都倒了酒，老木和串子喝了两碗，身子往后一翻，昏睡过去。

轩微笑地看着小六，十七安静地坐在一旁。

小六对轩说："请你来，是有事相求。"

"请讲。"

"串子想娶桑甜儿，想麻烦你通融一下。"

轩不说话。

小六诚恳地说："我知道也许有些交浅言深，但这是串子的终身大事，所以我只能厚着脸皮相求。"

"六哥怎么认为我能帮上忙？"

"我不知道你和阿念的真实身份，但我肯定你们来历不一般，说老实话，我也出于好奇，去探查过，还不小心被你抓住了。只要轩哥愿意，一定能帮上忙。"小六已经谄媚地开始叫轩哥了。

轩瞅了十七一眼，说："我和阿念只想安静地过日子。"

"是，是，我明白，以后绝不会再去打扰你们。"

轩盯着小六，小六敛了笑容，"我在清水镇上二十多年了，我就是我。"

轩起身离去，"喝喜酒时，记得请我。"

小六眉开眼笑，"好，好！"

老木迷迷糊糊地醒来，"你们……我怎么一下就醉了？"

小六嘿嘿地笑，"谁叫你喝得那么急！下次喝酒时，先吃点菜。对了，你明日再去赎人。"

"可是……"

"我让你去，你就去。"

回春馆里，平时看似是老木做主，可一旦小六真正发话，老木却是言听计从。

第二日，老木收拾整齐了，去东槐街赎人，老鸨竟然接受了老木的价格，条件是小六无偿给她们一个避孕的药草方子。老木喜出望外，一口答应了。

办妥手续，老木领着桑甜儿回到回春堂。

串子看到桑甜儿时，不敢相信地盯着她，慢慢地，鼻子发酸，眼眶发湿。他低着头，拿起个藤箱，粗声粗气地说："我去嫂子那里先给你借两套衣服。"

小六一直笑眯眯地看着，对老木吩咐，“去买点好菜，晚上庆祝一下。”

“好！”老木提着菜筐子，高高兴兴地出了门。

小六的脸冷了下来，看着桑甜儿，“你信不信，我能让你生不如死？”

桑甜儿施施然地坐下，“我信。”

“你究竟是谁的人？”

桑甜儿自嘲地摸摸自己的脸，“就我这姿色，六哥未免太小瞧我们这行当的竞争了，更小瞧了那些男人！”

“你干吗勾引串子？我可不信你能瞧上他。”

“我十三岁开始接客，十二年来看的男人很多，串子的确没什么长处，但只有他肯娶我。”桑甜儿微笑，“三个月前，一个男人找到我，许我重金，让我勾引串子。我在娼妓馆里没什么地位，再不存点钱，只怕老了就会饿死，所以我答应了。串子没经历过女人，我只是稍稍让他尝到了女人的好，他就整日赌咒发誓地说要娶我。我从十三岁起，听这些话已经听麻木了，压根儿没当真，可没想到你们竟然真的来赎我。妈妈恨我背着她和男人勾搭，故意抬高价格想黄了我的好事。昨天夜里，那个男人又来了，给了我一笔钱，说他和我的交易结束，如果我愿意嫁给串子，可以把钱交给妈妈替自己赎身。”

“你认识那男的吗？”

桑甜儿摇头，“六哥应该知道，神和妖都能变幻容貌，我只是个普通的凡人。”桑甜儿跪下，“十二年的娼妓生涯，我的心又冷又硬，即使现在我仍旧不相信串子会真的不嫌弃我，会真愿意和我过一辈子，可我想试试。如果串子真愿意和我过，我——”桑甜儿举起手掌，对天盟誓，“我也愿意一心一意对他。”

小六看着桑甜儿，不说话。

桑甜儿低着头，声音幽幽，“心变得又冷又硬，可以隔绝痛苦，但同时也隔绝了欢乐。我真的很想有个男人能把我变回十二年前的我，让我的心柔软，会落泪的同时也能畅快地笑。如果串子真是那个男人，我会比珍惜生命更珍惜他。”

串子拉着麻子，一块儿跑了进来，“嫂子说……”看到甜儿跪在小六面前，他愣住，忐忑地看着小六。

小六咧着嘴笑，“怎么了？让你媳妇给我磕个头，你不满啊？”

串子看了桑甜儿一眼，红着脸笑。桑甜儿如释重负，竟然身子发软，缓了缓，才郑重地给小六磕了个头，抬起头时，眼中有泪花。

小六挥挥手，“会不会做饭？不会做饭，去厨房跟老木学！”

晚上吃过饭，串子和桑甜儿沿着河岸散步。那么冷的风，两个人也不怕，一直一边说话，一边慢慢地走着。

小六拄着拐杖，远远地跟着他们，十七走在他身边。

小六的唠叨终于再次开始，“其实，这是一个很好玩的赌博。甜儿不相信串子会真心实意和她过一辈子，她现在给串子的都是虚情假意。但是，串子不知道，甜儿对他好，他就对甜儿更好，甜儿看串子对她更好了，那虚情假意渐渐地掺杂了真，天长地久的，最后假的也变成了真的。可这过程中，不是没有风险，甜儿在拿心赌博，如果串子变卦，这两个人里肯定要死一个。”小六微笑着说，“我的生命很漫长，可以等着看结局。”

十七看向前方并排而行的两人，“轩、为什么？”

小六说：“我上次深夜跑他家里偷鸡吃，他怀疑我别有居心，弄了个甜儿出来，不过是想看我背后的倚仗，我如果糊里糊涂求了相柳帮忙，日后可就麻烦大了。现在他也不见得真相信我干净，不过日久见人心，我是的的确确就干干净净。”

“不跟他们一起喝冷风了，我们回。”小六把拐杖塞给十七，双臂张开，单脚跳着，嘻嘻哈哈地往回跳跃。到了院门，跳上台阶，石板上结了一层薄冰，小六没提防，脚下打滑，身子向后倒去，跌进十七怀里。

“哈哈，谢谢了——”小六仰躺在十七怀里，说话的声音也不知道为什么就越来越小了。

小六去抓十七手里的拐杖，想站起来，不想拐杖掉到地上，小六抓了个空，又躺回十七怀里。

两人呆呆地看着对方，十七突然打横抱起小六，跨上石阶，跨过门槛，走过院子，把小六稳稳地立在了他的屋前。

两人面对面，沉默地站着。

“那个……谢谢。”小六转身，单只脚跳回了屋子。

仲春之月，百花盛开时，老木为串子和桑甜儿举行了婚礼。

婚礼很简单，只邀请了和串子玩得好的几个伙伴、屠户高一家和轩。春桃又怀孕了，挺着大肚子坐在一旁，脸上挂着微笑，却并不和桑甜儿说话。偶尔大妞凑到桑甜儿身边，春桃会立即把大妞拉过去，叮嘱着说：“不要去打扰婶子。”

串子只顾着高兴，看不到很多东西，但他洪亮的笑声，还是让满屋子都洋溢着喜悦。

小六啃着鸭脖子，笑眯眯地看着。这就是酸甜苦辣交织的平凡生活，至于究竟是甜多，还是苦多，却是一半看天命，一半看个人。

酒席吃到一半时，阿念姗姗而来。

小六立即回头，发现十七已经不见了。

老木热情地招呼阿念，阿念对老木矜持地点了下头，对轩说：“轩哥哥，海棠说你来这里喝喜酒，竟然是真的。”

阿念瞅了眼串子和桑甜儿，是毫不掩饰、赤裸裸的鄙夷，连高兴得晕了头的串子都感受到了，串子脸色变了。不过桑甜儿并不难过，因为她很快就发现，阿念鄙视的是所有酒席上的人，包括小六、屠户高、春桃，甚至大妞。

阿念那居高临下、天经地义、理所应当的鄙夷，让所有人都有点坐立不安，屠户高想起了自己只是个臭屠户，身上常年有臊臭味，春桃想起了她指甲缝隙里总有点洗不干净的污垢……

串子和麻子紧紧地握着拳头，可是阿念什么都没做，什么话都没说，她只不过姿态端庄地站在那里，看着大家而已。

小六都不得不佩服，这姑娘究竟是怎么被养大的？能如此优雅盲目地自傲自大、俯瞰天下、鄙夷众生，还偏偏让大家觉得她是对的。

轩站起，想告辞，阿念却打开一块手帕，垫在坐席上，坐了下来，“轩哥哥，我没见过这样的婚礼，让他们继续吧。”

小六简直要伏案吐血，串子要砸案，桑甜儿摁住了他，笑道：“我们应该给这位小姐敬酒。”

阿念俏生生地说：“我不喝，你们的杯子不干净，我看着腌臜。”

小六心内默念，我让着她，我让着她……

轩从串子手里接过酒，一仰脖子喝干净。阿念蹙了蹙眉，不过也没说什么，却又好奇地观察着酒菜，对老木说：“听说婚礼时，酒席的隆重代表对新娘子的看重，你们吃得这么差，看来很不喜欢新娘子。”

八面玲珑的桑甜儿脸色也变了，小六立即决定送客，对轩和阿念说：“两位不再坐一会儿了？不坐了！那慢走，慢走，不送了啊！”

轩拉着阿念站起，往外走，对小六道歉。阿念瞪着小六，“每次看到你，都觉得厌烦，如果不是哥哥，我会下令鞭笞你。”

小六在心里说，如果不是因为你哥哥，我也会抽你。

轩和阿念走了，小六终于松了口气。

他绕过屋子，穿过药田，向着河边走去。灌木郁郁葱葱，野花缤纷绚烂，十七坐在岸边，看着河水。小六站在他身后，“六年前的春天，你就躺在那丛灌木中。”

十七回头看他，唇角含着笑意，“六年。”

小六笑眯眯地蹲到十七身边，“麻子和串子都能看出你不该在回春堂，轩肯定也能看出来，何况他对我本就有疑惑，肯定会派人查你。”

“嗯。”十七双眸清澈，有微微的笑意，淡然宁静、悠远平和，超脱于一切之外，却又与山花微风清水浑然一体。

小六叹气，其实十七是另一种的居高临下、高高在上，阿念的那种，让小六想抽她，把她打下来；十七的却让小六想揉捏他，让他染上自己的浑浊之气，不至于真的随风而去，化作了白云。

小六捡起一块石头，用力砸进水里，看着水珠溅满十七的脸，满意地笑了起来。十七拿出帕子，想擦，小六蛮横地说：“不许！”

十七不解，但听话地不再擦，只是用帕子帮小六把脸上的水珠拭去。

白雕毛球贴着水面飞来，相柳似笑非笑地看着他们。

小六立即站起来，往前走了几步，头未回地对十七说："你先回去！"

十七本来心怀警惕不愿走，却想起那些半隐在领口内的"吻痕"，低下了头，默默转身离去。

小六站在水中，叉腰仰头看着相柳，"又来送贺礼啊？"又来提醒我多了一个人质。

毛球飞下，相柳伸手，小六抓着他的手翻上雕背，转瞬就隐入了云霄。

毛球在天空疾速驰骋，相柳一直不说话。

小六趴在雕背上，往下看，毛球飞低了一些，让小六能看清地上的风景。他们一直飞到了大海，毛球欢快地引颈高鸣，猛地打了几个滚。小六灵力很低，狼狈地紧紧搂着它的脖子，脸色煞白，对相柳说："我宁愿被你吸血而亡，也不要摔死。"

相柳问："为什么你的灵力这么低？"

小六说："本来我也是辛苦修炼了的，可是那只死狐狸为了不浪费我的灵力，用药物把我废了，让灵力一点点地散入血脉经络中，方便他吃。"

相柳微笑，"听说散功之痛犹如钻骨吸髓，看来我那四十鞭子太轻了，以后得重新找刑具。"

小六脸色更白了，"你以为是唱歌，越练越顺？正因为当年那么痛过，所以我十分怕痛，比一般人更怕！"

相柳拍拍毛球，毛球不敢再撒欢，规规矩矩地飞起来。小六松了口气，小心地坐好。

毛球飞得十分慢，十分平稳。

相柳凝望着虚空，面色如水，无喜无怒。

小六问："你心情不好？"

相柳轻声问："你被锁在笼子里喂养的那三十年是怎么熬过来的？"

"刚开始，我总想逃，和他对着干，喜欢骂他、激怒他。后来，我不敢激怒他了，就沉默地不配合，企图自尽，可死了几次都没成功。再后来，我好像认命了，苦中作乐，猜测那死狐狸又会抓来什么恶心东西让我吃，自己和自己打赌玩。再再后来，我越来越恨他，疯狂地恨他，开始想办法收集材料，想弄出毒药，等老狐狸吃我时，我就吃下去，把他毒死。"

小六凑到相柳身边："人的心态很奇怪，幸福或不幸福，痛苦或不痛苦都是通过比较来实现。比如，某人每天要做一天活，只能吃一个饼子，可他看到街头有很多冻死的乞丐，他就觉得自己很幸运，过得很不错，心情愉快。但如果他看到小时和自己一样的伙伴们都发了财，开始穿绸缎，吃肉汤，有婢女伺候，那么他就会觉得自己过得很不好，心情很糟糕。你需要我再深入讲述一下我的悲惨过去吗？我可以考虑适当地夸大修饰，保证让你听了发现没有最惨，只有更惨！"

相柳抬手，想捶小六，小六闭上眼睛，下意识地蜷缩，护住要害，温驯地等着。这是曾被经常虐打后养成的自然反应。

相柳的手缓缓落下，放在了小六的后脖子上。

小六看他没动手，也没动嘴，胆子大了起来，“你今夜和以往大不一样，小时候生活在大海？”

相柳没有回答，毛球渐渐落下，贴着海面飞翔，相柳竟然直接从雕背上走到了大海上，没有任何凭依，却如履平地。

他朝小六伸出手，小六立即抓住，滑下了雕背。毛球毕竟畏水，立即振翅高飞，远离了海面。

相柳带着小六踩着海浪，迎风漫步。

没有一丝灯光，天是黑的，海也是黑的，前方什么都没有，后面也什么都没有，天地宏阔，风起浪涌。小六觉得自己渺小如蜉蝣，似乎下一个风浪间就会被吞没，下意识地拽紧了相柳的手。

相柳忽然站住，小六不知道为什么，却也没有问，只是不自禁地往相柳身边靠了靠，陪相柳一起默默眺望着东方。

没有多久，一轮明月，缓缓从海面升起，清辉倾泻而下，小六被天地瑰丽震撼，心上的硬壳都柔软了。

在海浪声中，相柳的声音传来：“只要天地间还有这样的景色，生命就很可贵。”

小六喃喃嘟囔：“再稀罕的景色看多了也腻，除非有人陪我一块儿看才有意思。景永远是死的，只有人才会赋予景意义。”

也不知道相柳有没有听到小六的嘟囔，反正相柳没有任何反应。

最瑰丽的一刻已经过去，相柳召唤来毛球，带他们返回。

相柳闭着眼睛，眉眼间有疲倦。

小六问：“你为什么心情不好？”

相柳不理他，小六自说自话：“自从小炎夿（zhuàn）掌管中原，我听说中原已经渐渐稳定，轩辕王迟早要收拾洪江将军，天下大势已经不可逆，不是个人所能阻止，我看你尽早跑路比较好。其实，你是只妖怪，还是只惹人厌憎的九头妖，以神农那帮神族的傲慢性子，你在他们眼中，估计那个……什么什么都不如，你何必为神农义军瞎操心呢？跟着洪江能得到什么呢？你要喜欢权势，不如索性出卖了洪江，投奔轩辕王……”

相柳睁开眼睛，一双妖瞳，发着嗜血的红光。小六被他视线笼罩，身子被无形的大力挤压，完全动不了，鼻子流下了血，指甲缝里渗出血。

“我……错……错……”

相柳闭上眼睛，小六身子向前扑去，软趴在雕背上，好似被揉过的破布，没有生息。直到快到清水镇了，毛球缓缓飞下，小六才勉强坐起来，擦去鼻子、嘴边的血，一声不吭地跃下，落进河水里。

小六躺在河面上，任由流水冲刷去所有的血迹。

天上那轮月，小六看着它，它却静静地照拂着大地。

小六爬上岸，湿淋淋地推开院门，坐在厨房里的十七立即走了出来，小六朝他微笑，“有热汤吗？我想喝。”

“有。”

小六走进屋子，脱了衣服，随意擦了下身子，换上干净的里衣，钻进干净、暖和的被窝。

十七进来，端了一碗热肉汤。小六裹着被子，坐起来，小口小口地喝着热汤，一碗汤下肚，五脏六腑都暖和了。

十七拿了毛巾，帮他擦头发，小六头向后仰，闭上了眼睛。

十七下意识地看他的脖子，没有吻痕，不禁嘴角弯了弯。十七擦干了他的头发，却一时间不愿意放手，从榻头拿了梳子，帮小六把头发顺开。

小六低声说：“你不应该惯着我。如果我习惯了，你离开了，我怎么办？”

“我不离开。”

小六微笑，许诺的人千千万，守诺的人难寻觅。如果他只是十七，也许能简单一些，可他并不是十七。

◈

回春堂里多了个女人桑甜儿，但一切看上去变化不大。

老木依旧负责灶头，桑甜儿跟着他学做饭，但总好像欠缺一点天赋，串子的衣服依旧是自己洗，因为桑甜儿连着给他洗坏了三件衣服。甜儿和串子的小日子开始得并不顺利，但甜儿在努力学习，串子对她感情正浓，一切都能包容体谅，两人过得甜甜蜜蜜。

十七依旧沉默寡言、勤快干活，小六依旧时而精力充沛，时而有气无力。

夏日的白天，大家都怕热，街上的行人也不多。

没有病人，小六坐在屋檐下，摇着蒲扇，对着街道发呆。

一辆精巧的马车驶过，风吹起纱帘，车内的女子，惊鸿一瞥，小六惊叹美女啊！视线不禁追着马车，一直看过去。

马车停在珠宝铺子前，女子姗姗下了马车。珠宝铺子的老板俞信站在门口，毕恭毕敬地行礼问候。俞信在清水镇相当有名望，不是因为珠宝铺子的生意有多好，而是因为这条街上的铺面都属于人家，包括回春堂的铺面，老木每年都要去珠宝铺子交一次租金。

清水镇虽然是一盘散沙，可散而不乱，其中就有俞信的功劳，他虽不是官府，却自然而然地维护着清水镇的规矩。从某个角度而言，俞信就是清水镇的半个君王，所有人都从下往上地仰视着他。

所以，当他给人行礼，并且是毕恭毕敬地行礼时，整条街上的人都震惊了。大家想议论，不敢议论，想看，不敢看，一个个都面色古怪，简直是一瞬间，整条长街都变了天。

小六不但震惊，还很关注，毕竟回春堂是他生活了二十多年的地方，他还打算再继续生活下去，他也很喜欢这条街上的老邻居，不想有大的变故发生。

第二日，传出消息，俞信好似要收回一些铺子。

老木唉声叹气，魂不守舍，串子和甜儿也惶惶然。屠户高也不知道从哪里打听的小道消息，特意跑来通知他们，因为回春堂距河近，还有一片地，俞信大老板想收回去。

老木气得骂娘，当年他租下来时，只是一块荒地，费了无数心血才把地养肥，可是在清水镇的半个君王面前，他无力抗争，也不敢抗争，只能整宿睡不着地发愁。

小六喜欢水，不想离开这里。所以，他决定去见清水镇的半个君王——俞信。

小六特意收拾了一下自己，十七留意到他那么慎重，虽然不知道他想做什么，但等他出门时，特意跟上了。

小六去珠宝铺子求见俞信，俞信听说回春堂的医师求见，命人把他们请进去。

过了做生意的前堂，进了庭院。院子就普通大小，可因为布局停当，显得特别大。小桥流水、假山叠嶂、藤萝纷披、锦鲤戏水，用竹子营造出曲径通幽、移步换景，更有一道两人高的瀑布，哗啦啦地落下，水珠像珍珠般飞溅，将夏日的炎热涤去。

走进花厅，俞信端坐在主位上，小六恭敬地行礼，十七也跟着他行礼。

俞信端坐未动，只抬了抬手，示意他们坐。

小六道明来意："听说俞老板要收回一些商铺。"

俞信有着上位者冷血的坦率，"不错，其中就包括回春堂。"

小六赔着笑说："不管租给谁都是租，我的意思是不如继续租给我们，至于租金，我们可以加，一切都好商量。"

俞信好似觉得小六和他谈钱很好笑，微微笑着，看似客气，眼中却藏着不屑："别说一个商铺的租金，就是这整条街所有商铺的租金都不值一提。"

小六不是做生意的料，被噎得不知道该说什么，想了好一会儿，才又问："那俞老板把铺子收回去想做什么呢？"

俞信说道："你在清水镇二十多年了，我就和你实话实说，我只是个家奴，我家主上十分富有，别说一家商铺，就是把整个清水镇闲放着，也但凭心意。"俞信说完，不想再谈，对下人吩咐："送客！"

小六低着头慢慢地走着，无力地叹了口气，如果是阴谋诡计，他还能设法破解，可人家的铺子，人家要收回，天经地义，他竟然一点办法没有。

"站住！"一个女子的声音突然从楼上传来。

小六听话地站住了，抬头看，是那天看见的马车里的美貌女子。

十七却没有站住，还继续往前走，那女子急跑几步，直接从栏杆上飞跃下来，扑上去抱住十七，泪如雨下，“公子……公子。”

十七站得笔直僵硬，不肯回头，女子哭倒在他脚下，“都说公子死了……可我们都不信！十年了！十年了……天可怜见，竟让奴婢寻到了您！”

听到女子的哭泣声，俞信冲了出来，看到女子跪在十七脚边，他也立即惶恐地跪了下来。

女子哭着问：“公子，您怎么不说话？奴婢是静夜啊，您忘记了吗？还有兰香，您曾调笑我们说静夜幽兰香……俞信，赶紧给老夫人送信，就说找到二公子了……公子，难道您连老夫人也忘记了吗……”

十七回了头，看向小六，短短几步的距离却变成了难以跨越的天堑，漆黑的双眸含着悲伤。

小六冲他笑得阳光灿烂，一步步走了过去，想说点什么，可是往日伶俐的口舌竟然干涩难言，他只能再努力笑得灿烂一些，一边笑着，一边满不在乎地冲他打了个手势：你慢慢处理家事，我走了！

小六走回了回春堂。

串子和甜儿去别处找房子了。老木无心做事，坐在石阶上，唉声叹气。

小六挨着老木坐下，默默地看着院子外。

老木呆呆地说：“住了二十多年了，真舍不得啊！”

小六呆呆地说：“没事了，咱们想租多久就租多久，就是不给租金也没人敢收回去。”

老木呆了好一会儿，才反应过来，“你说服俞大老板了？”

“算是吧。”

老木冲着老天拜拜，“谢天谢地！”

小六喃喃说：“你放心吧，我一定会陪着你，给你养老送终。你寿命短，我肯定陪着你到死，让你不会孤苦伶仃，无人可倚靠，无人可说话，却不知道谁能陪我死……”

老木用力摇小六，“又开始犯浑了！”

小六说：“老木，还是你靠得住啊！”

老木摸摸他的头，“我家的小六是个好人，老天一定会看顾他。”

小六笑，用力地拍拍老木的肩膀，“干活去。”

小六拎起锄头，去了药田里，迎着暴晒的太阳劳作。

流了一身臭汗，跳进河里洗了个澡后，小六又变得生龙活虎。

晚上，吃饭时，甜儿没看到十七，惊异地问：“十七呢？”老木和串子都盯着小六。

小六微笑着说：“他走了，以后不用做他的饭了。”

老木叹了口气，“走了好，省得我老是担着心事。”

串子和甜儿什么都没说，继续吃饭。十七的话太少，串子一直都觉得他像是不存在，所以走了他也没什么感觉，甜儿刚来不久，更不会有什么感觉。

晚上，小六顺着青石小径，穿过药田，踱步到河边。

沿着河滩，慢步而行。

有人跟在他身后，小六快他也快，小六慢他也慢。

水浪拍岸，微风不知从何处送来阵阵稻香，走着走着，小六的心渐渐宁静了。

小六停了步子，他也停住。

小六回身，十七沉默地站着，还穿着白日的粗麻衣衫，却显然洗过，还有熏香味。

小六说："我不喜欢你身上的味道。"

十七垂下了头，小六微笑着说："我还是比较喜欢药草的味道，下次你来看我时，我给你个药草的香囊吧。"

十七抬起了头，眼眸中有星光落入，绽放着璀璨的光芒。

小六笑着继续散步，十七快走了几步，和他并肩而行。

从那之后，十七晚上总会穿着那身粗麻的衣衫，在河边等小六。

两人散步聊天，等小六累了时，小六回屋睡觉，十七离开。

日子好像和以前没有什么不同，只不过聊天的内容稍稍有些变化。

小六会问："你以前有几个婢女？"

"三个。"

"除了静夜、兰香，还有一个呢？"

"嫁人了。"

"你究竟有多少钱？"

"……"

"你当年……是因为争钱财吗？"

"嗯。"

"静夜好看，还是兰香好看？"

"……"

"还记得我以前给你说的那些草药吗？"

"嗯。"

"好好记住，那些草药看着寻常，可稍微加点东西，却不管是神还是妖都能放倒。"

"嗯。"

"你不是相柳那九头妖怪，有九条命，可别乱吃东西。"

"好。"

"静夜好看，还是兰香好看？"

“……”

“贴身的人往往最不可靠，你多个心眼。”

“嗯。”

“还有……要么不动手，隐忍着装糊涂，如果动手，就要手起刀落、斩草除根，千万别心软。”

十七沉默不语。

小六叹气，“要实在斗不过，你回来吧，继续帮我种药，反正饿不死你。”

十七凝视着小六，眼眸中有东西若水波一般荡漾，好似要把小六卷进去。

第五章 欲将此身寄山河

LOST YOU FOREVER

老木去买菜了，串子去送药了，甜儿在屋子里学着给串子做衣服。

没有病人，小六趴在案上睡觉，一觉醒来，依旧没有病人。小六拍拍自己的头，觉得不能再这么发霉下去，得找点事情。

小六决定去轩的酒铺子喝点酒。

他背着手，哼着小曲，踱着小步。轩看到他，热情地打招呼："六哥，要喝什么酒？"

小六找了个角落里的位置坐下，也热情地说："轩哥看着办吧。"

轩给他端了一壶酒，还送了一小碟子白果，小六一边东张西望，一边剥着白果、喝着酒。这才看到对面的角落里坐着一位衣衫精致、戴着帷帽的公子，虽然看不见面容，身上也没什么贵重佩饰，可身姿清华、举止端仪，令人一看就心生敬意。小六正歪着脑袋想清水镇几时来了这么个大人物，一个秀美的奴仆匆匆进来，向端坐的公子行了礼后，站到他身后，却是静夜女扮男装。

小六这才反应过来，立即低下头，专心致志地剥白果吃。

那边的案上也有一碟白果，本来一颗没动，此时，他也开始剥白果。剥好后，却不吃，而是一粒粒整整齐齐地放在小碟子里。

十七低声说了几句话，静夜行了一礼，离开了。他走过来，坐到小六身旁，把一碟子剥好的白果放在小六面前。

海棠出来招呼客人，轩坐在柜台后，一边算账，一边有意无意地扫一眼小六和十七。

因为海棠，酒铺子里的生意好了起来，不少男人都来买酒，有钱的坐里面，没钱的端着酒碗，在外面席地而坐，一边喝酒，一边瞅海棠。

几碗酒水下肚，话自然多。

整个清水镇上的新鲜事情、有趣事情都能听到，小六不禁佩服轩，这酒铺子开得好啊！

“你们这算什么大事啊？最近镇子上真的发生了一件大事情！”

“什么事？说来听听！”

“我来考考你们，除了轩辕、神农、高辛这三大王族，大荒内还有哪些世家大族？”

“这谁不知道？首屈一指的当然是四世家，赤水氏、西陵氏、涂山氏、鬼方氏，除了四世家，中原还有六大氏，六大氏之下还有一些中小世家，南边的金天氏、北边的防风氏……不过都不如四世家，那是能和王族抗衡的大家族。”

“涂山氏居于青丘，从上古至今，世代经商，生意遍布大荒，钱多得都不把钱当钱，据说连轩辕和神农的国君都曾向他们借过钱，是真正的富可敌国。今日和你们说的大事就和这涂山氏有关。”

“怎么了？快说，快说，别卖关子！”

“我有可靠消息，涂山氏的二公子就在清水镇！”

“什么？不可能吧？”

“说起来这涂山二公子也是个了不得的人物，涂山家这一辈嫡系就两个儿子，同父同母的双生兄弟，可据说这二公子手段很是厉害，从小就把那大公子压得死死的，家族里的一切都是他做主。”

“整个大荒，不管是轩辕，还是高辛，都有人家的生意。你们想想那是多大的权势富贵啊？这位涂山二公子，传闻人长得好，琴棋书画样样精通，言谈风雅有趣，被称为青丘公子，不知道多少世家大族的小姐想嫁他。涂山夫人左挑右选，才定下防风氏的小姐。听说防风氏的小姐从小跟着父兄四处游历，大方能干，生得如花骨朵子一般娇美，还射得一手好箭。”

“那涂山大公子却是可怜，娶的妻子只是家里的一个婢女，完全上不了台面。”

“十年前，涂山氏打算给二公子和防风小姐举行婚礼，喜帖都已送出，可婚礼前，涂山二公子突然得了重病，婚礼取消。这些年来，涂山二公子一直闭关养伤，不见踪影，家族里的生意都是大公子出面打理。”

“那防风小姐也是个烈性的，家里人想要退婚，她居然穿上嫁衣，跑去了青丘，和涂山太夫人说‘生在涂山府，死葬涂山坟’，把太夫人感动得直擦眼泪。这些年防风小姐一直住在涂山府，帮着太夫人打理家事。”

“听防风氏的人说，涂山二公子已经好了，涂山氏和防风氏正在商议婚期，都想尽早举行婚礼。”

“听说涂山二公子现在就在清水镇，估摸着二公子想要重掌家族生意了。”

众人七嘴八舌，热烈地讨论着涂山二公子和涂山大公子将要上演的争斗，猜测着最后究竟谁会执掌涂山家。

小六拨弄着碟子里剩下的白果，把它们一会儿摆成一朵花，一会儿又摆成个月牙。

他身旁的人，身子僵硬，手里捏着个白果，渐渐地，变成了粉末。

小六喝了杯酒，嬉皮笑脸地凑过去，“喂，你叫什么名字？以后见了面，装不认识不打招呼说不过去，可再给我十个胆子，我也不敢叫你十七啊！就算你不介意，你媳妇也会给我一箭。”

十七僵硬地坐着，握紧的拳，因为太过用力，指节有些发白。

小六说：“你不说，迟早我也会从别人那里听说。我想你亲口告诉我你的名字。”

半晌后，十七才艰涩地吐出三个字：“涂山璟。”

“涂山……怎么写？”

璟蘸了酒水，一笔一画地把名字写给小六，小六笑嘻嘻地又问：“你那快过门的媳妇叫什么？”

璟的手僵在案上。

小六微笑，“六年，我收留了你六年，你免我六年的租金，从此我们两不相欠！”小六起身要走，璟抓住了他的胳膊。

小六拽了几次，璟都没有放，小六第一次意识到，一贯温和的十七其实力量很强大，足以掌控他。

轩走过来，笑着问：“六哥要走了？”

小六笑着说：“是啊，你有你的大生意，我有我的小药铺，不走难道还赖着吗？你那些事情，我可帮不上忙。”

璟松了力气，小六甩脱他的手，把钱给了轩，哼着小曲，晃出了酒铺。

涂山二公子的出现，让清水镇更加热闹了，熙来攘往，权势名利。

人人都在谈论涂山二公子，连屠户高都沽了酒，来和老木抒发一下感慨，说到他们西河街上的铺子都属于涂山家，屠户高简直油脸发光，很是自豪。串子和甜儿什么都没想，觉得那些人就是天上的星辰，遥不可及；老木却心中疑惑，拿眼瞅小六，看小六一脸淡然，放下心来。不可能，十七再怎么样也不可能！

小六不去河边纳凉了，他紧锁院门，躺在晒草药的草席上，仰望星空，一颗颗数星星。

“三千三百二十七……”

有白色的雪花，从天空优雅地飞落，小六发现自己竟然有点惊喜，忙收敛笑意，闭上眼睛。

相柳居高临下地看着他，“别装睡。”

小六用手塞住耳朵，“我睡着了，什么都听不到。”

相柳挥挥手，狂风吹过，把席子刮得一干二净，他这才坐了下来，盯着小六。

小六觉得脸上有两把刀刮来刮去，他忍、再忍，坚持、再坚持，终于不行了……他睁开眼睛，“大人不在山里忙，跑我这小院子干什么？”

“你身边的那个男人是涂山家的？”

“你说谁？麻子？串子？”小六睁着懵懂的大眼睛，真诚地忽闪忽闪。

“本来想对你和善点，可你总是有办法让我想咬断你的脖子。”相柳双手放在小六的头两侧，慢慢弯下身子。星光下，他的两枚牙齿变长、变尖锐，如野兽的獠牙。

小六说：“你真是越来越不注意形象了，上次妖瞳，这次獠牙，虽然我知道你是妖怪，可心里知道是一回事，亲眼看见是另一回事。你应该知道我们人啊，不管神族还是人族，都是喜欢表象、完全不注重内在的种族，连吃个饭都讲究色香，娶媳妇也挑好看的，不像你们妖怪，只要够肥够嫩够大就行……”

相柳的獠牙收回，拍拍小六的脸颊，“你最近又寂寞了？”

小六叹气，“太聪明的人都早死！不过你不是人，是妖怪……估计更早死！”

相柳的手掐着小六的脖子，用了点力，问：“那个男人，就是每次我出现，你都要藏起来的那个，是不是涂山家的老二？”

小六想，我说不是，你也不会信啊，“是。”

“很好。”相柳放开了他。

小六看到他的笑容，全身起了鸡皮疙瘩，“我和他不熟，你有事自己去找他。”

“我和他更不熟，我和你比较熟。”

小六呵呵地干笑，“妖怪讲笑话好冷啊！”

相柳说：“这段日子酷热，山里暴发了疫病，急需一批药物，让涂山璟帮我们弄点药。”

小六腾地坐了起来，“凭什么啊？你以为你是谁啊？”

相柳笑看着小六，“就凭我能吃了你。”

“我宁可你吃了我，也不会去找他的。”

相柳好整以暇，“你想不想知道涂山家的老大是什么样的人？十年前，他可是让涂山璟在婚礼前突然消失了。如果我联系涂山家的老大，让他帮我弄药，我替他杀人，那位青丘公子活下去的机会有多大？”

小六咬牙切齿地说：“难怪你在轩辕赏金榜上位列第一，我现在很想用你的头去换钱。”

相柳大笑，竟然凑到小六眼前，慢悠悠地说：“我有九颗头，记得把刀磨锋利一点。”

小六瞪着他，两人鼻息可闻。

一瞬后，小六说：“他帮了你，能有什么好处？”

相柳慢慢地远离了小六，“山里的事情不忙时，偶尔我也会做做杀手，还算有名气。如果涂山大公子找我杀他，我会拒绝。如果他考虑杀涂山大公子，我会接。”

“他刚回去，不见得能随意调动家中的钱财和人。”

“你太小看他了！一批药而已，于他而言，实在不算什么。涂山家什么生意都做，当年经他手卖给神农的东西比这危险的多了去了。”

小六问：“那你这次怎么不直接找涂山家去买？”

相柳冷冷地说：“没钱！”

小六想笑却不敢笑，怕激怒相柳，抬头看星星，“你是妖怪，为了不相干的神农，值得吗？”

相柳笑，“你能无聊地照顾一群傻子，我就不能做一些无聊的事？”

小六笑起来，“也是，漫长寂寞的生命，总得找点事情瞎忙活。好吧，我们去见他。”

小六站起来，要往前堂走，相柳揪着他的衣领子把他拽回来，“他在河边。”

小六和相柳一前一后，走向河边。

璟听到脚步声时，惊喜地回头，可立即就看到了小六身后有一袭雪白的身影，张狂肆意，纤尘不染。

相柳走到河边，负手而立，眺望着远处。

小六和璟面面相对，小六有些尴尬，微微地咳嗽了一声，“你近来可好？”

“好。”

“静夜可好？”

“好。”

“兰……”

相柳冷眼扫了过来，小六立即说：“我有点事情要麻烦你。”

璟说：“好。”

“我要一批药物。”

相柳弹了一枚玉简，小六接住，递给璟，“这里面都写得很清楚。”

“好。”

“等药物运到清水镇了，你通知我，相柳会去取。”

“好。”

这生意就谈完了？怎么好像很简单？小六说：“我没钱付你，你知道的吧？”

璟低垂着眼说：“你，不需要付钱。”

小六不知道还能说什么，只能拿眼去看相柳，相柳点了下头，小六对璟说：“那……谢谢了。我、我说完了。”

璟提步离去，从小六身边走过，暗哑的声音回荡在晚风中，“以后，不要说谢谢。”

小六默默站了会儿，对相柳说：“我回去睡觉了，不送！”

相柳拽着他的衣领子，把他拎了回去，“在我没拿到药物前，你跟着我。”

毛球飞落，小六跳上雕背，满不在乎地笑，“好啊，最近新炼了毒药，正好试试。”

毛球驮着他们进入莽莽苍苍的深山，小六闭上眼睛，提醒相柳，“你考虑清楚，我这人怕疼，没气节，墙头草，将来轩辕如果捉住我，我肯定会比较痛快地招供。”

相柳没说话。

小六索性抱住毛球的脖子睡觉。

睡得迷迷糊糊时，感觉到毛球在下降。

相柳拽着他，跃下了雕背，“睁开眼睛。”

“不！”小六抓住相柳的手，紧紧地闭着眼睛，“我不会给你日后杀我的理由！”

相柳的手僵硬了下，小六冷笑。

相柳走得飞快，小六拽着他的手，跌跌撞撞地走着，直到走进营地，相柳说：“好了，已经进了营地，都是屋子，只要你别乱跑，不可能知道此处的位置。”

小六睁开眼睛，一个个的木屋子，散落在又高又密的树林里。有的屋子大，有的屋子小，样子都一模一样，从外面看，的确什么都看不出来。周围都是高高的树，如海一般无边无际，只要别四处勘察，也看不出到底在哪里。

相柳走进一个木头屋子，小六跟进去，四处打量，里面非常简单，一张窄榻，榻前铺着兽皮拼成的地毯。榻尾放了个粗陋的杉木箱子，估计是用来装衣物的。兽皮毯子上摆着两个木案，一个放了些文牍，一个放了一套简易的煮茶器具。

作为义军的重要将领，日子竟然过得如此简陋清苦，小六暗叹口气，真不知道这九头妖怪图什么。

万籁俱静，天色黑沉，正是睡觉的时候。相柳自然是在榻上休息，小六自觉主动地裹了被子，在兽皮地毯上蜷缩着睡了一晚。

第二日，一大清早，相柳就离开了。小六摸上榻，继续睡觉。

外面时不时传来整齐的呼喝声，刚开始听还觉得挺有意思，听久了，小六只恨自己不是聋子。一日又一日，一年又一年，枯燥的操练，看似无聊，可无聊却是为了让宝刀不锈、士气不散。但他们的坚持有意义吗？士兵的意义在于保卫一方江山、守护一方百姓，可他们躲在山中，压根儿没有江山可保、百姓可守。

小六忽而有些敬佩相柳，妖怪都天性自由散漫，不耐烦纪律，以相柳的狂傲，肯定更不屑，但他收起了狂傲散漫，规规矩矩地日日做着也许在他心里最不屑的事情。

相柳练完兵，回到木屋。

小六正坐在案前，自己动手招待自己。茶罐子里的东西很是奇怪，小六一边感慨生活真艰苦啊，一边丝毫不在意地扔进水里，煮好了疑似茶水的东西。

相柳倚着榻坐在兽皮地毯上，似乎在等着看小六的笑话，没想到小六只是在入口的一瞬，眯了眯眼睛，紧接着就若无其事地把一小碗热茶都喝了。

相柳说："我现在真相信你被逼着吃过很多恶心古怪的东西。"

小六笑眯眯地说："我从来不说假话，我只是喜欢说废话。"

相柳说："茶喝完后，我顺手把用来熏虫的药球丢进了茶罐子里，据说是某种怪兽的粪便。"

小六的脸色变了，却强逼自己云淡风轻，相柳轻声笑起来，是真正的愉悦。

小六看着他冷峻的眉眼如春水一般融化，想留住这一刻。

士兵在外面奏报："相柳将军，又有两个士兵死了。"

相柳的笑声骤然停住，立即站起来，走出屋子。

小六犹豫了一会儿，走到门口去看。

清理出的山坡上，两具尸体摆放在柴堆中。

看到相柳走过去，几百来个士兵庄严肃穆地站好，相柳先敬了三杯酒，然后手持火把，点燃了柴堆。

熊熊火光中，男人们浸染了风霜的脸膛因为已经看惯生死，没有过多的表情，但低沉的歌声却诉说着最深沉的哀伤：

> 此身托河山，生死不足道。
> 一朝气息绝，魂魄俱烟消。
> 得失不复知，是非安能觉？
> 千秋万岁后，荣辱谁知晓？[7]

士兵们的歌声并不整齐，三三两两，有起有落，小六听上去，就好像他们在反复吟哦：此身托河山，生死不足道。一朝气息绝，魂魄俱烟消。得失不复知，是非安能觉？千秋万岁后，荣辱谁知晓？

虽然的确是轩辕王霸占了神农的疆土，可神农国已经灭亡，百姓们只要安居乐业，并不在乎谁做君王，甚至已经开始称颂轩辕王的雄才伟略、宽厚仁慈。没有人在乎这些坚持不肯投降的士兵的得失是非，千秋万岁后，也根本没有人知道他们的荣辱。

只要放弃，只要肯弯腰低头，他们可以有温柔的妻子，可爱的孩子，甚至享受轩辕王赐予的荣华富贵，可是，他们依旧坚定地守护着自己的信念，坚持着很多人早就不在乎的东西，甚至不惜为这份坚持献上生命。

历史的车轮已经滚滚向前，他们却依旧驻守在原地，高举着双臂，与历史的车轮对抗。他们

7. 化用自陶渊明《拟挽歌辞》。

是被时光遗忘的人，他们企图逆流而上，但注定会被冲得尸骨粉碎。

小六知道他们很傻，甚至觉得他们很可悲，但是又不得不对他们肃然起敬。

这一瞬，小六突然明白了为什么上次他嬉笑着对相柳说，洪江做的事很没有意义，相柳应该出卖洪江，投诚轩辕王时，相柳会勃然大怒。这世间，有些精神可以被打败，可以被摧毁，却永不可以被轻蔑嘲弄！

相柳慢步归来，苍凉哀伤的歌声依旧在他身后继续。

小六靠着门框，看着他白衣白发、纤尘不染地穿行在染血的夕阳中。

相柳站定在小六身前，冰冷的眉眼，带着几分讥嘲，却不知道是在讥嘲世人，还是讥嘲自己。

小六突然对他作揖鞠躬，“我为我上次说的话，向你道歉。”

相柳面无表情，进了屋子，淡淡说：“如果能尽快弄到药，至少让他们可以多活一段日子。他们是战士，即使要死，也应该死在轩辕王的军队前。”

小六安静地坐在角落里，开始真的希望璟能尽快拿到药。

◈

两日后，相柳带小六离开军营，去清水镇。

璟站在河边，看着并肩而立的相柳和小六乘着白雕疾驰而来。

小六跳下大雕，急切地问：“药到了？在哪里？”

璟看着相柳，说道：“将军要的药已全部备齐，在清水镇东柳街左边第四户的地窖里放着。将军自可派人去拿。”

相柳点了下头，大雕盘旋上升。

小六不想面对璟，只能仰头看相柳，目送着他渐渐地消失在云霄中。等相柳走了，小六依旧不知道该和璟说什么，只能继续看着天空，一副极度依依不舍的样子。

脖子都酸了，小六终于收回目光，笑眯眯地去看璟，他依旧穿着离开那日的粗麻布衣裳。

小六轻轻咳嗽了两声，“弄那些药麻烦吗？”

璟摇了下头。

小六问：“你什么时候离开清水镇？”

“不离开。”他凝视着小六的双眸中有温柔的星光。

小六歪着头笑起来，“那你的未婚妻要过来了？”

他垂下眼眸，紧紧地抿着唇。

小六说：“我回去了。”从他身边走过，快步走进药田，也不知道踩死了几株药草。

小六深吸口气，用力推开院门，欢快地大叫：“我玟小六回来了！”

◈

半夜里，小六睡得正香时，突然惊醒。

相柳站在他的榻旁，白衣白发，可是白发有点零乱，白衣有点污渍。

“你又受伤了？”

小六叹气，坐了起来，非常主动地把衣服领子往下拉了拉，相柳也没客气，拥住小六，低头在他脖子上吸血。

小六调笑，“你倒是幸运，有我这个包治百病的药库，可你的那些……”小六反应过来了，“你拿到药了吗？难道有人去伏击你？”

相柳抬起了头，“没有。涂山家有人泄露了藏药的地点。”

“不会是涂山璟！”

“我知道不是他。”

“那是谁？”

“我怎么知道？你该去问他！”

“知道是谁劫了药吗？”

“不知道。”

“你怎么什么都不知道？”

“和上次让我受伤的是同一拨人，但上次那拨人来得诡异，消失得也诡异，我怀疑山里有内奸，但一直没查出头绪。”

小六用手拍额头，简直想仰天长叹，“不用那么热闹吧！”

相柳是何等精明的人，立即看出异样，“难道你知道是谁？”

小六苦笑，“你先让我冷静冷静。”

相柳掐住他的脖子，“事关上千战士的性命，这不是你的寂寞游戏！”

小六伸出手，一边伸手指计时，一边思量，十下后，他做了决定：“是街头酒铺子的轩。”

相柳放开他，转身就要走，小六牢牢地抓着他，“不能硬抢，他手下的人很多，而且他们应该和涂山氏的关系很深，如果真闹大了，涂山氏只会帮他们。”

相柳摔开了他，小六说：“我有办法能兵不血刃地抢回药。”

相柳停住脚步，回身。

小六跳下榻，一边穿外衣，一边说：“轩有个妹妹，叫阿念，轩十分精明，也十分在意这个妹妹，打轩的主意不容易，抓阿念却不难。用阿念去换药，我们拿回药，轩得回妹妹，大家也就不用打了。”

相柳思索了一瞬，说道：“可行。”

两人出了院子，小六说：“你去引开轩，我去捉阿念。”

“我的人手不多，只能给你四个。”

“你该不会把人都给我吧？我留两个就行了，你有伤，轩可不好对付。”

相柳不理他，跃上毛球。四个戴着面具的男子驾驭坐骑出现，相柳对他们下令：“在我没回来之前，一切听他命令。”

“是！”四人齐齐应诺，一个男子飞落，把小六拽上坐骑，又齐齐飞上云霄。

相柳策毛球离去，小六叫：“九头妖怪，别死啊！”也不知道相柳有没有听到，雕和人很快就消失不见。

小六看身边的四人，面具遮去了他们面容，没有任何表情流露，只有一双坚定的眼眸，期待地看着他。

小六问他们：“你们熟悉周围的地形吗？”

“非常熟悉。”

小六边比边画地开始下令。

“明白了吗？”

“明白！”

“好，待会儿见。”

小六去酒铺的后门，边敲门边小声叫：“轩哥，轩哥……”他当然知道轩不在，只是想叫醒屋里的人。

海棠走了出来，“三更半夜不睡觉，有什么事吗？”

小六不屑地说：“滚一边去，我找轩哥，可没找你。”

海棠怒气上涌，却毕竟是婢女，不敢说什么，可屋子里的阿念不满了，走出来，“贱民！你再不滚，我就不客气了！”

“你对我不客气？我还对你不客气呢！如果不是看在轩哥的面子上，我早抽你十个八个耳光了。臭婆娘，丑八怪，尤其一双眼睛长得和死鱼眼睛一样。”

一辈子从没被人如此辱骂过，阿念气得身子都在抖，“海棠，打死他。打死了，表哥责怪，有我承担。”

“是！”海棠立即应诺。

小六撒腿就跑，“我得给轩哥面子，有本事到外面来。阿念，你真有本事，就别叫婢女帮忙，自己来啊！”

“反了！真的反了！”阿念都顾不上招呼海棠，拔脚就开始追小六，“我就自己动手！”

小六骂，阿念追。

小六只把市井里的骂人话拣那最轻的说了一遍，阿念已经气得要疯狂。快气晕的她压根儿就没注意到护在她身后的海棠突然昏了过去，一个面具人立即把她绑了，悄悄带走。

小六引着阿念越跑越偏僻，等阿念觉得不对劲，大叫海棠时，却没有人回应她。

阿念胆色倒很壮，丝毫不怕，双手挥舞，水刺铺天盖地地朝小六刺去。戴着面具的男子挡在了小六面前。

三个人对付一个，完胜！

阿念被捆得结结实实，丢在了坐骑上。

在阿念的骂声中，一行人赶往和相柳约定的地点。

到了山林中，海棠晕在地上，四个面具男子散开，把守在四方。

小六抱起阿念，阿念破口大骂："放开我，再不放开我，我就剁掉你的手！"

小六立即听话地放开了，扑通——阿念摔在地上。

阿念骂："你居然敢摔我！"

小六说："是你让我放开你。"

阿念骂："谁让你抱我的？"

"因为你被绑着，我不抱你，难道扔你？"

阿念气鼓鼓地不说话。

小六蹲下，笑问："尊贵的小姐，是不是一辈子都没被绑过，滋味如何？"

阿念竟然还是不怕，反而像看死人一样看着小六，"你简直是自寻死路。"

小六觉得越来越崇拜阿念的父母，劝道："妹子，认清楚形势，是你被我绑了。"

阿念冷笑，"表哥很快就会找到我，他会非常非常生气，你会死得非常非常惨！"

小六双手托着下巴，看着珍稀物种阿念，"你对你的表哥很有信心吗？"

"当然，父……父亲从来不夸人，却夸奖表哥。"

"你父母很疼爱你？"

"废话！我父母当然疼爱我了！"

"你身边的人都疼爱你？"

"废话！他们怎么敢不疼爱我？"

小六明白了阿念的珍稀。在她的世界，一切都是围绕她，她所求所需，无不满足。在阿念的世界，没有挫折、没有阴暗。想到轩对阿念的样子，不知为什么，小六突然觉得自己有些嫉妒阿念。阿念这姑娘很不招人喜欢，可是如果可以，估计每个姑娘都愿意被宠得天真到无耻，飞扬到跋扈。那需要非常非常多的爱，需要有很爱很爱她的人，为她搭建一个只有阳光彩虹鲜花的纯净世界，才能养成这种性格。

如果可以一辈子一帆风顺、心想事成，谁乐意承受挫折？谁乐意知道世事艰辛？谁又乐意明白人心险恶？

小六坐在地上，柔声问："阿念，你的父母是什么样子的？"

阿念瞪小六一眼，不说话，可因为内心的得意，又忍不住想说："我父亲是天下最英俊、最厉害的男人。"

小六打趣她，"那你表哥呢？"

"我表哥当然也是。"

"两个都是最？谁是第一？"

"你笨蛋！父亲是过去，表哥是将来！"

"你父亲平时都会和你做什么？"小六没有父亲，他好奇父女之间是如何相处。

阿念还没来得及回答，相柳回来了。

相柳从半空跃下，戴着银白的面具，白衣白发、纤尘不染，犹如一片雪花，悠然飘落，美得没有一丝烟火气息。

面具人上前低声奏报，相柳听完，吩咐了几句，他们带着海棠，离开了。

阿念一直好奇地盯着戴着面具的相柳，竟然看得呆呆愣愣，都忘记了生气。

小六低声调笑，"想知道面具下的脸长什么样子吗？可绝不比你表哥差哦！"

阿念脸上飞起红霞，嘴硬地说："哼！谁稀罕看！"说完，立即闭上了眼睛，表明你们都是卑鄙无耻的坏人，我不屑看，也不屑和你们说话。

相柳盘腿坐在几丈外的树下，闭目养神。

小六走过去，问："你还好吗？"

"嗯。"

"要不要疗伤？"

"你应该知道我疗伤时的样子，等事情结束。"

"等轩把药送给你的手下，我带阿念回去，你自己找地方疗伤。"

相柳睁开了眼睛，"你知道轩的真正身份吗？"

小六摇头，"他身上的市井气太重了，不像是那些世家大族的嫡系子弟，但又非常有势力，这可需要雄厚的财力物力支持，不是世家大族很难做到。"

相柳微笑，"我倒是约略猜到几分。"

"是谁？"

"我要再验证一下。"

"哦——"

"如果真是我猜测的那个人，你恐怕要凶多吉少了。"

"呃——为什么？"

"听闻那人非常护短，最憎恨他人伤害自己的亲人，你绑了他妹妹，犯了他的大忌，他肯定要杀你。这次是我拖累了你，在我除掉他之前，你跟在我身边吧。"

"不！"

“你不信我的话吗？”

“信！杀人魔头都认为我有危险，肯定是有危险。不过，你觉得我是躲在别人背后，等风暴过去的人吗？”

相柳挑眉而笑，“随便你！不过——”他轻轻地掐了掐小六的脖子，“别真的死了！”

毛球幻化的白鸟落下，对相柳鸣叫，相柳抚了它的头一下，对小六说：“已经收到药材，安全撤离了。”

小六站起，大大地伸了个懒腰，“我送人回去，就此别过，山高水长，后会有期。如果无期，你也别惦记。”

相柳淡笑，“我惦记的是你的血，不是你的人。”

小六哈哈大笑，解开阿念脚上的妖牛筋，拽着阿念，在阿念的怒骂声中扬长而去。

小六边走边琢磨该怎么应付轩。

仔细地、从头到尾地回忆了一遍从认识轩到现在的所有细节，他发现完全不了解这个人。这人戴着一张彻头彻尾的面具，别人的面具能看出是面具，他的面具却好像已经长在了身上，浑然一体、天衣无缝。老木、屠户高、麻子、串子都喜欢他，觉得和他很亲近，能聊到一起去。春桃和桑甜儿也喜欢他，觉得他模样俊俏，风趣大方。小六扪心自问，不得不承认，他也蛮喜欢轩，聪明圆滑，凡事给人留三分余地。但实际上，轩的性格、喜好、行事方式……小六完全看不出来。唯一知道的弱点大概就是很护短，不管妹妹做了什么，都希望别人让着他妹妹。宁可自己弯腰，也不让妹妹道歉。

小六越想越颓然，天下怎么会有这样的人？到底经历过什么，才能有这么变态的性格？

小六对阿念说：“我好像真的有点怕你表哥了。”

阿念骄傲地撇嘴，“现在知道，晚了！”

小六笑眯眯地盯着阿念，阿念觉得脚底下腾起寒意，“你……你想干什么？”

小六把阿念摁坐到地上，在身上东摸西抓，拿出一堆药丸、药粉，仔细挑选一番，掐着阿念的嘴，把三个药丸、一小包药粉灌进了阿念嘴里。

阿念不肯吃，小六一打一拍再一戳，阿念不得不吞了下去，“你、你、你给我喂的什么？”

小六笑眯眯地说：“毒药。你身上戴着避毒的珠子，我不相信你内脏中也戴着避毒珠。”

小六又拔下阿念头上的簪子，蘸了点药粉，在阿念的手腕上扎了两下，阿念的眼泪滚了下来，她一辈子没见过小六这样无赖无耻的人。

小六自言自语：“我不相信你血液里也会戴避毒珠子。”

小六想了想，用簪子又蘸了点别的药粉，居然去摸阿念的背，“保险起见，再下一种毒药，你的灵力是水灵属性的冰系，对吧？这次我得找个刁钻的穴位。”小六的手左掐掐、右捏捏，从阿念的肩头一直摸到了腰。

阿念毕竟是个少女，从没有被男人这么摸过，从出生到现在，第一次有了害怕的感觉。她哭泣着躲闪，“我会杀了你！我要杀了你！”

小六不为所动，在阿念的背上找了几个穴位，用簪子轻轻地扎了一下，并不很疼，可阿念只觉痛不欲生。如果可以，她真想不仅仅剁去小六的手，还要剥掉自己背上的皮。

小六为阿念插好簪子，整理好衣裙，“走吧，你表哥要我死，我就拉你一块儿死。”

阿念抽抽噎噎地哭泣，一动也不肯动。小六伸出手，在她眼前晃晃，“难道你还想让我在你胸上找穴位？”

阿念哇的一声，放声大哭起来，一边哭，一边跌跌撞撞地跟着小六走。

小六听着她的大哭声，认真反思，我是不是真的太邪恶了？把小姑娘欺负成这样。

没等他反思出结果，一群人飞纵而来，领头的是轩。

“表哥——”阿念一头扎进轩的怀中，号啕大哭。

小六被一群蒙面人围在了正中间。轩并不着急处理小六，而是轻拍着阿念的背，柔声安慰着阿念。

阿念哭得上气不接下气，脸都涨得通红。

半晌后，阿念的哭声才小了，抽抽搭搭地低声回答着轩的问话，说到小六给她下毒时，轩问她小六究竟扎了她哪里，阿念的哭声又大了起来，不肯回答轩的问题。

虽然阿念一句话没说，但她的哭声已经说明了一切。

轩眼神锋利，盯向小六，小六抚摸了一下手臂上的鸡皮疙瘩，努力保持着一个很有风度的笑容。

轩下令：“把他关好，留着他的命。”

“是！”

轩带着阿念离开，蒙面人打晕小六，也带着小六离开了。

小六醒来时，发现自己置身于密室。

没有任何自然光，只石壁上点着两盏油灯。小六估摸着在地下，很保密，也很隔声，是个十分适合实施酷刑逼问的地方。

两个蒙面人走了进来，小六想叫，却发不出声音。

高个子说：“主上说留着他的命。”

矮个子说：“意思就是我们要好好招呼他，只要不死就行。”

高个子说：“从哪里开始？”

矮个子说：“手吧，让他不能再给人下毒。”

两人拿出刑具，是一个长方形的石头盒子，像个小棺材，盖子像是枷锁，可从中间打开，合拢后上面有两个手腕粗细的圆洞。

高个子拿出一盒臭气熏天的油膏，仔细地给小六的手上抹了薄薄一层油膏，把他的双手放入石头盒子里。石头小棺材的下面是一层油腻腻的黑土，被油膏的气味刺激，刹那间钻出了好多像蛆一样的虫子，向着小六的手奋力地蠕动过去。

矮个子把盖子左右合拢，严严实实地罩上。又拿出个木头塞子，掐着小六的嘴巴，把塞子塞进嘴里，用布条仔细封好。

高个子说："盒子里养的是尸蛆，它们喜欢吃死人肉。"

矮个子说："给你手上抹的油膏是提炼的尸油，让它们明白你的手可以吃。"

高个子说："它们会一点点钻进你的肉里，一点点地吃掉你手上的肉。"

矮个子说："它们的速度不会太快，恰好能让你清晰地感受到自己被啃噬的感觉。"

高个子说："十指连心，啃骨噬肉，万痛钻心，有人甚至会企图用嘴咬断自己的手腕，结束那种痛苦。"

矮个子说："所以，我们必须堵住你的嘴。"

高个子说："五日后，当盖子打开，你会看到两只只剩下骨头、干净得像白玉石一般的手。"

矮个子说："我们应该灭掉油灯。"

高个子说："很对，黑暗中，他的感觉会更清晰。而且黑暗会让时间延长，痛苦也就加倍了。"

矮个子说："上次，我们这么做时，那个人疯掉了。"

高个子说："希望你不会疯。"

高个子和矮个子灭了油灯，提着灯笼走了出去。

当最后的光消失时，虽然一团漆黑，小六依旧努力地睁大眼睛，因为他知道那两人说得都很正确，唯一不让自己发疯的方法就是不能闭上眼睛。

小六感觉到了指尖的痛楚，好似有蛆虫钻进身体，一点点啃噬着心尖。

小六开始在心里和自己说话，想起什么就说什么。痛苦的黑暗中，浮现在脑海中的画面却明媚绚烂。

火红的凤凰花开满枝头，秋千架就搭在凤凰树下，她喜欢荡秋千，哥哥喜欢练功。她总喜欢逗他，"哥哥，哥哥，我荡得好高……"哥哥一动不动，好像什么都听不到，可当她真不小心跌下去时，哥哥总会及时接住她。

碧绿的桑林里，她喜欢捉迷藏，藏在树上，看着哥哥走来走去找她。等他不提防间，跳到他背上，哈哈大笑，耍赖不肯走，让哥哥背着回去。娘看了叹气摇头，外婆却说，不和你小时候一样吗?

依偎在外婆身边，和哥哥用叶柄拔河，谁输了就刮谁的鼻头。她每次都会重重地刮哥哥，轮到自己输了，却轻声哀求："哥哥，轻点哦！"哥哥总是会恶狠狠地抬起手，落下时，却变得轻柔。

红衣叔叔把斩断的白狐狸尾巴送给她玩，哥哥也喜欢，她却只允许他玩一小会儿。每次玩都要有交换，哥哥必须去帮她偷冰葚子。有一次吃多了，拉肚子，被娘狠狠训斥了一顿。她觉得委屈，和哥哥说："你学会做冰葚子吧，学会了我想吃多少就吃多少，不要娘和外婆管！"哥哥答应了，也学会了，却不肯给她做，只说："等你将来长大了，吃了不肚子疼时再给你做。"

外婆的身体越来越虚弱，娘整夜守着外婆，顾不上她和哥哥。他们说舅舅和舅娘死了，外婆也要死了。她害怕，晚上偷偷钻进哥哥的被窝。她轻声问："什么是死亡？"哥哥回答："死亡就是再也见不到了。""也不能说话了？""不能。""就像你再也见不到你爹娘了？""嗯。""外婆是要死了吗？"哥哥紧紧地抱着她，眼泪落在她的脸上，她用力回抱着他，"我永远不死，我会永远和你说话。"

所有人都说哥哥坚强，连外爷也认为哥哥从不会哭泣。可她知道哥哥会哭的，但她从没告诉娘，她常常在深夜偷偷钻进哥哥的被窝，陪着他，即使第二天早晨，娘训她，说她这么大了，还不敢一个人睡，要去缠着哥哥，打扰哥哥休息。她什么都不说，只噘嘴听着，到了晚上，依旧会溜去找哥哥。

白日里，哥哥坚强稳重勤奋好学，可只有她知道，哥哥夜半惊醒时，会蜷缩在被子里，身子打战，她知道他又看到娘亲用匕首自尽的场面了。她总会像抱着自己的木偶娃娃一样抱住哥哥，轻轻地拍他，低声哼唱着娘和舅娘哼唱的歌谣，哥哥的眼泪会无声地滑下。有一次她还尝了哥哥的眼泪，又咸又苦。

有一次哥哥又做了噩梦，却强忍着不肯落泪，她拥着他着急地说："哥哥，你哭啊！你快点哭啊！"哥哥问她："他们都让我不要哭，你为什么总要我哭？你知不知道我不应该哭？"她抽着鼻子说："我才不管他们说的应该不应该，我只知道你心里苦，泪水能让心里的苦流出来，苦流出来了，心才会慢慢好起来。"

她去玉山前的那一夜，哥哥主动要求和她一起睡。她睡得迷迷糊糊时，感觉到哥哥在抱她，他的脸上有泪珠滑落，她以为他又做噩梦了，反手拍着他，"不怕，不怕，我陪着你。"哥哥却一遍遍说："对不起，对不起，是我太没用了，我会很快长大的，我一定会保护你和姑姑，一定会去接你……"

漆黑的黑暗，不知道时间的流逝，小六只是在心里絮絮叨叨地和自己说话，几次都痛得忘记说了什么，可每一次，他又凭着恐怖的坚韧，继续和自己说话。

也不知道过了多久，小六只记得他都开始和自己唠叨烤鱼的方法，总结出三十九种方法，共计一百二十七种香料。

门吱呀呀打开，灯笼的光突然亮起。因为在黑暗中太长时间，灯笼的光对小六而言都太明亮刺眼，小六闭上了眼睛。

高个子说："他的表情……和我以前见过的不一样。"

矮个子说："他很奇特。"

高个子打开盒子，矮个子解开了小六，取下小六嘴里的木头塞子。高个子清理小六的手，小六痛苦地呻吟，恍恍惚惚中好像听到十七的声音，紧绷着的那根线断了，痛得昏死过去。

小六再睁开眼睛时，依旧是黑暗，可他感觉到自己穿着干净的衣衫，躺在柔软的榻上。

身旁坐着一个人，小六凝神看了一会儿，才不太相信地叫："十七，璟？"

"是我。"

"窗户。"

璟立即起身，推开了窗户，山风吹进来，小六深深地吸气。

璟点亮灯，扶着小六坐起，小六低头看自己的手，包得像两只大粽子，估计伤势惨重，应该抹了上好的止痛药，倒没觉得疼。

璟端了碗，喂小六喝肉糜汤。小六饿狠了，却不敢大口吃，强忍着一小口、一小口地喝着。

喝完肉汤，璟又倒了一颗药丸给小六，"含化。"

小六含着药丸，打量四周，很粗糙简单的木头屋子，地上铺着兽皮，很是熟悉的风格，小六惊诧地问："我们在神农义军中？"

"我找相柳将军，请他帮我救你。相柳带人袭击轩，我去地牢救你。"

从和相柳交涉，到查出地牢、计划救人，整个过程肯定很曲折，可是璟只用简单的两句话就交代了。

小六说："其实，你根本不用来救我。"

璟说："我待会儿要回清水镇，你把阿念的解药给我。"

小六说："她压根儿没中毒！阿念那派头，一看就知道肯定不缺好医师，我琢磨着不管下什么毒都有可能被解掉，索性故弄玄虚。她身边的人很宝贝她的命，即使医师怎么查都查不出名堂，可只会越来越紧张，这样才能让轩暂时不敢杀我。"

"你——"璟无奈地看他的手，眼中是未出口的痛惜。

小六眼珠子骨碌碌地转，"那个……故弄玄虚只能暂时保命，所以……我是没给阿念下毒，可我给轩下毒了。"

璟诧异震惊地看着小六。

"我的毒是下在阿念的身上，轩抱着她，拍啊、摸啊、安慰啊……那毒进入身体很慢，可一旦融进了血脉中，却很难拔出。以阿念的性子，这几日肯定每日哭哭啼啼，轩忙着安抚她，肯定不会想到我是冲着他去的。"

"你给他下的是什么毒？"

小六心虚地说："其实，不算是毒，应该说是——蛊。"施蛊之术曾是百黎族的秘技，几百年前，百黎族曾出过一位善于驱蛊的巫王，被大荒称为毒王。蛊术独立于医术和毒术之外，上不了台面，被看作妖邪之术，听说过的人有，但真正了解的人却不多。

小六解释："简单地说，就是我在我身体里养了一种蛊虫，而现在那种蛊虫已经融入了轩的身体中。日后只要我身体痛，他也要承受同样的痛苦。"

"这蛊，应该不好养。"

"当然！很难养！非常难养！"要好养，早风靡大荒了，以小六的特异体质，都养了几年了。

“为什么养蛊？”

小六郁闷地叹气，“还不是想制住相柳那魔头！他是九头妖，百毒不侵，我思索了很久，才想到这个美妙的法子，没想到还没来得及用到他身上，反倒用到了轩身上。”野兽的警觉性天生敏锐，小六怕种蛊时相柳会察觉，还很配合地让他吸血，就是指望着有朝一日神不知鬼不觉地把蛊种进相柳身体里。

璟问：“蛊对你的身体有害吗？”

“没有！”

“你肯定？”

“用我的命保证，肯定！”

璟并没有放心，但他自己对蛊完全不了解，只能回头再寻医师询问。

小六问：“从我被捉到现在几日了？”

“四日。”

“时间差不多了。”小六低头看着自己的手，也许可以考虑不抹止痛药。

“小六，轩的事让我处理……”

小六抬头看璟，“相柳早就料到轩会狠狠收拾我，让我跟在他身边，可我拒绝了。如果我是找大树去躲避风雨的人，当年根本不会收留你。我已经习惯独来独往，独自逍遥、独自承担，我既然敢做，就敢面对后果。”

璟的眸中有温柔的怜惜，“你可以不独自。”

小六扭过了头，冷冰冰地说：“我救你一次，你也救我一次，我喂你吃过饭，你也喂我吃过饭。我们之间已经扯平，从此互不相欠，我的事情不劳你费心！”

璟默默地坐了一会儿，静静地走出屋子。

小六想睡觉，可大概已经昏睡了很久，完全睡不着，他挣扎着下了榻，走出门。

原来这并不是个军营，而是类似于猎人歇脚的地方，整个山崖上只有这一个木屋。想想也是，相柳帮璟救人，肯定是以自己的私人力量，不可能动用任何神农义军的力量。

天幕低垂，山崖空旷，山风呼呼地吹着，云雾在他脚下翻涌。小六看久了，觉得好似下一刻云雾就会漫上来，吞噬掉他，禁不住轻声地叫：“相柳，你在吗？”

身后有鸟鸣声，小六回头，相柳倚坐在屋子旁的一株树上，银色的月光下，白衣白发的他，好似一个雪凝成的人，干净冰冷，让人想接近却又畏惧。

小六呆呆地看了他一会儿，忽然想起什么，小心翼翼地问：“你在那里多久了？”

相柳淡淡地说：“听到了你打算给我种蛊。”

小六的脸色变了，和璟说话，他向来不耍心眼，可刚才一时糊涂，忘记了他们在相柳的地盘。小六干笑，“这不是没种吗？种给轩了。”

相柳居高临下，看着小六，如同打量待宰的猎物，“如果你痛，他就痛？他体内的蛊什么时候会发作？”

小六立即往后退了两步，生怕相柳立即就刺他两剑，“现在还没到时间。我既然给他种了蛊，自然不会让他好过。”

相柳眺望着悬崖外的云雾，慢悠悠地说：“你先辱他妹妹，再给他下蛊，他不会饶了你，希望你的蛊不好解，让他对你有几分顾忌。”

“这可是给你准备的蛊，世间只有我能解。”

相柳闭上了眼睛，“回去睡觉，尽快把你的手养好。”

小六再不敢废话，睡不着也回去睡。

第六章 似是故人来

LOST YOU FOREVER

小六的体质十分特异，伤口愈合速度比常人快很多。璟又留下很多好药，玉山玉髓，归墟水晶炼制的流光飞舞……大荒内的珍稀药物应有尽有，小六的伤势恢复得很快。

小六用东西从不吝惜，能把整瓶的万年玉髓倒出来泡手，可他唯独不肯用止痛的药，每日里痛得大呼小叫、上蹿下跳。

相柳刚开始只冷眼看着，后来实在被他吵得心烦，讥嘲道："我真是同情给你上刑的人，他们给你上尸蛆噬骨的酷刑，你给他们上魔音穿脑的酷刑。"

小六不满地看他，"我真是太后悔把蛊种给了轩。"

相柳嗤笑，"你就算养蛊，也该养个狠毒的，你养的这蛊，伤敌就要先伤己。幸亏你种给了轩，种给他，还能管点用。你种给我，我是九头之躯，疼死你自己，我也不会有太大反应。"

小六觉得和相柳说话就是找气受，不想再理相柳，一个人举着双手，在林子里跑来跑去，啊啊啊地惨叫。

相柳实在听不下去，索性策白雕，躲进了云霄中。

一日日过去，疼痛越来越小，小六的双手渐渐恢复。

凌晨时分，小六正睡得迷糊，突然感觉到体内阵阵奇怪的波动。刚开始他还不明白，思索了一会儿才反应过来，这是蛊虫给他的讯息。

小六急急忙忙地起来，冲出屋子，“相柳，轩……”

“我知道。”

山崖上竟然有十来个面具人，人与坐骑都杀气内蕴、严阵以待，显然他们已经知道轩在接近。而且看他们的这个阵势，轩带来的人肯定不会少。

相柳对小六说：“轩来势汹汹，我也正好想杀了他，今夜是生死之战，你找地方躲好。”因为戴着面具，看不清楚相柳的表情，只有一双眼睛犹如冰雪凝成，冷漠得没有一丝温度。

小六不敢废话，四处看了看，钻到树林里，躲在一方岩石下。

没过多久，小六看到轩率领一群人，浩浩荡荡而来。

三十多只各种各样的坐骑，张开的翅膀铺满了天空。小六仰着头，震惊地看着，轩究竟是什么人？竟然能拥有这么强大的力量？

高空中，激战起来。

和相柳相比，从人数而言，轩占有绝对优势。

但相柳的手下日日在死亡的阴影下生存，他们有鲜血积累的默契，更有不惜一切的彪悍，两边竟然打了个旗鼓相当。

砰然巨响，金色的火球击中了一个人，连着坐骑都化为灰烬。没过一会儿，另一个人被巨大的冰剑砍成了两半，他的坐骑悲伤地尖鸣。

两个人驾驭着坐骑从树梢上呼啸而过，边打边腾上高空。小六看不清楚谁是谁，只听见凄厉的呼啸。一个东西从高空落下，摔在石头上，裂成了几瓣。小六拿起，是染血的面具。

小六再躲不下去，他冲出去，飞快地爬上了最高的树。

天空中战火弥漫，光芒变幻、黑烟阵阵，相柳的身影却并不难寻觅。他白衣白发，戴着银白的面具，驱策的又是白雕，如一片雪花，在九天中回旋飞舞，每一次看似美丽的舞动，却都是冰冷无情的杀戮。

四个人占据了四角，围攻向他，其中一个是轩，另外三个都是灵力一等一的高手。

相柳全是以命搏命的打法，只进攻不防守。

他使用的兵器是一弯如月牙一般的弯刀，晶莹剔透，犹如冰霜凝成，随着他身影的飘动，弯刀带出白色的光芒，就好似漫天霜花在飞舞。

相柳不顾身后，疾速向前，一道刺目的白光闪过，一个人头飞起、落下，相柳背上被冰刃刺穿，见了血。

冰刃铺天盖地卷向他，相柳完全不躲，驱策白雕，迎着冰刃上前，挥手劈下，晶刀弯弯，回旋而过，霜花飞舞，一个人连着坐骑被绞碎，可相柳也受了伤，从唇角流下血。

四面八方都飞舞着叶子，形成了一个木灵杀阵，相柳根本不耐烦破阵，直接向着设阵人冲去，拼着灵力受创，斩杀了他。

终于可以一对一，相柳追逼向轩，但他已经有伤，灵力消耗了大半，轩却毫发无伤，灵力充沛。

轩左手木灵长鞭，右手金灵短剑，竟然能驱策两种灵力，鞭如蛇，卷向相柳，剑如虎，张着血盆大口，伺机而动。

小六大叫："相柳，左手。"

小六把左手用力砸到树干上，钻心的疼痛，轩的招式偏移了一下。

"右手。"

小六用力把右手砸到树干上，轩的兵器差点掉落。

相柳百忙之中，竟然大笑起来。轩却眼中闪过狠厉，长鞭飞舞，击向小六。小六一缩脑袋，顺着树干滑下。幸亏林木茂密，坐骑无法进入，轩不能来追击他。

相柳下令："左腿、右手。"

小六心里咒骂，却不得不狠着心，一边用带刺的木棍朝着左腿狠狠打下去，一边用右手去撞击一个凸起的石头。

相柳灵力暴涨，甩出弯刀，封住轩的退路，身子如大鹏般飞起，扑向轩，显然想一举击杀了轩。

轩情急间，滚下坐骑。在相柳的前后夹击下，坐骑碎成血沫，却救了他一命。

轩从高空坠落，重重砸在树上，把一棵大树都砸倒了。他受了重伤，身上都是血，却不敢停下，立即纵跃而起，一边踉踉跄跄地跑着，一边高声呼啸，召唤着侍从。

山林中，树木茂密，坐骑不可能飞进来，相柳驱策白雕掠过树林上空的一瞬，飞跃而下，落入林中，追杀轩。

小六犹如猿猴一般，从一棵树飞跃到另一棵树，不慌不忙地也追了过去。忽然间，他眼角的余光扫过一条白色的东西，好似动物的尾巴，小六的大脑还未反应过来，身子却停住了。

他飞跃过去，捡起了挂在树枝上的白色东西，是一截毛茸茸的白色狐狸尾巴。

小六整个人都痴了，唇角如月牙一般弯弯地翘起，在欢笑，眼中却有泪花闪闪，悲伤地要坠落。

突然之间，他脸色大变，疯了一样去追相柳和轩。

轩在飞奔，相柳犹如鬼魅一般从藤蔓间闪出，手化成利爪，犹如五指剑，快若闪电地刺向轩。轩转身回挡，木灵长鞭碎裂成粉末，却丝毫未阻挡住五指剑。

相柳的妖瞳射出红光，轩的身体像被山峦挤压住，一动不能动，再没有办法闪避，他却不愿闭眼，如果要死，他要看清楚自己是怎么死的。

一道身影犹如流星一般扑入轩怀里，替他挡住了相柳的雷霆一击。

“啊——”小六惨叫。

轩感同身受，剧痛钻心，可他毕竟只是痛，并不会受伤。轩震惊地看着小六，不明白小六为什么要舍身救他。

小六用力推开他，“快逃！”

相柳却不肯让轩逃脱，再次击杀。小六转身，不惜再次受伤，紧紧抱住了相柳已经幻化成利爪的手，阻止他击杀轩。

轩的侍从赶到，扶着轩快速逃离。轩边跑边回头，迷惘地看向小六。

相柳眼见着大功告成，却被小六毁了，不禁大怒，一脚踢在小六的腿上。小六软软地倒下，却还是用尽全部力量，死命地抱住相柳的脚。

轩被侍从带上坐骑，在云霄中疾驰。

他靠在侍从身上，紧紧地咬着唇，忍着疼痛。

胸腹间在痛、胳膊上在痛、腿上在痛，全身上下都在剧烈地痛，好似整个人都要分崩离析。可他知道自己不会分崩离析，因为这些疼痛不属于他，而是小六的。

轩茫然地看着翻滚的云海，为什么，究竟是为什么？小六先是要帮相柳杀他，可最后关头，却不惜一死也要救他。他下令对小六动用了酷刑，小六恨他、想杀他才正常，为什么会救他？

相柳的愤怒犹如怒海一般，翻涌着要吞噬一切。

小六知道相柳要杀了他，可是，他竟然没有一丝害怕的感觉。

猩红的鲜血，让她看见了火红的凤凰花。在凤凰树下，有一个娘为她搭建的秋千架，她站在秋千架上，迎着簌簌而落的凤凰花瓣，高高飞起，欢笑声洒满天地。哥哥站在凤凰树下，仰头笑看着她，等她落下时，再用力把她送出去。秋千架飞起、落下，飞起、落下……

相柳的利爪抓向小六的脖子，小六却睁着大大的眼睛，冲着他甜甜地笑，犹如春风中徐徐绽放的花。

纤细的脖颈就在他手中，只需轻轻一捏，麻烦就会消失。

小六微笑着轻声叹息，好似无限心满意足，头重重垂落，眼睛缓缓地合上。

相柳猛地收回了手，提起小六，带他离开。

◈

小六睁开眼睛时，在一个山洞中，整个人浸在一个小池子内。

池子中有玉山玉髓、归墟水晶、汤谷水、扶桑叶等乱七八糟的东西。如果是别人，在重伤下，被这么多乱七八糟的药物，不分药性、不辨分量地乱泡着，估计本来不死也要死。可小六体质特异，乱七八糟的东西反而恰恰对他的身体有益。

估计里面也有止痛的灵药，所以小六只觉得身子发软，并不觉得疼痛。

距离池子不远处，相柳盘腿坐在一方水玉榻上，眉间的戾气集聚如山峦，似乎随时都会倾倒。

小六不敢动，更没胆子说话，悄悄闭上眼睛。

“为什么要救他？”相柳的声音冰冷，有压抑的怒气。

小六心念电转，一刻不敢犹豫，清晰地说：“因为我知道他是谁了。”

相柳的眉头微动了下。

小六说：“前几日我就在纳闷，你这段日子怎么这么闲，竟然能日日看着我。后来才明白，你不是照看我，而是在等轩。璟让我藏在山中，是因为知道你们和轩辕斗了几百年，轩辕都没有办法追踪到你们。只要你愿意，轩根本不可能找到我。可是，你已经猜到他的身份，又知道他肯定不会放过我。所以，你用我设了一个陷阱，目的就是杀了他。”

“我用你做陷阱，那又如何？”

“本来是不如何，反正他想杀了我。可是，我知道了他的名字叫玱玹（cāng xuán），是轩辕的王子，轩辕王的嫡长孙！如果我帮你杀了他，轩辕王必倾天下之力复仇，我此生此世永不得安宁！大荒之内再无我容身之处！”

相柳睁开了眼睛，盯着小六，“我曾以为你有几分胆色。”

小六说：“对不起，让你失望了。你敢与轩辕王作对，可我不敢。帝王之怒，血流千里！我承受不起！”

“你怎么发现了轩的身份？”

“你去追杀他时，他的一个侍从仓皇间，叫漏了嘴，说什么快救王子，虽然有点含糊，可让你不惜重伤也非杀不可的人在大荒内应该不多，稍微想想自然就知道了。”

相柳站起来，直接走进水池里，手掐着小六的脖子，把他的头重重磕在池壁上，“你也知道我不惜重伤想杀他！”

小六无力反抗，索性以退为进，“我坏了你的大事，你若想杀我，就杀吧！”他温驯地闭上了眼睛，露出一截白皙的脖子。

相柳冷笑，“杀了你？太便宜你了！”他伏下头，狠狠地咬在小六的脖子上，用力吸吮着鲜血，以此宣泄着心中的杀意。

小六头向后仰，搭在池子边沿上，庆幸他对相柳还有用。相柳是九头之躯，体质特异，很难找到适合他的疗伤药，但体质特异的小六恰恰是他最好的灵药。

躺在榻上养伤的轩突然坐了起来，伸手摸着自己的脖子。

他还活着！

刚开始是剧烈的疼痛，就好似利齿刺入肉中，可是渐渐地，疼痛的感觉变得怪异起来，疼中夹杂着丝丝酥麻，痛中有微微的快感，就好似有人在吮吸舔舐轻吻。

轩觉得有些口干舌燥，突然间十分生气。那么重的伤，那小子发疯了吗，究竟在干什么？

相柳抬起头，盯着小六，唇角染血，眸色变深，微微地喘息着。

小六一直是一副任君采撷的无赖样子，突然间，他瑟缩了，身子往下滑了滑，双手下意识地想挡在胸前，可又立即控制住自己的异样，依旧大大咧咧地坐着。

相柳的手从他的脖颈，慢慢地下滑，手指头抚摸玩弄了一会儿他的锁骨，又往下抚摸。

小六猛地抓住他的手，嬉笑着说："我是个男人，就算你好男风，也该找个俊俏的。"

"你是男人？"相柳还沾染着血痕的唇角微微上挑，似笑似嘲，"你如果是男人，是如何把朏朏勾搭出来的？"

小六困惑地眨眨眼睛，笑说："我不相信你不能变幻声音和形体。"

"我更相信野兽的直觉。"

"野兽的直觉如果那么管用，你的毛球不会被我药倒，天下不会有种东西叫陷阱，猎人早就不用打猎了。"

"你究竟用的什么幻形？你灵力低微，却无迹可查，就好像这是你的真实身体。"

小六不满地说："这本来就是我的真实身体！"

相柳盯着他，双眸漆黑如墨。小六的心狂跳，猛地摔开相柳的手，闭上眼睛，摆出死猪不怕开水烫的样子，"摸吧，摸吧，摸完了别再乱怀疑我是女人就行！"

相柳盯了他一会儿，"我对你的这具假身体没兴趣！"他放开小六，转身离开了池子，躺到榻上，开始疗伤。

小六提到嗓子眼的心终于缓缓落下，本来就有重伤，又被相柳吸了血，小六觉得脑袋昏沉沉的，重逾千斤，仰身躺在水面上，也开始疗伤。

一日后，璟找到了附近。

相柳身上还有伤，以他多疑的性子，自然不愿和有可能威胁到自己的人碰面。他在璟发现他们藏身的山洞前，悄然离开，留下了不能动的小六。

璟进来时，看到小六漂在水面上，脸色煞白，浑身是伤，闭目沉沉而睡。

璟探了探他的脉息，立即抱起他，快步走出山洞，召唤坐骑。

十几日后，小六醒转，发现自己在一个很雅致的屋子里。

明珠高挂，鲛绡低垂，外面正是酷夏，室内却很凉爽，从大开的窗户可以看到庭院内开满鲜花，茉莉、素馨、建兰、麝香藤、朱槿、玉桂、红蕉、阇婆、薝卜……屋檐下，挂着一排风铃，是用终年积雪的极北之地的冰晶所做，赤红色、竹青色、紫靛蓝色、月下荷白色……配合着冰晶的色彩，雕刻成各种花朵的形状。微风吹过，带起冰晶上的寒气，四散而开，让整个庭院都凉爽如春。

小六披衣起来，走到廊下，璟从花圃中站起，定定地看着他。

明媚灿烂的阳光，勃勃生机的鲜花，还有一位君子，如金如锡、如圭如璧，一切都赏心悦目，令人欢喜。

小六走到璟面前，微笑着轻叹："我姑酌彼金罍，维以不永怀！我姑酌彼兕觥，维以不永伤！"从死到生，让我姑且放纵一下吧，那些悲伤的事情就不想了。

璟伸手，轻抚过他的脸颊，似乎确认着他真的完好如初了。小六微微侧头，感受着他掌间的温暖，璟抱住了小六，温柔却用力地把他揽在怀中。

小六闭上眼睛，头轻轻地靠在璟的肩头。这一刻，他们是十七、小六。

叮叮咚咚——杯盘坠地的声音。

小六抬起头，看见静夜呆滞地站在廊下，眼神中满是惊骇。

小六体内的恶趣味熊熊燃烧，他维持着刚才的姿势，闭上眼睛，装作什么都没听到，什么都没看到，等着看璟的反应。

璟却让小六失望了，他异常镇定，好似什么都没听到，什么都不知道，依旧安静地揽着小六。有一种任凭天下零落成泥，他自岿然不动的气势。

静夜轻移莲步，走了过来，"是六公子的伤势又加重了吗？让奴婢搀扶吧！"

小六扑哧一声笑出来，这也是个妙人！他挣脱璟的手，退后了几步，笑看着静夜。

静夜对他行礼，"公子相救之恩，无以为报，请先受奴婢一礼。"

小六微笑着避开，"你家公子也救了我，大家谁都不欠谁。"小六对璟抱抱拳，"老木他们还等着我，我回去了。"

小六转身就走，璟伸出手，却又缓缓地收了回去，只是望着小六的背影消失在回廊下。

◈

小六看上去好了，其实身体依旧使不上力，稍微干点活就累，可他已经有一段日子没有赚钱了，一家子都要吃饭，所以他也不能休息，回春堂依旧打开门做生意。

桑甜儿跟在小六身边，小六动嘴，她动手，两人配合着，看病抓药，竟然像模像样、有条不紊。

有时候，受了外伤的病人来求医，桑甜儿不怕血，也不怕恶心，在小六的指点下，清理伤口、包扎伤口，做得比小六还细致，病人离开时，不住嘴地道谢。

小六赞道："你做饭，不是盐多就是盐少；你洗衣，本来能穿五年的，变成了两年；你整理屋子，零乱不过是从显眼处藏到了不显眼处；可你察言观色、伺候人倒是很有天赋。"

桑甜儿苦笑，"六哥，你这是夸我吗？"

小六说："看病不就是要察言观色吗？照顾病人不就是伺候人吗？我看你能学医术。"

桑甜儿猛地抬起了头，直愣愣地瞪着小六。

小六慢悠悠地说："麻子和串子跟了我二十多年了，可终究不是吃这行饭的人。我看你却不错，你如果愿意，就好好学吧。多的不求，把我治不孕的本事学去，你和串子这辈子走到哪里，都饿不死。"

"六哥愿意教我？"

"为什么不愿意？你能干活了，我就可以躲懒了。"

桑甜儿跪下，连着磕了三个头，哽咽着说："谢谢六哥成全。"过去的一切总是如影随形地跟着她，纵然串子对她百般疼爱，可是已经看惯世事无常、人心善变的她根本不敢把一切押在一个男人身上。她与串子的生活，看似是她虚情假意，串子真心实意，好似她在上，串子在下，实际上是她匍匐在陷落的流沙中，在卑微地乞求。春桃可以和麻子理直气壮地吵架，可以住在娘家让麻子滚，她却总是在矛盾爆发前，小心翼翼地化解，她和串子压根儿没红过脸。看惯了风月的她何尝不知道，丈夫不是恩客，不可能日日都蜜里调油，这种不对等支撑的甜蜜恩爱是非常虚幻的，但她孑然一身，根本无所凭依，千回百转的心思无人可以诉说，只能笑下藏着绝望，假装勇敢地走着。可是，她没想到有一个人能懂，能怜惜。

谢谢成全，让她能理直气壮、平等地去过日子，去爱串子，去守护他们的家。

小六温和地说："好好孝顺老木，若你们死时，他还活着，让你们的儿子也好好孝顺他。"

桑甜儿困惑不解地看着小六，小六微笑。

桑甜儿心中意识到什么，重重点了下头，"六哥放心，我会照顾好老木和串子。"

轩走进医堂，坐到小六对面："在交代后事托孤？"

小六借着去端水杯，低下头，掩去眼内的波澜起伏，微笑着对桑甜儿吩咐："去药田帮串子干活。"

桑甜儿看了一眼轩，默默地退了出去。

小六又慢条斯理地喝了几口水，这才抬头看轩，"大驾光临，有何贵干？"

轩沉默了半晌才问："为什么救我？"

小六笑嘻嘻地说："你死了，你体内的蛊也要死，我养那蛊不容易，不想让它死。"

轩看着他，小六一脸坦然。

小六给他倒了杯水，商量着说："我虽抓了阿念，可并未真正伤害她，只是戏弄了一番。你手下人伤了我，我也没让你好过。相柳虽然用我做了陷阱，但我也放了你。我们就算一报还一报，能否扯平？"

轩问："什么时候给我解除蛊？"

小六思索了一会儿说："等你离开清水镇时。"

轩的手指轻扣着几案，"为什么不能现在解除？"

"你是心怀高远的人，应该很快就会离开清水镇，等你离开时，我必会解开蛊。这蛊并无害处，唯一的作用不过是我痛你也痛，只要你不伤我，你自然不会痛，我不过是求个安心。”

“好。”轩起身离开，走到门口时，突然又回头，“有空时，可以去酒铺子找我喝酒。”

小六拱手道谢：“好的。”

轩扬眉而笑，“注意些身子，有伤时，禁一下欲吧！”

“……”小六茫然不解，他几时开过欲？

轩摸了下自己的脖子，笑着离去了。

小六依旧不解地眨巴着眼睛，一会儿后，他抿着唇角，悄悄地笑起来，真的可以去找你喝酒吗？心内有声音在反对，可又有声音说，他很快就会离开，现在不喝以后就没机会了。

◈

冬天到时，小六的伤完全好了。

这几个月，因为身体很容易累，小六整日待在屋子里，正好有大把时间教桑甜儿。

桑甜儿十分认真地学医，每日的生活忙忙碌碌，她和串子的关系有了微妙的变化。桑甜儿嫁给串子后，很忌讳和以前有关系的东西，刻意地回避，可现在偶尔她会无意识地边研磨药草，边哼唱着以前学会的歌谣。以前，桑甜儿总是什么都顺着串子，可现在有时候串子干活慢了，她也会大声催促，桑甜儿越来越像是回春堂的女主人了。

小六笑眯眯地看着桑甜儿艰辛又努力地去抓取一点点微薄的幸福，就如看着种子在严寒荒芜的土地上努力发芽吐蕊，生命的坚韧让旁观者都会感受到力量。

傍晚，飘起了小雪。

这是今年冬天的第一场雪，老木烫了热酒，吆喝着小六和串子陪他喝酒，小六想起了另一个人的喝酒邀约，望着雪花发呆。

桑甜儿提着灯笼从外面进来，一边跺脚上的雪，一边把灯笼递给了串子。

串子正要吹灭灯笼，小六突然拿了过去，也不戴遮雪的箬笠，提着灯笼就出了屋子。

老木叫：“你不喝酒了？”

小六头未回，只是挥了挥手。

冒着小雪，走过长街，小六到了酒铺子前，突然又犹豫了。

提着灯笼，在门前静静站了一会儿，小六转身往回走。

“既然来了，为什么不进来坐一下呢？”轩站在门口，看着小六的背影。

小六慢慢地回身，笑着说：“我看没有灯光，以为你们不在家。”

轩只是一笑，并不打算戳破小六的谎言。

小六随在轩的身后，穿过前堂，进了后面的院子。也不知道轩从哪里移了一株梅树，此时正在吐蕊，暗香盈满整个庭院。

轩看小六打量梅树，说道：“阿念要看，栽给她看着玩的。”

小六说：“你可真疼妹子。”当年只是打趣的话，现如今说起来却是百般滋味。

两人坐在暖榻上，轩摆了五六碟小菜，点了红泥小火炉，在炉子上煮起了酒。

门和窗都大开着，雪花、梅花都尽收眼底，倒是别有情趣。

两人都不说话，只是沉默地喝酒。一个是戒心未消，懒得敷衍；一个却是忍着心酸，无语可言。

这是酒铺子，什么都缺，就是不缺酒。酒像水一般灌下去，小六渐渐地有了几分醉意，笑问：“阿念怎么会允许我在这里坐着喝酒？”

轩狡黠地笑，“她酒量非常浅，一杯就倒，现在估计正在做美梦。”

小六说：“我看你们是神族，又都是世家大族的子弟，为什么要跑到清水镇来受罪呢？”

轩道：“我以为你知道原因。”

“杀相柳吗？”小六摇摇头，“你们这样的人杀人根本无须自己动手。”

轩微笑不语，小六端着酒杯，和他轻碰了一下，“说说呗！”

“真正的原因说出来也许没有人相信。”

“我相信。”

“那……好吧！告诉你！我的酿酒技艺是和师父学的，有一次师父难得地喝醉了，他给我讲了一个他年少时的故事。他说那时他还不是家族的族长，他以普通人的身份去大荒游历，在一个小镇子上打铁为生，家长里短地生活着。有一日，一个少年找他打铁，哄着他干活，承诺的美酒却原来是最劣的酒，从此他就结识了一生中唯一的朋友。我牢牢记住了这个故事，小时候常常想着将来我也要像普通人一样生活，也许，我也能碰到一个倾心相交的朋友。”轩讲完，看着小六，“你相信我的话吗？”

“相信！”

“为什么？不觉得这理由很荒谬吗？”

“我能感觉到你说的是实话。”

轩叹息，“可我并不是师父，我虽然在卖酒，却并未真正像普通人一样生活。”

小六笑着安慰，“各有各的际遇，你也见识了很多。”

轩自嘲地笑，“是啊，师父可没被人种下蛊。”

小六手撑着头笑，“那你得谢谢我。”

轩问：“为什么救我？”

小六端着酒碗，不满地说：“我还没醉呢！套话也太早了！”

轩笑着说：“那我等你醉了，再问吧。”

小六摇摇手指，“不可能。”

“为什么不可能？”

小六连喝了三杯酒，“因为……我要睡了。”趴在案上，沉沉地睡了过去。

轩摇摇他，“你酒量倒不错！”去关了门窗，觉得头重脚轻，索性也连着喝了几杯酒，躺在榻上睡了过去。

半夜里，醒来时，小六已走，只剩榻上的冷菜残酒，轩哑然失笑。

隔了几日，轩去年酿的梅花酒可以喝了。

轩白日里卖完酒，晚上忽然动了兴致，提着两坛酒去看小六。

小六见是他，愣了一下后，请他进去。

小六家里可没什么像样的酒具，都是用碗喝。小六拿了两个碗，把他平常吃的鸭脖子、鸡爪子弄了些，就算有了下酒菜。

两人依旧是沉默地喝酒，一坛子酒喝完，两人略微有了点醉意。

轩问：“你怎么会在清水镇？”

“四处流浪，走着走着就到了这里，觉得还算喜欢，就住下了。”

“你和九命相柳……很熟？”

小六托着头，思索了一会儿说：“这种问题不适合喝酒的时候回答。”

“那再喝几碗回答。”

轩给小六倒了一大碗酒，小六喝下后，说道：“我怕他，但不讨厌他。我和他不是敌人，但也肯定不是朋友。”

轩道：“可惜他太精明，否则我还真想和他平平常常地喝一次酒。”

小六问：“你和阿念……只是兄妹之情？”

轩轻声地笑，“这种问题倒是很适合喝酒的时候回答。”

小六给他倒了一大碗，轩灌下去后，却怔怔的，半晌都不说话。小六又给他倒了一碗，轩一口气喝完，掏出一个贴身戴着的玉香囊。打开香囊，拽出了一小团毛茸茸的东西，像洁白的雪球，他抖了抖，那毛球变大，成了一截白色的狐狸尾，“这是我妹妹的宝贝，我们临别时，她送给我，说只是暂时借给我玩，这个暂时已经三百多年了！”

轩轻抚着白狐狸尾巴，“妹妹是我姑姑和师父的女儿，我答应过姑姑会照顾妹妹，但我失信了。妹妹在很小时，失踪了，他们都说她死了，但我总抱着万一的希望，期冀她还活着，等着她回来要回狐狸尾巴。阿念也是师父的女儿，宠爱她就像是宠爱妹妹。”

小六好似不胜酒力，以手扶额，举起酒碗喝酒时，悄悄地印去了眼角的湿意。

轩把狐狸尾巴团成小球，塞回玉香囊里，贴身收好。他倒满了酒，和小六碰了一下碗，一饮而尽。

两坛酒喝完，两人都醉倒睡了过去。半夜里，小六醒来时，轩已经走了。

小六再睡不着，睁着眼睛，发呆到天亮。

整个冬季，小六和轩隔三岔五就会一起喝酒。

刚开始，两人聊天时，还常常言不及义，可日子长了，轩半真半假地把小六看作了朋友，甚至向小六认真地请教用毒。

小六对轩十分坦诚，比如说讲解毒药，几乎知无不言、言无不尽，各种下毒的技巧都和他详细地道来，各种简单有效的避毒方法也仔细说清楚。有时候，小六还会认真地提醒他："相柳想杀你，虽然他不可能派兵进入清水镇，但神农义军毕竟在这里盘踞几百年了，你还是趁早离开吧。"

轩觉得他们是能推心置腹的朋友，可真当轩想进一步，小六却会笑着装傻充愣。

两人好像只是酒肉朋友，醉时，谈笑；醒时，陌路。

第七章 人转過過路转长

LOST YOU FOREVER

寒冷的冬季过去，温暖的春天来临。

麻子的二闺女做周岁宴，小六去糕点铺子买些糕点，打算明天带给春桃和大妞。

提了糕点，掏钱时，却发现忘带钱了，小六正想去问轩借点钱，璟走到他身旁，帮他把钱付了。

小六把糕点塞到他怀里，“你买的，那就你吃吧！”说完就要走，轩却看到了他们，大声招呼：“小六、十七。”

小六无奈，只得走进酒铺子。铺子里没有客人，轩自己一人喝着闷酒，摆弄棋子。小六坐下，璟跟在他身后进来，也坐了下来。

轩说：“下一盘？”

小六最近刚跟轩学会下棋，手发痒，“下就下。”

“不是和你说，我是和他说。”轩指指璟，小六棋品非常差，落子慢，还喜欢悔棋，轩和他下了几次，就下定决心再不自找苦吃。

小六不满，“你瞧不起我！”

“我是瞧不起你！”轩丝毫不掩饰对小六的鄙视，却很是谦虚地问璟：“怎么样，下一盘？

一直听闻你琴棋书画样样拔尖儿，却一直没有机会讨教。”

璟侧了头，认真地问小六：“和他下吗？”

“下不下是你的事情，和我有什么关系？”

“我听你的，你说下，就下，你说不下，就不下。”

小六想板脸，可唇角又忍不住微微地上翘，半晌没吭声，璟只专注地看着小六。

轩敲几案，“喂、喂……我知道你们关系好，可……”

小六没好气地反驳，“谁和他好了？”

璟温和地说：“我们好，和你无关。”

两人都看着轩，只不过小六横眉怒目，璟冲淡超诣。

轩笑起来，对小六说：“不管好不好，反正他说听你的，让他和我下一盘。我听闻他大名久矣，却一直没有机会。”

小六眼珠子骨碌一转，“我也要玩。”

轩无奈，“成，你来落子，让他指点。”

小六拿起一枚棋子，看璟，璟低声说了一句，小六把棋子放好。

轩一边谈笑，一边跟着落了棋子。

几子之后，轩就明白璟绝不是浪得虚名。有人来买酒，轩不耐烦招呼，打发一个侍从坐在门口，不许任何人进来打扰。

一子又一子，轩渐渐地不再谈笑，而是专注地凝视着棋盘。人说酒逢知己千杯少，棋逢对手更是人生一件酣畅事。轩的棋艺是轩辕王传授，刚学会时，与他对弈的就都是大荒内的名将能臣，以致轩现在罕逢对手，很多时候他下棋都只露三分，今日却渐渐地开始全心投入。

轩落下一子，只觉自己走了一步好棋，正期待璟的应对，却看到璟说了一句话。小六对璟摇头，指指某处，“我觉得应该下在这里。”

璟微微一笑，竟然丝毫不反驳：“好，就下那里。”

小六高兴地落了子，轩大叫：“我允许你悔棋，你重新落子。”

小六说：“我想好了，就下这里。”

轩眼巴巴地看着璟，劝道：“你再想想。”

小六不耐烦地说：“你烦不烦？我想悔棋的时候，你不许我悔棋，我不想悔棋的时候，你却不停地让我悔棋。”

轩只觉胸内憋闷难言，这就好像满怀着期待、兴冲冲地抖开一袭华美的锦缎，却发现被老鼠咬了个洞。轩落下棋子，心内已经在想几子之后可以定输赢。

璟在小六耳旁低声说了一句，小六把棋子放下。

轩轻轻咦了一声，感觉正失望于锦缎被老鼠咬了个洞，却又发现老鼠洞在边角上，并不影响裁剪衣衫。轩想了想，落下棋子。

璟对小六低声耳语，小六摇头，“你的不行，我想下那里。”

“好，那里很好。”璟依旧只是微微一笑，一口赞成，好像小六真的棋艺高超，走的是一步妙棋，而不是臭到不能再臭的臭棋。

小六得意扬扬地落下了棋子。

轩现在的感觉是刚庆幸老鼠洞在边角上，可又发现了一个老鼠洞，他对小六说：“我真诚地建议你悔棋。”

小六瞪着他：“不悔！”

轩只能落子。

璟低语，小六落子，轩快速地落子。璟又低语，小六再落子，轩落子……三子之后，轩再次看到那个老鼠洞又被挤到了边角，他心内又惊又喜。

璟低语，小六又摇头，发表真知灼见：“那里。”

“好。”

小六把棋子落下。轩已经懒得再说话，继续落子，只好奇璟如何化腐朽为神奇。

一个多时辰后，一盘棋下完，璟输了。

赢了棋的轩很郁闷，输了棋的璟却嘴角噙着笑意。

小六问璟：“是不是因为我走的那几步，你才输了？”

“不是，你走的那些都很好，是我自己走的不好。”

小六喜滋滋地笑，轩无力地用手撑着头。

小六看了看天色，已近黄昏，他笑眯眯地说：“赢者请客，听说北街上新开了一家烤肉铺子，我们去吃吧。”

“好。”璟答应得很快，轩怀疑当璟面对小六时，大脑中压根儿没有不字。

轩指着自己，“我还没答应。”

璟看着他，诚恳地说：“输者请客，谢谢你。”

轩忍着笑，瞅了小六一眼，“好嘞！”

三人出了铺子，沿着街道边说边走，其实就是小六和轩打嘴皮子仗，璟安静地听着。小六说得开心，璟眉眼中也都是笑意。

突然，有人高声吆喝着让路，他们三人也随着人潮，站到路边。

一辆华贵的马车缓缓驶来，那马车帘子十分特别，没有绣花草，也没有绣飞禽走兽，而是绣着金色的弓箭。马车后跟着八个身材魁梧的男子，骑着马，背着弓箭，带给人很大的威压。

往日里最大胆的亡命之徒都沉默地看着，长街上的人群也收敛了声音，只低声议论。

璟在看到马车的刹那，眉眼间的笑意退去，垂下了眼眸，僵硬地站着。

小六说：“什么人物？看上去真是太厉害了！”

轩看了一眼璟，没有说话。

小六又问："为什么帘子要绣弓箭呢？"

轩说："那是防风氏的徽记，防风氏以箭术传家，传闻他们的先祖能射落星辰。不是每个子弟都有资格在用具上绣弓箭，大小也有严格规定，这幅弓箭表明车内人的箭术非常高超。"

小六赞叹，"难怪镇子里的亡命之徒们都敬畏地看着。"小六觉得防风氏这名字很熟，下意识地回头去看璟。

璟的样子，让小六轰然想起了原因，他立即扭回头，低声问轩："那是涂山未过门的二夫人吗？"

轩说："应该是。"车帘上有防风氏的弓箭徽记，车厢边角有涂山氏的九尾狐徽记，除了涂山二公子的未婚妻防风小姐，再无其他可能。

马车驶过，人潮又开始流动，他们三人却依旧站着。

小六笑嘻嘻地对璟说："既然你的未婚妻来了，我们就不打扰你们团聚了。告辞！"

小六抓着轩离开了。璟静站在原地，看着他们消失在长街拐角。

静夜匆匆跑来，"总算找到您了。公子，防风小姐来了。"

璟沉默地站着，静夜低声说："公子，回去吧！防风小姐一定有很多话对您说。"

璟眼中俱是黯然，默默地走着。

静夜说："这些年，公子一直没有消息，知道实情的人都劝防风小姐退婚，可她坚决不肯，一直留在青丘，等着公子。虽然没有过门，可已经像孙媳妇那样服侍太夫人，为太夫人分忧解劳。公子执意留在清水镇，不肯回去，太夫人非常生气，防风小姐在家里一直帮着您说话，还特意赶来见您。"

璟依旧不说话，静夜心内无限怅惘。公子以前是个言谈风趣的人，可失踪十年，回来之后，他就变得沉默寡言。静夜曾派人打听过，公子在回春堂住了六年，中间有四年的空白。可公子从来不提，太夫人特意写信询问，他也只是回复忘记了，说他恢复记忆时就已经在回春堂做学徒了。静夜和所有人一样，都认定是大公子动的手脚，可公子不开口，他们没有人敢行动。

静夜有时候很怀念以前的公子，处理生意时圆滑周到，私下相处时温柔体贴，不像现在，漠然得好似什么都不在意。但不管如何，公子平安回来了。

到了门口，璟停住了步子。静夜倒也能理解，公子和防风小姐虽然早有婚约，却从未见过面，说是完全的陌生人也不为过。

静夜低声道："防风小姐喜欢射箭，公子以前设计过兵器；防风小姐喜欢游览天下山水，公子很擅长画山水；防风小姐喜欢北地劲歌，公子可以用笛子为她吹北地歌曲。哦，对了，防风小姐的棋艺很好，连她的兄长都下不过她，公子可以和她对弈……"

璟走进府邸，仆人们一迭声地奏报。在侍女的搀扶下，一个水红裙衫的女子走了出来，身材高挑健美，眉不点而翠，唇不染自红，她姗姗行礼，仪态万千。璟却低垂着眼，只是客气疏远地回礼。

◈

饭馆里，轩与小六吃肉喝酒，轩问小六："你怎么收留的那位？"

小六睨他，"我不信你没去查过。"

"的确派人查了，但你把麻子和串子教得很好，他们没有泄露什么。串子被灌醉后，也只说出他受了很重的伤，是你把他捡回去的，连具体什么伤都没说清楚。"

小六笑道："倒不是串子不肯说，而是当时从头到尾我一手包办，串子的确不清楚。"

"我听他声音喑哑，也是那次落下的伤？"

"你不停谈论他做什么？"

"因为涂山氏生意遍布大荒，而他关系到涂山氏将来的立场，决定着涂山氏和我是敌是友。"

"那你和他去套近乎啊！你和我唠叨什么？"

"他听你的。"

小六嗤笑，"你把下棋和家族大事相提并论？他听我的，不过是欠了我一命之恩，所以听可以听的。"

轩叹了口气，放弃了心里的打算。的确如小六所说，六年的恩情可以让璟对小六另眼相看，却绝不可能让璟为小六去改变涂山氏的立场。

小六说："你赶紧离开吧，相柳随时会出现。"

轩举起酒杯，眼中有傲然，"你把相柳看得厉害没错，可你不该把我看得太弱。"

小六拱手道歉，"好，好，好！你厉害！"

轩笑起来，"单打独斗，我的确不是他的对手，应该说差远了。"轩指指自己的脑袋，"我靠的是这个。"

小六一口肉差点喷出来，"不就是仗势欺人，倚多为胜吗？"

"那也是我有势可倚仗，有亲信可倚靠。你以为势力不需要经营，亲信不需要培养？"

小六不说话了，好一会儿后问："这些年，很辛苦吧？"

轩几分意外地看小六，他正低着头在切肉，看不清楚神情，轩淡淡道："还好。"

两人吃完，一起回家，轩回了酒铺，小六却没有回医馆，而是从药田里穿过，去了河边。

他在河边站了一会儿，慢慢地走进河里，将自己浸入水中。

春日夜晚的河水依旧有寒意，小六提不起力气动，由着水流将他冲下。水势高低起伏，河道蜿蜒曲折，在水里待的时间久了，水的寒意渐渐地从皮肤渗入心里。

小六依旧不想动，直到身体撞到一块石头上，他才下意识地扒住石头，爬到石头上。凉风一吹，身子冰冷，轻轻打战，他对自己说："看到了吗？这就是顺心而为的下场，冻死了你，也只是你自己的事。"

小六跳进了河里，奋力划水，逆流而上，身子渐渐暖和，一口气游到医馆，湿淋淋地爬上岸。

进了屋子，小六麻利地脱掉衣服，擦干身体，钻进被窝。

被子是冷的，还有点潮，小六蜷缩着身子，觉得睡得很不舒服，翻来覆去半晌都没有办法入睡。他不禁骂自己："玟小六！你可别太娇气！我告诉你，谁离了谁，日子都照过！"

骂了，也睡不着。

小六安慰自己，最后总会睡着！

◈

这几日，不管走到哪里，都能听到有人在议论青丘公子和防风小姐。小六索性不出门，可是躲在家里也躲不掉。

吃晚饭时，桑甜儿和串子也聊起了青丘公子和他的未婚妻防风小姐。

桑甜儿兴奋地说："我看到防风小姐了，生得真好看，我看了都觉得怎么看都看不够。看着娇滴滴的，走路都需要婢女搀扶，可听说人家箭术高超，能百里之外夺人性命，那位青丘公子可真是好福气！"

串子纳闷，"我们清水镇又不是什么好地方，这些世家的公子和小姐待在这里干什么呢？"

桑甜儿笑道："管他干什么呢！难怪说涂山氏急着想办婚礼，任谁有个那么美丽温柔的未婚妻，都想赶紧娶进门。"

小六放下碗，"我吃饱了，你们慢慢吃，我出去走走。"

沿着青石小道走到河边，小六坐在石头上发呆。他摘下一枝野花，把花瓣一片片撕下，丢进水里。

突然，白雕呼啸而下，小六一声惊呼未发出，已经被相柳抓到了雕背上。

小六挥挥手，嬉皮笑脸地说："好久不见，近来可好？"

"如果轩死了，我会更好。"

小六不敢说话，紧扣着相柳的胳膊，怕他说翻脸就翻脸，把自己扔下去。

白雕飞到了他们以前来过一次的葫芦形状的湖上，未等白雕降落，还在云霄中，相柳竟然拽着小六就纵身一跃，跳了下去。

小六骇然，如八爪鱼般抓住相柳的身子。

耳畔风声呼啸，相柳看着他，冷冷问："拿你做垫子，如何？"

小六拼命摇头，眼含哀求，相柳不为所动。

疾速坠落，好似下一刻就是粉身碎骨、万劫不复。

就在要砸到水面的刹那，相柳一个翻身，把小六换到上方。

扑通一声巨响，两人没入水中，滔天巨浪溅起。

即使相柳卸去了大部分的撞击，小六仍被水花冲击得头昏眼花，全身酸痛。

因为手脚太痛，使不上力气，他再抓不住相柳，身子向下沉去。

相柳浮在水中，冷眼看着他向湖底沉去。

小六努力伸手，却什么都抓不住，眼前渐渐黑暗，就在他吐出最后一口气，口鼻中涌进水时，感觉到相柳又抱住了他，冰冷的唇贴着他的唇，给他渡了一口气。

相柳带着他像箭一般向上冲，快速地冲出了水面。

小六趴在相柳肩头剧烈咳嗽，大口大口地喘着气，鼻子里、眼睛里都是水。

半晌后，小六才沙哑着声音，边喘边说："你要想杀我，就痛快点。"

"你只有一颗头，只能死一次，只死一次太便宜你了。"

相柳身子向后倒去，平躺在水面，小六依旧全身发痛，不能动弹，只能半趴在他身上。

相柳扯扯小六的胳膊，"痛吗？"

"他会很痛。"

相柳笑，"这蛊真不错，只是还不够好。"

小六问："如果这是连命蛊，你会毫不犹豫地杀了我吧？"

"嗯，可惜只是疼痛。"相柳的语气中满是遗憾。

小六闭上了眼睛，感受着他们随着湖水荡漾，水支撑了一切，全身无一处需要用力，十分轻松。

相柳问："既然那么稀罕他，为什么不解了蛊？"

小六不回答，思量了好一会儿，想着他是妖怪，虫虫兽兽的应该算是一家，也许知道点什么，于是说道："不是不想解，而是解不了。上次我受伤后，你给我用了一堆乱七八糟的药，蛊发生了变化。他提出解蛊，我还哄他等他离开时就给他解，最近我一直在尝试从他体内召回蛊，可完全不行。"

相柳沉思了好一会儿后说："不想死，就不要再强行召回了，唯一能尝试的方法就是把蛊引到另一个人的身体里，去祸害别人。"

小六认真地说："我唯一想祸害的就是你。"

相柳轻声而笑，"那就把蛊引到我身体里来吧。"

小六讥笑，"你有这么好心？"

"我会在他离开清水镇前杀了他，你就不用烦恼如何解蛊了。"

小六感觉脚不再发抖了，滑下他的身子，慢慢地游着，"杀他能匡复神农吗？"

"不能。"

"他上过战场，屠杀过神农士兵吗？"

"没有。"

"他和你有私人恩怨吗？"

"没有。"

“那为什么还要杀他？”

“立场。既然知道他在我眼皮底下，不去杀他，好像良心会不安。”

“你有良心？”

“对神农还是有点的。”

“可笑！”

“是很可笑，以至于我都觉得自己可悲，如果没有这点良心，也许我真就去找轩辕王谈谈，帮他去灭了高辛。”

小六沉默了，看着头顶的月亮，像是被咬了一口的饼子。良久后，他问：“洪江将军究竟是个什么样的人？能让你这么个妖怪长出良心？”

“他是个傻子！”相柳沉默了一下，又说，“是个可悲的傻子，领着一群傻子，在做可悲的事。”

小六说：“其实最可悲的是你！他们是心甘情愿，并不觉得自己傻，只觉得自己所做上可告祖宗，下可对子孙，死时也壮怀激烈、慷慨激昂！你却是一边不屑，一边又做。”

“谁让我有九个头呢？总会比较矛盾复杂一些。”

小六忍不住大笑，狠狠地呛了口水，忙抓住了相柳的胳膊，“你、你……不是都说你最憎恶人家说你是九头怪吗？九头是你的禁忌，有人敢提，你就会杀了他。”

“你还活着。”

小六嘟哝：“暂时还活着。”

“我憎恨的不是他们谈论我是九头怪，而是他们心底的鄙夷轻蔑。我允许你提，是因为……”相柳翻了个身，一手支着头，侧身躺在水面上，看着小六，“你嘴里调侃取笑，可心中从不曾认为九头妖就怪异。”

小六微笑着说：“因为我曾比你更怪异。”

“所以你躲入深山，不敢见人？”

“嗯。”

相柳抬手，轻轻地抚过小六的头。小六吃惊地看着相柳，“我们这算月下谈心、和睦相处吗？”

相柳说：“在你下次激怒我前，算是。”

小六叹气，“和睦时光总是短暂，就如人世间的欢愉总是刹那。花开则谢，月圆则亏，但凡世间美好的东西莫不如此。”

相柳讥嘲，“是谁说过再美丽的景致看得时间长了也是乏味？”

小六但笑不语。

天快亮时，小六才浑身湿淋淋地回到家。

他边擦头发，边琢磨着今天没有病人要出诊，医馆里有桑甜儿应付，他应该还能睡一觉，于是闩好门，打算睡到中午。

迷迷糊糊地睡着，隐约听到串子拍门，聒噪地叫他，他骂了声“滚”，串子的声音消失了。

没过多久，又听到有人叫他，小六大骂“滚”，把被子罩在头上，继续睡觉。

门被踹开，小六气得从被子里钻出个脑袋，抓起榻头的东西，想砸过去，却看见是阿念。她满脸泪痕，怒气冲冲地瞪着小六。

小六立即清醒了，翻身坐起，“你来干什么？”

阿念未语泪先流，吼着说：“你以为我想来吗？我巴不得永远不要看见你这种人！”

小六脑子里一个激灵，从榻上跳到地上，“轩怎么了？”

阿念忙转过了身子，“哥哥受伤了，医师止不住血，哥哥让我来找你。”

小六抓起衣服，边穿边往外跑，他明白相柳昨晚为什么来见他了，可不是为了月下谈心，当他痛得全身失去力气，没有办法动弹时，轩肯定也痛得无法行动。可是轩已经有戒备，相柳又和自己在一起，有什么人能突破轩的侍从，伤害到轩？

跑到酒铺子，小六顾不上走正门，直接从墙头翻进了后院。

几个侍从围攻过来，海棠大叫：“住手！”

小六问：“轩在哪里？”

海棠举手做了个请的姿势，“随我来。”

屋子外设置了小型的护卫阵法，小六随着海棠的每一步，走进屋子。轩躺在榻上，闭着眼睛昏睡，面色白中泛青。

海棠轻轻摇醒了轩，“回春堂的玟小六来了。”

轩睁开眼睛，阿念哭着问：“哥哥，你好一点没有？”

轩对她微笑，温柔地说：“我没事，你昨夜一晚没睡，现在去好好睡一觉。”说完，他看了海棠一眼，海棠立即走过去，连哄带劝地把阿念带了出去。

榻旁站着一个老头，轩对小六介绍说：“这位是医师坞呈。”

小六强压着心急，作揖行礼，“久闻大名。”坞呈也是清水镇的医师，不同的是他非常有名，尤其善于治疗外伤，看来他是轩的人。

坞呈没有回礼，只是倨傲地下令：“你来看一下伤。”

小六坐到榻旁，拉开被子，轩的右胸上有一个血洞，伤口并不大，血却一直在往外流。坞呈解释：“昨日夜里，有人来袭击，侍从们护住了主上，但从天外忽然飞来一箭，主上又突然全身酸痛，无法闪避。幸亏有个侍卫拼死推了主上一下，箭才没有射中左胸要害，而是射在右胸。中箭后，侍从立即来找我，我查看后，觉得没有伤到要害，应该没有大碍，可是从昨夜到现在血流不止，如果再不能止血，主上的性命就危矣。”

小六低着头查看伤口，坞呈说：“我用了上百种法子试毒，没有发现是毒。”

小六问：“箭呢？我想看看。”

坞呈把一个托盘递给小六：“在这里。”上面有两截断箭。

坞呈说："是很普通的木箭，在大荒内任意一个兵器铺子都能买到。"

小六说："不可能普通，从那么遥远的地方射出的箭，力道一定大得可怕。如果只是普通的木箭，早就承受不住，碎裂成粉末，根本不可能射中轩。"

坞呈说："主上也这么说，但已让最好的铸造师检查过，的确是非常普通的箭。"

小六抚摸过箭矢，问轩："你仔细想想，箭射入身体的刹那，你有什么感觉？"

轩闭上了眼睛，努力回忆，"那一瞬，身体酸痛，胸口窒息般地疼痛，不能行动……冷意！我感觉到一股冷意穿过身体。"

小六想了一会儿，对轩说："你去过极北之地吗？"

轩笑着说："没有，你去过吗？"

"我去过。那里终年积雪，万古不化。雪一层层地压下去，变成了冰，冰一层层压下去，形成了冰山。冰山比大荒内的石头山都坚硬，锋利的刀剑砍上去，只会有淡淡的粉末溅起，经过千万年，在一些巨大的冰山内，会凝结出冰晶，犹如宝石般晶莹剔透，却比铁石更坚硬，会散发出极寒之气。"

坞呈十分着急轩的伤势，可小六竟然和轩说起了大荒内的风物，坞呈不禁说道："主上说你懂医术……"

轩盯了他一眼，坞呈不敢再多嘴，却心有不甘，低头道："主上，伤要紧。"

轩问小六："这冰晶会融化吗？"

小六说："平时不会，但既然是冰中凝聚，自然有可能融化。"

轩慢慢地说："你的意思是怀疑有人用特殊的法子在普通的木箭上包了一层冰晶，箭射入我身体后，冰晶立即融化了，所以看上去就是普通的箭矢。"

"虽然我不知道如何锻造冰晶，让它们遇血融化，但有极大的可能是这样。"

"极北之地的冰晶，再加上高明的箭术，是防风氏！一定是防风氏！"坞呈激动地嚷，"老奴这就去找他们！他们做的箭，必定有止血的法子。"

"站住！"轩唇边带着一分讥嘲说，"你怎么证明是防风氏？大荒内会射箭的人不少，难道你就靠这支在任何一个兵器铺都能买到的箭？"

坞呈不甘地想了一会儿，沮丧地低下了头。如果真是防风氏射出的这一箭，最有可能的人就是那位箭术高超的防风小姐，一个防风氏还不算难对付，可她的身后还有涂山氏，大荒内的四世家，就是轩辕王也不得不顾忌。

轩问小六："你可知道我为什么血流不止？"

小六用手指在他的伤口上蘸了血，放进嘴里尝着。轩看到他的动作，心头急跳了一下，忙稳了稳心神。

小六说："估计冰晶里有东西，冰晶融化后，那东西很快就散在伤口四周，阻止伤口凝结。"

坞呈眼巴巴地看着小六，"会是什么东西？我用了各种灵药，都无法止血。"

小六说："我也不知道。"

坞呈颓然，几乎要破口大骂，却听小六又说："但我知道如何清理掉那些东西。"

"什么方法？"坞呈满面急切。

"一切阴暗都会在太阳前消失，蕴含了太阳神力的汤谷水，至纯至净，万物不生。不管那是什么东西，用汤谷水洗涤伤口，都肯定能洗掉。"

"汤谷水难以盛放，之前带的一些已经用完了。汤谷远在千万里之外，一路赶去，血流必定会加快，即使以现在的流血速度，主上也根本坚持不到汤谷。"

小六对轩说："我有办法能让血流变得缓慢，只是你恐怕要吃些苦头。"

轩微笑，"别卖关子了。"

"在你的伤口里放入冰晶，用冰晶的极寒之气，让血液凝固、血流变慢，但那可是千万年寒冰孕育的冰晶，你会非常冷。"

"只要能活着，冷有什么关系？但冰晶哪里能有？这种东西藏在冰山中，肯定很难获得，拥有的人肯定很少。"

坞呈想到清水镇上有个人肯定有，自己都不相信地低声说："去找防风氏要？"

没想到小六赞同地说："对啊，就是去找他们。不过不是要，而是偷。"

"偷？"

小六站了起来，对轩说："你躺着别动，我去去就来。"

轩忙说："我派两个人和你一起去。"

小六笑道："我是去偷，不是去抢。"

轩缓缓说："虽然你和涂山璟交情非比寻常，但那只是私交。在家族利益前，私交不值一提。其实，这是我的事，和你没有关系，你不必……"

"如果不是你体内的蛊，这箭不见得能射中你，此事本就因我而起，怎么能说和我没有关系？好了，别废话了！我走了！"小六冲出屋子，快速地翻上院墙，跃了下去。

小六一路急奔，来到璟现在居住的宅邸前。

他上前敲门，有仆人来开门，小六说："我是回春堂的医师玟小六，求见你们二公子。"

仆人拿眼角扫了他两眼，不乐意地去通报了。

不过一会儿，两个婢女就来了，非常客气恭敬地行礼，"小姐听闻是您，让奴婢先来迎接，公子和小姐随后就到。"

"不敢！"小六随着两个婢女进了门。

沿着长廊，走了一会儿。一个穿着水红曳地长裙的女子快步而来，走到小六面前，敛衽为礼。当着仆人的面，她不好直说，只道："谢谢你。"语气诚挚，微微哽咽，让小六充分感受到她心中的谢意。

小六作揖，"小姐请起。"起身时，借机仔细看了一眼防风小姐。即使以最严苛的眼光去打量她，也不得不承认这是一个姿容仪态俱佳的温婉女子，让人忍不住心生怜爱。

小六暗问自己，轩胸口的那一箭真会是她射的吗？如果是她，她为什么要杀轩？相柳和她又有什么关系？

小六心内思绪万千，面上却点滴不显，笑问："请问璟公子呢？"

防风小姐道："已经派人去通报了。我是正好在前厅处理事务，提前一步知道，所以立即迎了出来，只想亲口对你道一声谢谢。"

小六忙道："我和璟公子很熟，不必多礼，我直接去他那里见他就行了。"

一旁的婢女都鄙夷地看了小六一眼，防风小姐却丝毫未露不悦，反而笑道："可以。"

防风小姐在前领路，带着小六去了璟居住的小院，也就是小六曾养伤的地方。

璟已经从院子里出来，正急步而行，看到小六和防风意映并肩而来，防风意映款款笑谈，小六频频点头，画面和谐得让璟觉得刺眼。

意映看到他，停了步子，温柔地解释："六公子说是要直接来见你，所以我就带他来了。"

小六冲璟笑，"我有点私事麻烦你，咱们进去再聊。"

璟说："好。"

他转身在前带路，意映走到了他身边，小六随在他们身后。璟停了停步子，意映也立即走慢了，小六索性装粗人，直接从他们身边走了过去，东张西望，哈哈笑着，"这墙角的花雕得可真好看，那是什么东西……"

防风意映柔声解释着，小六边听边啧啧称叹。

待走进院子，小六继续保持什么都没见识过的乡巴佬样子，东张西望，院子里倒依旧是上次的样子，各种各样的鲜花都开着，茉莉、素馨、建兰、麝香藤、朱槿、玉桂、红蕉、阇婆、薝卜……却没看到屋檐下挂着的冰晶风铃。小六十分失望，继而反应过来，暗骂自己笨蛋，现在是春天，再被钱烧得慌，也不会把冰晶拿出来悬挂。

小六正踌躇，思索着怎么才能在不惊动防风小姐的情况下拿到冰晶，听到璟对防风小姐说："意映，你回去吧，我和小六有话说。"

小六心中想，意映，倒是个好名字。防风小姐脸上的微笑好像僵了一下，随即又笑起来，温柔地说："那我先去厨房看看，让他们置办酒菜，款待六公子。"

防风小姐对小六欠了欠身子，退出了院子。

璟看着小六，小六低着头，他那样子，能瞒过防风小姐，却瞒不过璟。

璟温和地问："你在找什么？"

小六试探地问："我想问你要一样东西。"

璟毫不犹豫地说："好。"

小六问："不管什么都可以吗？"

“但凡我有，你皆可拿去。若是我没有的，我帮你去寻。”

小六抬起头看他，“我想要两串冰晶做的风铃。”

璟立即叫来静夜，低声吩咐了两句，静夜匆匆离去。

璟没有问小六要冰晶做什么，只是沉默地看着小六，双眸犹如黑色的暖玉，洋溢着温暖愉悦，似乎对小六肯找他要东西很开心。

轩提醒了小六绝不可相信璟，可小六总不相信璟会想杀人，小六忽然鼓足勇气，说道：“我、我……想……”

璟微微地身子前倾，想听清楚小六说什么。他身上的药草香萦绕住了小六，小六想后退，璟抓住了他的手，“你想什么？”

小六低头看着自己的脚尖，低声道：“我想请你，不管在任何情况下，都不要伤害轩。”

璟轻轻地叹了口气，好似失望，又好似开心，“好。”

小六诧异地抬头，不太能相信地问：“你答应了？”

璟点了下头，“我承诺过，会听你的话。”

小六想着，看来刺杀轩只是防风意映的意思，璟对防风意映的行动一无所知，这么大的决定防风意映却没有告诉璟？

小六心里冒出几句话，想提醒璟，可想到防风意映是璟的未婚妻，他在璟面前说人家的是非显得很卑劣，小六实不屑为之，于是把话都吞了回去。

小六抽手，璟却握着不放。

静夜走进来，看到璟握着小六的手，脚下踉跄了一下，差点把手里的玉盒摔了。

她稳着心神，把玉盒交给小六，“盒子里装了两串冰晶做的风铃，这些冰晶片都经过特殊加工，寒气已经大大减弱，怕公子有别的用处，所以奴婢还放了两块冰晶。如果灵力不够，千万不要用手直接去拿，可会把手指头冻掉的。”

小六挣脱了璟的手，拿过玉盒，对静夜说：“谢谢你。”

静夜嘟着嘴，满脸的不高兴，瞪着小六，好似在说：东西拿了，就赶紧离开！别再骚扰我家公子！

小六笑着掐了一下静夜的脸，“美人儿，别生气了，我这就走。”

静夜捂着脸，骇然地看着小六，璟却只是微笑地看着小六。

静夜委屈地叫：“公子，他、他……摸我！”

小六一把抓住静夜的手，“送我抄近路，从后门出去。”

静夜边走边回头，求救地看向璟，璟吩咐：“他的吩咐，就是我的吩咐，照做！”

静夜的眼眶都红了，却不敢违抗，只能带着小六，走近路，离开了宅子。

小六回到酒铺子时，坞呈他们已经收拾好，随时可以出发。

小六把玉盒打开，让坞呈从风铃上拽下两片冰晶，小心翼翼地放入轩的伤口，伤口周围开始泛白。不过一会儿，就好似蒙着一层薄冰，冻结住了血管，血越流越慢。

坞呈满脸喜色，“果然有效。”

小六把剩下的冰晶连着玉盒交给坞呈。坞呈顾不上废话，立即命人把轩移上云辇，阿念和海棠上了另一辆云辇。

阿念下令：“出发！”

轩叫道：“且慢！小六，你过来，我有话和你说！”

小六走了过去，轩对小六说：“这次离开，我只怕不会再回来了。”

小六道：“此地想杀你的人太多了，你是不该再回来了。”

轩说：“你曾答应我，离开清水镇时，帮我解除……你和我一起走吧，以你的聪明和才华，必能出人头地。”轩虽然从未和小六说过自己的身份，但是当小六提出用圣地汤谷的水洗涤伤口，坞呈他们一点为难之色都没有，小六就应该知道他的身份非同一般，不仅仅只是简单的世家大族子弟。他的邀请，也不仅仅是为了解除蛊毒，他还可以给小六一个男人想要的一切。

“我要留在清水镇，我喜欢做小医师。”小六退后了几步，小心地说，“你现在有伤，答应你的事我不敢轻举妄动。不过，你不要担心，等你伤好后，我会把解除那玩意儿的方法写给你，你手下人才济济，肯定会有高手帮你解决问题。”

轩并不是个好说话的人，可两次相救之恩，让轩决定放小六一次。轩叹了口气，“人各有志，那我就不勉强你了。你保重！”

小六向他抱拳，“山高水长，各自珍重！”

坞呈关上了车门，侍从驾驭着坐骑拉着云辇，缓缓腾空，向着南方疾驰而去。

小六仰头，望着那云辇越升越高，渐渐地变成了几个小黑点，融入了天尽头的白云中。他在心里默默地祝福：哥哥，愿你得到想要的一切!

◈

酒铺子关了好几天的门，西河街上的人才知道轩离去了。清水镇上的人都是没有根的人，人们早习惯身边的人来来往往，对轩的离去很淡然，最多就是男人们喝着酒时，怀念着轩的酿酒手艺，叹息几句再见不到美丽的海棠姑娘。

可对小六而言，轩的离去让他日子好过了很多，至少相柳不再盯着他不放，暗潮涌动的清水镇也恢复了往日的太平。

一个月后，酒铺子又打开门，开始做生意，仍旧是卖酒，但生意远不如轩经营时。小六每次经过街头时，都会去铺子里买点酒，却再看不到轩虚伪热情的笑容。

晚上，相柳从雕背上跃下时，看到小六盘腿坐在草地上，双手撑着膝盖，躬身向前，愁眉苦脸地看着河水。

相柳问："在想什么？"

"究竟怎么样才能解除那个蛊？轩已经派手下来过一次，索取解蛊的方法。"以轩的身份，蛊不见得会害死轩，却迟早会害死小六。小六不想自己再被他人利用，只能绞尽脑汁地思索如何解除蛊。

"和你说了，再找一个人，把蛊引到他身上。"

"谁会愿意呢？也许轩的某个手下会乐意。"

相柳淡淡说："不是随便一个人都可以。"

"为什么？"

"你自己养的蛊，你不知道？"

"我……我是不知道。"小六心虚地说。

"你从哪里来的蛊虫？"

"很多很多年前，我碰到一个百黎族的老妇人。你应该知道，那个传说中最凶残嗜血的恶魔赤宸是百黎族的，自从他被轩辕王斩杀后，百黎重归贱籍，男子生而为奴，女子生而为婢。那个老妇人是个没人要的奴隶，又脏又臭，奄奄一息地躺在污泥里，我看她实在可怜，就问她临死前还有什么心愿，她说希望能洗个澡，干干净净地去见早死去的情郎。于是我带她到了河边，让她洗了个澡，还帮她梳了个百黎女子的发髻。她给了我一颗黑黢黢的山核桃，说她身无长物，只有这一对蛊，送给我作为报答。她让我离开，然后她就死了，她的尸体召来了很多虫蚁，很快就被吞吃干净。后来，我拿你实在没办法，想起了这颗带在身边多年，却一直没用到的山核桃。我就按照培养蛊虫的方法，用自己的血肉饲养它们，再让其中一只择我为主。另一只，本来是准备给你的，却种给了轩。"

"你怎么知道培养蛊虫的方法？"

小六眼珠子滴溜溜地转，"那个妇人告诉我的啊！"

相柳冷笑，"胡说八道，她若告诉了你饲养蛊虫的方法，怎么会没告诉你蛊叫什么？"

小六也知道自己的话前后矛盾，索性摆出无赖的架势，"你管我怎么知道饲养蛊？反正我就是知道一些。"

相柳说："你的这对蛊比较少见，如果你想解除轩的蛊，唯一的方法就是找另一个人，把蛊引到他身上。"

"那要什么样的人才符合条件？"

相柳不吭声，一瞬后，才硬邦邦地说："不知道！"

小六不相信，却不明白为什么相柳不肯告诉他，只能试探地问："你合适吗？"

相柳不说话，小六继续试探地说："你是九头妖，引个蛊虫，应该没问题吧？"

相柳没有否认，小六就当作他默认了。

小六兴奋起来，"你说过你是九头之躯，即使我身上疼痛，于你而言也不算什么，那你可不可以帮我把蛊引到你身上？”

相柳负手而立，眺望着月亮，沉默不语，半晌后，说：“我可以帮你把蛊引到我身上，但你要承诺，日后帮我做一件事情。只要我开口，你就必须做。”

小六思来想去，好一会儿后说：“除了要取轩的性命。”

“好。”

“也不能害涂山璟。”

“好。”

“不会让我去杀轩辕王或高辛王吧？”

相柳没好气地说：“我九个脑袋都注水了才会认为你能杀了轩辕王和高辛王。”

小六毫不生气，坚持地问：“答案是……”

“不会！”

小六道：“那成交！”

相柳伸出手掌，小六与他对击了一下，“我发誓，只要相柳帮我解除轩的蛊，我就帮他做一件事情。”

相柳冷冷地问：“若违此誓呢？”

小六想了想，说：“天打五雷轰？粉身碎骨？以你的小气性子，肯定都不满意，你说吧，想让我什么下场？”

“如若违背，凡你所喜，都将成痛；凡你所乐，都将成苦。”

小六的背脊蹿起一股寒意，“算你狠！”小六举起了手，对天地盟誓，“若违此誓，凡我所喜，都将成痛；凡我所乐，都将成苦。”他放下了手，拍拍胸口，“你放心吧，我一定会做到。”

相柳的唇边带出一丝笑意，“我有什么不放心的？做不到是你受罪，又不是我受罪。”

小六问：“现在告诉我吧，如何解蛊？”

“我不知道！难道你不知道如何把蛊引到他人身上？”

小六闭上眼睛，嘴唇快速地翕动，好似在默默地背诵着什么。好一会儿后，他说：“有一个法子。你和轩应该在一定距离之内，我才能驱策蛊，现在太遥远了。”按照这个方法，他们必须去一趟高辛的五神山[8]。可是，相柳的身份却实在不适合跑到高辛的五神山。

小六犯愁，带着几分哀求对相柳说：“你可是答应我了。”

相柳召来白羽金冠雕毛球，飞跃到雕背上，“上来！”

小六心花怒放，赶紧爬上了雕背。

毛球驮着他们向着南方飞去，一夜半日后，快要到高辛的五神山。

相柳也知道五神山防守十分严密，即使以他的灵力修为，也不可能不被发现，他放弃了乘坐

---

8. 在万水归流的归墟中，有五座山，因为是神所居，所以被统称为五神山。《列子·汤问》记载：“渤海之东不知几亿万里，有大壑焉，实惟无底之谷。其下无底，名曰归墟……其中有五山焉：一曰岱舆，二曰员峤，三曰方壶，四曰瀛洲，五曰蓬莱。其山高下周旋三万里，其顶平处九千里。”

毛球，带着小六跃入大海。

相柳在海中就像在自己家中，好似鲨鱼一般，乘风破浪地前进，小六刚开始还能尽力跟一跟，可一会儿之后，他发现完全跟不上。

相柳游回小六身边，“照你这速度，再游三天三夜也到不了。”

小六不满地说：“我再善于游水，也是陆地上的人，你是生在海里的九头妖，你把我和你相提并论？”

相柳说：“这是高辛王居住的地方，我们只能从海里过去，才不会被发现。”

“我知道。”

相柳无奈地说：“你趴到我背上，我带你。”

小六抿着唇，努力忍着笑，这其实是把相柳当成坐骑了。

相柳似知道他想什么，盯了他一眼，冷冷地说：“回清水镇。”竟然一转身，就往北游去。

小六赶紧抱住了他，恰恰抱住了他的腰，“我保证不乱想了。”

两人的身子都有些僵硬，相柳慢慢地转过身子，小六忙松开了手。

相柳看了小六一眼，“去是不去？”

“去，去！”小六立即爬到相柳背上，伸手搂住相柳的肩。

相柳说：“速度很快，抓紧！”

小六将两手交叉，牢牢地扣住，相柳好像还是怕小六抓不住，双手各握着小六的一个手腕，嗖一下，像箭一般，飞射而出。

相柳就如海之子，在大海中乘风破浪地前进，身姿比海豚更灵巧，比鲨鱼更迅猛，比鲛人更优雅。

小六从没觉得自己如此自由轻盈过。在大海中驰骋的感觉和在天空中的驰骋有相似之处，都十分自由畅快，可又全然不同。在天空中，是御风而飞，随着风在自由翱翔；在水中，却是逆水而行，每一步的前进都不得不与水浪搏斗，每一次的纵跃，都是迎着浪潮，翻越过浪峰，再冲进下一个浪潮中，让人充满了征服的快感。

小六无法睁开眼睛，只觉得耳旁的水潮如雷一般轰鸣着，好几次，他都差点被浪潮冲走，幸亏相柳的手牢牢地抓着他的手腕，让他总能再次抱住相柳。

到后来，小六什么都顾不上想，只知道手脚并用，尽力地缠绕住相柳，让自己不被他的速度甩开。

也不知道过了多久，相柳慢了下来。小六睁开眼睛，发现他们身周是密密麻麻的鱼群，相柳和他就藏身在鱼群中。五彩斑斓的鱼群，分分合合，犹如天空中的彩霞飞舞变幻，小六伸出手，它们也不怕，就好似他是同类，从他指尖欢快地游过。

相柳的声音响在小六的耳畔，“我们已经在五神山，和玱玹的距离应该不远了，你可以尝试着把蛊引入我体内。”

小六发现自己的身子下有鱼群托着，行动很容易。小六拿出了一颗黑黢黢的山核桃，咬破自己的中指，挤出心头血，把血液涂抹在半个核桃上，然后把一半血红一半黝黑的山核桃递给相柳，示意相柳像他一样做。

相柳的大拇指的指甲变尖锐，轻轻在中指划了一下，流出血来。他将心头血涂抹在另一半的山核桃上。

相柳把血红的山核桃递回给小六，小六示意相柳把有血口的那只手高高举起，朝着五神山的某个方向。小六说：“你放松，如果可能，请在心里欢欣地表示欢迎蛊虫的到来。”

小六双手紧紧地把山核桃夹在掌心，口中念念有词，催动着自己体内的蛊。

没过一会儿，小六感受到自己的心脏在急促地跳动，非常诡异的是他还能感受到另一颗心脏在跳动，两颗心脏就好似久别重逢的朋友，一唱一和地跳动着。小六迟疑地伸手，贴在相柳的胸口，真的是他的心脏。

小六不相信地问：“蛊已经种到你体内了？这么快？”

相柳鄙视地看着他，“你这样的人竟然也敢操纵蛊。最厉害的控蛊者可以远隔万里，取人性命，难道你以为那些蛊还像你一样慢吞吞地翻山越岭？”

“咦？”小六感觉到手中的异样，张开手，看到山核桃光彩闪动，竟然在逐渐地融化，变成了点点碎光，如流萤一般绕着小六和相柳飞舞着。慢慢地，一半落入小六手掌，一半落在相柳的手掌中，消失不见，就好似钻进了他们的体内。

小六不敢相信地把手挥来挥去，真的什么都没有了。

小六的脸色很难看，对相柳说：“我有一种很不好的感觉，这蛊好诡异，不像我想的那么简单。”他静下心，凝神感受自己的身体，却没有任何异样，他问相柳，“你觉得怎么样？”

相柳十分平静，看了一眼空中，“我觉得我们该逃了。”刚才引蛊作法，不能完全掩藏住小六的气息，已经惊动了五神山的侍卫。

相柳抱住小六，急速地沉入海底，风驰电掣地向着远离五神山的方向逃去。

海里所有的鱼群自发自觉地为他们护航，一群群各自成阵，干扰着高辛神兵们的注意力，引着他们分散开追击。

相柳却拉着小六，在幽深安静的海底潜行。每当小六的一口气快断绝时，相柳就会再给他渡一口。

海底的世界竟然比陆地上更色彩斑斓，各种各样颜色的鱼，各种各样稀奇古怪的动物。小六好奇地东看看西看看，相柳也不催他。

神族喜欢用水母和明珠做灯，小六见过很多次水母做的宫灯，却是第一次看到活的水母。它身体晶莹透明，曼妙的弧度，真是天然的灯罩，不把它做成灯都对不住它的长相。

巨大的海螺，红紫蓝三色交杂，像是一座绚丽的宝塔。小六忍不住敲了敲螺壳，琢磨着螺肉是什么味道。相柳的声音在耳畔响起，“不好吃。”

海底居然也有草原，长长的海草，绿得发黑，随着海浪摇摆，看不到尽头。相柳带着小六从海草的草原中穿行时，竟然也有莽莽苍苍的感觉。小六还看到一对对海马，悠然地徜徉在海底草原上，惹得小六瞪着眼睛看了半晌。

海底也有各种各样的花，色彩绚烂，形状美丽。小六看到一朵像百合的花，蓝色的花瓣，红色的花蕊，他伸出手去摸，花突然冒出细密的尖锐牙齿，狠狠合拢，差点咬断小六的手指。小六这才反应过来，所有的花都是动物，等着经过的鱼儿自投罗网。小六瞪相柳，你居然也不提醒我！相柳噙着丝笑，握着小六的手去触摸那些美丽妖艳的“花”，那些花瑟瑟发颤，却不敢再咬小六。小六笑呵呵地把“花朵”们蹂躏了一番。

小六知道他们在被高辛的神族精兵追击，却感受不到危险，因为相柳从容镇静，让他觉得这不是逃跑，而是相柳带他在海底游览。

他们在海底游了很久，小六怀疑至少有十个时辰，但小六玩得开心，也不觉得时间漫长。直到完全逃出五神山的警戒范围，相柳才带着小六浮出了水面。

白羽金冠雕毛球飞来，相柳抓着小六跃上雕背，驾驭白雕返回清水镇。

小六觉得又困又饿，紧紧地抱住毛球的脖子，对相柳说：“我先睡一会儿。”

小六呼呼大睡。

相柳坐在白雕背上，凝望着云海翻滚，面沉如水，无忧无喜。

很久后，他看向好梦正酣的小六，手慢慢地贴在自己心口，唇角微微地浮起一丝笑意，转瞬即逝。

第八章 式微式微，胡不归

LOST YOU FOREVER

解了轩的蛊，小六的心事了去，好好地睡了三天。

等闲了下来，小六才想起忘记问相柳上次射杀轩的是不是璟的未婚妻，如果是防风意映，那么为什么她会帮相柳射杀轩？难道防风氏和神农义军有关系？还是其实是相柳帮防风意映？相柳不是说过他闲暇时会做做杀手吗？

小六翻来覆去地琢磨，几乎寝食难安。

几天之后，他忽然想通了，轩已经走了，不管是不是防风意映射杀他，都没有意义。何况那些大家族之间盘根错节的恩恩怨怨，根本不是小六所能理解的，只要肯定不是璟想杀轩就行。

小六把所有事情都抛到脑后，继续过自己闲散的生活。

盛夏，酷热难耐，小六拿着个蒲扇，扇来扇去，依旧满身是汗。

璟从后院的院门进来时，小六正躺在屋檐下的竹榻上，边挥舞着蒲扇，边不停地叫唤：“好热，好热！”

璟走到榻前，把一串靛蓝色的冰晶风铃挂到屋檐下，霎时间，丝丝凉意从空中笼罩下来，炎热消散。

小六看着风铃，天人交战，要还是不要？已经要了两串，不要第三串，好似很矫情，可前两串是为了救轩的性命，小六总觉得事关大义，和自己无关，如果是自己私用，却好像有一种私相授受的感觉。

璟坐在榻旁，看着小六神情变幻。

小六突然坐了起来，恼怒地问："这里是清水镇，不是青丘，你为什么还不离开？"

璟凝视着小六说："你在这里，我不离开。"

小六气得把手里的蒲扇砸到他身上，"你不是说听我的话吗？那就离开，远远地离开，不要再来打扰我的生活。你是涂山璟，不是叶十七！"

璟垂下了眼眸，唇紧紧地抿着。小六非常熟悉他这样的姿势，再狠不下心骂他，扭过了头，不去看他。

半晌后，璟的声音传来，"你轻柔地帮我清理伤口，细致地帮我洗头，耐心地喂我吃药吃饭，体贴地为我擦洗身体。你怕我疼痛，和我说话；怕我难堪，给我讲笑话；怕我放弃，给我描绘美丽的景色；怕我孤单，给我讲你眼中的趣事。你不仅医治了我的身躯，还救活了我的心。你永远无法想象，我是多么希望自己只是叶十七，可我不得不是涂山璟，为此，我比你更恨我自己。我知道你讨厌涂山璟，我努力克制着自己不来见你。但是，我不敢离开，你让麻子有了家，给串子找了桑甜儿，为老木安排好一切，你已经在准备抛下一切，继续流浪。我怕我稍微一转身，回头时，就再也找不到你了。"

璟第一次说了这么多话，气息有些沉重，他沉默地看着小六，小六一直没有回头。

他站起来，默默地走了。

小六颓然地倒在竹榻上，看着头顶的风铃，十七竟然看出来了，他打算离开。

有人走进院子，小六用手盖住眼睛，没好气地说："我在休息，不要烦我！"

来者果然没有开口说话，只是坐在了榻旁，安静得犹如不存在，如果不是他身上没有药草香，小六几乎要以为是璟去而复返。

小六移开手，眯着眼看，立即瞪大眼睛，惊得一个骨碌坐了起来，竟然是轩。

小六结结巴巴地说："你、你怎么在这里？我、我已经解了你的蛊，你应该能感觉到。不信，我扎一下自己，你感觉一下。"小六说着就想找东西扎自己。

轩拦住他，笑道："我知道蛊已经解。我来是有其他原因。"

"其他原因？"

"我师父想见你。"

小六心内惊涛骇浪，身子发软，强撑着笑道："你师父为什么要见我？话再说回来了，他想见我，我就要去见他啊？"

轩站了起来，对小六说："我的名字是玱玹，轩辕玱玹，轩辕王的嫡长孙，我的师父是高辛王。"

小六实在不知道自己该如何反应，只能惶恐地说："久仰、久仰！可我是清水镇的人，既不是轩辕子民，也不是高辛子民。"

轩说："我在汤谷养伤时，师父来看我，我给师父讲了一点你的事，我也不知道为什么师父突然对你生了兴趣，让我把和你交往的所有细节都告诉他。听完之后，师父还想要见你，并且特意命我专程前来请你，带你去高辛见他。"

小六干脆利落地说："我不去！"

轩叹了口气，"这是帝王之召，恐怕由不得你拒绝。小六，不要让我为难，我不想对你动粗。"

小六立即服了软，赔着笑说："那好吧，我跟你去高辛。可是，你得给我半天时间收拾行囊，和亲友告别。"

轩踌躇，他很清楚小六的狡诈，而且清水镇知道他身份的人不少，他不方便在清水镇久留。

小六哀求道："我可救过你两次，难道堂堂轩辕王子，竟然这么对待恩人？"

精明的轩可不愿让小六拿捏住他，笑吟吟地说："你第一次救我，是因为你帮相柳设计我，我不追究你，已是饶了你。如果你不给我下蛊，我压根儿不需要你第二次救我。阿念是高辛王姬，你三番四次开罪于她，应该知道她十分想杀了你，是我一直在保你。此次去高辛，你就是掉入了阿念的掌心，随她处置，难道你不希望我能护你？咱俩究竟谁欠了谁的恩情，还真是很难说。"

小六苦笑，"如果我不去高辛，根本不需要你保护。"

轩说："距离天黑还有两个半时辰，给你两个时辰收拾东西，和亲朋好友告别，天黑前我们出发。但如果你再耍心眼……"轩甩了甩衣袖，竹榻碎裂成粉末，小六跌坐在地上。

上一次，轩在清水镇是轩，不管别人是否清楚他的身份，他都尽量以轩的方式处理问题，而这一次他来，却是玱玹，他的身份是轩辕王子。

小六怔怔地看着玱玹，玱玹负手而立，眉眼间有俯瞰苍生、不容置喙的威仪。小六竟然觉得无限欣慰，他这样很好，会平易近人、温和谈笑，也会翻脸无情、铁血冷酷，只有这样，他才能在那个位置上好好地活着。

小六站了起来，回屋收拾衣物，心里急速思量，无论如何都不能去见高辛王，他能瞒过玱玹，却绝不相信自己能瞒过高辛王。

可是怎么才能逃离？玱玹亮明了身份来接人，只怕带了不少侍卫来，而且他有高辛王的命令，应该可以随时调动高辛驻守在清水镇南边的军队。必要时，他也能以轩辕王子的身份，让驻守在清水镇西北的轩辕军队配合他。

虽然小六能变幻容貌，可是从刚才那一刻起，已经有神族高手在盯着他，如果没有人帮他遮掩，转移那些盯梢的注意，他纵使变幻了容貌，也逃不掉。

小六分析完，发现以他自己一人之力，完全没有机会逃脱。小六这个时候十分想念相柳，只有他才不在乎轩辕和高辛，也只有暂时逃入神农义军的地盘，才有可能避开玱玹。但自从高辛之行后，小六一直没见过相柳，现在仓促间，根本没有办法向他求助。

剩下的唯一可以帮他的人就是涂山璟了，涂山氏的生意遍布大荒，还常常贩售各种物资给神农义军，小六不相信他们没有隐秘的通道进出清水镇。

但现在是高辛王和轩辕王子要他，涂山璟帮了他，就是与高辛和轩辕过不去，几乎可以说是与整个天下为敌，涂山璟愿意为一个玟小六与轩辕王和高辛王敌对吗？

念头一旦腾起，小六完全无法再抑制，甚至比想逃离清水镇更迫切地想知道璟究竟在天下和他之间会选择哪个。小六看向屋檐下的冰晶风铃，唇畔慢慢地浮起一个冷笑，选择哪个，去试试不就知道了？

小六走进前堂，没有病人，桑甜儿正在拿着药材背诵药性。

小六对桑甜儿说："回春堂就托付给你了。如果老木难过，你就告诉他，缘来则聚，缘去则散，同行一段已经足矣。"

桑甜儿眼中浮起泪花，默默地跪下，给小六磕头。小六摸了摸她的头，"好好孝敬老木。你是个聪慧的人，春桃的一些小心眼，你让着点。人生无常，若有什么事，麻子和春桃能依靠的只有串子和你，串子和你能依靠的也只有麻子和春桃。"

小六转身，脚步匆匆，跨过门槛，离开了回春堂。不管能否顺利逃脱，他都不能再回到回春堂了，将近三十年的相伴要再次结束，也许下一次的相逢是在麻子、串子的坟头。

小六沿着长街，边走边和所有的街坊邻居打招呼。二十多年来，他的人缘不错，所有人都回他一个大笑脸，有人叫道："六哥，刚出炉的肉饼子，拿一个去。"有人喊："六哥，谢谢你上次那包治头痛的药。"

小六微笑着一一回应，纵使几十年后再走在这条街道上，纵使景物依旧，却不会再有人和他打招呼。

小六走到璟居住的宅邸，他没有从正门进去，而是从上次静夜领着他走的后门翻了进去。有侍卫立即上前阻拦，小六忙说："我是玟小六，上次静夜姑娘带我走过这条路，我要见涂山璟。"

侍卫们彼此看了一眼，不再动手，只是紧盯着小六，有侍卫匆匆离开。

不一会儿，静夜飞奔而来，气鼓鼓地瞪着小六，好似在说怎么又是你！

小六笑嘻嘻地说："不好意思，又来打扰你了。我想见你家公子。"

静夜翻了个白眼，挥手让侍卫退下，转身就走，小六忙跟上。

和去年一样，庭院内开着各种鲜花，有茉莉、素馨、建兰、麝香藤、朱槿、玉桂、红蕉、阇婆、薝卜……廊下挂着各种颜色的冰晶风铃，微风吹过，馨香满庭，清凉浸身。

静夜领着小六，静静地穿过庭院，来到书房前。

涂山璟坐在案前，有两个人跪在下方，正在奏报着事情，隐约可听到什么不可再纵容篌公子。

静夜站住，小六后退几步，站在一丛玉桂前，低头赏花。

等屋内的谈话告一段落，静夜进去禀奏，议事的两人匆匆离开了。

璟走到小六身旁，“发生了什么事？”

小六苦笑，原来璟也知道他是无事不来，小六回身，说道：“轩辕的玱玹王子在回春堂的后院里，他说高辛王要召见我。”

璟慢慢地说：“我陪你去高辛，高辛王是贤明君王，应不会为难你。”

小六说：“他贤明不贤明关我什么事？我不乐意见他！”

璟问：“你想逃掉？”

小六笑笑地看着璟，“是啊，我想逃掉。”

璟说：“很麻烦。”

小六点头，满脸都是笑意，“是很麻烦，不麻烦我就不来找你了。涂山氏肯定有隐秘的通道进出清水镇，你帮我逃走。”

“好！”

小六的笑僵在脸上，盯着璟，“如果一旦开始逃，就是违抗高辛王旨意，帝王威严不容冒犯，玱玹肯定会带人追击。如果我们执意反抗，他肯定会下杀手，一路之上必危险重重，即使侥幸逃脱了，你可就同时得罪了轩辕国和高辛国。”

璟握着小六的手，拖着小六走进书房，对静夜吩咐：“准备衣物，我要带小六离开清水镇。”

静夜应该是听到了小六和璟的对话，痛恨地盯着小六，深吸了几口气，才把心头的怒火压下去，对璟说：“公子不必亲身犯险，奴婢带两个得力的人护送六公子离开，奴婢以性命起誓，必竭尽全力，保证六公子的安全。”

璟温和地说：“准备我和小六的衣物。”

静夜知道璟已决定，不敢再劝，只能去准备衣物。

静夜拿来了两套衣物，小六走到屏风后换好，静夜帮他把头发梳理好，身上挂好荷包短剑，乍一看就是一个游走四方的镖客，璟也做了同样的打扮。

静夜捧出一个玉盒，里面躺着两个人偶，却不是木头雕刻，而是毛茸茸的，好似是动物的毛皮。小六好奇地想摸，静夜打开他的手，没好气地说：“这是用数万年九尾狐妖的尾巴做的人偶，非常稀罕珍贵。九尾狐是世间最善于变幻的生物，尾巴是它灵气汇聚之处，这两条尾巴每一条都有上万年的灵力，用它做的傀儡，只怕伏羲大帝再生，也看不出真假。”

璟刺破中指，将一滴血滴入人偶的心口，人偶迅速长大，变成一个和璟一模一样的人。人偶幻化的璟把另一个人偶递给小六，温和地说：“要一滴你的心头血。”

如果不是小六亲眼看到他变幻，几乎要觉得站着的璟是真的，坐着的璟才是假的。

小六滴了一滴心头血给人偶，人偶迅速长大，变成了一个和小六同样高矮、同样胖瘦的人，五官却是一片空白。

静夜震惊地轻呼：“怎么……怎么会这样？这人偶是涂山先祖传下的宝物，从没听闻这样的事情。”

小六紧张地干笑：“大概我长得太平凡了，这人偶辨识不出来。”

璟站了起来，他把手放在人偶的脸上，从额头细细地往下摸，随着他的抚摸，人偶渐渐地长出五官，变得和小六一模一样。

小六如释重负，笑道：“好了，好了，变好了。”

人偶也笑，用和小六一模一样的声音说：“你自己都不知道自己的脸长什么样，还责怪我能力低微。”

小六脸色发白，恶狠狠地威胁：“你是已经死了数万年的狐狸，别作怪！惹火了我，我一把火烧了你！”

人偶哼了一声，走到另一个人偶身旁站住，那假璟居然温柔地拍拍小六的手，安慰着他。

小六看得目瞪口呆。

静夜得意地说：“若没这份生气，也不会是稀世珍宝，能以假乱真。”

小六心中赞叹，问璟：“你的计划是什么？”

璟说：“让他们两个扮成涂山氏的家仆，从涂山氏运送货物的秘密通道走。今日正好有一队镖客要离开，我们变幻容貌，扮作镖客，大方地离开清水镇。”

静夜立即说：“这方法太危险了。玱玹王子发现你们不见后，肯定会在镇外截查，必定会有灵力高强的神族用神器辨识出真人的容貌。公子的灵力已经完全恢复，没有问题，六公子却恐怕没有办法。”

璟对静夜吩咐：“你带他们两个去装扮。”

静夜不敢再多言，应道：“是。”带着两个傀儡人离开了。

璟走到小六面前，问道：“你变幻的容貌，能躲过任何盘查吗？”

小六迟疑了一下，默默地点了下头。

璟微微一笑，“那我们就按照这个计划行事。”

小六的心扑通扑通直跳，期期艾艾地问：“你……你一直都知道我能变幻容貌？”幻形术虽不是什么高深的法术，可只有灵力高深的人施展出来，才能算幻形，可以瞒住他人。以小六的灵力，是不会有人相信他能施展幻形术的，更不可能相信他能瞒住任何神器的查探。

璟说道：“涂山氏并不是纯粹的神族血脉，我们上古时的先祖曾是有大神通的九尾狐妖，所以涂山氏的嫡系血脉常天生就会变幻。我有灵眼，几乎可以看破一切变幻迷障之术，所以我能看到阿念的真实容貌，但我看不破你，你的一切都像真的，只是直觉告诉我你的形貌都是假的，所以……我不能离开你，一旦离开，你就会永远消失，一点痕迹不留。”

小六呆住，璟居然一直知道他是假的。

静夜进来回禀，“一切准备妥当。刚查探过，府外的几个出口都有人盯着，天上也有四个人在来回巡察，应该是玱玹王子的侍从。”

璟下令，“你去让胡哑把马车驾进来。”

静夜领命而去，一个看上去十分憨厚老实的男子驾着一辆马车进来，打扮成涂山氏家仆的璟和小六坐进马车。静夜等他们坐好，弯身在马车底下打开机关，马车下竟然有夹层，钻进去，恰好能侧身躺两个人。

小六先钻了进去，璟跟着也钻了进去。

静夜头凑在机关门上，哽咽着说：“公子，他只是收留了您六年，涂山氏可以用别的方式报答他，为什么要以身犯险？”

璟平静地说：“三日后，你回青丘。如果顺利逃脱，我会去青丘找你。如果没有，你和兰香找人嫁了吧。”他按了下机栝，门关上。

静夜捂着嘴，压抑着声音哭泣起来。

一团漆黑中，什么都看不见，只能感受到马车在缓慢地行驶。

因为夹层的狭小逼仄，小六和璟只能紧紧地挨在一起。

小六去找璟求救，本是一时意气，他想看到璟为难，想听到璟用各种方法说服他，见高辛王并不可怕，不会有害处，璟甚至会许诺陪他一起去见高辛王。小六想亲耳听到、亲眼看到，用这种几乎残酷的选择，斩断自己心底的一丝牵念，让自己走得无牵无挂，让玟小六消失得心甘情愿、毫不留恋。

可是，当小六说不想见高辛王，嬉笑着让璟帮他时，璟没有问他为什么宁可冒死逃跑也不肯见高辛王，也没有思索所有危险，他只是简单地答应“好”，就开始周密地部署逃跑的每一个细节。

小六心底的那丝牵念不仅没有被斩断，反而在蔓延。

马车好似和什么东西相撞了，响起女人们的尖叫声，男人们不满的呼喝声。

璟摁下机栝，夹层弹开，他和小六落下。璟抱着小六迅速地滚出马车，扶着小六施施然地站起。小六看四周，有不少人正从地上爬起来，他们丝毫不显眼。

他们身旁是一队押送货物的镖客，一个人看到他们，不悦地斥道：“一个方便就方便了那么久？还不赶紧去帮忙！”

璟和小六立即钻进队伍，站在马匹旁，和众人一起，紧张地看守着货物。

胡哑和撞在一起的马车又争吵理论了一番，马车里的璟赔了钱，胡哑驾着马车离去，小六看到好几个人跟在马车后。

此时，天已黑。

车队找了相熟的客栈歇息，大伙吃饭，领头的镖客去交货，又接了一些商人们要寄送回家的货物。

忙碌完已经是深夜，瑑和小六被分配去看守货物。

夏日的夜晚，即使露宿，也不觉得冷。

整个镇子都在沉睡，天上的星星格外明亮，小六仰头看着星星，觉得如果再有一个鸭脖子啃，他根本不相信自己在逃亡。

瑑说："如果困，就睡一会儿。"

小六低声说："镇子外面应该很热闹吧。"玱玹认为他逃了，忙着在外面追他，可他竟然仍在清水镇。

"明日清晨，车队就会出发，去高辛。"

小六忍不住笑，玱玹再怎么想，也不会想到不肯去高辛的他会逃跑去高辛。小六对瑑说："我一直以为你最老实，没想到这么奸猾。"

瑑说："明日会很辛苦，你靠在我身上睡一觉。"

小六望着星星不说话，喑哑的声音传来："我、是十七。"

小六依旧望着星星不说话，半晌后，他的眼睛闭上了，头慢慢地歪过去，轻轻地搭在十七的肩头。

十七一动不敢动，生怕把他惊走了，一直等到小六的呼吸低沉平稳了，他才微微地侧过头，温柔地看着小六。

清晨，小六和十七随着镖车队，出了清水镇，向着南边行去。

路上果然设置了关卡，盘查得非常仔细，旅人们排了长长一队。

小六听到后边的人议论："发生了什么事？竟然轩辕和高辛都在层层盘查。"

"应该和神农义军有关吧，听说昨儿夜里，靠近清水镇的山里火光通明，有很多黑衣人拦截捕捉进山的人。"

"唉，不会又要打仗了吧？"

"唉，不知道，希望不是。"

等候了半晌，终于轮到小六他们。先是士兵们询问他们来自哪里，去往哪里，一个神族的女子，拿着一方菱花镜，让每个经过的人都去照一下镜子。

有妖族被照出了原形，还有人被照出变化了外形，都被带到一边仔细盘问。

小六随着人流走过去，老实巴交地站住，那女子用菱花镜照了一下小六，镜子里的小六没有丝毫变化，女子挥挥手，示意小六可以走了。

十七一直坐在车椽上，到女子身旁时，才跳下车，规规矩矩地把头伸到菱花镜前，女子看了一眼镜子，对他身后说："下一个，快点！"

过了关卡，小六和十七相视一眼，没有多话，依旧随着车队前进。

因为接受盘查，耽误了赶路，镖车队伍的首领催促着："快点，都快点，山里有妖兽，要赶在天黑前进入城池，否则等着喂妖兽吧！”

紧赶慢赶，傍晚时分，镖车队伍到了高辛的国界。

两侧山崖高耸，中间是不大的城关，颇有一夫当关、万夫莫开的气势。高辛的士兵站在城门口，检查着来往的行人车辆。

也许因为玱玹没想到小六会进入高辛，所以这里的盘查一如往日，只有几个神族士兵，站在高高的城楼上，时不时扫一眼人群。

小六和十七随着镖车队伍，顺利地入了关。

路上渐渐地繁华热闹起来，镖车队的首领明显地松了口气，不再约束大家，众人都说说笑笑。

天要黑时，镖车队终于进了城，首领熟门熟路地去了熟悉的客栈投宿。

吃完饭，小六要了热水，舒舒服服地泡了个热水澡。

小六穿好衣服出去时，十七早已经洗完。

十七拿了帕子为他擦头发，小六问：“我们算是顺利逃离了吧？”

十七回道：“刚才进入城关时，附近有一个灵力非常高强的神族。我怕被他觉察，立即完全收敛了气息，所以无法知道他是否留意到我们。”

小六说：“也许是驻守在此的高辛军队的神族将领。”心里却有些忐忑。

十七说：“不管是谁，都以不变应万变，晚上你好好休息。”

小六也明白，只有休息好，才能以最好的状态应对各种情况。

半夜里，小六听到响动，立即睁开眼睛，一个骨碌坐起来。

他看到十七正把水泼洒到地上，又在榻旁放了半盆水，还用茶碗舀了水放在四处。做完一切后，十七坐到小六面前，“神族的军队包围了客栈，有两个灵力十分高强的神族，我一个都打不过。”

小六低声笑，“如果真顺利逃掉了，我会对玱玹失望，现在看来，他还是有几分本事。”

十七说：“我让你失望了。”

“胡说，你没有！玱玹在以两国之力追逼我们，你以一己之力帮我，我们能逃到这里，已经是奇迹。”

十七问：“你有多不想见高辛王？”

小六想了想，说：“宁死也不见！”

十七把一个狐狸形状的玉香囊放进小六手里：“我虽然打不过他们，但我应该能拖住他们。我的坐骑在东北方，你待会儿朝东北方跑，举起这个玉狐狸，模仿狐狸的叫声，它会去接你。”

小六握住了十七的手，“他们会杀你吗？”

“我是涂山璟，就算高辛王在此，杀我也需要仔细考虑，别的将领绝不敢擅作主张。”

小六笑道：“那我就丢下你跑了。”

十七揽住他的肩，语声在微微地颤抖，“让我看一眼你的真容。”

小六微笑着摇头，“不。”

十七凝视着小六，眼中是难掩的沉重悲伤。只要从这里出去，小六就可以完全变成另外一个人，只要小六再不做小六，十七就再找不到他了。

小六盯着十七，“你还是愿意冒着得罪高辛王的危险，让我一个人逃掉？”

十七点了下头。

玱玹的声音传来，“玟小六，滚出来！你再逃，我就打断你的狗腿！”

“幻化成他们的士兵逃走。”十七在小六耳畔叮嘱。

十七点水为烟、化气为雾，他变作玟小六，走到窗前，推开了窗户。玱玹说：“你现在乖乖出来，我会考虑让你少吃点苦头。”

烟雾渐渐地从屋子里弥漫出去，越来越浓烈，形成了迷障，将整座客栈都困了进去。

玱玹气恼，立即命人破阵。

小六借助十七给的玉狐狸香囊，能在迷雾中看清楚路。

他变幻成一个玱玹的侍从，悄无声息地逃出了客栈。

小六向着东北方奔逃，他高高地举起玉狐狸香囊，一只大仙鹤落下，小六上了鸟背，仙鹤驮着他，继续向着东北方飞。小六频频向后张望，总觉得心里不踏实。

玱玹的声音如春雷一般传来，“玟小六，和你在一起的人是叶十七，我杀个叶十七并不是什么要紧事情。”

小六长叹了口气，果然翻脸无情、心狠手辣，难怪轩辕王喜欢玱玹。

小六恢复了玟小六的容貌，策着坐骑返回。

没飞一会儿，就看到玱玹迎面飞来，他身后的囚笼里关着十七。

一个侍卫上前，小六束手就擒，玱玹盯着小六，冷冷下令：“打断他的双腿。”

侍卫对着小六的双腿各踢了一脚，小六双腿剧痛，软倒在地上。

“把他丢进囚笼。”

小六被塞进了囚笼，他爬到十七身边，“十七、十七……”

十七双目紧闭，昏迷不醒。

小六检查了一下，放下心来，十七是因为以一人之力，和两个灵力高强的神族对抗，灵力耗尽，虽然有内伤，但没有性命之忧。

小六的腿痛得厉害，他靠到十七身上，自言自语地低声唠叨：“早知道这么辛苦都逃不掉，还不如不逃。但如果不逃，我又怎么能知道你愿意遂我心愿呢？可是，现在我该怎么办呢？如果你不要答应帮我多好，我就能痛快地斩断牵念了。如果刚才被围困住时，你不要让我独自逃多好！

桑甜儿渴望着一个男人去拯救她，可其实男人根本不能拯救她，男人给了桑甜儿几滴蜜，把一种痛苦变成了另一种痛苦。生活对桑甜儿而言，就是个火炉，日日炙烤得她很痛苦，男人看似抱起了她，使她免于痛苦，但实际上，男人只是把桑甜儿的痛苦从被炙烤的痛苦变成了恐惧男人会放手再次被炙烤的痛苦，两种痛苦哪种更痛苦呢？也许很多女人会选择被抱着的痛苦，好歹偶尔有几滴蜜，好歹没有被炙烤了，好歹可以希望男人永远不会放手，可我不会！我宁愿被炙烤着日日痛苦。我的双手自由，痛苦会让我思谋着逃脱，可被人抱着时，我会因为恐惧他松手，用双手去紧紧抓他，会因为他给的几滴蜜忘记了思索。其实，最终拯救桑甜儿的仍然是她自己，不是男人！桑甜儿有一个我去成全，可谁会来成全我呢？神能成全人，谁来成全神呢？显然没有！我还是觉得躲在硬壳子里比较安全，我这辈子已经吃了太多苦，我不想再吃苦，再受伤了……”

一夜一日后，小六和十七被押送到五神山。

玱玹下令把他和十七关进五神山下龙骨建造的地牢，小六苦笑，看来这次的逃跑，真的让玱玹十分生气。这座龙骨监狱可不是什么人都有资格进的。

狱卒们对小六非常不客气，明知道他腿上有伤，还故意去踢他的腿，对昏迷不醒的十七却不敢折辱，轻拿轻放地抬进了牢房。

看来玱玹虽然很生气十七帮小六逃跑，要给十七一点苦头吃，让十七明白轩辕王子的威严不可冒犯，却毕竟顾忌涂山氏，只敢囚禁，不敢折辱。

狱卒重重关上牢门，小六用双臂爬到十七身旁，不满地打了他几下，偎在他身旁。

地牢里漆黑一片，什么都看不见。

小六闭上眼睛，腿上的疼痛一波一波袭来，可渐渐地，也昏昏沉沉地睡了过去。

小六醒来时，不知道时间过了多久，死亡一般的黑暗让时间都好似凝滞了。感觉到自己的手被握着，他轻轻动了下，听到十七叫：“小六，你醒了？”

“嗯，躺久了，有点难受。”

十七坐了起来，想扶小六坐起，牵动了小六的腿伤，小六痛哼了一声。十七搂住他，“你受伤了？”

“嗯。”

“在哪里？”

“腿上。”

十七摸索着去摸小六的腿，小六觉得疼痛减轻了许多，忙说：“你身上有伤，别乱用灵力了。”

十七不理他，又去摸小六的另一条腿，小六不满，“你不听话！”

十七不吭声，随着他的手缓缓抚过小六的腿，小六腿上的疼痛缓和了。

十七扶着小六坐起，让他靠在自己身上，坐得舒服一些。

十七问小六：“你不肯见高辛王，是因为高辛王见到你，就会杀你吗？”

小六明白，十七并不是想探查他不想见高辛王的原因，十七只是想确认高辛王究竟会对小六做什么，这样他才能考虑对策，确保小六没有生命之忧。小六沉默了一瞬，说："高辛王不会杀我。"他这样拼命地逃脱，玱玹肯定也想岔了。高辛王曾斩杀了自己的五个弟弟，并株连了五王的儿女，有传言说五王有后代流落民间，玱玹只怕是把他当作五王之子了。

十七还是不放心，对小六说："这世间看似越严重的事情其实越简单，逃不过利益二字，说白了不过都是生意，即使是轩辕王和高辛王，我也可以和他们谈谈生意。"

小六道："我不想见高辛王是别有原因，十七，别再担心我的安危了，我保证高辛王不会杀我！"

十七听小六语气郑重，终于放下心来。

小六忍不住唇角噙着笑意，估计所有人都会因为被人紧张而觉得开心。

这座龙骨地牢因为建在山底，没有任何光源，几万年集聚的黑暗，带着绝望的死气。每个牢房都是个封闭的空间，没有一丝声音，好似整个世界都死亡了。

十七静静地搂着小六，小六安静地聆听着他的心跳。在这死亡之地，隔绝了所有红尘诱惑、所有人世牵绊、所有利益选择，让男人和女人之间本来复杂的关系变得十分简单，只剩下他与她。小六竟然觉得身有所倚，反而心里很安宁。

小六说："干脆我们永远都不要出去了，就在这里面待着吧。"

"好。"

"好什么？"

"待在这里很好。"

"哪里好了？"

"只有你、我。"

小六轻声地笑，原来十七也很明白。这世上有时候很多的复杂在于环境，荒远深山里多的是白头偕老的夫妻，繁华之地却多是貌合神离的怨偶。

小六问："十七，你是因为恩情才对我这么好吧？"

十七身子僵硬，迟迟没有回答。小六倚着他而坐，手放在他的胸口，能感受到他的心跳越来越急，好似就要蹦出来。小六依旧淡淡地说："我救了你，收留了你六年，但这次你也算对我仁至义尽，等我们出去后，我们就算真的两清了。你放心，我以后再不会去麻烦你，保证离你远远的……"

小六的嘴被十七捂住了，小六呜呜了几声，十七都不放，小六顽皮地用舌尖舔了一下他的掌心，十七像触电一样，立即逃开了。小六也被自己吓住了，半张着嘴，脸火辣辣地烧了起来。

两人都沉默僵硬。

好一会儿后，十七才声音喑哑地说："我不会离开你。"

"为什么？为什么不离开？是想报恩吗？可我说了你的恩已经报了。"

十七没有回答小六的为什么，只固执地说："我不会离开你。"

“难道你还想跟我一辈子不成？”

十七沉默了一瞬，低沉却坚定地说：“一辈子。”

小六叹气，“我是个男人，你不觉得自己奇怪吗？”

这次十七倒是回答得非常快，“你是女子。”

小六其实心里也早就感觉到十七应该知道她是女子，虽然不知道十七到底是如何知道的，“你怎么就这么确信？连相柳那么精明的家伙都不敢确认我是女子。”

十七轻声地笑起来，“因为他没见过你……”他忽然闭了嘴。

“没见过我什么？”

十七不肯说，小六越发好奇，“没见过我什么？”小六仰着头，摇着十七的胳膊撒娇，“没见过我什么，告诉我，告诉我嘛！”

小六向来是一副无赖男儿的样子，第一次流露出小女儿的娇态。虽然牢房黑暗，十七看不真切，可已经节节败退，他低声说：“我伤刚好转时，第一次用浴桶洗澡，你坐在旁边，我看到……你看着我的身体……脸烧红，我知道你对我……”

小六哎呀一声，用手捂住脸，“你胡说！我没有，我才没有！”

“我没有胡说。”

“你就是胡说，就是胡说，我从来不脸红！”

“我没有。”

十七向来顺着小六，这是第一次固执地坚持。小六不干了，扭过身子，不肯理十七，也不肯靠着十七，用行动表明除非十七承认自己胡说，她才会原谅他。

十七叫小六，小六不理他。十七拉小六，小六也不理他，他又怕她腿痛，不敢用力。

十七沉默了，小六也觉得委屈，小声抱怨：“这么点事，你都不肯让着我。”

十七道：“不是小事。”

小六撇着嘴，哼了一声。这都不算小事，那什么算小事？

十七思索了一会儿，缓缓说道：“从小到大，我一直是天之骄子。有女子苦练十年舞，只为让我看她一眼。有名士不远万里去青丘，一住七年，只为能和我下一盘棋。有人不惜万金求我一幅画，也有人叫我一字之师。我曾觉得那就是我。那人拘禁我之后，折磨了我三年，日日辱骂我，说我什么都不是。我不屑于去反驳，一直沉默地忍受他的折磨。他气急之下，说他可以证明给我看。他带我去了我曾去过的地方，每个白日，他把衣衫褴褛、腿不能行、口不能言、浑身恶臭的我放在闹市，人来人往，可真如他所说，没有一个人愿意看我。很多次，我看到熟识的人，用力爬过去，企图接近他们，他们或者扔点钱给我后立即憎恶地躲开，或者叫下人打走我。他大笑着问：‘看见了吗，这就是你！’整整一年，他带我走了很多地方，没有一个人愿意接近我，我真正明白，剥除了那些华丽的外衣，我的确什么都不是。他知道我已经被彻底摧毁，把我扔进了河里，他没有杀我，因为他知道我已经死了。我不知道漂浮了多久，有意识时，我在灌木丛里。我知道自己会就这样烂死，我只是想在死前晒一次太阳，我挣扎着往阳光下爬。我昏沉沉地睡着了，知道再看不到第二天的太阳，也不想再醒来。但是，老天让你出现了……”

小六早忘记了生气，慢慢地转过身子，靠在十七的肩头，静静地聆听，十七的额头贴着小六的头发。“我睁不开眼睛，看不到你，我只能感受一切。你怕我害怕，告诉我你的名字；你怕我尴尬，和我讲笑话。你轻轻地为我擦去汗，你把我抱在怀里，为我洗四年没有洗过的头发。我知道自己的身体有多么恐怖丑陋，你却如同对待一件珍宝，细心地呵护。四年的折磨和羞辱，我自己都没有办法面对自己的身体，甚至都不敢走出屋子。可那天我洗澡时，你看到我的身体，脸烧得通红。那一瞬我才觉得真正活了过来。没有了华服、没有了身份，可是在你眼中，我仍然是一个……男人，能让你心……”

小六大叫：“不许说！”

十七眼角有泪渗出，印在小六的发上，喉咙里却发出低沉的笑声，“你抱我出浴桶时，根本不敢看我。把我放在榻上，话都没说完整就落荒而逃。你说我怎么可能把你当男人？”

小六捶他的胸膛，低声嘟囔：“你个奸猾的！我一直以为你最老实！我被骗了！”

十七说：“那一日，我穿好衣服，推开屋门，走到了太阳下，看着久违的蓝天白云。在别人眼里只是不值一提的举动，可于我而言，却是一次凤凰浴火、涅槃重生。小六，那时我就决定了，我永不会离开你。”

小六低声说：“凤凰涅槃，是昔日一切都化为灰烬，随风消散，你却无法摆脱你是涂山璟的过去。”

“我的父亲在我出生后不久就去世了。我有个双胞胎大哥叫涂山篌，他自小和我不一样，他喜欢养猛禽斗恶兽，十分飞扬跳脱。我喜欢琴棋书画，更文雅温和，不过我们都很善于做生意，虽然手段方式不同，也只是各有千秋，不分胜负。因为是双胞胎，我和大哥一起学习、一起做事，免不了被人拿来比较，其实大哥并不比我差，也许我琴棋书画比他强，可他的灵力修为比我高，任何招式一学就会，但母亲一直对他很冷漠，不管他做什么都是错。因为母亲的态度，周围人自然也都喜欢赞美我、贬损他。大哥十分努力，几乎拼命般地勤奋用功，想得到母亲的赞许，但母亲对他只有不屑，甚至可以说自小到大，母亲一直在用各种方式打击羞辱他，我却不管做什么，都能得到母亲的赞许。我们长大后，在母亲的扶持下，整个家族的权势几乎都在我手中，母亲为我挑选了防风氏的嫡女为妻，却把我身边的一个二等婢女指给了大哥为妻，我为大哥鸣不平，大哥却像以前一样，为了讨好母亲，毫不犹豫地娶了他根本不喜欢的婢女，但母亲依旧对他很冷漠。母亲病危时，大哥服侍她吃药，母亲把药碗砸到大哥脸上，让他滚，说看到他就恶心。大哥终于忍不住地哭着问母亲为什么那么偏心，母亲辱骂他，说因为你就是不如你弟弟，你心思污秽、性情卑劣，连你弟弟的一个脚指头也比不上。没多久，母亲去世了。我很悲痛，可我觉得大哥更痛苦，他不仅仅是因为失去母亲而痛，还因为一生一世再无法得到母亲的认可。母亲去世后，大哥开始酗酒，不管谁劝，他都会说世上有个涂山璟已经足够，不需要卑贱没用的涂山篌。奶奶不想他毁掉，无奈下才告诉我们，大哥并不是母亲的亲生儿子，他是父亲和母亲的贴身婢女的孩子，那婢女生下大哥后就自尽了，因为大哥和我只相差八天出生，所以奶奶做主，对外宣布母亲产下了双胞胎。

大哥知道这个消息后，不再酗酒颓废，开始振作，我因为对他心怀愧疚，对他很谦让，奶奶很欣慰，常常夸赞我仁厚，叮嘱大哥要多帮我。母亲去世后的第四年，奶奶打算为我举行婚礼，说等我成婚后，就对天下宣布我是涂山氏的族长。有一日，大哥突然来找我，说有要事相谈，我没有疑心，跟着他离开。等我醒来时，已经在一个封闭的地牢里，灵力被封，四肢被龙骨链子捆缚住。”

十七一口气讲述到这里，那些残酷痛苦的折磨、无休无止的羞辱，好似又回到了眼前，在黑暗中袭来，他的身子不自觉地紧绷。小六忙一下下抚着他的心口，轻声地说道：“这里不是那个地牢，我在这里，十七，我在这里。”

十七的头埋在小六的头发里，半晌后才平静下来，“被折磨羞辱时，我也曾想过如果我能逃出去活下来，必要他痛不欲生。可如果真是那样，纵然我活下来了，我也死了，不再是一个完整的人，只是一个被屈辱和仇恨折磨的可怜人。幸运的是你救了我。不管我再残破丑陋，你都视若珍宝，小心翼翼地照顾，不管我身上有多少恐怖的伤痕，你都会因为我……羞涩脸红……”这一次小六没有阻止十七，而是静静地倾听。

“小六，我看到你，心里没有仇恨，只有感激。感激老天让我仍然活着，并且让我身体健全。我的眼睛仍然能看，能见到你耍赖扮傻；我的耳朵仍然能听，能听到你唠唠叨叨；我的双手仍然灵巧，能帮你擦拭头发；我的双腿依旧有力，能背着你行走。小六，我不想报仇，只想做叶十七。”

小六低低嗯了一声。

十七说：“我不想回去，大哥很能干，行事比我果敢狠辣，其实比我更适合做涂山族长，只要他在，涂山氏会很好。只要没有涂山璟，涂山篌就是最好的。可是，那天我跟你去了珠宝铺子，涂山家的生意太多了，我根本不知道那铺子是涂山家的，静夜叫破了我的身份，整个铺子的人都看到了我，大哥很快就会知道涂山璟还活着。我不想报仇，更不想做涂山璟，但大哥不会知道，不管我走到哪里，他都会追着我，我怕他会伤害你和老木他们，所以我必须回去做涂山璟。只有我在，他清楚地知道目标在哪里，才不会乱射箭。”

小六叹息，“你不伤他，他却要伤你。为了自己的安危，应该杀了他，但杀了他，你会良心不安。看似他死了，实际上他痛苦一瞬就解脱了，你却要背负枷锁过一辈子，其实是你吃亏了。这么算下来，还是不能杀他。”

十七欢喜地说：“我就知道你会支持我。静夜他们都不能理解为什么我不肯复仇。”

小六无奈地说：“我和你不一样，你是仁善，我是精明。”

十七低声说：“你是为我打算的精明。”

小六哼哼了两声，没有说话。

十七的气息有些紊乱，心跳也开始急促，小六知道他想说什么，却不好意思说。小六也不催，只是如猫一般，蜷在他肩头，安静地等着。

“小六、我、我……我知道我有婚约在身，没有资格和你说任何话……我也一直不敢想……可、可是……我会取消婚约，我一定会取消婚约！你等我二十年……不、不……十五年，十五年，你给涂山璟十五年，十五年后，涂山璟还你一个叶十七。”

小六低声问：“怎么等？”

“你、你不要让别的男人……住进你心里。”

小六沉默。

黑暗中，十七看不到小六的任何表情，紧张地忘记了呼吸。

小六扑哧一声笑了出来，十七却不知道她的笑声是嘲笑他的荒谬请求，还是……

小六说：“你啊，太不了解我了。我的心很冷，外面有坚硬的壳子，别说十五年，恐怕五十年都不会让个男人跑进去。”

十七忙道：“那你是答应了？我们击掌为盟。”

小六懒洋洋地抬起手，十七先摸索到她的手在哪里，然后重重地和她的手掌击打在一起，击掌后，他没有收回手，而是顺手握住了小六的手，“小六，我、好开心。”他的声音微微地颤着，显然内心激荡。

小六忍不住嘴角也翘了起来，“你说凡事说白了不过都是生意，看到你这样子，我怎么觉得我这笔生意亏了？”

十七摇了摇小六的手，“我说越是看似重要的事情越像生意，不外乎利益，可唯情之一字，永不可用利益去衡量。父母子女之情，兄弟姊妹之情，朋友之情，男女之情，都是看似平常简单，无处不在，却又稀世难寻、万金不换。”

小六笑嘻嘻地说：“老听人家说涂山璟非常会做生意，谈生意时又风趣又犀利，我总不相信。你老是笨笨的样子，说话也不利落，今夜我算真正领教了。”

十七轻声地笑，他的笑声就如他的人，温柔、平和、纯粹。

小六说：“十七，我和你不一样，我不是生意人，可我在大事上一直算得很清楚，我是个心狠的人，对别人心狠，对自己更心狠。你明白吗？”

“我明白。”

小六笑嗔：“谁知道你是真明白，还是假明白。”

十七说：“我知道你不会给自己希望，不会先信任，不会先投入，桑甜儿愿意用虚情假意去赌一生，你却即使是真心实意，如果对方不珍惜，你也会舍弃。我愿意等，等到你愿意时。”

“如果我一辈子都不愿意呢？”

“那就等一辈子。只要你别消失，纵使这样过一辈子，也是好的。”十七微笑起来，小六对自己的确心狠，可其实她对别人一直都很好，老木、桑甜儿、麻子、串子……她只是他们生命中的过客，可她成全了他们每个人。

死一般的黑暗，死一般的寂静，这座大荒中赫赫有名的恐怖地牢本应该让被囚禁者度日如年，痛不欲生。

但小六和十七相依着说话，都不觉得时间流逝，十七很庆幸玱玹把他和小六关在了这里，让他有勇气说出他的奢望，他甚至内心深处真的不想出去了，他愿意就这样相依着一辈子。

狱卒的脚步声响起时，十七只觉得一切太短暂。

狱卒恭敬地请他们出去，态度和送他们进来时截然不同，抬了竹架子来，点头哈腰地想把小六抬到竹架子上。

十七不肯让他们碰小六，自己抱起了小六，跟在提灯的狱卒身后。

走出地牢时，白日青天，阳光普照，小六眼睛刺痛，赶紧闭上了眼睛。

小六听到玱玹问十七，“你想我以什么礼节款待你？叶十七还是……”

十七回答得很干脆，“叶十七。”

玱玹说：“随我来吧。”

小六睁开了眼睛，他们正走在山脚下，举目远眺，是无边无际的大海，一重又一重的浪潮汹涌而来，拍打在黑色的礁石上，碎裂成千重雪。

小六忽然心有所动，觉得有人在叫她，她对十七说：“去海边。”

十七抱着小六走下石阶，穿过树林，来到海边，站在了礁石上，玱玹并未阻止他们，只是默默地跟在他们身后。

又一重海浪翻卷着从远处涌动而来，青色的海潮越升越高，来势汹涌，就在那青白相交的浪潮顶端，一道白影犹如驱策着浪花，飞驰而来。

白影在浪花上站定，是一个白衣白发、戴着面具的男子，他立在浪花中，就如站在朵朵白莲中，纤尘不染、风姿卓绝。

侍卫们哗啦一下全涌了过来，玱玹诧异地看着相柳，打趣道：“相柳，你就这么想杀我？竟然敢追到五神山来？”

相柳笑道：“此来倒不是为王子殿下。”他看向小六，“被敲断腿了？你干了什么，惹得高辛的军队鸡飞狗跳？”

小六这才想起相柳身上有蛊，她的腿被敲断时，相柳应该有察觉。

小六嘻嘻一笑，“就我这点本事能干什么呢？一场误会而已。”

相柳说：“脚下是大海。”

小六明白了相柳的意思，只要她跃入大海，相柳就有可能带她离开。但是，这里是五神山，高辛有很多善于驭水的神族将领，相柳一个人也许还能来去，再带一个，只怕只有死路一条。况且，她走了，十七怎么办？

小六笑道：“谢了，你的人情还是少欠点好。”小六对十七说：“回去。”

十七跃下了礁石，走回岸上。

相柳对小六的拒绝，只是哂然一笑，“别忘了，你还欠着我的债务，死人是没法还债的。”

小六大笑道：“放心，我一贯贪生怕死，一定等着你来讨债。”

相柳的视线从十七脸上扫过，落在玱玹身上，对玱玹颔首，说道：“告辞！”身影消失在浪花中。

侍卫们想追击，玱玹说：“不用白费工夫了，他能从海里来，自然能从海里走。以后加强山脚的巡视。”

小六看着礁石上碎裂的浪花，有些茫然，相柳万里而来，就是问她两句话？

玱玹走到云辇旁，抬手邀请小六，“我们乘车上山。”

十七抱着小六上了云辇，没过多久，云辇停在了五神山上最大的宫殿承恩宫。这座宫殿的华美精巧、风流旖旎在大荒内曾赫赫有名。据说很久很久以前，有个神农的王子因为见到此宫殿，还曾发动了一次战争攻打高辛。不过，这一世的高辛王继位后，不喜奢华、不喜宴饮，也不喜女色，整个后宫只有一位妃子，所以承恩宫十分冷清。

玱玹笑对小六和十七说：“承恩宫到了。”

小六好似睡着，头靠在十七怀里，紧闭着双眼。十七对玱玹微微颔首，跃下云辇，随着玱玹进了宫殿。

玱玹说：“这是华音殿，我来承恩宫时就住这里，你们也暂时住这里吧。昨日到五神山时，天色已黑，我还没去拜见师父。今日散朝后，我就会去见师父，向他禀奏已经将你带到。小六，你做好准备，陛下随时有可能召见你。”

小六睁开了眼睛，“给我药！”

玱玹笑道：“给你药治腿可以，但即使腿好了，你最好也不要乱跑，如果撞见了阿念，可不会仅仅只断两条腿。”

小六看着玱玹，欲言又止，一瞬后，嚷道：“我饿了。”

玱玹命婢女端上饭菜，等小六和十七吃完饭，命婢女带小六和十七洗漱换衣。

十七抱着小六到了浴池旁，小六说：“婢女会照顾我，你也去洗漱吧，把地牢里的晦气都洗掉。”

两个婢女服侍着小六沐浴、换好衣衫。

十七早已洗漱完，换了干净衣衫，在外面等候，看到婢女抬着小六出来，忙快步走了过来。

高辛一年四季都温暖，服饰很轻薄，讲究飘逸之美，喜穿木屐。此时，十七身着天青色的高辛衣衫，宽袍广袖、轻衣缓带、玉冠束发、足踏木屐，行走间，步如行云、衣袂翩飞，真正是明月为身，流水做姿。

两个婢女看得呆住，小六也是目不转睛。十七有些赧然，微微垂下眼眸，却又好像很喜欢小六看他的样子，迎着小六的目光，走到了小六面前。

小六调笑道：“难怪有女子为求你一顾而不惜练舞十年，此番你回去，只怕也少不了女子求你一顾。”

十七局促不安，好似生怕小六误会，急急地说："我不会看的。"

小六觉得心里有些甜，可又不愿被看出来，故作不耐地扭过了头，"你看不看，和我有什么关系？"

有医师来为小六治腿，十七在一旁帮忙。

医师先抹了药膏，再用归墟水眼中的水种植出的接骨木把小六的腿包裹住，小六觉得两条小腿犹如浸润在凉丝丝的水中，几乎感觉不到疼痛。

医师对小六说："尽量不要用腿，多静养，慢则两三月，快则一月就能长好。"

小六笑着和医师作揖道谢，又麻烦医师帮十七看一下，医师检查过后，慷慨地给了十七一小瓶治疗内伤的上好灵药。

医师走后，小六对十七说："虽然你身上的伤痕，再好的灵药也除不掉了。"一般的伤，很难在神族的身体上留下疤痕，可涂山篌折磨十七时，每次施完酷刑，都会用特制的灵药水泼十七，既能让他保持清醒，痛苦加倍，又能让那些耻辱的印记永远烙印在他身上。小六当年就仔细思索过如何除掉那些可怕的伤痕，但是思索了一年，想遍天下灵药，发现永不可能消除。

小六盯着十七的腿，边思量边说："但高辛宫廷里颇有些好东西，也许能治好你的腿，只是要吃点苦头。"十七右腿上的旧伤，因为身有灵力，走快时不会察觉有异，但走得慢时，就能看出来有些瘸。

十七摇了下头，"我不在意。"

小六笑笑，不自禁地掩嘴打了个哈欠，十七说："你睡吧。"

小六抓着他的衣袖，"你也该休息一下，可我不想你离开。"

"我靠着也能睡着。"十七坐到榻侧，靠在屏风上。

小六合上了双目，手却一直捏玩着十七的衣袖，十七端起一杯水，握在掌中，杯子中腾起白烟，萦绕着小六，小六的手慢慢地不动了。

十七觉得，自从地牢出来，小六就一直在努力掩饰内心的紧张。十七推测和高辛王有关系，以小六的性子，不可能是因为高辛王的权势，那只能是因为高辛王这个人。

十七轻轻握住了小六的手，低声说："不管怎么样，我都会陪着你。"

第九章 眉间心上，无计相回避

LOST YOU FOREVER

夕阳西斜时，有宫人来请小六，说高辛王想见他。

看到小六的腿有伤，宫人命侍者抬了肩舆，十七把小六抱放在肩舆上。

侍者抬着小六，十七跟随在旁，疾步走了一炷香的时间，来到高辛王日常处理朝事的朝晖殿。侍者们把肩舆停在殿门外，宫人上前奏报。

等听到内侍命他们进去，十七抱起了小六，殿门旁的侍者想阻拦十七，玱玹的声音传来，“让他进来。”

十七抱着小六直走了进去，幽深的殿堂内，正前方放着一张沉香榻，榻上坐着一个白衣男子。那男子五官冷峻，有若极北之地的冰峰雕成，容貌并不算老，约摸三十来岁，可乌发中已经夹杂了不少白发，难言的沧桑。

十七把小六轻轻地放下，叩拜行礼，“草民叶十七参见陛下。玟小六腿上有伤，不便行礼，请陛下恕罪。”

高辛王却好似什么都没听到，只是盯着小六。

在没有进殿前，小六一直很紧张，反常地沉默着。可此时，他反倒泰然自若，笑看着高辛王，任由高辛王打量。

半晌后，高辛王对十七抬了抬手，示意他起来。

高辛王问小六："谁伤的你？"

小六笑瞅了一眼玱玹，没有说话。玱玹躬身回道："是我，他一再抗命想要逃跑，我下令小施惩戒。"

高辛王深深盯了一眼玱玹，问小六："你还没用晚膳吧？"

"还没。"

高辛王对一旁的侍者吩咐："一起。"

"是。"侍者退出去，传召晚膳。

就在朝晖殿的侧殿用膳，屋子不大，几人的食案放得很近。高辛王坐了主位，玱玹在他左下方，小六坐在他的右下方，和玱玹相对，十七坐在小六下方，方便照应小六。

按照一般人的想象，一国之君的晚膳应该很复杂，可高辛王的晚膳却十分简单，简单得就好似大荒内最普通的富贵之家。

高辛王吃得不多，也不饮酒，仪态端正，举止完美。玱玹和十七也是一食一饮、一举一动莫不优雅到赏心悦目，咀嚼、饮酒、举杯、搁碗，都没有一点声音，有着无懈可击的风姿。

整个侧殿内，只有小六不时地发出刺耳的声音，小六大吃大喝、仪态粗俗，吃得兴起，他也不用筷子，直接用手抓起肉，吃得满嘴汤汁。

吃完后，小六的双手在衣服上蹭，侍者跪在小六身侧，双手捧着莲花形状的玉盏，里面是漂浮着花瓣的水。小六用袖子抹了一下嘴，困惑地看着侍者手中的玉盏，突然他好像明白了，赶紧端过莲花玉盏，咕咚咕咚地把净手的水喝了，侍者惊骇地瞪大了眼睛，小六冲他笑，把玉盏塞回给他，"谢谢啊！"

幸亏这些侍者都是服侍高辛王的官人，早养成了谨慎沉默的性子，惊异只是一瞬，立即恢复正常，当作什么都没看到，依旧恭敬地服侍着小六。只是下次端上什么东西前，一定会小声地报上用途。

玱玹也不知道是被小六的声音烦着了，还是吃饱了，他搁下筷子，一边饮酒，一边时不时看一眼小六，高辛王却自始至终没有对小六的任何行为做出反应。

小六吃完了肉，还不肯放弃骨头，如平时一般，用力吮吸着骨髓，发出嗞嗞的声音。可平日里，大伙一边说话一边吃饭，都发出声音，也不奇怪，此时在君王的殿内，侍者们连呼吸都不敢大声，小六吸吮骨髓的声音简直像雷鸣一般。

侍者们僵硬地站着，连动都不敢动，心随着小六的吮吸声狂跳。十七倒是镇静，面无表情，慢条斯理地用饭，玱玹却厌恶地蹙眉。

高辛王终于看向了小六，小六也终于察觉到殿内的气氛很诡异。他含着骨头，眼珠子来回看了一圈，讪讪地把骨头呸一口吐了出来，一个侍者眼明手快，用手接住了。

小六赔着笑，给高辛王作揖，“我是乡下人，第一次吃这么好吃的东西，也不懂什么规矩，陛下勿要责怪。”

高辛王凝视着小六，好一会儿后问：“你往日里都喜欢吃什么？”

“我啊，什么都喜欢吃，正菜最喜欢吃烤羊肉。”

“零食呢？”

“鸭脖子、鸡爪子……”小六吞了口口水，“还有鹅掌。”

“都喜欢什么味道？我让御厨做给你，还来得及睡前听着故事吃一些。”

小六沉默了，只是看着高辛王。

玱玹眼中疑云顿起，手轻轻地颤着，酒水泼洒了一身，他都没有察觉，只是盯着小六看。

小六忽而一笑，“什么味道都成，乡下人不挑。”

高辛王对身后的侍者吩咐：“每种味道都做一份。”

小六扭头对十七说：“我吃饱了，想回去休息了。”

十七对高辛王行礼，高辛王道：“你送小六回去。”

十七抱起小六，走出了殿门。玱玹不自禁地站起，盯着小六，直到小六的身影消失，他猛地转身，急切地问高辛王：“师父，他是谁？”

高辛王问：“你以为他是谁？”

“师父要我去把他带回来时，曾说过也许他是故人之子，我本来以为他是那五个造反的罪王的儿子，听说中容的一个妃子善于用毒，还毒害过师父，小六也恰好善于用毒。我以为……可、可师父，你刚才说他可以睡前边听故事边吃零食，小夭、小夭……”玱玹又是紧张兴奋，又是恐惧害怕，声音颤抖得变了调，几乎说不下去，“妹妹小时就喜欢边听姑姑讲故事，边吃零食。为了晚上能吃零食，晚饭都不肯好好吃，姑姑训斥她，她还顶嘴说爹爹就允许她吃零食。”

相比玱玹的失态，高辛王平静得没有一丝波澜，“我看不破他的幻形术，并不知道他究竟是谁。”

玱玹跪坐在高辛王面前，呆呆愣愣，半晌后，才说：“师父肯定也很怀疑吧？”

高辛王没有说话，玱玹猛地跳了起来，向外冲去，“我去问她，我要问问她究竟是谁，为什么不肯认我。”

“站住！”

高辛王冷漠的声音让玱玹停住了步子，玱玹不解地回头，“难道师父不想知道吗？小夭是您的女儿啊！”

高辛王的右手摸着左手小指上的白骨指环，缓慢地转着圈，“他是谁，不是由我们判定，而是由他自己决定。”

玱玹不解，却知道师父从不说废话，他只能跪坐下，静静聆听。

“这世间的伤害不仅仅会以恶之名，很多的伤害都是以爱之名。你想知道他是谁，我也想知道。

但不要去追问他，给他时间，让他自己告诉我们。”

玱玹摇头，“我不明白为什么……”

高辛王站了起来，走出宫殿，“你会明白。”

玱玹呆呆地坐了良久，才站了起来，深一脚浅一脚，犹如喝醉了一般，走回华音殿。

小六和十七两人背靠着廊柱，坐在龙须席上乘凉。十七腿上放着一个水晶盘子，里面放着山竹、荔枝、枇杷、龙眼……各色各样的水果。十七剥开一个龙眼，递给小六，小六说：“不要。”

十七放进自己嘴里，又剥开一个山竹，分了一半给小六，小六一瓣瓣吃着。

看到玱玹，十七礼貌地直起身子，颔首为礼，小六却躺着没动，只是大大咧咧地笑着挥挥手。

玱玹走了过去，坐在他们对面。

和小六相识以来的一幕幕走马观花般地在脑海里回放。

他下令对她动用了酷刑，让她的双手骨肉分离，本算结下大仇，可她以身护他，拼死相救。他却怀疑相救是为了施恩，只是一个阴谋的开始。

被九命相柳追杀时，装白狐尾巴的玉香囊碎裂，可白狐尾巴没有丢失，反而在他怀里。

他被防风氏一箭洞穿胸口，他以利用之心叫了她来，甚至决定必要时，用箭洞穿她胸口，以他伤染她伤，让她也血流不止，诱迫涂山璟去找防风意映拿止血药，他好派人趁机夺取。可她毫不犹豫地赶去找涂山璟，为他盗取冰晶。

她给他种下蛊，虽然她说只是疼痛，不会有其他危害，可他从没有相信过。她找着各种借口，迟迟不肯解除蛊，他认为她必有所图谋，想用蛊要挟他。她留言给坞呈蛊已解，纵使之后，很久没有感觉到任何疼痛，可他依旧不相信她真的解了蛊。

因为师父要见她，他以为她是罪王之子，接近他是想利用他的身份、挟恩作乱，他痛下毒手，她却只是看着他笑，那笑中分明没有责怪，反而是欣慰，竟然欣慰着他的冷酷。

还有那一次又一次的雪夜对饮……

一桩桩、一件件想来，一切早摆在他眼前，可他那一颗冷酷多疑的心，竟然视而不见。

玱玹看着小六的双腿，裹着接骨木，又缠了一圈白缎，看上去十分笨拙。

玱玹的手伸向小六的腿，十七以为他又要伤害小六，出手如风，以指为剑，刺向他。十七本以为会逼退玱玹，可没想到玱玹根本没有闪避，指风刺中他的手臂，鲜血流下。

玱玹的手搭在小六的腿上，轻声问：“疼吗？”

小六扭过了头，闭着眼睛，“不疼。”

玱玹有千言万语翻涌在胸腹间，挤得他好像就要炸裂，可是他不敢张口。三百多年了，他已经不再是凤凰树下、推秋千架的男孩。父母双亡、流落异乡、寄人篱下，他戴着面具太久，已经不知道该如何真心地喜悦，真心地悲伤。他学会了用权谋操纵人心，却忘记了该如何平实地接近人心；他学会了用各种手段达到目的，却忘记了该如何真实地述说心意。

玱玹站了起来，对十七说：“好好照顾她。”

玱玹走出了殿门，在夜色中漫无目的地走着。承恩宫里花木繁盛，奇花异木比比皆是，晚来风急，吹得花落如雪，清香阵阵，可这海之角的异乡没有火红的凤凰花，花开时绚烂如朝霞，花落时犹如烈焰飞舞。

十七看到小六一直闭着眼睛。听到玱玹的脚步声远去，小六的眼角有泪珠一颗颗滚落。

十七把小六揽进怀里。

小六的脸埋在他肩头，泪落如雨。

三百多年了，她已经不是凤凰树下、秋千架上的小姑娘。

她曾在深山里流浪，像野兽一样茹毛饮血；她曾被关在笼子里，犹如猫狗一般被饲养；她被人追杀过，她也杀了无数人。她的生命就是谎言、鲜血、死亡，所有人都在欺骗，她不知道该相信谁，不知道该以何种身份站在众人面前。

一直到深夜，小六和十七休息时，玱玹都没有回来。

第二日清晨，小六起来时，玱玹已经离开。

傍晚时，玱玹回到华音殿。

小六依旧是老样子，嬉皮笑脸，和玱玹挥手打招呼。

玱玹除了冷着脸，没有一丝笑容，对小六很冷淡以外，别的都正常。

玱玹对十七说："白日里如果闷，就让婢女带你去漪清园，园子里有宽可划船的河，也有才没脚面的小溪，奇花异草、飞禽走兽都有，是个解闷的好去处。"

十七说："好。"

玱玹说："不要席地而坐。"

十七看小六一眼，回道："知道了。"

玱玹不再多言，回了自己的屋子，晚饭也是自己一个人在屋子里吃的。

医师说小六的腿最快一个月好，可实际上十来天，小六已经可以拄着拐杖慢慢地走了。

医师非常惊讶于小六的康复速度，叮嘱小六，"腿长好前，要多静养，现在腿长好了，就要尽量多运动，慢慢地，就会正常行走了。"

小六很听医师的话，经常拄着拐杖走来走去。

高辛王并不经常召见小六，三四日才见一次，每次见面话也非常少："可喜欢饮酒？""喜欢什么颜色？""喜欢什么花草？""喜欢……"

可是在华音殿内，他的旨意无处不在，只要小六说过喜欢的，必定会出现。有一次高辛王问小六"最喜欢什么"，小六无耻地回答"最喜欢钱，最好每天能躺在钱山上打滚"。第二日，小六起来时，就看到庭院内有一座钱山，不是珠宝，也不是玉石，就是实打实一枚枚的钱，堆积得像山一样高。

看到这座闪亮闪亮的钱山，小六黑着脸。已经十来日没有露过笑意的玱玹大笑了出来，向来寡言少语的十七也忍不住笑了，对小六诚恳地说："我还真没见过这么多钱。"

听到玱玹的笑声，小六扔掉拐杖，扑倒在钱山上，打了几个滚。

十七笑问："开心吗？"

"硌得肉疼。"小六躺在钱山上，嘴硬地说，"不过我至少知道在钱山上打滚是什么滋味了。"

玱玹和十七都笑。

婢女们进进出出，总要绕着钱山走。小六和十七在院子里纳凉时，不管往哪个角度看，都会看到无数的钱一闪一闪。

某个月光皎洁的夜晚，小六好不容易有一点雅兴，想看看月亮，推开窗户，只见一座钱山巍峨闪亮地伫立着。

在这座钱山面前，不管是美景，还是美人，都黯然失色。

小六实在受不了了，对侍者说："把钱山移走。"

侍者恭敬地回道："这是陛下的旨意，公子要想把钱山移走，要去求陛下准许。"

下一次，高辛王召见小六时，小六第一次主动和高辛王说了话："我不喜欢钱山了。"

高辛王面无表情，微微地点了下头，只有和他很熟悉亲近的玱玹才能看出高辛王眼中闪过笑意。

从那之后，每次高辛王问小六的喜好，小六再不敢胡说八道，尽量如实地回答。要不然把不喜欢的东西天天放在眼前手边，真的很遭罪。

小六的腿渐渐地好了，不再需要双拐，拄着一根拐杖，稍微借点力就可以，甚至可以扔掉拐杖，慢慢地走一小段路。

小六是个关不住的性子，腿刚利落了一些，立即不满足于只在华音殿内行走。

她喜欢太阳快落山时，拄着拐杖，在阳光下走，直到走出一身汗，她才会停下。

十七会慢慢地跟在她身旁。

小六继续她的絮叨："男人们都喜欢美人无汗，可实际上无汗的美人最好不要娶。生活总会充满乱七八糟的事情，免不了气闷心烦，不愉快全都堵在了身体里。如果在明媚的阳光下，好好地快走一圈，美美地出上一通汗，那些堵在身体里的不愉快就都随着汗水发泄出来。身体通畅的女人才会心胸开阔，不会斤斤计较。就比如说我，我最近很心烦，可这么走了一通，心情就好了很多。"

十七瞅了小六一眼，微笑着不说话。

忽而间，有鸟鸣从天空中传来，一只玄鸟俯冲而下，落在小六身旁，身子前倾，头往下低，好像在给小六行礼，又好像邀请小六摸它的头。

小六一步步后退，拐杖掉落，人走得歪歪扭扭。

十七想去扶她，高辛王和玱玹走过来，高辛王举起手，一股巨大的力把十七阻拦住。十七看出玄鸟并不想伤害小六，遂没有反抗，静静地看着。

玄鸟看小六不理它，困惑地歪歪脑袋，一步步地往前走，追着小六过去。

小六越退越快，它也越走越快。小六跌倒在地上，玄鸟却以为小六是和它玩，欢快地叫了一声，收拢翅膀，躺在地上打滚。打了几个滚后，它又伸长脖子，探着脑袋，凑到小六身边。

小六盯着它，不肯碰它。玄鸟似乎伤心了，悲伤地呜呜着，把头凑到小六手边，一下下地拱着她，一副小六不安抚它，它就要没完没了的样子。小六终于无可奈何地伸出手，摸了摸它的头。

玄鸟扑扇着翅膀，引颈高歌，洋溢的欢乐让旁观者都动容。

小六扶着玄鸟的身子，站了起来，“你这家伙，怎么吃得这么肥？”说完，一抬头才看见高辛王和玱玹。

小六干笑，指着玄鸟说：“这只肥鸟和我很投缘，估计是个母的。”

高辛王说：“这只玄鸟是我为我的大女儿小夭选的坐骑，它还是颗蛋时，小夭就日日抱着它睡觉，它孵出来后，第一个见到的人也是小夭，小夭给它起名叫圆圆，天天问着几时才能骑着圆圆飞到天空。我总是回答‘等你们长大’，圆圆早已长大，小夭却至今未回来。”

小六作揖赔罪，“草民不知道这是王姬的坐骑，刚才多有冒犯，还请陛下恕罪。”

高辛王盯了小六一瞬，一言未发地和玱玹离开了。

小六看他们走远了，扶着十七的胳膊坐到石头上。玄鸟也凑了过来，小六拍开它，“别烦我，自己玩去。”

玄鸟圆圆委屈地在小六手边蹭了蹭，展翅飞走了。

小六休息了一会儿，对十七笑道：“回去吧。”

十七把拐杖递给她，陪着小六回到华音殿。

◈

小六可以扔掉拐杖，慢慢地走了。

她喜欢从华音殿走到漪清园，却从不进园子，只在园子外的树荫下休息一会儿，再从园子慢慢地走回华音殿。

一日，天气十分炎热，十七陪着小六走到漪清园，小六满头都是汗，脸颊也被晒得红通通的。

坐在树荫下休息时，小六喝了口水，叹道：“这时若有个冰镇过的小玉瓜吃就好了。”

十七站了起来，“我看到婢女在冰里浸了一些瓜果，我去拿一个小玉瓜来。”

小六笑道：“随口一说而已，待会儿回去再吃吧。”

“我来回不过一会儿，很快的。”十七飞快地走了。

小六把水壶放到一旁，等着吃小玉瓜。

她想起了小时候，很喜欢玩水，天热时常常泡在水里不肯出来。娘为了哄着她出来，总会端着一盘小玉瓜，在岸上走来走去，边走边吃，表明你再不出来，娘可就全吃完了。她会赶紧爬上岸，跑到娘身边，张大嘴，等着娘喂她。

一群人走向园子，小六神思不属，随意扫了一眼，看并没有自己认识的人，依旧不在意地坐着。

当中的一个美丽少女冲过来，怒气冲冲地瞪着小六，“你、你、你怎么在这里？”

小六这才仔细地看少女，五官并不熟悉，可又似曾相识，再看她的衣着打扮，小六知道了她是谁。

原来，阿念的真容竟如此美丽，是个不折不扣的美人，小六微笑道：“我、我、我怎么不能在这里？”

阿念气得脑袋疼，“这里是我家！你个贱民，当然不能在这里！来人，把他抓起来！”

海棠和另一个侍女各拽着小六的一条胳膊，把小六提溜了起来。

阿念也不去游园子了，急匆匆地返回。

小六被两个侍女抓着，她懒得使力，索性由着她们把她架着走。

进了阿念居住的含章殿，阿念摆出一副官员提审犯人的样子，喝问小六：“说，你知不知错？”

小六不惊不惧，笑嘻嘻地打量四周。

海棠对小六也有很多恼恨，看小六到现在还是一副满不在乎的样子，她一脚踹在小六的膝关节上，小六向前扑倒，跪在阿念面前。

阿念居高临下地看着小六，“哼，你也终于落在我手里了！玱玹哥哥说你救过他一命，那么我就不要你的命，但死罪可免，活罪难逃！你当日……当日……我……我一定要报仇雪恨！”阿念想起小六当日在她背上乱摸，眼泪又涌到了眼眶里，玱玹几次问她，她都没好意思告诉玱玹，返回五神山后，阿念才委屈地对娘哭诉了一遍，可娘……只会搂着她，拍她的背。

阿念大叫：“把他的手抬起来。”

两个侍女抓起了小六的手，阿念看着小六的手，琢磨该使用什么刑罚。可阿念自小被呵护得太周到，压根儿没见过真正恶毒的酷刑，她所知道的刑罚最严重的也就是杖毙。因为玱玹，不能打死小六，阿念只能心不甘情不愿地说：“打他的手！”

海棠拿了一根用万年乌木做的棍子过来，狠狠地抽下。

小六唇边挂着一丝笑，还故意出言挑衅：“你的背又软又香，就算打断了手，摸一摸都是值得的。自从上次摸过后，我一直朝思暮想……”

阿念气得身子簌簌直颤，面色青白，眼泪直往下掉。

高辛民风保守，最重礼仪，高辛王登基后，民风有所放开，礼仪也不再那么严格，可王姬的身体……侍女惊骇得呆住，海棠不敢再让小六胡说八道，命令一个做粗活的婢女脱下绣鞋，塞到小六嘴里，“让你这张臭嘴再胡说！”

海棠对阿念说：“王姬，这个混账东西和您有仇，自然要胡说八道来气您，毁您声誉，您若当真，可就中了他的诡计了。”

几个侍女都听出了海棠的警告，也不相信小六灵力这么低微，能有机会靠近灵力不弱的王姬，忙纷纷劝阿念。一个嘴快的婢女说："玱玹王子是轩辕的王子，可不是我们高辛的王子，不过是寄居在此，仰仗陛下而活，王姬何必看重他的想法？想杀就杀了，回头和陛下说明，陛下定不会责怪。"

阿念气恨已极，下令："打！先打手，再打嘴，打死了，我负责！"

两个侍女拿着棍子噼里啪啦地打了起来。

小六笑不出来了，心神全放在婢女刚才的话上。看似随意的一句话，实际透漏的信息很多。玱玹小小年纪被轩辕王送到高辛，都说他是质子，轩辕王以此向高辛王承诺，不会进攻高辛。两百多年来，他从没有回过轩辕，在众人眼中，看上去有轩辕王子的名头，可实际不过是寄人篱下的弃子。

十七拿着冰镇小玉瓜匆匆返回，却没看到小六。他循着踪迹找了过来，被殿外的侍卫拦住。

十七听到殿内传来杖击的声音，不顾拦阻，想强行往里冲，却惹来了更多的侍卫，将他团团围住。

因为阿念是高辛王唯一的子女，侍卫们都不敢轻视，立即派人去禀告高辛王。阿念的母亲，静安王妃的宫殿距离含章殿不远，贴身侍女惊慌地给她比画，说有人袭击王姬的宫殿，静安王妃忙赶了过来。

她急匆匆地走进殿门，看阿念虽然脸色难看，却衣衫整洁，显然没有受伤。

阿念看到母亲，立即挤出了笑脸，一边打手势，一边问："娘，你怎么来了？"

小六一直低着头，任凭侍女抽打，此时听到阿念的叫声，她身子轻轻地颤了一下，想抬头看，却又不敢看。这个女人虽不是王后，却是高辛王唯一的女人，整个天下几乎没有人见过她，都只是传闻高辛王藏娇，得她一人足矣。

没有听到王妃的说话声，只听到阿念下令："住手！"

小六慢慢地抬起了头，看清楚王妃容貌的刹那，心胆俱裂，嘶声呐喊："娘、娘……"她嘴里塞着绣鞋，发着含糊的声音，双手拼命向前伸去，疯狂地挣扎着，想要挣脱侍女的手，抓住那一袭青衫、亭亭玉立着的少妇。

小六双手血肉模糊，少妇骇然，向后退去。阿念赶紧搂住母亲，大叫道："快拉住这个贱民！"

侍女们怕小六伤到王妃，把小六狠狠地按倒，手脚齐用，牢牢地压制住她。小六却像疯子一样，力气大得出奇，不管不顾地挣扎，要去抓住王妃。

"娘、娘……"小六嘴里在呜咽，却什么声音都发不出。

王妃像是看疯狗一样，惊惧地看着她，小六泪如雨落，向着王妃伸出手，只是想抓住娘，不让她再离开。"娘、娘……不要抛弃我……"

她想问清楚，当年为什么要抛弃我？你明明答应了要来接我，却一去不回，难道我做错了什么？不管我做错了什么，你告诉我，我都改！只要你不离开我！难道我真是她们说的孽种，根本不该活着？娘，你告诉我，为什么不要我了？

高辛王和玱玹赶过来时，就看到小六满身血污，被几个婢女摁倒在地，她一边用力地挣扎，一边仰着头，盯着王妃，满面是泪，伸着双手，乞求着她不要离开，“娘、娘……”

高辛王的身子剧颤了一下，竟然有些站不稳。

玱玹的脑袋轰的一下炸开了，他疯一般冲过去，推开了所有人，抱住小六，“小夭，小夭，她不是，她不是……姑姑！”

玱玹把她嘴里的鞋子拔出，捏得粉碎。小六全身都在哆嗦，抖得如一片枯叶，“娘，她是娘，哥哥，我想问她，为什么不要我了，是不是因为我不乖？我一定听话，我会很乖很乖……”

玱玹的头埋在小六的颈窝，泪一颗颗滑下，“她不是姑姑，姑姑已经战死了。她是静安王妃，只是和姑姑长得像。”

小六身子抖如筛糠，发出如狼一般的哭嚎声，“她说了要来接我，她说了要来接我，我等了她七十多年！她一直没来，她不要我了！我不怪她，我只想问清楚为什么……”

玱玹紧紧地抱着她，就如小时候，父亲战死、母亲自尽后，无数个黑夜里她紧紧地抱着他。

小六的哭声渐渐地低了，身子依旧在轻颤，她能感受到哥哥的泪无声地落在她的衣领内，他依旧和小时候一样，不管多伤心，都不会让任何人看见。小六双手颤着，慢慢地环住了玱玹的背，下死力地搂紧了玱玹。

两人都不说话，只是彼此抱着，相依相偎，相互支撑。

阿念震惊地看着，她低声叫：“玱玹哥哥。”

玱玹却好像化作了石雕，一动不动，头埋在小六的脖颈上，什么表情都看不到。

阿念叫：“父王，他、他们……”

父王却好像一下子又老了百年，疲惫地对母亲身旁的侍女吩咐：“先送王姬去王妃的殿内休息。”

侍女躬身行礼，半搀扶半强迫地护送王妃和阿念离开。

阿念茫然又恐惧，隐约中预感到她的世界要不一样了，可又不明白为什么，只能频频地回头看向玱玹。

殿内的人很快都离开了，只剩下静静站在一旁的高辛王和十七。

很久后，玱玹慢慢抬起了头，凝视着小六，他的眼眸清亮，看不出丝毫泪意。

那一桩事又成了两个人的秘密。小六的心直跳，紧张地偏过头，想回避开玱玹的目光。

玱玹说：“你刚才已经叫过哥哥了，现在再抵赖已经没用。”

小六想笑，没有笑出来，嘴唇有些哆嗦，玱玹低声叫：“小夭。”

太久没有听到这个名字了，小六有些茫然，更有些畏惧。

玱玹又叫她，“小夭，我是玱玹，你的表哥，你要叫我哥哥。”

小六想起了他们幼时初见面的情形，那时娘和舅娘都活着，娘微笑着说“小夭，你要听哥哥的话”，舅娘笑意盈盈地说“玱玹，你要让着妹妹”，他们俩却和乌眼鸡一样，狠狠地瞪着对方。舅娘自尽了，娘战死了……只剩下他们了。

小六小声地说：“哥哥，我回来了。”

玱玹想笑，没笑出来，嘴唇微微地颤着。

十七这才走上前，低声道：“小六的手受伤了。”

玱玹忙叫：“药，伤药。”

高辛王的贴身侍从早命医师备好了伤药，一直在外面静候着，听到玱玹叫，立即跑了进来，端盆子的、捧水壶的、拿手巾的、拿药的，多而不乱，不一会儿，就给小六的手把药上好了。

医师对高辛王奏道：“只是外伤，没伤到筋骨，过几日就能好。”

高辛王轻颔了下首，侍从们又悄无声息地退了出去。

玱玹扶着小六站起，小六低着头，不肯举步。玱玹推了她一下，把她推到高辛王面前，自己后退了几步，和十七站到了屋檐下。

小六低垂着头，看着自己的手，不说话。

高辛王先开了口：“你故意激阿念重责你，不就是想让我出现吗？我来了，你怎么不说话了？”

小六故意激怒阿念，让阿念重重责打她，的确是想让高辛王来看到一切。小六怀着一种微妙复杂的心思，想看看高辛王的反应，看他究竟会帮谁，甚至她都准备好了嘲笑戏弄一切。可是，静安王妃的出现打乱了她的计划。

这个曾经让小六一想起就伤心得吃不下饭的女人，小六曾想象了无数次她究竟哪里比娘好，可怎么也没有想到她竟然长得那么像娘，偏偏又穿了一袭青衣，猛然看去，完全就是娘。那些隐秘的愤愤不平和伤心难过都消失不见了，甚至她觉得愧疚不安。

小六跪下，至亲至近的字眼到了嘴边，却艰涩得怎么都吐不出来。她重重地磕了一下头，又重重磕了一下头，再重重磕了一下头……

高辛王蹲下，扶住了她，小六咬着唇，依旧没有办法叫出来。

高辛王道：“这三百多年，肯定有很多人对你说了各种各样的话，我原本也有很多话对你说。你失踪后，我一直想着，找到你后，要和你说的话。刚开始，是想着给你讲什么故事哄你开心；后来，是想如何安慰开导你；再后来，是想听你说话，想知道你变成了什么样子；再到后来，老是想起你小时候，一声声地唤爹爹；最后，我想，只要你活着，别的都无所谓。小夭……”高辛王抬手，空中出现了一个水灵凝结成的鹰，鹰朝着小六飞冲而来，突然又变成一只大老虎，欢快地一蹦一跳。

这是小六小时候最喜欢的游戏之一，每天快要散朝时，她都会坐在殿门的台阶上，伸长脖子、眼巴巴地等着爹爹，等看到那个疲倦孤独的白色身影时，她就会跳起来，飞冲下台阶，大叫着爹爹，直直地扑进爹爹怀里。爹爹会大笑，一手抱起她，一手变幻出各种动物。

小六扑进了高辛王怀中，眼泪簌簌而落。

高辛王搂住了女儿，隔着三百年的光阴，她的欢笑变成了眼泪，但他的女儿终究是回来了。小六呜咽着说："她们说你……你不要我了，你为什么不去玉山接我？"

高辛王轻拍着她的背，"当年，我迟迟不去玉山接你，是因为你的五个叔叔起兵造反，闹腾得正厉害。西边打仗，宫里暗杀刺杀毒杀层出不穷，我怕我一个人照顾不过来，让你有个闪失，所以想着让王母照看你，等我平息了五王的叛乱后，再去接你。没有想到你会私下玉山，早知如此，我宁可危险点也要把你带在身边。"

小六哽咽着问："你是我爹吗？"

高辛王抬起了小六的头，直视着她的双眼，斩钉截铁地说："我是你爹！纵使你不肯叫我爹，我也永远是你爹！"

小六终于释然，又是笑又是哭，忙叫："爹爹……爹爹。"

高辛王笑了，扶着小六站起，把一方洁白的手帕递给小六。小六赶紧用帕子把眼泪擦干净，可眼眶酸胀，总想落泪，好似要把忍了上百年的眼泪都流干净，她只能努力忍着。

玱玹笑眯眯地走了过来，十七跟在他身后。

小六抱歉地看着十七，"我、我……"想解释，却又不知道如何开口。

高辛王摇摇头，道："他是涂山狐狸家的人，心眼比你多，就算刚开始没想到，后来也早猜到你的身份了。"

小六苦笑，也是，高辛王和玱玹都不是好脾气的人，能让他们一忍再忍、一让再让，整个大荒也不过寥寥几个人。

十七对高辛王作揖行礼，高辛王问："涂山璟？"

十七恭敬地回道："正是晚辈。"

高辛王慢悠悠地说："我记得你和防风小怪的女儿有婚约，是我记错了吗？"

十七额头冒汗，僵硬地回道："没、有。"

"是你没有婚约，还是我没有记错？"

"是、是陛下没、没记错。"

小六看不下去了，低声叫道："爹！"

高辛王深深地盯了十七一眼，对小六说："你娘以前居住的宫殿，我做了寝宫，你若想搬回去，让宫人稍微收拾一下就成，我搬回以前住的宫殿。你如果喜欢别的宫殿也成，反正这里多的是空着的宫殿。"

"不了，我就住华音殿，正好可以和哥哥说说话。"

玱玹又高兴又犯愁，瞟了一眼高辛王，说道："我当然也想你和我住一起，可是你若恢复了女儿身，和我同住一殿，于礼不合。"

"我……"小六想说什么，可话到了嘴边，看看高辛王和玱玹，又吞了回去，以后再说吧。

高辛王说："先住着吧，等昭告天下时，再搬也来得及。"

玱玹欣喜地对高辛王行礼："谢谢师父。"

高辛王虽然很想多和小六相处，但知道小六需要时间，反正来日方长，他也不着急，借口还有要紧事情处理，先一步离开了。

等高辛王走了，小六紧绷的身体才松懈下来，她知道他是至亲至近的人，也清楚地记得小时候爹爹是多么疼爱她，可是隔着上百年的光阴，她渴望亲近他，却又尴尬紧张，还有隐隐的畏惧。

玱玹带小六和十七回华音殿。十七一路都很沉默。

玱玹让婢女先服侍小六洗漱换衣，等小六收拾完，晚饭已经准备好。

小六的手有伤，不方便拿筷子吃饭。十七想喂他，刚伸出手，被玱玹抢了先，玱玹说："这是我妹妹，还轮不到你献殷勤。"

十七沉默地坐下，也没生气，只是有些心事重重的样子。

玱玹端了碗喂小六，竟然像模像样，不像是第一次做，小六惊异地问："你几时照顾过手受伤的病人？"

玱玹回道："我曾匿名去军队里当过十年兵，在军队里，可没人伺候，受了伤，都是队友们彼此照应。我喂过别人吃饭，别人也喂过我吃饭。"

小六说："难怪你……你倒是做过的事情不少，难怪市井气那么重。"

玱玹说："爷爷和师父都说要多经历一些，反正我也没什么正经事情，就多多经历呗！"

吃完饭，漱完口，婢女端来净手的水。玱玹扑哧笑了出来，把净手的水拿了过来，递到小六嘴边，作势要灌她喝，"要不要喝了？不够的话，把我的也让给你。"

小六边躲，边哈哈大笑，十七也笑了起来，玱玹的手指虚点点小六，"你呀！真亏得师父能忍！"

隔了三百多年的漫长光阴，可也许因为血缘的奇妙，也许因为都把对方珍藏在心中，两人之间没有丝毫隔阂，依旧能毫不顾忌地开玩笑。

天色渐渐黑了，婢女点燃了廊下的宫灯。

三人靠着玉枕，坐在龙须席上边啜酒，边说着话。

十七一直沉默，小六时不时看十七一眼。

玱玹放下酒樽，说要更衣，进去后却迟迟未出来，显然是给小六和十七一个单独谈话的时间。

小六知道即使十七已经猜到她的身份，可猜到和亲眼证实是截然不同的，小六也明白十七并不希望她是高辛王的女儿、轩辕王的外孙女，就如她也不希望他是四世家涂山氏的公子。可是，人唯独不能选择的就是自己的出生。

小六对十七说："你要有什么话想问就问，有什么话想说就说。"

十七低声道："其实，我知道不管你是谁，你都是你，可有些事情毕竟越来越复杂了。"

小六挑眉，睨着十七，"怎么？你怕了？"

十七微微笑着，"我一直都怕，有了念想自然会生忧虑，有了喜爱自然会生恐惧，如果不怕倒不正常。"

晕黄灯光下的十七温暖、清透、平和，小六的心也温暖。小六笑嗔："听不懂你说什么。"

十七把玩着酒樽笑，"以后，我该叫你什么名字？什么时候能看到你的真容？"

"我的父亲是高辛王，母亲是轩辕王的女儿轩辕王姬，我的大名是高辛玖瑶，因为额上有一朵桃花胎记，爹和娘也叫我小夭，取桃之夭夭、生机繁盛的意思。现在，你还是叫我小六吧！"

小六只回答了十七的第一个问题，十七等了好一阵，她都没有回答第二个问题。

玱玹走了出来，站在廊下说："小夭，现在这个殿内只有我们三人，我想看你的真容。"

小六向后躺倒，头搭在枕上，凝望着天空。半晌后，她才说："这些过去的事情我只讲一遍，如果日后父王和外祖父问起来，哥哥你去告诉他们吧！"

玱玹坐到她身旁，"好！"

小六的声音幽幽地响起，"在轩辕王和神农赤宸的大决战中，娘战死。娘在领兵出征前，把我寄养在玉山王母身边，我想回家，可我等了一年又一年，父王一直没有来接我回家。那时的我很不懂事，因为王母不喜欢说话，从不笑，每天都严厉地督促我练功，我十分憎恶她。有一次父王派遣侍女去给我送礼物，我就藏在侍女的车子底下，随着车子悄悄下了玉山。本来我是打算跟随侍女回到五神山，吓父王一大跳，我想亲口问父王为什么不接我回家，我还想让他亲口告诉我娘没有死。在路上，两个侍女窃窃私语，议论着我。她们说了很多娘和我的坏话，说我是孽种，嘲笑我不知好歹，竟然还敢闹着要回五神山，说父王永不会接我回去，没有杀死我已经是大发仁慈。那时我才知道我娘竟然自休于父王，她已不再是父王的妻子！"

小六的呼吸声变得沉重，玱玹和十七都可以想象到，为了避长者讳，小六说出的话肯定只是侍女说过的一小部分，他们都难以想象当年幼小的小夭躲在车底下听到这一切时，该是多么的惊骇绝望！

小六说："我记不得当时是怎么想的，伤心、失望、愤怒、不相信、恨我娘、恨父王……反正我脑袋晕沉沉的。趁着侍女休息时，我悄悄离开了。我也不知道想去哪里，只是觉得我不能回五神山了。可那是我唯一的家，我不知道该去哪里。我向着冀州的方向走去，因为听说我娘就战死在冀州，我不知道我想做什么，只是晕晕沉沉地走着。小时候的我大概长得还算可爱，一路上的人看到我都会给我吃的，他们给我什么我就吃什么。有个伯伯请我坐车，他说会带我去冀州，我就坐了。他带我去了他的山庄，一直对我很好，给我讲故事，很耐心地逗我笑，那时我觉得，反正父王不要我了，我找他做我爹也是很好的。有一天，他对我动手动脚，还脱我的衣服，我虽然不明白，可王母曾说过女孩子的衣服不能随便脱，我不乐意，想推开他，他打了我，我失手杀了他。那时，我才……”小六抬起手比画了一个人族八岁女孩的高度，“大概这么高。原来一个人可以有那么多血，我的衣服都被他的血浸透了。”

玱玹这才明白为什么师父当年找不到小夭，小夭居然被个人族的土财主藏到了山中的庄子里。

小六觉得身子发凉，却不愿动弹，只蜷了蜷身子，仍继续讲着过去的事。十七把毯子打开，轻轻盖在她身上。他想坐回去，小六却拽住了他的衣袖，十七坐在了她身畔。

“父王和外爷昭告天下寻找我，很多人开始四处找我，有的人抓我是为了去和两位陛下换赏赐；有的人却是想杀我，我亲眼看到一个和我一般高矮的小女孩被杀死了；还有妖怪找我，是想吃了我，传言说我一出生就用圣地汤谷的水洗澡，又在玉山住了七十多年，那是大荒灵气最充盈的圣地，王母虽然严厉，却很慷慨，蟠桃玉髓乱七八糟的宝贝是随我吃，妖怪们说吃了我就能灵力大进。我不敢去冀州了，每天都在逃，可想抓我的人越来越多。有一次我躲在一群乞丐中，抓我的人把我们圈了起来，我害怕得要死，想着如果我能变个样子，如果我满脸都是麻子、眼睛歪一点、鼻子塌一点、额头上没有胎记，他们就不会认出我了。他们一个个查看孩子，查到我时，我以为肯定要死了，但是他们抬起我的头，仔细看了我两眼，就放我离开了。我不明白，但高兴坏了，到了河边洗手时，才发现自己的容貌变化了，竟然变得和我刚才想的一模一样。经过一次次尝试，我发现我不仅能变化容貌，还能变化性别，有了这个本事之后，我就很少遇到危险了。”

玱玹满心的疑惑，却没有发问，只是听着。

小六凝望着天空，继续平静地讲述：“刚开始我好兴奋啊，过几天就换一个容貌，就这样过了一年多，找我的人渐渐少了，我安全了。我用着各种脸，在大荒内流浪。有一天，我照镜子时，突然发现我忘记自己真实的容貌了，我拼命地回想，拼命地想变回去，却怎么看都不对。刚开始我还不紧张，因为我知道幻形术再变也不可能损坏真实的容貌，我设法四处学习幻形术，这才发现世间竟然没有一种幻形术是我这样的，无论我如何尝试，我都再找不回自己的脸了。”

小六闭上了眼睛，“那段日子真像是一场噩梦，我的脸几乎随时随地都会变，比如我走在街上，迎面过来一个女子，眼睛生得很好看，我心里刚动念，我的眼睛就会变成她那样。我害怕，想变回去，可上一双眼睛也是我变的，我根本不能完全变回去。我每天都十分紧张，可越紧张越会想，晚上常常梦见各种面孔，以至于在梦中我也会变化。每天早上起来，我是一张崭新的脸，晚上临睡前又是一张崭新的脸，第二天又是一张脸，晚上又是一张脸……我无时无刻不在变化，每一张脸都是假的，我不敢照镜子，不敢见人。有一次我躲在饭馆的角落里吃饭时，听到一个小女孩叫外婆，突然想起了外婆临死前的容貌，我的脸开始变化。有人看见了这一幕，他们尖叫，我冲出了饭馆，再不敢看任何人。我跑啊跑啊，不停歇地跑，跑进了深山，我躲在山里，不见任何人，没有镜子，即使到河边洗脸时，我也闭着眼睛，再不看自己，那么不管自己的脸变成什么样，都和我没关系，我可以假装什么都没有发生，我仍然是我。”

玱玹和十七都面色沉重，他们都设想过小夭有过很不愉快的经历，可怎么想都想不到，小夭居然没有了脸。细细想去，两个已经历过世间各种残酷的人竟然都感到不寒而栗，世人都羡慕神族有灵力能随意变幻，可原来当失去了“真实的自己”，一切只会是最恐怖的噩梦。

“我像野兽一般生活着，拜王母的严格督促所赐，我的修为还是不错的，一般的凶禽猛兽都不是我的对手，在山里生活也算自在，可没有人和我说话，我真的很寂寞，但我也不敢出去，我只能自己和自己说。后来，我和一只还未修成人形的蛇妖说话，可它不搭理我，我为了留下它，偷了它的蛋，逗得它整天追杀我，我就边跑边和它说话。蛇妖虽然听得懂我说话，但是它不会说啊，我就替它说，自己一问一答，我话多的毛病就是那个时候落下的。就这样一日日，又一年年，我也不知道过了多久，山中日月没有长短，后来我才知道已经二十多年了。”

玱玹紧紧地握住了小夭的手，好似想给那个孤独恐惧的女孩一点陪伴，他声音嘶哑地问：“你的容貌如何固定下来的？”

“有一天，我碰到了一个男人，他很坦率地告诉我他是妖怪，受了重伤，在寻一些疗伤的药草，他和我说话，我就也和他说话。刚开始我戒心很重，都是坐得远远地和他说话，说几句就跑了。但过了很久，我故意试探了他好几次，他都没有流露出任何企图，我就和他说得多了一点。他不怕我的脸变来变去，他甚至也变，我变他也变，我们比赛谁变化出的脸多，比着比着，相对看着哈哈大笑。在他面前，我觉得自己不是怪物，也不可怕。渐渐地，我相信了他。一个晚上，他捉住了我，想带我走，那个一直想杀我的蛇妖生气了，出来拦阻他，被他杀了。他带着我去了更南方的地方，那里的山又高又险，在一个隐秘的洞窟里，有他的巢穴，他造了一个笼子，把我关起来。他说他是九尾狐妖，百年前被我母亲的……朋友斩断一条尾巴，元气大伤，修为大退。我体质特异，再好好饲养几十年，就是最好的灵药。”

玱玹的脸色变了，掏出贴身戴着的玉香囊，拽出一截毛茸茸的白色狐狸尾巴，“是他的吗？”

小六点点头，玱玹想毁掉白狐狸尾巴，小六一把夺了过去，一边在手腕上绕着玩，一边说：“死狐狸十分恨我娘，不仅仅是因为我娘的……朋友伤了他，还因为我娘杀了我的九舅舅。他和九舅舅是至交好友，每次他一想起九舅舅，就会用最恶毒的语言咒骂娘，可娘已经死了，他只能折磨我。我被他饲养了三十年，折磨了三十年。一个晚上，他说再过两天的月圆之夜就可以吃我了，他唱着悲伤的歌谣喝醉了，笼子没完全锁好，我又已经研究了三十年如何逃跑，已会开锁，我从笼子里跑出来，悄悄地给他的酒里下了药，然后又溜回笼子里，把自己锁好。他没有发现任何异样，第二日我怕他不喝酒，故意在他面前提起九舅舅，他打了我一顿，又开始喝酒，那是我从他喂给我的各种各样的古怪东西中一点点收集材料，花费了十几年才配制成的毒药。他倒在地上，变回了狐狸原形。我从笼子里钻出去，他睁着眼睛，看着我，我拿起刀开始一根根地剁他的尾巴，每根尾巴剁完，还拿给他看。他的狐狸嘴边全是血，眼中却是终于解脱的释然，他闭上了眼睛。我点了把火，把整个洞窟都烧掉了。”

小六拿起狐狸尾巴，在眼前晃悠，“三十年，他把我关在笼子里，辱骂折磨我，还把我在玉山辛苦修炼的灵力全部散去，让我几成废人，可是他也教会了我很多东西。那座山里，只有我们两个人，他不发疯时，给我讲幻形术，他明白我的恐惧，送了我稀世难求的宝物——一面用狌狌精魂铸造的镜子，可以记忆过往的事情。他让我用镜子记录下自己的容貌，这样纵使第二日有了偏差，也可以看着镜子变回去，慢慢地，我学会了固定住自己的容貌。他偶尔带我出去时，会教我如何辨认植物，讲述他曾杀过的各种妖怪，告诉我各种妖怪的弱点。最终，我杀了他，他的八条尾巴被我一一斩断，我和他的恩怨已经一笔勾销。我早就不恨他了，这条尾巴就留着吧！”

小六把狐狸尾巴递给玱玹，“九尾狐可是和凤凰一样珍稀的神兽，我能随意变幻，这条九尾狐的尾巴对我没用，你留着，日后炼制一下，就能助你变幻，识破障术。”

玱玹憎恶地扔到地上，“我不要。”

小六想玱玹正在气头上，等将来他气消了再说吧！她对十七指指地上，十七捡起狐尾，收了起来。小六对十七说：“那夜在客栈里，你说让你看一眼我的真容，我拒绝了，并不是因为我打算抛下你，方便彻底消失，而是我根本没有办法给你看。那只狐尾人偶嘲讽得很对，我自己都不知道自己长什么样子，她自然无法变幻了。”

玱玹恼怒下，连有九尾神狐血脉的十七也连带着厌恶上了，没好气地说：“都说九尾狐最善于变幻，你说说小夭这究竟是什么毛病，哪里有幻形术恢复不了真容的？”

十七心里想，只怕小夭小时候的容貌就是假的，如果她从一出生就是假的容貌，高辛王或者轩辕王姬必定用了大神通，或者，借助某件神器，才能让完全没有灵气的婴儿有假容貌，还不被任何人识破，可是为什么呢？异常举动背后必定有秘密，他们应该是想保护小夭。十七慢慢地说：“我也不知道，应该去问陛下，也许他知道。”

玱玹郁闷地对小六说：“我看不到你长什么模样，总觉得你还是藏在一个壳子里，让我害怕打开壳子后，你又跑掉了。”

小六逗他玩，“你想要我长什么模样？我变给你啊，你想要什么样的妹妹就有什么样的妹妹。”

玱玹简直气绝，举起拳头，“你是不是又想打架了？”

小六摆手，“我现在可打不过你。”小六得意地笑着，对十七说：“他小时候打架打不过我的。”

玱玹想起她的一身修为被强行废掉，不仅仅要承受散功时的噬骨剧痛，以后也不可能再修炼出高深的灵力，只觉刚才听小夭讲述时被强压下的伤恸愤怒全涌了出来，再装不了正常，他猛地站起来，匆匆地走向自己的屋子，“我休息了。”

小六看着他的背影，喃喃说：“都过去了，都已经过去了。”

小六站了起来，对十七说：“我也去休息了。”

十七对小六说：“别担心，会找回你真实的容貌。”

小六笑了笑，他们都想知道她长什么模样，可其实这世上，最想知道她长什么模样的人是她自己。

第十章 惘怅有谁知

LOST YOU FOREVER

阿念来华音殿找玱玹时，玱玹不在。

阿念看到了正用归墟水眼里的水泡手的小六，阿念冲上来就掀翻了盆子。

小六往后一靠，两条腿搭在案上，毫不在意地看着阿念，笑得吊儿郎当。

阿念盯着他，从头看到脚，再从脚看到头，想看出这个死无赖有什么好。昨夜，她去找父王告状，把小六的恶形恶状仔细述说了一番，父王却说小六没有想过伤害她，让她不要再找小六的麻烦。她委屈不过，把小六乱摸她的事情抽抽噎噎地告诉了父王，本以为父王会大怒，没想到父王不仅没有生气，反而好似有一丝古怪的笑意，父王安慰她，“等过一段日子，父王会宣布一件事情，你就不会介意了。”

阿念从父王的宫殿里出来时，满脑子都是父王的话，过一段日子就不介意了，一个女人怎么才会不介意一个男人摸了她？那自然是……那个男人变成了她的夫君。

阿念觉得自己要疯了！告诉自己不可能，绝不可能！可是——那是父王，是压根儿不在乎门第血统出身，大力提拔贫寒子弟和低贱妖族，一意孤行的高辛王。父王自登基以来没有立过王后，听说当年几乎和整个高辛朝堂对抗，没有从尊贵的高辛四部中选择王妃，反而把在小山村里做苦役的母亲娶回宫，那么现如今，也很有可能让她嫁给一个微贱出身的平民。

阿念左思右想了一夜，急匆匆地来找玱玹，想让哥哥帮她拿个主意，没找到玱玹，却看到了小六。

小六什么时候住进了华音殿？为什么她什么都不知道？为什么玱玹会允许小六和他住一个殿？难道玱玹也知道父王想……是了是了！玱玹哥哥向来很敬佩父王，很听父王的话，如果父王想……玱玹哥哥肯定也支持了。

阿念盯着小六，脸上的表情变化莫测，一会儿咬牙切齿，一会儿泫然欲泣。小六歪头打量着她，十分不解，这姑娘今天怎么了？

小六对阿念挥挥手，“喂，你没事吧？”

阿念双手捏成拳头，吼着说：“我很有事！”

小六盯着她的拳头说：“你别动手，今日你要动手，我就还手了。”

阿念暴躁地在庭院内来回走，边走边思量对策，现在就打死小六？可看看四周，侍从们就在附近，还有个古怪的男人隐匿在窗后。以父王和玱玹哥哥的精明，在这宫里，她是不可能有下毒手的机会了。

阿念一屁股坐在了小六的面前，恶狠狠地说：“我告诉你，我绝不会嫁给你！你如果娶了我，我会天天和你打架！让你天天没好日子过！迟早把你打死！”

小六满头雾水，“我也没想过娶你！”

阿念大喜，“真的？”

“当然！”

“我可是王姬！”

“就因为你是王姬，我才不要你！”

阿念有点绕不清楚小六的这句话，但只要小六说绝不娶她就行，阿念说：“那你努力表现得差一点，让父王看不上你，最好讨厌你。只要你好好表现，我就原谅你，以后再不找你麻烦。”

小六笑道：“好，我保证让你父王不会把你嫁给我。”

“你发誓？”

小六毫不犹豫地举起手，信誓旦旦地说：“我发誓，绝不让陛下把王姬嫁给我，否则天打五雷轰！”

阿念彻底放心了，她看看四周，见没有人接近她们，压低了声音对小六说：“过十几日，就是小炎奔(yán zhuàn)举行的秋赛，这个比赛每十年一次，通过比赛让大荒内的年轻人有机会交流，也有选拔人才的意思。到时，大荒内的氏族都会到，父王这么器重你，肯定会派你去看看，让你多认识一些人。到时，我也去，我配合你，一定能让父王对你失望。”

小六倒有些意外，阿念不愧是王族子弟，看似天真糊涂，可从小的耳濡目染让她对大荒内的局势很敏锐，清楚地知道各大氏族派去参加秋赛的子弟必定是家族的中坚力量，甚至会成为下一任的族长。如果把这些人得罪了，那么不管多么有才华，将来都会举步维艰，高辛王自然不会对这样的人委以重任。阿念没有选择和高辛王直接对抗去反抗可能的命运，反而采用了表面顺从、暗中釜底抽薪的策略。

小六打量着阿念点点头，“你很聪慧，只是欠缺一些磨难，有了磨难才有磨炼，有了磨炼才能成器。”可阿念一不需要争权夺势，二不需要为生活挣扎，要成器干什么呢？小六忍不住自嘲地笑。

阿念警惕地瞪着小六，“你不要喜欢我！”

小六立即说：“我不会喜欢你！”

阿念哼了一声，“就这么说定了。万一父王不派你去，我也会帮你争取，反正不要忘记你的誓言！”

十七一直站在窗下的阴影处，回避着阿念，看阿念离开后，走过来，问小六：“你真要去小炎斧的秋赛？”

小六点了下头，“玱玹肯定会去，我想陪他去转一圈，毕竟等父王昭告天下我的身份后，很多事情会变得完全不一样，趁着还自在，多玩玩吧！”

“你和玱玹的感情很深？”

小六道：“我没有思考过感情深不深，反正小时候吵架、打架，高兴了叫他一声哥哥，不高兴了就直接叫玱玹，一起玩、一起笑、一个锅里吃饭、一个被窝里睡觉。看到他受伤，我会恨不得伤在自己身上，听到他被人瞧不起，我会难受得忘了自己的难受。哥哥这些年很不容易，他父母早逝，后来是我娘抚养他，我娘战死后，他就孤身一人，小小年纪就被他的王叔们逼到高辛，轩辕是他的故土，却没有属于他的力量。他在高辛看上去挺好，一切起居待遇犹如王子，但毕竟是流落异乡，婢女也可以瞧不起他，认为他仰仗着高辛王的鼻息而活。我们分别了太久，他究竟经历了什么我完全不知道，现在我只是想多陪陪他。”

“你愿意留在他们身边吗？”

“我愿意和他们相聚，但我闲散惯了，并不想当什么高辛的大王姬，可我父王、我外祖父，甚至玱玹的性子……连阿念那么天真糊涂的人都明白，和他们这种人直接对抗是自讨苦吃。”小六叹口气，“我不出现还好，现在我出现了，他们绝不会再允许我去当玟小六。我之前一直逃，不仅仅是因为有心结，不想面对他们，还因为我知道，这宫门一旦进来，再出去就难如登天。”

十七凝视着小六，说道：“人不能选择自己的出身，纵然不愿，也只能接受。”

小六对十七苦笑，“你，很复杂，我，很复杂，十五年后，究竟会怎么样呢？”

十七微微而笑，笑容明净温暖，“心若如明月，诸般变化都如浮云遮月，再纷扰晦暗，最终都会浮云散、明月出。”

小六笑指着自己的心，半真半假地说：“奈何妾心如墨染，若君心有明月，望君能常使明月向妾心。”

玱玹走了进来，“在说什么？听说阿念来过？她有刁难你吗？”

小六笑得很诡异，“没有为难我，我们谈得很好。”

玱玹抱歉地说：“师父已经写信给爷爷、玉山王母，你也知道你身份很特殊，要等师父和爷爷商量好，最好也征得王母的同意，才好昭告天下。所以师父和我商量后，决定还是先隐瞒你的身份。”

小六哀叫：“王母那老妖婆！还有臭鸟烈阳、傻子阿獙（bì）！烈阳会杀了我的！”

玱玹训斥：“不许乱说！连爷爷都对王母客气有礼！还有，阿獙已经修炼出人形，现在叫獙君，见了人家礼貌一些。”

小六想起了在玉山时的事，烈阳是一只像凤凰的琅鸟妖，人形就像十来岁的童子，不爱化作人形，脾气非常不好，每次她修炼偷懒时，他就会狠狠地啄她，追得她满桃林乱逃。阿獙是一只獙獙[9]妖，还不能幻化人形，但十分聪明，性格很温顺，每次烈阳啄她时，阿獙都会救她。这么多年不见，阿獙竟然已有人形，烈阳不知道长高没有。

那时年纪太小，不懂事，总觉得王母和烈阳好坏，可后来她凭借自己的力量一次次躲过死亡活下来时，才明白他们的苦心。流浪时，不是没有想过回去，也许他们不会嫌弃她是变脸小怪物，可等有了勇气决定回去时，却被关进了笼子，被折磨辱骂了三十年后，一身灵力尽失，她知道自己再回不去了，只能继续流浪。

小六问：“烈阳和獙君他们会来吗？”

玱玹说：“如果王母告诉他们，他们肯定会立即赶来。”

小六叹息，“隔着漫长的岁月，重逢让人期待又害怕。”

玱玹弹了她脑门一下，“几时酸不溜丢了？师父说晚上和我们一起用晚膳，你的事……我都告诉他了。”

小六垂目不语。

晚上，高辛王来华音殿和小六、玱玹、十七一起用饭。

这一次，小六终于拿出正形，规规矩矩地开始吃饭。可是，当年她就不是个守规矩的主儿，两百多年过去，曾经学过的那点规矩礼仪早丢得一干二净，姿势十分别扭。

十七在一旁照看着，时不时小声提醒她一声，玱玹却袖手旁观，笑眯眯地等着看小六出丑。

小六不满地说：“你和小时候一样，仍然是个坏哥哥。”

玱玹眼中闪过黯然，面上笑容不变，“不欺负你欺负谁啊？”

高辛王笑看了一会儿，说道：“行了，你平时怎么吃，现在就怎么吃。”

小六甜甜一笑，“还是父王好。”腰立即垮了，袖子也直接挽了上去。

9.《山海经·东山经》：“（姑逢之山）有兽焉，其状如狐而有翼，其音如鸿雁，其名曰獙獙。”獙獙属于狐族，身上虽然生有肉翼，但非常轻薄，并不能飞翔。

吃完饭，高辛王对小六说：“今夜月色很好，陪我去走走。”

“嗯。”小六随着高辛王出了华音殿，向着漪清园走去。

漪清园内有三多：多水、多奇花异草、多珍禽异兽。据说，漪清园曾是上代高辛王最喜欢徘徊流连的地方。小六记得小时候娘也常常带她来这里玩，有时候一待大半天，娘看书，她一边戏水，一边和鸟兽打架。承恩宫太大了，很多地方小六都没有去过，就两个地方最熟：一个是娘居住的梓馨殿，一个就是漪清园。

自从回到承恩宫，小六经常会走到漪清园外，却一次都没有进去过。承恩宫早已换了女主人，小六害怕看到一切都变了，会让她觉得那些遥远的记忆好像是假的。

小六随着高辛王在园子里慢慢地走着，她的鼻子发酸，眼眶渐渐有些湿润，一切都和记忆中一模一样，就好似昨天她刚在这里玩过。

走过题着对联的亭子，小六突然跑进去，蹲在柱子旁查看，在柱子里侧，刻着两只画得歪歪扭扭的丝鹭，小六激动地指着，“爹爹，你看，我的画还在！”

“还有这个，这个也在！”柱子上有三道划痕，这是当年小六贴着柱子站好，爹爹比着她的身高，用手指划下。小六还扬言，她会长啊长，一直长得比爹高，比爹举着手还高，直到爹再也够不着，划不了。

亭子已经翻修了几次，这些却被精心保留下来。

高辛王蹲到柱子旁，微笑地看着柱子上的图画，“这可是你的得意之作，你不是特意嚷着要爹永远保留吗？还说等学会女红，要给爹绣个丝鹭的帕子。”

小六猛地伸手抱住了高辛王。即使已经相认，可她依旧没有回家的感觉，直到现在，她终于觉得她回家了。

小六的眼泪滚滚而落，高辛王轻拍着她的背，没有劝慰，只是想让她哭个够，让她把漂泊多年受的苦、受的委屈都哭出来。

小六哭啊哭，好似真要把三百年来都憋着的眼泪全流出来，哭到最后，自己都不好意思了，抽抽噎噎地说：“平时，我并不爱哭的。”

高辛王说：“不用不好意思，是我该羞愧，女儿的眼泪是父亲的失职。”

小六的眼泪又要下来了，用手帕捂着脸，过了半晌，抬起头，“我不掉眼泪了。”

小六拽着高辛王站起，她靠着柱子站好，“爹爹，再给我测一次身高。”

高辛王比着她的头顶，用手指划了一道刻痕，打趣道：“你长啊长，长了这么久，还是没长过爹，爹还是够得着。”

小六笑着吐吐舌头，退开几步，打量着柱子上的刻痕，忽而黯然，“都不知道这是不是我真实的身高，感觉一切都是假的。”即使和玱玹讲述时，小六也保持着云淡风轻的不在乎，就好似她已经完全习惯于变化的外形，习惯于没有脸，但此刻，她终于流露出了惶恐。

高辛王的手在她的额头抚摸，渐渐地，小六的额头中间露出一个桃花形状的胎记，高辛王说："你外形的变幻并不是得了什么古怪的病，而是你体内有一件稀世神器，叫驻颜花，它能令人留住任何想要的容颜。"

小六困惑地看着高辛王，"神器？不是怪病？是神器让我容貌随意变幻？为什么我体内会封印着神器？"她的眼睛猛然一亮，"那取出神器，我就能露出真实的容貌了！就不会再变来变去了！"

"是的。"

小六喜悦地说："爹，你帮我取出来吧！我真的憎恶再变化了。我宁可自己是个丑八怪，也不想做个没有脸的假美人。"

高辛王的手指点在桃花形状的胎记上，桃花胎记浮现出绯红的光芒，这是用两个人的血封印，也必须要两个人解开，"目前，我没有办法帮你取出。但爹和你保证，一定会帮你恢复真容。"

小六虽然迫不及待地想恢复真容，可也知道能让高辛王为难的事情必有原因，她反过来安慰高辛王，"没有关系，反正都这么多年了，再等等也没什么。"

高辛王凝视了一会儿小六额间的桃花胎记，眼中有隐隐的哀伤。他展手抚过，把胎记隐去。

小六心中的大石落地，又和爹爹消泯了隔阂，整个人变得截然不同。

她叽叽喳喳，问着高辛王各种各样的事情，到后来她甚至大着胆子说："爹，我能不能不当高辛王姬啊？我不是说不当你女儿，我只是不想做王姬。"

"不行！"

"为什么不行？"小六已经开始会气鼓鼓地瞪高辛王了。

"因为你是我女儿，我是高辛王。"

小六立即变了嘴脸，可怜兮兮地拉住高辛王的胳膊，摇来晃去，"可是做王姬好辛苦，吃饭要讲究礼仪，出门要讲究礼仪，最后连婚事都要成为政治牺牲品，我真的不想做王姬啊！"

高辛王说："人必知礼而后耻，有礼仪，并不是坏事。至于婚事，你觉得我能把你牺牲给谁？"

小六张口结舌，"我也不知道你会把我牺牲给谁，反正、反正……"

高辛王看着小六，严肃地说："我是高辛王，你是我女儿，你必须是高辛王姬，这是国之礼，明白吗？"

小六低下了头，嘟囔："不明白能行吗？"

高辛王的手抚着小六的头，语气透出悲伤，"我不是一般的父亲，我有太多的事情要做，有一国百姓要操心，我不可能像别的父亲一样时时看顾着自己的女儿，守在女儿的身边保护她。我能给女儿的保护，就是我的威仪，只有你是高辛王姬，才能享有一国威仪，任何人在伤害你前，都必须考虑清楚能否承受帝王之怒。小夭，这是我这个不称职的父亲所唯一能给予你的。不要拒绝，好吗？"

小六觉得自己的眼泪又要掉下来了，赶紧深吸了口气，"爹，我愿意做王姬。"

高辛王微笑着说："当王姬也不全是坏事，你至少可以仗势欺人、蛮横嚣张，看中什么就抢什么。”

小六眨巴眼睛，“爹，你确定你在教导女儿？”

高辛王愉悦地笑了起来，眼角有细细的皱纹散开，却无损他的魅力，“我那么辛苦地做国君图什么呢？自己什么都不能干，一是没时间，二是一旦随便了，就有御史来骂你昏君。我要真是个无能的昏君，你反倒做不了什么，正因为我什么都不能做，你恰好什么都可以做。谁叫我是个能君，权势威仪都够大，凡事镇得住呢？”

小六只觉匪夷所思，可又忍不住想大笑，有爹的感觉真是太好了！有个强横的爹的感觉更是好得没话说！

那一晚，小六和高辛王坐在亭子的石阶上，一直说话。

小六觉得好像有很多很多话要告诉爹，她第一次猎杀老虎，她偷妖蛇蛋，她配制毒药，她去逛娼妓馆，她开医馆……山村里收留她的胖大娘教会她做饭，她被美丽的舞伎追求，捡她回去当医师的老木，她捡回去的麻子、串子……简直有太多的事情、太多的人，她想说出来，让爹知道。

她想让爹明白，过去的二百多年，不仅仅是痛苦，还有很多很好玩很快乐的事情，她碰到的人也不都是坏人，还碰到了很多好人。因为这些五颜六色的经历，她甚至完全无法想象老老实实做王姬的生活，她觉得这本就是她应该过的生活，所以，爹不必难过，更不必自责。

小六记不得后来讲了什么，只记得自己在边笑边说，说到后来，她累了，像小时候一样，趴在爹的膝头睡着了。

早上，小六像只小猫般，蹑着脚尖，慢悠悠地走出屋子，在庭院里打了几个转，懒洋洋地倚靠着花树，眯眼看着阳光，幸福地笑。

玱玹和十七坐在廊下在下棋，看到她和花树人面娇花两相映的样子，十七的心漏跳了几下。玱玹打趣小六，“你偷吃了鱼吗？”

小六手拉着花枝，“我昨天晚上和爹说了好多话。”

“就你话最多，却说得好像你每天都没说话一样。”

小六扑过去，作势要掐玱玹的脖子，“我告诉你，别以为我现在没了灵力就好欺负，惹火了我，我让你口不能言、手不能动。”

玱玹忙道：“好好好，我在下棋，你别弄乱我的棋子。”

小六低头看棋盘，发现这个棋盘不是一般的棋盘，而是神族们用的棋盘，据说方寸棋盘就有四野征战之意，小六说：“我也要玩。”

玱玹哄她，“我好不容易说动十七和我下棋，和他下完这盘就带你玩。”

小六噘嘴，蹭到十七身边：“我要下。”

十七果然把手边的棋盒放到了小六手边，小六示威地看了玱玹一眼，捏起一枚棋子，左看看、右看看，落在了一个地方，侧头问十七，“这里好吗？”

"很好！"却是玱玹和十七异口同声，只不过一个满是嘲讽，一个温暖平和。

玱玹站了起来，把小六推到他坐的地方，"反正你是成心不让我和十七下棋，那你和他玩吧！"

小六拍手，"这才像个哥哥嘛！"

小六接着玱玹的棋往下走，照样是悔棋、臭棋不断。十七却很耐心，不管小六做什么，他都好脾气地说好。可他也不是敷衍着小六乱下，而是真的在和小六对弈，该吃掉棋子的地方也不留情。只不过吃完了，他会告诉小六如果前几步她下在哪里，他就不能吃掉她的棋子。

在玱玹看来，这就好像小孩在满地打滚、胡搅蛮缠，大人既没有打他一顿阻止他，也没纵容他满足他的要求，而是慢慢地讲道理，一遍听不进去，就讲第二遍；两遍听不进去，就讲第三遍；三遍听不进去，就讲第四遍……

小半个时辰后，玱玹在棋盘上建造的大好江山就被小六给折腾得千疮百孔。小六不肯再落子，双手在棋盘上胡乱几抹，把棋子全打乱了，她宣布："我赢了！"

玱玹摇头叹息，十七看着小六微笑，眼眸中透着缠绵不舍。

小六的心突突几跳，安静下来，沉默地看着十七。

十七说："我要走了。"

小六把玩着棋子不语，十七说："我一直不放心，但现在看到了，陛下和玱玹王子待你很好，你在这里很开心，我必须回去处理自己的事了。"

小六说："我明白。你什么时候走？"

"待会儿我去和陛下辞行，我不想让人知道涂山璟认识你，所以打算晚上离开，去别处略住两天，再回青丘。"

小六说："那你去和我爹辞行吧！"

玱玹起身，"我陪你一起去。"

小六坐在庭院里等着，约摸半个时辰后，十七一个人回来了。

小六问："我爹说什么了吗？"

"问了几句家里的事情，没说什么特别的话。"

小六道："现在到天黑还有一段时间，你想做什么？"

"你想做什么？"

"什么都不做，就这么晒着太阳，闻着花香，吃着零食。"

自从小六说过喜欢吃鸭脖子、鸡爪子、鹅掌，华音殿内就随时都备着。十七拿来装零食的大盒子，和小六并肩坐在廊下，对着满庭繁花。

小六挑了个鸭脖子啃起来，"我爹说我的变幻是因为体内藏着一件神器，等他帮我把神器取出来，我就不会再变幻了。你说如果我是个丑八怪，怎么办？"

"你不是。"

"如果我是呢？"

"很好。"

"我是丑八怪，你竟然觉得很好？"

"形之美，人人可见，心之美，非眼能看到，我愿意独享。"

小六一下子有些脸热心跳，十七现在是不开口则已，一开口总能让她败退，"我心墨黑墨黑的，哪里美了？"

"世间事，甲之砒霜，乙之熊掌，全凭个人所感，觉得美就美了。"

小六哈哈大笑，"就如王八对绿豆。"

十七凝视着她微笑，小六笑着笑着，轻叹了口气，"你一切小心。"

"我知道。"

"虽然你大哥所做的一切都是由你母亲引起，可他不该报复到你身上。你纵使怜悯他，想化解他的仇恨，但不要让他再伤害到你。"

"不要担心。"

"我担心？我才不担心呢，我只是觉得你比较笨，所以善意地提醒一下。"

十七笑着，说道："玱玹不要的那条九尾狐的尾巴，我带走了。等炼制好灵器，我再拿给你。"

小六点点头，如果说九尾狐是狐族的王，那么涂山氏的族长就是狐王的王，这世间不可能再有比涂山璟更清楚如何利用九尾狐妖力的人了。

小六一边吃零食，一边和十七聊天。想起什么就说几句什么，想不起时，两人就默默地坐着。

日影渐渐地西斜了，天渐渐地要黑了。

小六吃不动了，洗干净手，十七拿起帕子，小六伸手，十七却没有递给小六，而是用帕子包住小六的手，慢慢地帮小六擦。早已经擦干，他仍然没有收回手，隔着帕子，用两手握住了小六的手。

小六的心有些慌，低着头。

十七低声说："十五年，不要让别的男人住进你心里。"

小六抬起头，笑问："那十五年后呢？十五年后我能让别的男人进来吗？"

十七的脸色有点变，双手紧紧地握着小六的手。

小六轻轻地摇了摇手，柔声说："你安心去吧，十五年，我等你。"既然那丝牵念没有办法斩断，那就给那丝牵念十五年吧，至于十五年后，那丝牵念是消失，还是织成了网，没有人知道。

用完晚饭后，玱玹就亲自护送十七离开了五神山。

玱玹回来时，小六躺在庭院中的沉香榻上看星星。

玱玹坐到榻旁，"在想什么？"

"看星星。"

“不难过吗？我以为你很喜欢他的陪伴。”

“我是很喜欢他的陪伴，可是我更知道这世上谁都不能陪谁一辈子。你我都是经历过太多离别的人，那种撕心裂肺的痛受过太多次了。心不想再承受那种痛，自然而然就变得很懂得自我保护，说好听了叫理智，说难听了就叫冷酷。玱玹，你有没有这种感觉？拥有时，不管再欢喜，都好似一边欢喜，一边有另一个自己在空中俯瞰着自己，提醒着自己失去。因为这份清醒理智，纵使欢喜也带着隐隐的伤感，而真失去时，因为早有准备，纵使难过也会平静地接受。”

玱玹滑坐到榻下的龙须席上，头仰靠在榻头，和小六头挨着头一起看着星星。

半晌后，他说：“我一直觉得世上只剩了我一个，现在你回来了，我不再觉得孤单。”

相比小六，玱玹才是真正的孤儿。很小时，父亲就战死，母亲自尽在父亲的墓前，没过几年平静日子，奶奶病死，一直照顾他的姑姑也战死。失去了亲人庇护的他，为了能活着，不得不离开故土，孤身一人来到高辛。

小六说：“对不起。”她是个很自私心狠的人，明知道玱玹在等她，明知道玱玹需要她，可是她因为心结，却一逃再逃。

玱玹拍了拍小六的手，什么都没有说。玱玹曾想象小夭应该是阿念那样，生长在阳光与彩虹中，没有见过阴暗和风雨，如四月的栀子花一般娇美纯洁。如果小夭是那样，他会尽力保护她，为她遮去阴暗和风雨，可现在的小夭完全不是他以为的那样，但他没有失望，反而觉得这就是他想要的小夭，甚至比所有想象更好。纵然隔着漫长的光阴，他们之间依旧能完全地明白对方的心思，不管是美丽的，还是丑陋的，一个不怕表露，一个完全理解。

“我有件事情想告诉你。”有的话，小六藏在心里，怎么都无法说出口，怕一旦出口就是错、就是痛，可不说，却又像心头养了只毒虫，日日啃噬着她。只有对玱玹，她才能毫无负担地倾诉。

“你说啊！”玱玹不在意地说。

小六低声说：“那个九尾狐妖说我不是父王的女儿，说娘是荡妇，和赤宸私通，说我是那个嗜血恶魔赤宸的野种。”九尾狐妖常常辱骂娘亲，刚开始她发怒生气，坚决不相信，和九尾狐妖顶嘴对骂，可三十年，九尾狐妖说了一遍又一遍，她糊涂了。

玱玹猛地坐了起来，瞪着小夭，他这才真正明白她为什么不肯回来。

小六神情木然，眼中却满是凄然恐惧，“九尾狐妖说赤宸和娘是奸夫淫妇，我就是他们的孽种，说娘狡诈狠毒，欺瞒了父王和天下人，如果父王知道真相，肯定会除掉我这个孽种……”

“闭嘴！”玱玹用力握住了小六的手，“你连九尾狐妖的话都相信？赤宸可是被姑姑杀死的，而且师父是多聪明的人，难道会不知道你是不是他的女儿？你扪心自问，师父对你如何？”

小六看着玱玹，眼中带着迫切地求证，“我是父王的女儿？”

玱玹斩钉截铁地说：“你肯定是师父的女儿！”

父王和哥哥都是绝顶聪明的人，有两个绝顶聪明人的判断，小六终于释然地笑了，“嗯，是我太傻了，我肯定是父王的女儿！”

玱玹叹了口气，抚着小夭的头说："以后谁若再对你说乱七八糟的鬼话，你告诉我，我来帮你处理。"

小六点头，"你知道吗？漪清园里的亭子翻修过多次了，可我画的画还在。"

玱玹说："师父很好。当时，四个王叔联手想除掉我，我想起爹爹在世时讲过不少大伯和高辛王的事情，姑姑也曾和我提过，虽然她和高辛王不再是夫妻，但日后若有为难时，可写信向高辛王请教。无奈下，我就给高辛王写了信，他立即给我回了信，说五神山随时欢迎我去。我来时很忐忑，可师父待我就像是他的亲儿子，从如何修炼到如何处理国事，他全都教我。我做得好时，他会以我为傲；我做错时，他会毫不留情地责骂。有一次我被刺客伤到，他鼓励我训练只属于自己的私人侍卫，你知道吗？那些侍卫连他的话也不能听，有一次他测试他们，故意下了和我相悖的命令，后来但凡听了他话的人，他让我全杀了，他说这些侍卫是我相托生命的人，必须只对我忠心。"

小六叹道："父王这么好，你说为什么我娘会自休于父王？我曾以为是父王做了什么对不起娘的事情，可是你也看到了阿念的娘，阿念的大名叫高辛忆，小字阿念，又忆又念，可见父王对过往的回忆念念不忘，心中只有娘一人，可是为什么娘不要父王了呢？很多时候，我真的很恨她！"

玱玹想起了自己的娘，叹气，"不知道！我们都没办法理解她们！有时候，我也恨我娘，她自尽时，抱着我哭，对我说请我原谅她。她生了我，却又抛弃我，你说我怎么去原谅她？"

小六说："以后我若有了孩子，不管发生任何事情，我都不会离开他！"

玱玹说："以后我娶女人，先问她，我死了，你活还是死？如果说要和我同生共死的，都不要！"

小六和玱玹看着彼此，相对大笑。

玱玹的下巴搭在榻上，脸依在小六手边，"等我准备好了，我们一起回轩辕山。我想知道朝云殿的凤凰花是否还灿如朝霞，奶奶种的碧玉桑是否还碧绿如玉。"

小六抚着他的鬓角，"上朝云殿的路是血腥之路。"

玱玹不以为然地笑道："权谋之路本就是踏着鲜血和尸骨，我不仅想要回朝云殿，还想要整个轩辕山。"他在人前永远都温文尔雅、风度翩翩，是弹琴下棋、酿酒打铁的温润公子，让所有人如沐春风，可在小夭面前，他自然而然地流露出了雄心和冷酷。

小六笑，"你去抢吧！"就如凤凰注定要翱翔九天，玱玹天生就属于权力，她从小就知道。

玱玹说："现在朝堂内的臣子几乎全是王叔的人，我曾试探地叫人上书，奏请接玱玹王子回轩辕城，几乎全朝堂反对，奏请自然也就不了了之了。如果我回去，必须要一个借口，让所有人无法反对，我大概要利用一下你了。"

小六笑嘻嘻地说："请随便利用！"

玱玹的额头贴在小六掌心，低声说："你回来了，真好！感觉不再是孤身作战。"

"喂，我没说过要帮你，要和你并肩作战吧？"

玱玹抬头，一脸得意地盯着她，"你会不帮吗？谁叫我是你哥呢！就算你本来打算不帮，我真遇到危险时，你还不是要乖乖地来帮我！"

小六给了他一拳，“你无耻！人家哥哥都说要保护妹妹，你倒好，竟然眼巴巴地要我保护你。”

玱玹叹气，“没办法，自小打架就打不过你。”

“还好意思说？”

“小夭。”玱玹的笑意渐渐淡去，几分严肃地说，“我知道你散漫惯了，但我更知道你不可能对我坐视不理。我一旦回到轩辕，所做必会波及你，要对付我的人必定也会算计到你，我又何必惺惺作态地说我的事不想把你卷进来呢？与其一边嚷着不让你卷进来，一边让你被人盯上，还不如早早说清楚，你好歹有个防备。”

小六拍了拍玱玹的手，表示她都明白。

小六说：“玱玹，你还记得吗？外婆临终前抓着我们的手，叹息说我们都是苦命孩子，让我们以后一定要相互扶持，彼此照顾。”

“记得。”早刻在心上，怎么可能忘记？玱玹清楚地记得奶奶反复叮嘱。因为父母的惨逝，他已懂事，郑重地向奶奶承诺一定会照顾保护妹妹，小夭却还不解世事，只是迫于气氛严肃，学着他说我会照顾保护哥哥。

“我当时觉得外婆病糊涂了，你是苦命，可我哪里苦命了？现如今想来，外婆好似已经预测到我们的命运。”

玱玹轻声道：“当年朝云殿曾欢声笑语一堂，现在只剩我们俩了！”

小六沉默了，望向天空的星星，玱玹也抬头看着天上，“谢谢奶奶、大伯、大伯娘、二伯伯、爹爹、娘亲、姑姑、朱萸姨，让我和妹妹重聚。”

第十一章 盛会在何时

LOST YOU FOREVER

小炎斧是神农王族后裔，出身高贵，父亲是名震天下的大英雄炎斧。神农国灭后，小炎斧归顺轩辕王，娶了赤水族长唯一的女儿赤水小叶为妻。之后，小炎斧受轩辕王重用，成为轩辕王的第一重臣，掌管中原地区（原属于神农国的广大地域）。

刚开始，因为小炎斧的血统和身份，众人不敢公开质疑，但暗地里，不少人还是对小炎斧颇有微词，毕竟他的父母为神农战死，他却归顺轩辕成为了轩辕王的重臣，让人提起来免不了有些微微的鄙夷。

可是，一百多年来，小炎斧让原本盗匪横生、民不聊生的中原改变了模样，虽还不敢说盛世繁荣，但吏治清明、流民回归家园、百姓安居乐业，已是一派欣欣向荣。

据说，小炎斧从不回避自己是神农遗民的身份，不遗余力地为中原百姓争取利益，在轩辕王面前也从不隐瞒自己的心思，说他掌管中原，就是想让中原繁华富庶，让饱受战争之苦的中原百姓过上好日子。为此，小炎斧没有少承受诽谤和压力。渐渐地，中原的氏族们不但不再质疑小炎斧，反而对他非常敬重，炎斧的死是一种心怀故土的王族气节，小炎斧的生何尝不是另一种心怀故土的王族风范?

赤水秋赛是小炎灷接掌中原后举行的比赛。刚开始，只是小炎灷为了刺激中原氏族的小范围比赛，让中原子弟不要局限在一方自闭自大，让各氏族子弟明白天外有天、人外有人，从而虚心好学、勤奋努力。可因为效果十分好，很多氏族都想有这个机会让氏族内的子弟得到锻炼，大荒内参与比赛的氏族越来越多。到后来，世家大族们也纷纷加入，赤水秋赛变成了全大荒的盛事。

这个比赛的特殊之处，就是不以国论，而是家族间的比试和交流，所以它跨越了国界。轩辕王和高辛王每次都会派遣大臣送来丰厚的奖品，更是吸引了很多有才华的年轻人参加。

这一次，高辛王派了蓐收带队去送奖品。

玱玹随队而行，小六自然毫无疑问地同去，阿念也求得了高辛王的同意，和玱玹、小六一起去。

小六本以为玱玹已经去过赤水秋赛多次，可玱玹告诉小六，这是他第一次去。

小六想了想，也就明白了。大荒内大大小小的家族都汇聚于秋赛，来参与赛事的子弟肯定是家族内的优秀子弟，对很多世家大族的子弟而言，比试固然重要，可更重要的也许是结识朋友，为将来掌权做准备。之前，玱玹不去秋赛，不是不愿，而是不想引起轩辕国内各方势力的注意，对他起了戒心和杀心；现在他去，是因为即使被人发现了，也无所谓，因为他已经准备要回轩辕。

高辛多水，国内遍布河流湖泊，和往年一样，蓐收选择了乘船走水路。

玱玹本来还担心小六和阿念同在一船会起冲突，可没想到两人居然相处得很好，时不时还能看到她们躲在角落里窃窃私语，玱玹不解地问小六："你怎么降伏了阿念？"

小六笑得十分神秘，"秘密。"

一路之上，碰到了很多要赶去参加比赛的家族，像高辛四部这种大家族，常是几十人的大船，小家族则是只坐三五人的小舟，甚至有只派出一个子弟参加比赛的家族。

玱玹和蓐收打了声招呼，下了大船，乘小船随在大船后，单独而行。小六和阿念自然跟着玱玹一起走，阿念又带了海棠。

很多人以为他们四个是小家族派出去参加比赛的子弟，船靠岸歇息时，常有人主动来攀谈，玱玹也热情相待，一路之上结识了好几个朋友。

快到赤水时，河道里的船越来越多，幸好有小炎灷派出的人在岸上引导，虽然走得慢一些，但并不乱。

进入赤水，河道逐渐变宽，两岸都是良田。此时正是稻子收割时节，一眼看去，金黄灿烂，犹如一片黄金的湖泊，有不少百姓在田里弯腰劳作，还有牛车来回运送着收割好的稻谷，一派忙碌热闹的秋收景象。

河风吹过，有稻香阵阵，小六只觉心旷神怡，连阿念都站在船头，四处张望，笑道："那些岸上的人看着都很开心。"

玱玹打量着两岸景致，眼神有些黯然，唇角却带着一丝微笑。

小六不禁问道："为何心情如此复杂？"

玱玹低声说："炎弃害死了父亲，杀父之仇不共戴天。小炎弃归降爷爷时，我还在轩辕，爷爷让我决定小炎弃的生死，我本有机会杀了小炎弃，可我放弃了。今日看到这样的景象，心中安慰，觉得我的放弃是正确的，可又觉得愧对父母……唉！"玱玹轻叹了口气。

小六道："你选择的路注定只能有大义，不能有私情。既然选择了，就不要多想。我想舅舅和舅娘会支持你的选择。"

玱玹笑笑，几分寥落地说："我明白。"

船行着行着，风光突变。南岸依旧是郁郁葱葱的林木，北岸却寸草不生，犹如荒漠，一直向北蔓延，好似没有边际。

阿念不解，问道："赤水水源充沛，而且听说赤水两岸春夏两季多雨，冬季多雪，这里怎么会有一大片荒漠？"

玱玹是第一次来赤水，小六虽在大荒流浪多年，可赤水靠近冀州，她一直有意识地回避着冀州，从没有来过赤水，所以两人都不知道。

给他们摇船的艄公倒是常来赤水，笑道："据老人讲，很多年前，这里并没有荒漠，可不知道什么时候起，这片地就变成了沙漠。传说在沙漠中央有一大片桃花林，桃花林里住着个丑陋的大妖怪，那个大妖怪就如火炉，炙烤得这片土地成了沙漠。因为那妖怪带来了干旱，人们都叫它旱魃。"

玱玹道："神族没有派兵去剿杀妖怪吗？"

艄公说："听说也有些大胆的神族少年想去斩妖除魔，可这沙漠很古怪，越往里走越酷热干旱，很多人还没找到桃花林，就差点被炙烤死，只能赶紧退出来。那妖怪虽然盘踞在此，却从没害过人，甚至是不是真有妖怪大家也不清楚，所以百姓们都不在意，渐渐地也就没人管了。"

阿念说道："可恶！这里明明该是千里绿荫，却被一个妖怪毁了。可惜北岸是轩辕境内，如果在高辛境内，我一定告诉父亲，让父亲派人除掉这个妖怪。"

小六眺望着荒漠，说道："这妖怪并不坏。"

阿念不满地瞪小六，玱玹解释道："刚才你也说了这里靠近赤水，水源充沛，春夏两季多雨，冬季多雪。在这么多水的缓解下，还出现了千里荒漠，你想想，如果这妖怪选择了别处，会出现多么恐怖的景象？可见它没有存害人的心思。"

阿念虽然觉得玱玹说的有道理，可还是觉得，这种妖怪应该除去。但她自小习惯于听父亲和玱玹的话，遂没再出声。

船又行了半晌，北岸开始有了稀稀落落的植被。渐渐地，绿色变得浓密，竟是郁郁葱葱的果林，各种果子挂在枝头，红的红、黄的黄，十分讨喜，众人也就把妖怪的事情丢到了脑后。

傍晚时分，船速渐渐地慢了，已经能远远地看到码头，附近停泊了很多船只。

玱玹和小六他们回到了大船上，纤夫们吆喝着号子，拉着船靠了岸，在指定的位置停泊好。

有官员来迎接蓐收，虽然队伍中既有高辛王姬，又有轩辕王子，但玱玹和阿念都未表露身份，所以也没有人留意他们。

一行人在官员安排的驿馆内歇息，蓐收自然有公事处理，无法陪同阿念和玱玹。

蓐收是高辛王表兄的儿子，又是高辛王的徒弟，算是高辛王一手培养的心腹，知道阿念和玱玹的亲厚，没问阿念的打算，直接询问玱玹的计划。

玱玹回道："先好好休息一晚，明天出去随便转转，等后天比赛开始，我们当然是看比赛，你就不用担心我们了。"

蓐收说："来参加秋赛的子弟都是各家族的精英，有的人免不了有些傲气，王子若碰到了，不予理会就行，能避免的冲突尽量避免。毕竟我们只是比赛的旁观者，不是参与者，没有必要与人打斗。如果对方真的无礼，交给我来处理。"

玱玹知道蓐收这话其实是说给阿念听的，于是笑道："好的。"

阿念小时就认识蓐收，若论血缘，两人还是表兄妹，彼此很熟悉。她撇撇嘴，对蓐收说："就你会办事，我们都是傻子，行了吧？"

蓐收对玱玹苦笑一下，带着贴身随从离开了，去参加小炎炎为他举行的接风宴。

第二日，小六和阿念不约而同都睡了个懒觉，等起来时，太阳已经高挂。玱玹不在，也不知道去了哪里。

小六和阿念各坐屋子一边，慢吞吞地吃饭，吃完饭，阿念叫道："喂，你知道该怎么做吧？"

小六忙道："知道，我发了誓的，你放心吧，绝不会让你父王把你嫁给我。"

阿念满意地说："知道就好。"

两人又慢吞吞地喝了一会儿茶，玱玹才回来，阿念嘟着嘴问："哥哥，你去哪里了？"

玱玹笑眯眯地说："去外面打听了一圈，看待会儿带你去哪里玩。"

阿念甜甜地笑起来，小六暗暗翻了个白眼。玱玹这张嘴啊，甜言蜜语就像不要钱一样，真是被他卖了，还觉得他最好。

玱玹知道小六在腹诽他，拍了小六的后脑勺一下，"走了。"

玱玹和小六带着阿念和海棠出了驿馆，因为整个大荒的氏族都来了，到处都是人，原本不小的赤水城显得很拥挤。

赤水城内有赤水的支流穿绕过整座城池，所以不少走陆路来的人都选择了乘船游览赤水城，玱玹四人已经坐船坐腻烦了，自然选择了徒步而行。

玱玹这两百多年几乎跑遍了高辛的每一个地方，可对轩辕境内的城池反倒很不熟悉，所以看得分外仔细。阿念虽不是第一次来中原，却是第一次能独自游览，也是兴致盎然，那些民间女孩子用的小玩意儿都能吸引她的目光。玱玹看阿念喜欢，特意帮她挑了几个银子打造的镯子，阿念分了海棠两个，海棠眉开眼笑，两人兴冲冲地戴上。

小六流浪了两百多年，什么没见过呢？觉得索然无味，幸亏有各种各样的零食，她买了些零食，有时坐在摊子边，有时站在河边，边吃边等，遥遥地看着玱玹。玱玹时不时看她一眼，两人话不多，可都有一种平静的愉悦。

尝到好吃的，小六会多买一点，拿给玱玹和阿念。阿念嫌腌臜，不肯吃，海棠自然也不敢吃。玱玹却大大咬几口，吃得格外香甜。

阿念看玱玹和小六都吃得香甜，不禁嘴馋，可自己刚嫌恶地拒绝了，自然不好意思拉下面子说想吃，只频频看玱玹和小六。

也许因为高辛王和玱玹，小六现在看阿念很顺眼，对阿念那点小女孩的别扭心思一清二楚。小六问海棠要了一块干净的帕子，细心地把食物的外皮剥掉，递给阿念，哄着她说："尝一口，里面的，一点都不脏。"

阿念扭捏着不肯吃，小六又说了两句好话，阿念摆出一副是你求我吃，可不是我馋了的样子，勉勉强强地咬了一口。街头小吃永远有别具一格的风味，不是任何宫廷名厨能做出的，贪嘴又是女孩子的本色，阿念很快就喜欢上了街头小吃。她开始吃了，海棠自然也能一饱口福，尝试着小六推荐的小吃。

四个人玩玩、吃吃、逛逛，心情很愉悦。

下午时，他们乘坐牛车，出了赤水城，来到据说中原最大的船坞。这个船坞属于赤水氏，一般的船可以售给大荒内的各氏族，但据说赤水氏和轩辕王有秘密协议，最好的船只能售给轩辕王，高辛王派人去定造，都被赤水氏拒绝了。

造船的技艺在所有懂得造船的家族都是秘密，没有人能真正进入船坞，但还是有很多人慕名而来，并不是想偷学什么，只不过想回到家乡时，能和乡亲们自豪地说一声"我亲眼看到了赤水氏新造的船"。

据说，在小炎炎的提议下，赤水氏常会特意安排新船试航，让众人观看，既宣传了赤水氏的船，也满足了远道而来看新鲜的游人。

小六他们到时，因为已近黄昏，河道边的人不多，三三两两的，都在观赏夕阳下的河景。

小六和玱玹领着阿念和海棠随意地走着，忽然听到一阵海螺响，没想到这个时候还有新船下河，小六他们都停住了脚步，站在岸边观看。

只见船坞的大门打开，一艘不大的船缓缓驶动，开入了河道。

小六看不懂船的好坏，只觉船的造型很别致，前窄后宽，像一朵还未打开的花骨朵，估计定造这艘船的船主是个女孩子。

阿念却见过不少好船，嗤一声讥笑道："赤水氏的船也不过尔尔。"

一个穿紫色衣衫的少女扭过头，走过来几步，盯着阿念，"你觉得这船哪里不好了？"少女肤色白皙，一双水灵灵的杏眼，眼角微微上翘，看人时，不笑也妩媚暗生。

阿念打量了那女子一眼，指着船侃侃而谈："这船造来显然是讨一个女子欢心，可模样不伦不类，究竟是朵什么花呢？既然不能速度与外形兼顾，那不如索性只选择其中一个，赤水氏造的这艘船两者都想要，结果却是两者都未占住。"

紫衣少女冷冷地说："你想要还没有！"

阿念气得想反驳，紫衣少女却没给她机会，直接从岸上飞跃而下，站在了新船上，还不屑地回头盯了阿念一眼。

阿念明白了，紫衣女子就是这船的主人，更不屑地冷哼："破船一条，有什么可得意的？"

时候不早了，玱玹和阿念、小六商量到哪里去吃晚饭。

三人都不想回驿馆，小六提议乘船去游湖，咂吧着嘴巴说道："河上居住的船民们很懂得烹制河鲜，也不用特意找什么饭馆，我们租艘干净的船，问船夫借用一下渔网，捞一些河鲜，直接让船娘在船上做了，烤鱼太普通，都不用提了。把河蚌剖开，放在炭火上连着壳烤，喷一点酒，撒一点芥菜籽粉，鲜中带着微辣，吃了一个还想再吃一个。还有河虾，先用烈酒浸泡活虾，虾把酒吃到肚子里，虽然醉了，却还活着。把石板烧到滚烫，直接把醉虾倒上去，河虾噼里啪啦蹦着，烈酒的醇香味和河虾的鲜味扑鼻而来，待虾壳煎烤得红中发金，拔去虾头轻轻咬一口，唇齿间又鲜又香、又嫩又滑……"小六说着简直要口水下来，阿念也觉得馋虫直动。

玱玹心中滋味很是复杂，现在说来有趣，可这一分从艰难生活中凝聚出的有趣，却必要尝过十分的苦。他面上未显，反倒敲了小六的脑门子一下，取笑小六："你个没出息的东西，除了吃再无大事。"

阿念撇撇嘴，满脸不屑，却不停地打量着岸边停着的船。

岸边停着不少船，小六很有经验，一眼扫过，根据船的布置就能看出船家是什么性子的人。她挑了一艘打扫得干干净净的船，和船家夫妇讲好价格，又让船家去买了两坛烈酒和一点蔬菜瓜果。

四人上了船，玱玹和阿念坐在一旁，看着小六忙碌。

海棠不好意思什么都不做，想帮忙，小六嫌她添乱，把她赶回阿念身边。小六问船家借了渔网，站在船尾，仔细地看着，差不多时，她把网撒了下去。待收网时，网里捕了几条鱼、一小桶河虾，还有几只螃蟹。

小六把烈酒倒入小桶，把河虾浸泡起来，放到一旁，挑了三条肉质鲜嫩的鳊鱼留下，让船娘帮忙杀了，别的鱼送给了船娘。小六从身上掏出一些药草状的东西，把杀好的鱼腌制起来。

阿念还惦记着小六刚才说的话，问道："河蚌呢？"

小六把外衣脱下，对阿念说："我们能不能吃到河蚌就要靠你了。"

"靠我？"

小六指指湖，"你能帮我把那边的水暂时分开吗？不需要很大。"

“这有何难？”

阿念虽然娇气，修为并不弱，她把手放进水里，水开始分开，露出湖底的砂石。小六在腰上绑了个竹篓，跳进水里，游到阿念分开水的地方。她走在湖底，弯身翻拣河蚌，不一会儿就拣了一竹篓。

阿念第一次自己捞东西吃，兴致盎然，一边探长脖子看，一边笑着叫：“那里，我看到那里有一个大的。”

小六顺着阿念手指的方向，真在一块大石下发现了一个大河蚌，小六一手拿着河蚌，一手游水，回到船上。

小六把那个和小磨盘一般大的河蚌放到阿念面前，“这是你捉的，待会儿这个就烤给你吃。”

阿念满脸笑意，迫不及待地问：“什么时候能吃啊？”

船娘已经生好火，玱玹把小六拽到炉子边坐下，问船娘要了干净的帕子，先帮小六把头发擦干，“冷吗？喝几口酒。”

海棠赶紧端了酒给小六，小六喝了两口，身子立即暖和了，她挥着手说，“动手！动手！边烤边吃，还会觉得热呢！”

四人围着炉子坐好，开始烤河蚌，阿念刚开始还不敢动手，渐渐地也生了兴趣，学着小六撒调料。也不知道是刚捕捉的河蚌的确够鲜美，还是自己动手的原因，阿念只觉得从没吃过这么好吃的河蚌。

小六吃了一会儿河蚌，身上的衣服也差不多干了，她把三条腌制好的鱼拿了出来，用荷叶包好，放在一旁慢慢地烤着。

四人边吃边谈笑，不知不觉中，月亮已升到头顶。

湖面上，偶尔能碰到其他来游湖的船只，却都没有他们逍遥惬意，拥炉赏月，对酒而啖。

烤鱼的香味飘得很远，有人甚至闻香追来，垂涎欲滴地问道：“可愿出售？我们愿意出高价。”

不等小六回答，阿念已经拒绝，“我们自己也才刚够吃。”

玱玹对小六道：“不怪人家嘴馋，你这烤鱼也不知用了什么调料，竟然连我和阿念这种吃鱼早吃腻了的人也馋。”

小六嘻嘻一笑，“独家秘方，概不外传。”这倒真不是小六吹牛，她脑中记着无数天下人梦寐以求的药草和药方，可她对医术不求甚解，反而把每种草药是什么味道记得一清二楚，常常把药草当调料用。时间长了，真被她摸索出了很多极好的味道，所以她烹制的食物，火候不见得好，味道却的确是独一无二。

湖上忽然起雾了，雾霭缭绕，船儿犹如在雾海中穿行。船娘怕和别人的船撞上，多点了几盏灯，沿着船舷摆上。估计别的船也是如此，所以时不时能看到点点灯光在雾气中时隐时现，犹如星光一般在云海中闪烁。

微风送来一阵悠扬的琴音，随着风忽有忽无，在白茫茫的雾气中，琴音时而清晰，时而模糊，清晰时明媚悦耳，犹如十里桃花风中舞，模糊时呜呜咽咽，犹如一树梨花簌簌落。

月下听琴本就是雅事，水上雾中听琴，更是别有一番滋味。只可惜，听着听着，只觉那抚琴的人正坐着船渐渐远去，琴音越来越低，小六和阿念都有些遗憾，小六叹道："声渐不闻音渐消。"

玱玹道："只要你想听，让她抚给你听又有何难？"

小六不解，"难道你想高声把人叫回来，我这个粗人都知道不行。"

阿念推了海棠一下，海棠忙打开随身带着的行囊，把白日里买的一管洞箫擦干净，递给玱玹。阿念对小六说："父亲精通音律，据说尤善抚琴，他亲自教导哥哥音律，哥哥虽然不能和那位青丘公子涂山璟相比，却也不弱。"

玱玹将洞箫凑到唇畔，吹奏了起来，还是刚才的琴曲，只不过有不少变化。刚才的琴曲听得时断时续，听清楚的段落玱玹就依着原曲而奏，没有听清楚的地方，玱玹则自己现作曲，把曲子补充完整。原来的曲子和玱玹新作的曲子杂糅在一起，竟然天衣无缝，甚至比刚才的曲子更添几分随意洒脱。

小六这不懂音律的人都听得几乎要击节赞叹，那抚琴的人恐怕更是又惊又赞，让船掉转了方向。琴音又传了过来，和洞箫声一起一合。两人的曲子既相似，又全然不同，两人既互相比试，又彼此追随，白茫茫的大雾完全变成了琴音和箫声的天地。他们时而冲上九霄翱翔，时而落入碧海遨游，渐渐地，琴音好似终于被箫声折服，随着箫声而奏，和谐共鸣、水乳交融。

阿念心里越来越不舒服，突然伸手拽住洞箫，箫声戛然而止，玱玹倒也没生气，只是温柔地看着阿念，"怎么了？"

突然失去了箫声，琴音幽幽而奏，徘徊低吟，好像在询问着吹箫的人。

阿念只觉心烦意乱，硬邦邦地说："我不想听了。"

小六低下头，忍着笑，专心致志地吃她的螃蟹。

琴音徘徊了一会儿，迟迟不见箫声回应，好似生气了，用手猛划了一下琴，铿然一声琴弦断裂，琴音消失。

玱玹拿起一只螃蟹，细心地把蟹膏剔到蟹壳子里，滴了几滴姜醋汁，把蟹壳子放到阿念面前，阿念一下子又笑了出来，喜滋滋地小口吃着。

玱玹又拿了一只螃蟹，剥好蟹膏，要给小六，小六嘴里咬着螃蟹钳子，含含糊糊地说："螃蟹要自己剔着吃才有味道。"

玱玹不爱吃螃蟹，于是把剥好的蟹膏放到阿念面前，阿念虽有些不乐意吃小六不要的东西，却没吭声。

小六拿了一条鱼给玱玹，"你尝尝。"

玱玹掀开荷叶，浓郁的香气扑鼻而来，阿念和海棠也赶忙去拿鱼，荷叶揭开的刹那，简直能香飘十里。海棠看只有三条鱼，不好意思吃，小六道："你们别和我客气，我这还有好吃的醉虾呢！"

小六说着话，舀起一勺喝醉的虾倒在滚烫的石板上，嗞嗞声中，白色的雾气腾起，醉虾噼里啪啦地跳着，浓郁的酒香和鲜美的虾香四散开来。

从远处传来吆喝声，"喂，那边的船家，把你们烤炙的东西送一些来，若味道让我家小姐满意，必有重赏。"

不是第一个人对他们烤炙的东西感兴趣，可人家都是客客气气，好商好量，这个婢女却一副呼来喝去的口气。

阿念不满地说："有钱了不起啊？不给！"

海棠也不是个省心的，居然高声回了过去："我家小姐说'有钱了不起啊？不给！'"

船驶了过来，竟然是下午见过的那只花骨朵新船。站在船边的婢女看到阿念他们的样子，知道误会了，没什么诚意地道歉："湖上雾大，刚才没有看清，以为是船娘，语气随便了。麻烦你们把这烤鱼让了我，价钱随你们开。"

阿念想起下午的那位小姐，更加不悦了，瞅了海棠一眼。海棠明白她不屑直接和婢女对话，海棠站了起来，敛衽行礼，笑得温柔大方，"钱，我们暂时不缺，如果你们愿意拿东西来换，我们倒是愿意，只是不知道你们可有？"

那婢女打量了一番海棠，倨傲地说："这大荒内我们没有的东西也不多，你尽管说吧！"

海棠笑得越发可亲，"太好的东西不敢要，听说圣地汤谷的扶桑木无火自热，我们想要一捆扶桑木，正好用来烤剩下的醉虾吃。"

小六用手半遮住脸无声地笑起来，大荒内的人提起扶桑神木都是以指长指宽来丈量，第一次听到人用"捆"来说扶桑神木。不过，放眼大荒，也只有阿念敢如此说。

婢女知道被海棠戏弄了，一下怒了，"你竟然敢戏弄我？"

海棠笑道："是你让我尽管说，怎么能说我戏弄你？下次说话时先想想，小心风大闪了舌头！"

婢女气得脸通红，直接动了手，砸过来几个水球。海棠也没客气，挥挥手，把水球挡了回去。婢女被淋了个落汤鸡，哭丧着脸说："有本事你们别跑！"一转身跑进了船舱。

不一会儿，小六他们下午见过的那位紫衣小姐和一个水红衣衫的美丽女子从船舱内走出来，水红衣衫的女子却不是陌生人，而是防风意映。

小六忙往船舱里缩了一下，躲在暗影中。玱玹往她身边坐下，用自己的身子挡住她，头未回地问："你认识？"

小六低声对玱玹说："水红衣衫的女子是防风意映。"玟小六的这张脸只有清水镇上的人认识，到清水镇上讨生活的人都有迫不得已的原因，大都不会离开，所以小六从不担心有人会认识自己，可她没想到防风意映竟然会出现在这里。

那位紫衣小姐寒着脸，斥道："你们好没道理，婢女来买点吃食，你们若不愿意，拒绝就行了，何必又戏弄又打骂？”

阿念站起来，“什么叫又戏弄又打骂？你怎么不问问是谁无礼在先，是谁说大话，又是谁先动的手？”

紫衣小姐认出了阿念，气道：“什么样的主子就有什么样的奴婢，不用问我也知道谁无礼。”

阿念大怒，“自己的船不好还不许人家说？你以为你是谁？我还偏说，一条破船！”

紫衣小姐气得想要动手，可好像有什么顾忌，强压着怒火，却又咽不下这口气，一时间脸色都变了。

防风意映柔声说道：“好妹妹，这事都怪我，我闻着香味随口说了一句，若不是为了满足我一时的口腹之欲，你何至于受小人之气？既然是我引起的，就由我来处理吧，回头你爹爹和兄长知道了也不会说什么。”

防风意映转过了脸，对着阿念和海棠时，已经满面寒霜。她说道：“你们立即道歉，否则休怪我不客气！”

阿念当年被大荒闻名的九命魔头和小六绑架了，都不见惧色，此时怎么可能会怕？她冷笑道：“好啊，我等着看你如何不客气。”

船夫和船娘见势不对，不敢惹事，跳下水逃了。

防风意映挥了下手，从她的袖中射出一排短箭，也不知是她射偏了，还是恰好有雾气挡了一下视线，大部分的箭居然是朝着玱玹去的。

玱玹知道她是防风意映后就用灵力罩着阿念和海棠，此时阿念和海棠没事，他又怕伤着小六，只勉强躲开了所有短箭。

还没来得及喘息，又是几排短箭过来，不过阿念和海棠已经反应过来，两人灵力都不弱，防风意映又不是真要射她们，两人自保没有问题。

不少短箭钉在了船身上，防风意映不愧是防风家数一数二的高手，这种威力不大的袖箭就震裂了船身，只听咔嚓声不绝于耳，整条船分崩离析，四人都掉进了水里。

小六心中暗喜，玱玹、阿念和海棠是在高辛长大，只要入了水，那可像是回了故乡，就算不把对方的船弄翻，水遁应该没问题。可是，她震惊地看到玱玹和阿念居然不会游水，而那个被海棠打成落汤鸡的婢女叫了一群婢女，正齐心合力地痛打落水的海棠，海棠被缠得无法去救阿念。

小六只能冒着防风意映的箭雨去救玱玹和阿念，玱玹虽然不会游水，却不慌乱，用灵力让自己的双腿木化，浮在水面。阿念却紧张慌乱得都忘记了自己有分水之能，已经呛了好几口水，眼见着就要沉下去。

玱玹对小六说：“不用管我，救阿念。”

小六只能先去救阿念，“你一切小心。”

阿念一碰到小六，立即像八爪鱼般地缠住小六，连男女之防都顾不上了。小六灵力低微，力气没阿念大，被阿念带着向湖底沉去，却恰好避开了两支射向她后心的箭。

小六狠狠地在阿念的后脖子上敲了下，把阿念打晕，带着阿念快速地逃离。一口气游到岸边，她趴在岸边，累得直喘气。

小六掐着阿念的人中，把阿念弄醒，“我要去救玱玹，你自己一个人能行吗？”

大雾弥漫，什么都看不清楚，好似四周都潜伏着怪物。阿念全身哆嗦，却坚强地点了点头，小六拍拍她的脸颊，“躲好，不管发生什么都不许出来。”

小六转身跳进湖里，去找玱玹。

虽然雾气弥漫，难以分辨方向，可小六碰到过比这恐怖得多的天气，她游回了他们落水的地方，可是湖面上竟然空空荡荡，什么都没有。

小六不死心，一圈圈地游着，寻找着玱玹。

找了好久，没有找到玱玹，却看到海棠浮在水面上，昏迷不醒，左腿上中了一箭。小六再忍不住，也顾不上藏身了，扬声大叫：“哥哥、哥哥……”

小六拽着海棠，边游边叫，始终没有人回应。小六只能带着海棠回去找阿念。

阿念蜷缩着身子，躲在草丛中，白茫茫的大雾，让她变成了瞎子，夜枭凄厉的啼叫都让她恐惧。

当听到水声淅淅沥沥，她手蕴灵气，紧张地盯着前方。白雾中浮现出一个怪物的黑影，蹒跚地走向她，她正紧张得全身颤抖，怪物走近了，却原来是小六扛着海棠。阿念激动地冲出去，“小六。”

小六看到阿念眼角的泪痕，想起了自己第一次露宿山野时，也是这般惊惶不安。她拍拍阿念的肩，赞道：“你很勇敢嘛！”

阿念不好意思，立即做出了什么都不怕的样子，“哥哥呢？海棠怎么了？”

小六把海棠放下，“后背被打了一掌，腿上有箭伤，有我在，死不了。”

小六喂海棠吃了颗药丸，想撕开海棠的裤子，阿念红了脸，“不能等到回去再医治吗？”

“这么大的雾，你知道怎么往回走吗？这一箭虽没射中要害，可我对这位防风小姐实在不敢低估，不早点医治，我怕海棠的腿会残了。”

“可是、可是你是男的！”

小六哧一声撕开了海棠的裤子，“大不了就娶她呗！”

阿念想想也是，却有点不甘，“哼！便宜了你！”

小六用力拔出箭，对阿念说：“赶紧把你的好药都拿出来。”

阿念先拿了个扶桑木瓶给小六，“里面是浸泡着扶桑花的汤谷水。”

小六把水倒在伤口上，水一点点把伤口上发黑的肉蚕食掉，露出鲜红的干净血肉。

阿念又拿了一个玉瓶，递给小六，“里面是用归墟水眼中的水和灵草炼制的流光飞舞丸。”

小六连着捏破了三颗药丸，药丸化作了几百滴紫蓝色的水滴，好似流萤一般绕着伤口飞舞，慢慢地融入伤口，伤口的血很快就止住了。

小六开始包扎伤口，“好了！”

阿念担忧地问：“哥哥呢？”

小六摇摇头，“不知道。我们只能尽快返回驿馆，让蓐收去查。”

小六背起了海棠，对阿念说：“走吧。”

阿念跟在小六身旁，深一脚浅一脚地走着。

大雾中，看不清路，湖边的路又十分泥泞，每一脚踩下去都不知道自己会踩到什么，精神紧绷，时间长了，阿念觉得很累。可灵力低微的小六背着一个人依旧走得很平稳，神情也十分镇定，好似不管多大的雾，都不能遮住她的眼。小六的平稳镇定感染了阿念，也让阿念很不好意思，她咬着牙，紧紧地跟着小六。即使觉得听到了蛇游走的声音，她也紧咬着唇，一声不发。

小六走到了一处坡地，冲着白雾叫起来：“船家，双倍价钱，去赤水城。”

竟然真有声音从白雾中传来，“好嘞，您等等。”一点灯光亮起。

小六带着阿念朝着灯光走去，果然看到有船停在岸边。

阿念上了船，心下一松，双腿发软，一屁股坐到船上，惊讶地问小六：“你怎么知道这里停着艘船？”

小六一边轻轻放下海棠，一边说：“昨天傍晚，我们是逆着这条河去的湖上，我看到了船家停在这里生火做饭。”

阿念不相信地说：“扫一眼就记住了？你又不能预见我们会遇险。”

小六淡淡一笑，“如果时时生活在危险中，不记住就是死，记住却会多一分生机，自然而然就形成了习惯，不去刻意记，也会留意。”

阿念盯了小六一眼，不说话了。

船夫和小六商量：“眼见着天就要亮了，太阳一出来，雾很快就会散去，不如等等再走。”

小六问：“你自小就生活在这里吗？”

“祖祖辈辈都生在赤水，死在赤水。”

“从这里往下是顺流，我看河流很平稳，不如我们慢慢地顺流漂着，等雾气散一些了，再加速。如果一个半时辰内赶到赤水城，我再加钱。”

船夫琢磨了一下，应道：“好嘞。”

船夫在船上多点了两盏灯，自己立在船头，谨慎地张望着。

船平稳地顺流而下，约摸半个时辰后，雾气开始消散，已经能看到几丈外，船夫开始摇橹加速。随着大雾的消散，船的速度越来越快，雾气还未完全消散，已经进了赤水城。

驿馆前就有河，在小六的指引下，船夫直接把船停到了驿馆前。

阿念未等船停稳，就跃上石阶，赶去拍门。小六把钱给了船夫，背起海棠，走上岸。

开门的侍从看到阿念和小六的狼狈样子，立即派人去叫蓐收。

蓐收已经起身，正在洗漱，听说海棠受伤了，顾不上再洗漱，立即冲了出来。看阿念完好无损地站着，他才松了口气，对阿念说："只要你在，我就知道太平不了，只有事大事小，绝不可能没有事。"他对身后的婢女吩咐："把海棠送回屋子，让医师去看看。"

阿念也顾不上和蓐收拌嘴，说道："玱玹哥哥不见了。"

蓐收刚散开的眉头又聚拢到一起，"你仔仔细细把发生的事情从头到尾说一遍。"

阿念从他们傍晚遇见那个紫衣小姐讲起，一直讲到晚上再次相遇、爆发冲突。小六等阿念全部讲完后，才说道："动手的女子叫防风意映。"

蓐收说："竟然是她！"

阿念忙问："她很有名吗？我怎么没有听说过？"

蓐收无奈地说："青丘公子涂山璟的未婚妻。"

"竟然是她！"阿念拍案而起，"我去涂山家问问，他们是不是想高辛境内的所有生意都关门？"

蓐收道："虽然是防风小姐动的手，可她是为那位小姐出气，这事纵然闹起来，也是那位小姐和你们的矛盾。更何况你们又没表露身份，也不能责怪人家误伤了你们。"

小六也说："现在不是要找谁麻烦，而是先弄清楚玱玹去了哪里。"

蓐收对小六和阿念说："既然知道是防风小姐，很快就能找到那位小姐，只要找到人自然会弄明白王子的去向，这事交给我来办。你们去洗个热水澡，好好休息。"

阿念回了屋子，小六却绕了一圈，在门边等着蓐收。

蓐收看到她，立即停住了脚步，他虽不知道小六的身份，可离开前高辛王亲口叮嘱他照顾好小六。蓐收客气地问："公子还有什么事要嘱咐我吗？"

蓐收毕竟是高辛的臣子，有些话不好说得太直接，小六只能说："小心一些防风小姐，我总觉得她不仅仅是为好朋友出气，我怀疑她应该认出了阿念和玱玹。"

蓐收道："我会提高警惕，一有消息，我会立即派人告诉公子。"

小六作揖，"多谢。"

小六洗完澡，却睡不着。玱玹、防风意映、涂山璟、相柳……所有人像走马灯一般在她脑海里转悠，想到后来，小六都觉得头痛欲裂。

小六觉得自己这样是浪费精力，不如好好睡一觉，等蓐收打听到消息后，能配合蓐收行动。她吃了一颗药丸，借着药性，昏沉沉地睡了过去。

一觉睡醒时，已是晌午，小六去吃饭，看到阿念正坐在窗下发呆，眼圈发黑，显然没有休息。

小六坐在食案前，埋头大吃，阿念恼怒地瞪她，"我哥哥待你不薄，他现在没有消息，你竟然还吃得下饭？"

小六无奈地问："不吃不睡，他就能回来吗？"

阿念骂："冷血！"

小六知道她心里烦躁，不理她，自己吃自己的。

一会儿后，阿念看着窗外，低声问："我是不是真的很麻烦？如果不是我，昨夜根本就不会有冲突。"

小六说："麻烦是美丽女人的特殊权利，女人不制造麻烦，如何凸显男人的伟大呢？至于说昨夜，即使没有你，照样会起冲突。"

"真的？"

"我不会把烤鱼卖给那个嚣张的婢女。"

阿念觉得好过了一些，小六问："不过，你可是高辛人，怎么能不会游水呢？"

阿念扭扭捏捏地说："我娘胆子小，她生我生得十分艰难，怕我淹死，小时候一直不肯让我去戏水。错过了小时候，女孩子大了，就不方便游水了，再说我也不喜欢，所以就不会游了。"阿念还想为自己的不会游水辩解几句，蓐收走了进来。

阿念立即站起来，"找到哥哥了吗？"

蓐收对阿念行礼后，说道："玱玹王子一切安全，你们不必担心。"

"他人在哪里？"

"在赤水氏的府邸中。"

阿念不解，"怎么会在赤水府？"

蓐收慢吞吞地说："昨夜和你们起冲突的那位小姐叫神农馨悦，是小炎弁的女儿，现任赤水族长的外孙女，未来赤水族长的妹妹。"

阿念的脸色十分难看，怒意无处可发泄，把案上的杯碟全扫到了地上。

蓐收和小六都面不改色心不跳。小六小声说："我听着好复杂，这位神农馨悦小姐显然是血脉纯正的神农子弟，她的哥哥怎么会是赤水氏未来的族长？"

蓐收小声地解释道："小炎弁娶了赤水族长唯一的女儿赤水小叶为妻，赤水族长不仅是小炎弁的岳父，还是表舅父，对小炎弁有大恩。小炎弁视他为父，听说小炎弁曾答应赤水族长，将来若有两个子女，必让一子给赤水氏。后来赤水夫人生了一对龙凤胎，哥哥自出生就被定为赤水氏未来的族长，在赤水族长身边长大。你们昨天看到的那艘船据说是神农馨悦小姐自己设计，她哥哥建造给她的。"

小六继续小声地虚心请教，"既然神农小姐来头这么大，我们又得罪了她，玱玹王子怎么会在赤水府住着？"

蓐收叹气，小声地说："我也不知道，我只知道王子非常安全。"

阿念拍案，嚷嚷："你见到人了吗？他们说安全就安全啊？"

蓐收说："我当然不放心，要求见人。赤水府的人并没刁难，很爽快地让我见到了王子。王子肩膀上中了一箭，还在湖底泡了一会儿，所以气色有点差，但别的一切都很好。王子亲口对我说让我放心回来，等他伤好转一些就会回来。"

阿念冷哼，不屑地说："他们肯定是知道哥哥的身份了，怕得罪轩辕王和我父王，所以献殷勤。"

蓐收动了动嘴唇，却又闭上了，阿念拍案，"有什么就说什么！"

蓐收摸了摸鼻子，很小声地说："我看他们还不知道王子的身份，王子说自己是高辛王陛下的远房亲戚，所以他们把王子当作了高辛四部之一青龙部的子弟。"高辛王的母族是尊贵的青龙部，蓐收就来自青龙部，是高辛王的表侄，高辛王陛下真正的亲戚。

阿念再次恼怒地拍案，张着嘴却不知道说什么，愣了一瞬，猛地站起，气冲冲地走出了屋子。

小六问蓐收："见到防风小姐了吗？"

"见到了，我就是从她那里知道和你们起冲突的小姐是小炎奔的女公子。防风小姐十分客气周到，还向我道歉，说不知道是高辛王陛下派来的人，不过太客气周到了，反倒让人觉得……"蓐收摇摇头，"反正回头得提醒王子多加小心。毕竟明枪易躲暗箭难防，防风小姐是大荒内数一数二的暗箭高手。"

小六说道："以当时的情形看，防风小姐肯定是想装糊涂杀了玱玹王子，可大概突然发生了什么，神农小姐竟然阻止了防风小姐，救了玱玹王子。"小六可不相信是神农小姐的善良，这些久居上位的公子小姐，因为从小就手握生杀大权，自然而然地养成了对微贱生命的不在意。并不是说他们冷血，只是一种生活环境决定的习惯，就如有钱的人不在乎钱，没饿过肚子的人不知道珍惜粮食。

蓐收轻轻咳嗽了两声，说道："其实，我已经派人设法打听了具体过程。"

小六并没觉得意外，像赤水氏这样的大家族，高辛王不可能不关注，也不可能没有眼线。真正机密的事情不见得能知道，但一个冲突的始末却应该能打听清楚。

蓐收看小六只是静静地看着他，表情从容，并不主动探问，不禁心内暗赞了一声，难怪高辛王和玱玹都对他另眼相看。蓐收说："据当时在船上服侍的婢女说，船上的侍从们碍于小炎奔的规矩，不敢在秋赛期间动手惹事，却暗中兴风作浪，帮助防风小姐。王子不识水性，吃了大亏，被防风小姐射中后，身子沉了下去。本来神农小姐已经下令开船离开，可此时从湖下浮起了一管洞箫，神农小姐看到洞箫后，据说愣了一瞬，突然就跳进了水里，把王子从湖下给捞了起来。"

小六双手托着下巴，怔怔发起呆来。

蓐收盯着他看了一会儿，问道："你在想什么？"

虽然刚才阿念没有讲述湖上琴箫合奏的事情，但蓐收不见得不知道，小六给蓐收细细讲述了一遍，说道："我在想那位神农小姐是否很善于抚琴。"如果神农馨悦是那位和玱玹琴箫合奏的人，她看到洞箫救人，就说得通了。

蓐收说："这倒不清楚，不过贵族子弟们或多或少都会学点音律。"

小六笑了笑，展着懒腰站起来，"我再去好好睡一觉。"快要出门时，她停住脚步，好似突然想起什么，不经意地问："涂山家只防风小姐来了吗？"

"璟公子也在。"

小六不在意地“哦”了一声，走出屋子。

早上那一觉是靠着草药强行入睡，睡得并不好。下午这一觉倒真是睡得很酣沉，小六一直睡到快吃晚饭时才起来。因为睡了一天，没什么消耗，不觉得饿，懒得吃晚饭，捧了一碟子水果坐在廊下吃。

虽已是秋天，天气却还未冷下来，秋风中的凉意吹到衣衫上，让人只觉清爽轻快。

阿念也吃不下饭，看小六吃得香甜，也拿了一碟子水果，和小六隔着一段距离，也坐在廊下吃。

小六看她眼圈发黑，显然下午仍然没休息好，说道：“让婢女给你煮点酸枣仁汤，再喝碗羊奶，好好休息一晚。”

阿念只吃，不说话。

蓐收走进来，笑说道：“今日下午的比赛很精彩，你们明日去看比赛吗？想看哪个家族可以现在就告诉我，我来帮你们安排。”

阿念想了想说：“好啊！有高辛四部和赤水氏的比赛吗？我想去看看。”

蓐收苦笑，“有是肯定有了。”

小六自从灵力被散掉后，对这些打打杀杀的事就了无兴趣，可以不用陪玱玹去看，简直心中暗喜，所以赶忙摆摆手，“我白天睡多了，今夜肯定睡得晚，明天只怕要晌午后才能起来，你们去看你们的，不用管我。”

蓐收道：“秋赛一共有六天，就算明天不看，也还有四天可以看，而且越到后面越精彩，你好好休息，不必着急。”

第二日，小六果真睡到晌午才起来。

驿馆内静悄悄的，想来大家都去看比赛了。小六懒得麻烦厨房开火，跑去街边摊子上吃。

她要了一碗河鲜汤饼，汤头炖得十分鲜美，乳白的汤汁，嫩绿的葱花，小六吃了一碗还不够，又加了半碗才吃饱。

小六吃完后，只觉心满意足，看墙根下有不少老人在晒太阳，或席地而坐，或袖着双手蹲着。小六跑过去坐到地上，边晒太阳，边眯眼看着河上的船只来来往往。

有船从河上过，一个青衣男子坐在船头，背对着小六，和另一个蓝色衣衫的男子欣赏着岸边的风景。

熟悉的背影让小六立即认出是璟，小六知道他看不到自己，所以明目张胆地盯着他看。

璟却忽然扭过了头，向着岸上看过来。小六没有动，依旧懒洋洋地坐着，懒洋洋地看着他。小六不知道璟有没有看到自己，只看船渐渐地行远了，一抹天青色渐渐地隐入了熙攘红尘中。

他知道她在赤水城，她也知他在赤水城，可再不能像在清水镇上一样，挥挥手，大叫一声十七，他就会出现在身边。

小六也不知道坐了多久，反正身边晒太阳的人已经换了几拨。又有人走了过来，轻轻地坐在小六身旁，熟悉的药草香淡淡地飘来。小六没有回头，因为知道，即使看到了面孔，也是假的。她微笑地看着船儿行过，心中透着一些若有若无的喜悦。

半晌后，小六低声问："不怕人跟踪你吗？"

"我的祖先是狐，只有我追踪别人，很少有人能追踪我。"

小六想起第一次被相柳抓走，是他找到了她，第二次被玱玹抓进地牢，也是他找到了她，他好像的确非常善于追踪。

小六问："你没有去看比赛？"

"涂山氏并不善于与人打斗，每次来这里的主要目的是谈生意和招揽人才。"

小六不再说话，十七默默地陪着小六晒太阳，小六虽一直没有回头，却一直能嗅到他身上的药草香，令人安宁。

直到夕阳映照在河上，十七轻声说："我得走了，你什么时候回去？"

"我也该回去了。"

"那你先走吧。"

小六心中有一丝温暖的涟漪，"好！"她站了起来，沿着河岸，慢慢地踱回驿馆。因为知道有人一直在目送着她，本来一个人的路程却好似一直有人相伴，没有孤单，反而一直有一种温暖。

可目送她离开的人，品尝到的只是逐渐的远离，十七选择了把温暖留给她。

小六连着休息了五天，直到比赛最后一日，实在推辞不过，才被蓐收和阿念强拉着去看最后一场比赛。

经过一次次比赛，有幸争夺最后胜利的是一男一女。

男子叫禺疆，来自高辛四部之一的羲和部；女子叫献，来自四世家之首的赤水氏。禺疆长着一张娃娃脸，眉清目秀，总好像在笑，让人一见就觉得亲切。献是一张清冷的瓜子脸，嘴唇紧抿，眼带煞气，让人都不敢直视她。两人都修行水灵，禺疆是水，献却是水系中的冰。

众人都十分期待这场水与冰的大战，大部分人觉得禺疆可亲，希望他胜利，可又觉得献出手狠辣，更有可能赢的是献。

小六害怕碰到防风意映，却实在痛恨变幻容貌，正好阿念在这种闹哄哄的场合自恃身份，戴了帷帽，小六也戴了一个。

进入比试的场地后，小六发现观看比赛的人不少都戴着帷帽，放下心来。

比赛快开始时，小六看到玱玹和一个戴着帷帽的女子走了进来，小六觉得头痛，装没看见。阿念却站起，用力挥着手，叫道："哥哥！"

玱玹和女子从人群中挤了过来，阿念这才反应过来这个女子有可能是谁，满是敌意地问："哥哥，她是谁？”

玱玹微笑着给彼此介绍：“这位是我妹妹，阿念。馨悦，你也叫她阿念就好了。这位是神农馨悦，阿念，你叫她馨悦。还有这位是……”玱玹找小六，却不知何时小六已经离开了。

因为玱玹不在，蓐收可不敢把阿念和小六托付给别人，所以特意选定了看台，带阿念和小六来看最后的决赛。

看到玱玹带着馨悦走过来时，蓐收立即偷偷地开溜，小六也悄悄地站起，随在蓐收身后跑了。

两人成功地溜出来后，对彼此抱抱拳，都表示佩服佩服！

这是最后的决赛，来看比赛的人非常多，所有位置一个萝卜一个坑。小六没心没肺地提议：“玱玹霸占了我们的位置，那个神农小姐一定有位置空着，我们去坐她的位置。”

蓐收否决，“让阿念看到我坐在赤水氏的位置上，非杀了我不可。”

小六甩手就走，“老子不看了，回去睡觉。”

蓐收拽住她：“回去陛下问我，你如何照顾小六的，你难道让我回答你在驿馆睡了六天吗？”蓐收心内盘算，神农、轩辕、西陵、涂山、金天……觉得坐谁的位置都不好，无可奈何下带着小六挤到分给青龙部的位置上。青龙部的一群年轻人看到他，都嘻嘻哈哈地笑起来，大家挤了挤，硬是给蓐收和小六让了一块小小的地方。

蓐收拉小六坐，嬉笑着说：“赤水献肯定会以冰结阵，到时反正冷得慌，大家一起挤着，正好取暖。”

小六扮了一两百年的男子，很是大大咧咧，紧挨着蓐收坐下，反而觉得现在这热闹样才有了看比赛的感觉。

场上的比赛开始，一个少年偷偷给蓐收塞了一瓶酒，蓐收喝了一口，递给小六，小六喝了一大口，喃喃自语：“就缺鸭脖子了。”

蓐收强忍着笑说：“这是很严肃的比赛，事关各个家族的荣誉，可不是看街头杂耍，请大家都严肃观看。”

一群人都压着声音笑，“让羲和部的老头看到我们喝酒，回去了肯定要向陛下告状。”

场上打得激烈，水与冰对战，果然如蓐收所说，献结冰为阵，整个看台都在飘雪，就好似一下子进入了严冬。

时间一长，小六灵力低微，自然抵不住，开始瑟瑟发抖。蓐收握住小六的手，把灵力缓缓送进她体内，小六才觉得不冷了。

小六说：“谢谢。”

蓐收此时心神已经全放在精彩的比赛上，只笑了笑。

他看了一会儿，忽然想起小六灵力低微，只怕看不出其中玄妙，于是身子侧倾，头凑在小六头畔，一边看，一边和小六解释："献现在控制了大局，禺疆的水剑受到影响，进攻变得缓慢，看着两人半晌才动一下，没什么看头，可其实很凶险……禺疆也开始布阵了，他并没选择直接和献对抗……看似是冰雪覆盖，实际下面一直有潺潺水流……"

小六边听边点头，渐渐地明白为什么大家都喜欢看比赛，的确可以从高手的每一次应对变化中学到很多东西。

小六忽然觉得有人一直在看她，凭着直觉看过去，是贵宾坐席，因为有低垂的帘幕，看不到人。小六悄声问蓐收："那边是谁的位置？"

蓐收扫了一眼，"涂山氏。"

小六沉默了一会儿，突然笑起来，喃喃自语："你又没让我承诺十五年不和男人交往、不和男人说话。"

蓐收问："你说什么？"

小六冲他笑，"没说什么，你继续讲解。"

蓐收依旧和小六脑袋挨着脑袋，边看边窃窃私语。

禺疆和献既要比拼实力，又要比拼智谋，两位绝顶高手成就了一场异常精彩的比斗，最后是献灵力枯竭，晕了过去，禺疆也要人搀扶着才能站稳。

禺疆靠着灵力的精纯深厚，勉强胜过献。

全场爆发出雷鸣般的喝彩声，青龙部的一群年轻人虽然平时常和羲和部打架闹事，可现在都边跳边大叫"禺疆、禺疆"，为禺疆真心欢喜。

蓐收毕竟身份和他们不同，依旧坐着，但眼中也是洋溢着笑意。

小六看到了禺疆的胜利来之不易，再加上被周围的人感染，她也挥舞着手臂，叫了几声。小六心境再苍凉，毕竟还是个年轻人，看着满场欢声雷动，心中忽然掠过一个念头，如果她的灵力没有被散去，也许她也能享受一次全大荒为她欢呼。

小六立即摇摇头，把这个念头甩掉了，默默告诉自己，我现在已经很好！

蓐收笑对小六说："今天回去可以不用看阿念的脸色了。"

小六也笑，"我们自己回去吧，不等他们了。"

两人站起，随着人潮慢慢地走。因为很多人依旧在兴奋地大呼小叫、上蹿下跳，蓐收的一只手半搭在小六的肩膀上，既是保护，也是怕两人被人潮冲散。

从贵宾坐席过来的人有不少认识蓐收，笑着和他打招呼，还有人打趣地说："今年高辛四部子弟的表现都很好，你带来的奖品只怕要原封不动地拉回去了。"

蓐收笑着和众人寒暄客套。

四世家的人走来，众人都往边上走，带着敬意主动给他们让了路。

在秋赛这个以氏族为重的场合，四世家所代表的不仅仅是氏族的力量，还代表着从盘古大帝到现在不断绵延传承着的血脉，那是每个人流淌在身体内、支撑着生命的东西。国可以创建，也可以消失，可唯有血脉，生生不息，代代繁衍，永不消失。所以，很多时候，氏族的荣耀更胜于国的荣耀。

赤水氏、西陵氏、涂山氏、鬼方氏依次走过。璟和防风意映并肩走来，经过蓐收身旁时，防风意映慢了脚步，微笑着和蓐收寒暄。璟仔细看了一眼蓐收，视线落在他搭在小六肩膀上的手上，他抿着唇角，没有说话，只是和蓐收点了下头。

小六怕防风意映认出她，拽拽蓐收，把他拖进了拥挤的人潮中。两人挤出人潮时，都松了一口气。蓐收放开了小六，笑问："如何？不算白来一趟吧？"

小六笑着拍拍蓐收的肩膀，一副哥俩好的样子，"你放心吧，陛下问起时，我一定会为你美言。"

蓐收已经知道小六的性子，笑骂道："你还真把自己当回事！"

玱玹带着阿念走过来，先瞪了一眼小六，再看着蓐收，"你们俩跑得倒是快，躲到哪里去了？"

蓐收只笑，不说话。

小六看阿念眉眼带笑，显然心情很好。

阿念悄悄地对小六说："你干吗跑了呢？你都不知道那个馨悦的脸色多精彩，看着真是解气。"

小六问："你没和她吵起来吧？"

"没有，她是哥哥的客人，我不想让哥哥难做。再说她又不知道我是谁，我在心里偷着乐。"

小六想起以前在清水镇时，阿念那么憎恶她，可玱玹让阿念别来找她麻烦，阿念也就真没主动来找过她的麻烦。不管高辛国内别人如何看玱玹，阿念却从未瞧低玱玹，对玱玹很敬重。小六一时想得出神，呆呆地看着阿念，阿念学着玱玹的样子敲了小六的额头一下，"喂，想什么呢？"

小六笑笑，"想你呢！"

"我警告你，不许喜欢我！"阿念的脸色变了，她用力拍自己的脑袋，懊恼地说："哎呀，我忘记最重要的事情了！"本来打算利用赤水秋赛让小六做些错事，打消父王想把她嫁给小六的念头，可被神农馨悦一闹，哥哥受伤，住到馨悦家里，她心情烦闷下，竟把小六的事给忘记了。

小六严肃地说："我发过誓，你放心吧，你父王绝不会让你嫁给我。"

这段时日，阿念对小六有了几分了解，知道小六看似嬉皮笑脸，却不是个靠不住的人，小六如此郑重地承诺，阿念又放下心来。

回到驿馆后，小六去找玱玹，"你的伤如何了？"

玱玹轻拍了下受伤的肩膀，"不疼了，但还不能自如活动。"

小六拉起他的胳膊，检查了一番，说道："赤水氏的医师不错，继续好好养着。"

小六要走，玱玹把她拽住，"让你虚惊一场，生我气了吗？"

小六回身坐下，"你知道我不会。"小六用手指轻轻地戳了他的肩膀一下，"如果不是生命受到威胁，这世上没有人喜欢用伤害自己身体的方式去演戏。"

玱玹道："上一次在清水镇我中箭后，派人仔细查过防风意映。她身边有两个婢女，是防风家培养的死卫，她们也在船上。如果我们大打出手，防风意映故意舍掉一个婢女让我们杀死，那么神农馨悦必定会被激怒，下令所有护卫下杀手，那可真就麻烦了。所以我将计就计，装作只一个防风意映就让我们已无力招架。我看出防风意映只是想杀我，并不打算伤害阿念，让你带阿念离开，你们俩就都安全了，剩下我一人，反倒好逃。本来我想假装受伤后沉入湖底，防风意映肯定不能表现出想继续追杀，那么她反而会催神农馨悦离开，命婢女偷偷下湖来确认我是否死了，我很容易脱身，可谁都没想到神农馨悦会突然跳下湖救我。"

小六笑，"你要谢谢我，如果不是我想听她弹琴，你也不会吹奏洞箫，引得她对你生了好感。"

玱玹没好气地说："谢谢你？如果不是我吹奏洞箫，引了她的船向我们行来，压根儿就不会碰上她们，惹来这一场祸事。"

小六反诘："哼！如果不碰上她们，你如何能有机会和赤水家走近？这叫因祸得福！"

玱玹无奈，"好，好，我谢谢你。"

小六忽而叹了口气，幽幽说道："我只是觉得命运很神奇，无数的偶然合在一起，却导向了一个必然。神农氏和赤水氏是你必然要拉拢的家族，只是没想到会这么偶然。"

"你啊，看着什么都看透了，原来终究还是个会做梦的女孩子！"玱玹弹了小六的额头一下，"没有真正的偶然，都是必然。神农氏和赤水氏是否会站在我这一边，靠的可不是什么偶然，而是我能带给他们什么，有没有这些偶然，根本无所谓。这些偶然只不过是一层纱衣，把冰冷的必然包裹了一下。"

"唉！哥哥你真是太清醒，太冷漠了……"小六噘了噘嘴，自嘲地笑起来，"真好，原来我还会做梦。"

玱玹温柔地摸了摸她的头。

第十二章 所谓伊人，在水一方

LOST YOU FOREVER

今日会有一个盛大的聚会，小炎炎将为所有优胜者颁发奖励。

清早，蓐收就穿戴整齐，带着侍从离开了。

小六赖着不肯起来，硬是被玱玹和阿念弄了起来，洗漱完，吃过饭，玱玹带着小六和阿念去凑热闹。

玱玹对小六说：“其实赤水秋赛最好玩的就是最后一天了。刚来时，众人都挂虑着比赛，没有人有心情游乐，现在所有的比赛都结束了，明日就要踏上回家的旅程，正好纵酒狂欢。”

来到赤水岸边，小六发现玱玹说得果然不错。

赤水岸边的草仍绿着，好像一条长长的绿色地毯，白色和黄色的小雏菊点缀在地毯上，沿着河岸而行，就好像在看一幅众生百态图。

一只只肥美的羊正在篝火上炙烤，一坛坛烈酒被打开。这才刚过晌午，已经有人喝醉了，他们敞开衣袍，迎风而啸，有人比赛着往赤水里跳，有人抚琴高歌，有人抱头痛哭，有人在摔跤打架，有人躲在树荫中掷骰子赌博。远处还有一大群人围成圈，男男女女混杂一起，踏歌而舞。

踏歌刚开始是庆祝丰收、祭祀天地的活动，人们为庆祝收获的喜悦，围聚在一起，高声欢歌，用手打着拍子，脚踏节奏而舞。渐渐地，踏歌形式越来越广泛，月圆时，人们会月下踏歌，离别时，人们会踏歌送行。

小六和玱玹带着阿念挤进人群，没想到竟然看到了神农馨悦。馨悦显然是女子中领头的，她梳着利落的辫子，穿着窄袖的衣衫，和几个女伴挽着彼此的手，边唱边跳。和她们一起踏歌的几个男子常常踏错节拍，惹来阵阵善意的哄笑。

馨悦看到了玱玹，唇边溢出笑意，眼中却含着挑衅，直勾勾地盯着玱玹。也不知道谁推了一把，玱玹被推进了踏歌的队伍中。玱玹不同于那些养尊处优的贵族子弟，他在民间生活过多年，踏歌曾是夏日夜晚最好的娱乐，每个有月亮的夜晚，一群小伙子约好，围住村里美丽的姑娘踏歌。很多伙伴的女人就是这么踏歌踏来的。玱玹笑了笑，自然而然地随着歌声的节奏，摇晃着身子，扭腰、摆胯、踢腿、扬手。他的歌声悦耳，他的身姿刚健，他的步履优美，一举一动都散发着最浓烈的雄性美。

也不知道是被人群所挤，还是两人都有意，玱玹和馨悦渐渐地面对面踏歌，被众人簇拥在中央，成了领舞者。

小六正看得津津有味，阿念一扭身，朝人群外挤去，小六赶紧追着阿念往外走。阿念冲到河边，气鼓鼓地说："不要脸！真不要脸！"

小六站到她身旁，"神农氏虽曾是中原的王族，可现在已经是轩辕子民的一部分。轩辕民风奔放热烈，馨悦在轩辕城生活过几十年，男女一起踏歌很正常。"

阿念猛地转身，想说什么，玱玹跑了过来。阿念看到他，脸色好看了许多，语气却依旧带着恼怒，"我看哥哥玩得很开心，怎么不玩了？"

玱玹不在意地笑笑，正色说："再好玩，也没妹妹的安全重要。"

阿念抿着唇角笑了起来，玱玹对阿念和小六叮嘱："这里人多，你们不许乱跑。"

小六点头，她和阿念的组合的确太不安全了，阿念是个惹祸精，小六完全没信心能护住她和自己。

三人去买了几块烤鹿肉，正在吃，馨悦拉着一个男子走来，男子和馨悦长得很像，可相似的五官，却因为细微处的不同，形成了截然不同的气质。馨悦活泼妩媚，少年却沉稳干练。玱玹笑着和他们打招呼，对阿念和小六介绍："这位是赤水丰隆，馨悦的孪生哥哥。"

阿念知道赤水丰隆的分量非同小可，微笑着站起，盈盈行了一礼。赤水丰隆看她举动间展现的教养绝非一般人家，也不敢怠慢，微笑着回礼。

小六嘴里塞满了鹿肉，手上还油腻腻地抓着一块，只能虚虚抱拳做礼，阿念和馨悦同时不悦地盯了她一眼。一个怪她没给哥哥玱玹长面子，一个怪她不尊敬哥哥丰隆。

丰隆对玱玹说："不知你们可认识涂山璟？"

玱玹含糊地说："青丘公子璟的大名当然听说过。"

丰隆说："爷爷为了培养我的经营之道，曾把我送到青丘，让我和璟一起生活学习，我们相处很是投契，可以说璟是我的师傅，也是我的至交好友。”

小六这才想起前几日晒太阳时，她看到和璟乘船而过的人好像就是丰隆。

馨悦说：“意映是我的好友，她订婚前，我还和她一起去黑水游玩过。璟哥哥和意映姐姐是我和哥哥的好友。这些年，发生了一些事情，他们能相聚很不容易，所以我和哥哥想为他们庆祝一下。”

丰隆道：“不仅仅是为他们庆祝，也是表达我们的心意，能再见到璟，我真的很开心。”丰隆温和地看了一眼馨悦，馨悦说道：“今晚爹爹举行大宴欢送众人，我和哥哥会在船上为璟哥哥和意映举行一个小宴。”

丰隆道：“本来邀请的都是些以前就熟识的朋友，妹妹提议请你们，我很欢迎你们来，我想我的朋友也都会愿意认识你。”

小六仔细打量了一番丰隆，这个邀约表明，他愿意引荐玱玹进入他的朋友圈子，光靠馨悦的一个提议恐怕还不够，而是他自己认可了玱玹，看来玱玹那几日没白在赤水府养伤。

玱玹自然也明白，笑道：“谢谢你的邀请，我不胜荣幸。”

馨悦和丰隆告辞：“还有许多事要准备，我们就先行一步，晚上见。”

玱玹和阿念施礼送客，丰隆又看了一眼阿念，才带着妹妹离开。

阿念坐下，恨恨地对小六说：“看看你的样子，和几辈子没吃过鹿肉一样。”

小六对玱玹说：“你们去吧，我要回去睡觉。”

玱玹切了块鹿肉，慢悠悠地说：“我倒希望你去亲眼看一看。”

小六笑着把他切好的鹿肉夺走，塞进嘴里，“我一直很清醒，不会发生你担心的事。”

阿念看看玱玹，再看看小六，“你们到底在说什么？为什么我听不懂？”

玱玹对阿念说：“我们在说男人都花言巧语，你可千万别被欺骗了。”

阿念眼珠子转了转，问玱玹：“你也是吗？”

玱玹笑：“我也是！”

阿念的眉头皱起，紧咬着唇，不过很快就又笑起来，“刚才你说的是真话。”

玱玹笑着把小六拽起来，“我们去那边看看。”

太阳西下时，玱玹带阿念去赴宴，玱玹本想找蓐收派人护送小六回去，小六不耐烦地对玱玹说：“你看我是花盆里养的花吗？还需要人搬来搬去？没有阿念的话，我哪里都去得。你们去玩你们的，我会去找自己的乐子。”

玱玹只得狠狠地敲打了小六几下，“不要回去太晚。”

越到晚上，人们玩得越疯狂。小六挤在人群中，饮酒作乐，可不知为何，总觉得自己好像戴着面具，外在的自己在投入地玩乐，大声地叫、大声地笑，内里的自己却只是冷漠地看着。周围并没有认识的人，她在演戏给谁看？

小六笑，原来自己欺骗自己并不是那么容易。

赤水河上突然腾起几朵烟花，照亮了夜空。原来是一艘船上正在放烟花，人们涌到岸边观看。小六被人潮推着，竟然被挤到了最前面。

赤、橙、黄、绿、青、蓝、紫……各种颜色、各种样子的烟花绽放在船的上方，映照得立在船头的两人分外清楚。男子穿着天青色的衣衫，静静而站，清隽飘逸，有若山涧中的青柏修竹。女子身材高挑，一袭水红的绣花曳地长裙勾勒得她纤腰只堪一握。她好似喝醉了，半仰头惊讶地看着烟花，踉跄走了几步，身子摇摇欲坠，差点跌倒。男子伸手扶住她，她软软地倚在男子身上，犹如美丽缠绵的菟丝花。

船渐渐地驶远了，带着那些五彩缤纷的烟花一起离开了，人群渐渐地散去。

小六仍旧立在岸边，面对着黑黢黢的河面。很奇怪，意映并不是小六见过的最美丽的女子，可烟花绽放下，她的踉跄、跌倒、扭身被扶起、软软地倚靠，都带着一种女性特有的纤细优雅，那种美丽深深地击中了小六，让做了一两百年男人的小六又是羡慕，又是自惭。

直到深夜，小六才回到驿馆。

走进屋子时，玱玹披着件外袍，坐在灯下，一边看书一边等她。

玱玹拍拍身旁，让小六坐。

“你去找了什么乐子？”

小六微笑着说：“我突然想找一条美丽的裙子穿。”

玱玹说：“我们的祖母可是天下万民尊奉的蚕神，世间最巧夺天工的绸缎和衣物都出自她的弟子之手，我会让她们给你做无数美丽的裙子。”

小六轻声说：“可是我怕我太久没穿裙子，会不习惯。”

玱玹盯着她，“你在担忧什么？”

“我怕让你们失望，因为你们的失望，我又对你们失望。”

“你们是谁？如果是指我和师父，我们永不会对你失望。如果还包括别的男人，小夭……”玱玹的手放在小六的肩膀上，“不要给自己希望，自然不会失望。”

小六扑哧笑了出来，“还以为你会有什么高招。”

玱玹拍了拍她，“不要胡思乱想了，好好休息，等我们回高辛，师父会给你一个惊喜。”

小六点了下头。

玱玹走出去，轻轻地关上了门。

第二日，他们坐船返回高辛，令人意外的是馨悦和丰隆居然来为玱玹送行。显然，经过昨晚，丰隆和他的朋友们对玱玹很认可。

阿念又高兴又烦恼，小六倒是很纯粹地高兴。不管怎么说，玱玹来赤水秋赛的目的已经达到。

船马上就要开时，一个仆人匆匆跑来，对玱玹行礼，把一个大藤篮子奉上，“这是我家公子的饯行礼，祝公子一路顺风，将来若有机会去青丘，务必通知涂山家。”

玱玹接过礼物，“请帮我转达谢意。”

丰隆笑道：“真没想到你和璟居然能投缘，可喜可贺！”

玱玹再次感谢丰隆的款待，丰隆也再次表示有机会再聚。

船缓缓驶出了码头，渐渐地速度越来越快，已经老远了，馨悦依旧站在岸边。

阿念皱皱鼻子，得意地哼了一声，对玱玹说：“那位青丘公子璟看着有点冷淡，对哥哥却真不错。昨天晚上曋家和姜家的那三个臭小子对哥哥出言不逊，还故意刁难哥哥，想让哥哥出丑，幸亏丰隆和璟帮哥哥。”阿念很清楚，那种场合如果第一面表现得不好，将来即使能成功融入，也要多花费几倍的努力。

玱玹看已经望不见码头，回头找小六，发现小六已经找了个避风又能晒到太阳的地方舒服地躺着。

玱玹拉着阿念走到她身边坐下，阿念把小六盖在脸上的草帽夺走，有些羡慕又有些不屑地说：“你这人真是不管在哪里都能看上去那么惬意逍遥。”

玱玹打开璟送来的大藤篮子，几个小竹篓，分门别类地装的全是吃食，还有四瓶酒，阿念笑道：“这礼简直就是给小六这馋猫送的啊！”

玱玹笑着摇摇头，踢了小六一下，“起来吃东西了。”

小六懒洋洋地爬起来，“给我个鸭脖子。”

玱玹把装鸭脖子的小竹篓子放到小六手边，小六拿起个鸭脖子啃着，竟然是她在清水镇时最爱吃的味道，简直和老木做的一模一样。

小六拿起一瓶酒，尝了一口，也是以前喜欢喝的青梅酒。小六叹了口气，却不知道是为自己，还是为璟。

回去的路程感觉很快，晚上呼呼大睡，白天吃吃零食、掷掷骰子、晒晒太阳、吹吹风，感觉没有多久，他们就回到了五神山。

蓐收自带人去向高辛王复命，阿念去看母亲，玱玹和小六回华音殿。

中原已经很凉爽，高辛却暖和得还有点偏热，玱玹和小六洗漱后，换了单薄的夏衣，坐在庭院中乘凉。

小六躺在凉榻上，和玱玹说着说着话，昏昏沉沉地睡了过去。

隐隐约约地听到人说话，她睁开眼睛，看见除了父王和玱玹，竟然还有两个人，小六忙一骨碌坐了起来。

那两个陌生人，一位是年轻男子，穿着黑衣，面容俊美，长眉入鬓，一双美丽的狐狸眼，本该显得轻佻，可他看上去很是端穆；一位是白衣少年，身量还未长足，五官精致，碧绿的眼眸，透着凶煞气。

小六心跳如擂鼓，却不敢张口，紧张地去看高辛王。

高辛王还没开口，白衣少年突然化作一只通体洁白的琅鸟飞扑向小六，狠狠地啄了下去。小六抱头鼠窜，却怎么躲都躲不开，扑进了高辛王怀里，“父王，救我。”

高辛王挡住了琅鸟，“烈阳，算了。”

烈阳停下，飞落到黑衣男子的肩头，黑衣男子看着小六，眼中隐隐有泪光。

小六倚着高辛王，看向他，“你是阿獙？”

男子点了点头，化回了原形，是一只黑色的獙獙。小六知道妖族一旦修成人形，都很忌讳在人前露出原形，可阿獙为了不让她觉得陌生，毫不犹豫地变回了原形。

小六蹲下，用力抱住了阿獙的脖子，“对不起，我让你们担心了。”

阿獙说：“是我们没有照顾好你，你平安回来就好。”獙獙在狐族以叫声悦耳动听闻名，阿獙的声音低沉悦耳，十分好听。

小六想起他已是男身，有些不好意思，放开了阿獙。

阿獙和烈阳的心内都涌起了难言的伤感，小夭虽然是阿珩（héng）[10]生命的延续，可她毕竟不是她的母亲。

阿獙对小六说：“陛下和王母说了你的状况，你体内的神器叫驻颜花，是玉山和桃林几十万年自然蕴化而成的神器，能令人容颜永驻，也能帮人变幻形貌。”

小六忙问道：“那王母能帮我取出驻颜花吗？”

阿獙摇头，“王母取不出，但王母能帮你显出真容。”

小六屏息静气，一瞬后，她转身，伏在高辛王的肩头，眼泪无声地涌出。一会儿后，她悄悄擦去眼泪，转回身看着阿獙，“我们要去玉山见王母吗？”

“是的。”

小六对高辛王说：“我想立即去。”

高辛王颔首同意，“让玱玹陪你一起去，等你回来时，我就昭告天下，高辛的大王姬平安归来。”

小六点了下头。

阿獙对小六说：“我来带你，烈阳带玱玹。”

小六对阿獙说：“那麻烦你了。”小六坐到阿獙背上。

烈阳的身躯变大，玱玹先向他恭敬地行了一礼，“有劳了。”才跃到烈阳的背上。

阿獙和烈阳腾空而起，向着玉山的方向飞去。

到玉山时，小六十分紧张，可当她落下，看到和她离开时一模一样的一切，不禁笑起来，所

---

10. 轩辕王姬、高辛王、阿獙、烈阳的故事详见拙作《曾许诺》。

有的紧张都烟消云散。大荒的民谣说：一山遗世独立，二国虚无缥缈……玉山的确遗世独立，时光在玉山好像静止。桃林千里，连绵不绝，朝映流金晨光，晚浴流彩霞光，绚烂无比的景致，却年年日日都一模一样，连每日的温度都几千年、几万年不会变。

从掩映在桃花林中的长廊走过，因为王母不喜喧哗，侍女本就不多，而看到她的侍女表情没有丝毫异样，欠身行礼，安静地让开。一路行来，除了他们的脚步声，再不闻其他声音。

小六忍不住想制造声音，她对玱玹说："哥哥，看到了吗？如果再让我选择一次，我依旧会逃。我宁愿颠沛流离，也不喜欢这种死亡一般的安逸。"

玱玹低声道："别乱说话。"

王母站在瑶池畔，身后是千里桃林，身前是万顷碧波。

她转身，看向玱玹和小六，苍老的容颜，死寂的眼神，让整座玉山都枯槁。

玱玹和小六走到她身前，小六心中一酸，跪下，玱玹也随着她跪倒。

王母冷冷地说："起来吧。"

小六和玱玹磕了个头后才站起来。

王母拉起小六的胳膊，握着她的脉门，检查她的身体。一瞬后，王母放开小六，淡淡说道："只要你留在玉山，我也许有办法能帮你重新修炼回高深的灵力。我的寿命只剩一两百年了，如果你愿意，可以做下一任的王母，执掌玉山。"

也许执掌玉山是大荒中很多人梦寐以求的东西，可小六太清楚玉山禁锢住的是什么了，她毫不犹豫地说："我宁愿像现在这样，知道明天的生活，却不知道明年的生活，不会太刺激，也不会太无聊。"

王母只是点了下头，表示听到了，她的表情没有任何变化，就好似世间不管发生什么都不会让她动容。王母指间长出一根桃枝，她用桃枝轻轻点了小六的额头一下，小六的额头中间浮现出一朵桃花形状的绯红胎记。

小六问："驻颜花是玉山的神器，为什么您不能帮我取出它呢？"

王母淡漠地说："这世间我做不到的事情很多。"

小六问："究竟是谁把玉山的神器封进了我的体内？难道不是你吗？"

王母冷漠地说："谁封印的并不重要，你只需知道现在我能帮你。你虽然体质特异，可如今灵力低微，将来势必容颜衰老得比别的神族女子快，驻颜花留在你体内对你不会有坏处。"

小六问："我什么时候能恢复真容？"

王母说："脱掉衣服，跳进瑶池。"

小六看了一眼玱玹，玱玹向王母行礼告退，背朝瑶池，走向桃林。阿獙和烈阳虽然是兽身鸟体，也背朝着瑶池，躲进了桃林。

小六解开衣衫，褪去所有的衣物，赤裸着跳进瑶池，好似迎接新生。

王母口念法诀、手结法印，瑶池内碧波翻涌，千里桃林都在簌簌而颤，一片片桃叶、一朵朵桃花飞舞在半空，织结在一起，像一条硕大无比的被子，覆盖向瑶池，遮盖住了万顷碧波。

渐渐地，被子在收拢，桃花桃叶好似被水波挤压着往一起凝聚，慢慢地，本来铺天盖地的桃花和桃叶变得越来越小，直到最后变成了一朵含苞待放的桃花。

翻涌的碧波渐渐地平息，瑶池上浮着一朵和莲台差不多大的桃花，几片翠绿的桃叶托着它，衬得它娇艳欲滴。王母遥遥点了一下，桃花徐徐绽放，一个赤裸身体的少女如婴儿一般蜷缩着身子，昏睡在花蕊中间。乌黑的发丝披垂在身上，衬得肌肤比桃花蕊更娇嫩。

王母叫道："小夭，醒来了。"

小夭缓缓睁开眼睛，慢慢地坐直身子，她低头看向自己，这就是我吗？她摸自己的脸，这就是我吗？小夭迟疑着探头，想就着水波看看自己，可涟漪轻荡，只看见水下的五色鱼游来游去，看不清自己。

王母挥了挥手，一套绿色的衣衫飞落在桃花上，"我记得你小时候喜欢白色和绿色。"

小夭心怀激荡，说不出话，只是点了下头。

一百多年未穿过女装，小夭只觉自己笨拙无比，好半晌才穿好衣衫，她系好蝴蝶丝绦，站在桃花上，不太确信地看着王母，王母微微点了下头。

小夭想开口叫玱玹出来，可又紧张得发不出声音，忽又想起自己的头发没有绾束，忙匆匆用手指顺了顺，找不到发簪，她也早忘记如何梳理女子发髻，只能让头发自然地披垂在身后。

王母说："你们出来吧。"

小夭深吸了口气，既紧张又期待，手脚在轻颤。

玱玹慢慢地从桃林内走出来，本来他压根儿不在意，反正不管小夭长什么模样，都是他的小夭。可也许在桃林里等待的时间久了，他也变得很紧张，低垂着眼眸，不敢去看。一边走路，一边脑子里胡思乱想着不知道小夭会长得像姑姑还是像师父，直到快到岸边了，他才抬眸看去——

翠峦叠嶂，烟波浩渺，一朵硕大的桃花盛开在万顷碧波上，桃花中站着一个袅袅婷婷的绿衣少女，犹如一株碧桃栽种在青山绿水间，尽得天地之精华。满头青丝像瀑布般垂落，额中有一朵小小的绯红桃花，双眸如惊惧的小鹿般，闪烁躲避，不敢直视人的双眼。她清新得好似桃花瓣上的晨露凝结而成。

这就是我的小夭！玱玹只觉心中春雨淅淅沥沥地飘着，一句话都说不出来。

小夭看玱玹不说话，心中黯然，很快又释然了，再难看也是真实的我！她对玱玹伸出手，"哥哥，帮我！"

玱玹如梦初醒，忙暗用灵力，桃花飘向岸边，小夭迎着他而来，三千青丝飞扬，眉眼盈盈而笑，玱玹也伸出了手，小夭扶着他的手，借力跃上了岸。

小夭对王母行礼，"谢谢王母，赐还我真容。"

王母淡淡说："现在封在你体内的驻颜花只有驻颜之效，再无变幻之力。也许将来再有机缘，它才能恢复。”

小夭笑道：“我这辈子已经变幻够了，不想再变幻。”

王母说道：“我受你母亲之托照看你，虽未尽到责任，你也长大成人，可以离开玉山了。阿獙和烈阳若愿意随你离开，也可以一起离开。若不愿，可以留在玉山。”

王母说完，就转身离去，消瘦的身影很快就消失在桃林中。

小夭走到阿獙和烈阳面前，轻声问道：“我让你们失望了吗？”

阿獙没说话，烈阳说道：“我以为你会长得像阿珩。”

小夭道：“我却不希望长得像娘。”

烈阳仔细地看着小夭，心内轻叹。小夭长得不像阿珩，一双眼睛却很像那个魔头，乍一看明净清澈得好似初生的婴儿，可瞧仔细了，灵动狡黠下却透着冷意。

小夭说：“我知道你们是娘的朋友，我娘拜托了你们照顾我，可我已经长大了。不要再被承诺束缚，去做你们想做的事情吧。”

阿獙凝视着小夭，抬起了爪子，小夭握住，眼中有泪光。在冀州之战中，娘战死，阿獙也是重伤，高辛王派人送它来玉山时，它昏迷不醒，看上去简直像被炙烤过的狐狸干。王母用十万年的桃叶层层包裹住它，又把它浸泡在玉山最深处的玉髓里，五十年后，阿獙才醒来。小夭知道他们和母亲的情义，更明白他们把她看作了母亲生命的延续，可是，她不是母亲，也绝不想做母亲。

阿獙说：“我和烈阳会留在玉山，虽然王母并不需要我们，但我们想陪她走完最后的生命。”阿獙摇了摇小夭的手，“小夭，不要因为任何人的言语迷失了自己，你娘是世间最好的人。”

小夭只点点头，什么话都没说，也许母亲的确是个好人，可她不是好妻子，也不是好母亲。

小夭拥抱了一下阿獙：“我走了。”

小夭看烈阳，没胆子碰他，低声说：“你们放心吧，我会照顾好自己。”

烈阳盯着玱玹，玱玹立即说：“我会照顾妹妹的。”

阿獙对小夭叮咛：“如果有事……你知道在哪里能找到我们，对吗？”

小夭点点头，“我知道。”

小夭沿着长廊走了一段，突然回头，扬声说道：“如果王母……请立即通知我，我想送她最后一程，虽然她并不需要。”

阿獙咧着狐狸嘴，笑道：“好。”

小夭忍不住，快速地冲了回去，用力抱住阿獙，在它的狐狸脸上亲了一下，又以迅雷不及掩耳之势，摸了烈阳的身子一下，才飞快地转身，跑着消失在桃花掩映的长廊中。

阿獙愉悦地凝望着桃林，烈阳抖了抖羽毛，好似很不乐意，碧绿的眼中却溢出了笑意。

王母的青鸟把玱玹和小夭送到玉山脚下，高辛王好似早已预料到阿獙和烈阳不会随小夭离开，派了人在山下守候。

玱玹和小夭乘坐云辇返回五神山。玱玹一直看着小夭，小夭却神飞天外，呆呆愣愣，不知道在想什么。

进了承恩宫，侍者直接领他们去朝晖殿，小夭到朝晖殿前才好像真正醒了，她一下停住脚步，"我要先看看自己。"

玱玹拿出一个小包袱，"这是离开玉山前，侍女交给我的东西，里面除了你的药丸药粉外，还有一面小镜子。"

小夭拿出镜子，却又用手捂着，对玱玹说："我记得我小时候长得还蛮像父王的，我一直觉得就算女大十八变，就算没有阿念好看，也不至于太差。"

玱玹笑了笑说："你自己看一下就知道了。"

小夭缓缓地移开手，镜中的女子十分陌生，只有额间的一点桃花胎记熟悉，小夭轻轻扯了扯嘴角，镜子里的人也扯了扯嘴角，小夭这才敢确认是自己。小夭收起了镜子，对玱玹非常遗憾地说："不算怪异，可一点都不像父王。"

玱玹诧异地看着小夭，小夭却推推玱玹，"我走你身后。"

玱玹走进殿内，小夭低着头，跟在玱玹身后。

高辛王笑道："你躲在玱玹身后做什么？嚷嚷着要回真容的是你，真要回来了，却不敢见人了。"

玱玹要让开，小夭忙拽住他，脸藏在他背后，哼哼唧唧地说："让我再准备一下。"

玱玹只得静站不动，感觉背脊上有浅浅的呼吸，拂得他肌肤上一阵酥麻一阵痒，让他既恨不得立即躲开，又十分贪恋，是他此生从未有过的复杂感觉。

高辛王问："你准备好了吗？"

小夭说："马上就好。"

高辛王站起，几步走过来，把小夭从玱玹背后抓出来，仔细打量着她。小夭慢慢地抬起了头，迎着高辛王的视线，低声问："我长得不像娘，也不像你，你失望了吗？"

高辛王说："我并不希望你长得像你娘，更没希望你长得像我。我只是希望你健康，现在你不仅健康还美丽，我已心满意足。"

小夭展颜笑起来，"在所有爹爹的眼中，自己的女儿都是最美的。"

高辛王凝视着她的双眸，相似的眼眸，在那人身上能流露出睥睨天下的狂傲，也会流露出烈火般要烧毁一切的深情。在小夭身上除了慧黠可爱，还会流露出什么呢？

小夭看高辛王定定地看着她，显然在走神，叫道："父王，你在想什么？"

高辛王笑道："没什么，只是感慨时光如梭，女儿都长大了，我也老了。"

小夭装模作样地仔细看了看高辛王，摇摇头，“没看出来。”心里却有些酸涩，以父王的灵力，维持不老的容颜并不难，可相由心生，父王斑白的发丝、眼角的细纹都是他心境的苍凉。

高辛王摇摇头，笑起来。

玱玹问：“师父，您打算什么时候公布小夭的身份？”

高辛王说：“我已经命蓐收在准备典礼。”高辛王看着小夭，“待会儿和我一起去静安王妃那里，是时候让她和你妹妹知道了。”

小夭点了点头。

高辛王笑道：“不要紧张，我听蓐收说，你和阿念相处得不错。”

小夭苦笑，“那是因为她以为你要把她嫁给我，我向她保证绝对有办法让你不把她嫁给我。”

玱玹笑起来，“我说你们怎么莫名其妙地就能好到凑到一起窃窃私语了。”

侍者进来奏报，“陛下，王妃那边已经准备好晚膳，王姬也已经去了。”

高辛王对玱玹和小夭说：“走吧！”

小夭走进去时，看到酷似母亲的静安王妃，还是觉得心好像被什么东西用力捅了一下，十分难受。小夭低着头，深吸了几口气，才慢慢平静下来。

静安王妃和阿念向高辛王行礼，高辛王对阿念说：“起来吧，扶你母亲坐。”

阿念扶着王妃坐下，她也坐了下来，视线却一直往小夭身上扫。

高辛王坐下后，对小夭指了指放在他旁边的食案。小夭安静地坐下，玱玹坐在了小夭身旁的食案前。

阿念再按捺不住，“父王，她是谁？怎么可以坐在那里？”

高辛王没有说话，而是开始对静安王妃打手语，静安王妃和阿念都目不转睛地盯着高辛王。小夭目中流露出震惊，静安王妃是聋的！难怪从来没有听见过她的声音！

小夭看向玱玹，父王娶她时就这样吗？玱玹微微点了下头。

高辛王说完，收回了手。

阿念背脊紧绷，瞪着小夭，就好似一只要守护自己巢穴的小兽，可是她没有办法赶跑入侵者，她只能瞪着小夭。

高辛王对小夭说：“你给王妃行一礼吧！”

小夭站起，对静安王妃行礼，王妃急急忙忙地站起，拘谨地看着小夭，伸手想扶她，又好似觉得也许不符合礼仪，忙收回。她没有办法说话，只能露出微笑，希望小夭能明白她的善意。

小夭终于明白，王妃和母亲完全不同，母亲在任何情况下、任何人面前，都能平静从容。小夭也对她笑，把自己坦然地展现在她面前。

王妃凝视着小夭的双眼，慢慢地，她的紧张担忧消失了。老天剥夺了她的听和说，却让她别的感觉异常敏锐，她能看到这个女孩的心，她肯定这个女孩不会伤害她的女儿。

王妃对阿念比画，让阿念对小夭行礼。

阿念站了起来，仍然不相信一切是真的。她含着一抹讥笑，不屑地问道："你真的是父王以前那个女人的女儿？"

小夭的感觉十分复杂，她对母亲有恨，她甚至会在背人处和玱玹非议母亲和舅娘，但她又绝不允许任何人用这种轻蔑的语气去谈论她的母亲。当年她那么恨九尾妖狐，下毒后还一根根砍下他的尾巴，最主要不是因为他折磨她，而是因为他辱骂了母亲。

玱玹和小夭的感受完全一样，他的亲人，他和小夭能说，但别人不能说！玱玹立即严肃地说："阿念，小夭的母亲是我的姑姑，是轩辕王和西陵缬（xié）祖的女儿，是轩辕最尊贵的王姬，更是师父用高辛最盛大的礼仪迎娶回高辛的妻子。"

阿念知道玱玹最是护短，她无意中犯了玱玹的大忌，明白自己说错了话，可是……这维护本来是属于她的。阿念看着玱玹，身子在轻颤，她指着小夭，眼中全是泪花，"她是你的亲人，你要维护她，那我呢？我算什么？"

玱玹清晰地说："师父就像我的父亲，我几乎看着你出生长大，你当然也是我的亲人。"

阿念略微好受了一些，却忍不住追问："那在我和她之间，你会更维护谁？"

玱玹不吭声，阿念的声音又变了，几乎尖锐地叫起来："你回答我啊！"

小夭忙对玱玹使眼色，暗示玱玹赶紧回答阿念。一句话就能消泯矛盾，可能言善语的玱玹偏偏沉默了，就是不开口。

阿念带着哭音说："你回答我啊！我和她之间，你会更维护谁？"

高辛王叹了口气，"真是个傻孩子，如果我问你在父王和母亲之间更爱谁，你能回答吗？"

阿念低下头，抹着眼泪不说话。

玱玹劝道："小夭就是小六，在回高辛的船上你不是偷偷和我说觉得小六还不错吗？你口里说还不错，心里肯定是觉得很不错。有个能干的姐姐和我们一块儿疼你，不是很好吗？"

阿念猛地抬起头，刚才父王只和母亲说他找回了丢失的大女儿，并没有说小夭是小六。

小夭对阿念笑笑，阿念盯着小夭，怎么都无法把清丽的小夭和无赖小六联系到一起。阿念只觉心里十分难受，不禁大嚷："我才不想要姐姐！"她一脚踹翻了自己的食案，急奔出屋子，静安王妃着急地站起，询问地看着高辛王。高辛王点了下头，王妃忙追了出去。

小夭沉默地坐下，对着满地狼藉发呆。

玱玹安慰她说："事情太突然，接受需要一段时间。"

高辛王对侍者抬了下手，侍者立即进来，安静麻利地收拾干净了屋子。高辛王对侍者吩咐："准备些王姬爱吃的食物送过去。"

高辛王开始静静进膳，和平常一模一样，就好似什么都没有发生过。小夭看着高辛王，"父王，你真的吃得下？"

高辛王看了她一眼，“你知道一国每日会发生多少事吗？如果这点事情我就要食不下咽，你父王早饿死了。”

玱玹也开始进膳。

小夭左看看，右看看，也开始吃饭，可吃了一点，就觉得胃胀，再吃不下。高辛王和玱玹却吃了和平常一样的分量。

高辛王用完膳后，对小夭说：“一起出去走走。”

小夭和玱玹一左一右随在高辛王身旁，小夭以为高辛王会带她去漪清园，没想到高辛王是带着她逛承恩宫，每经过一座殿时，高辛王都会问：“你觉得这里怎么样？”

小夭明白过来，高辛王是在让她挑选日后的居所。小夭说：“不如就拣个离华音殿近的殿先住着。”

高辛王说：“明瑟殿距离华音殿不远，但不好，重新选一个。”

小夭揽住高辛王的胳膊，“父王，您去过玉山的吧？我在那里待了七十年，后来一个人在深山里待了二十多年，再后来又被那只死九尾狐关了三十年。我什么都不怕，可我真的很怕寂寞，我想距离哥哥近点。”

高辛王心酸，立即答应了小夭的要求，“好。”

高辛王带着小夭慢慢地走着，等他们到明瑟殿时，整个明瑟殿已经灯火通明，里外都焕然一新，就连小夭喜欢吃的零食都准备好了。以前在华音殿服侍过小夭的婢女们出来给小夭行礼，高辛王对小夭说：“高辛尚白，王族的服饰以白色为主，但平时你也可以随便穿。我记得你小时喜欢白色和绿色，所以命她们多给你准备了几套绿色的裙衫。”

小夭笑道：“我现在也喜欢绿色。”

高辛王对玱玹说：“你再陪小夭一会儿，我去看看阿念。”

玱玹陪着小夭仔细看了一遍明瑟殿，这个殿很小，但恰是小夭想要的。

玱玹问小夭：“觉得还缺什么吗？”

小夭摇头，“多年的流浪培养了我几个习惯。喜欢吃，美味的食物是最实在的东西；从不认榻，随便躺哪儿都能睡着；知道外物很难携带，我对外物几乎没有任何欲念。”小夭躺倒在舒服的软榻上，“这种东西，有时我就享受，无时我也不会惦记。”

玱玹说：“你已经不再流浪了。”

小夭懒洋洋地说：“人少时形成的性格几乎终身难改。”

灯光映照下，小夭肌肤雪白，衬得额间的绯红桃花娇艳欲滴，玱玹忍不住伸出指头轻轻地摸着，“这桃花印记和真的一样，简直就像把刚摘下的一朵桃花镶嵌了进去。”

小夭笑道：“这话你小时候就说过，有一次你还哄着我别动，用手指头使劲地抠，把我脑门都抠红了。”

玱玹也笑，“我想起来了，你后来给了我两拳，把我嘴都打肿了，你还跑去跟我娘告状。”

小夭有些困倦，微微合上了眼，“舅娘哭笑不得，打了你两下，可我偷听到她居然气恼的是你怎么连女孩都打不过……”

玱玹依依不舍地站起，对婢女吩咐：“服侍王姬洗漱休息。”

第十三章 桃之夭夭，灼灼其华

LOST YOU FOREVER

承恩宫内几个主殿的侍者已经都知道小夭的身份，因为他们见到小夭时，都称呼王姬，像对待阿念一样，但他们没有任何异常的反应，就好似小夭一直都在这座宫殿内。

小夭不禁对父王无比赞佩，很多时候统御千军容易，反倒管理家里的一亩三分地很困难，要有多强硬的手腕才能将承恩宫管得密密实实？

玱玹最近很忙，常常晚上才能来看小夭，陪她说话，直到她睡着，他才离去。小夭无聊时，常跑去漪清园游水，她偶尔会想，如果撞见阿念该怎么办，可承恩宫很大，大到小夭几乎不觉得这座宫里还住着一位王妃和一位王姬。

每次她游水时，侍女们都自觉地散开，帮她守着周围，以防有人冲撞了王姬。四周很安静，小夭常常游着游着就想起了娘，她曾以为她不会再思念娘，可是原来她还是会思念。而且因为被她刻意地压抑，在回到熟悉的环境后，思念来得愈发强烈，可伴随着的却是痛，只要有一分思念，就会有一分痛，只要有一分痛，就会有一分恨。

小夭觉得自己肯定是又寂寞了，她强迫着自己去想些别的事情，游水、游水……她的生命中肯定还有别的有意思的事和游水有关……小夭突然很怀念九命相柳，如果他在，只怕她不会有时间去回忆过去。可是，玟小六已经彻底消失了，以后纵使再见到相柳，只怕他也认不出她了。

小夭躺在水面上，惆怅地叹气。

晚上，用过晚膳后，小夭去华音殿找玱玹，与阿念狭路相逢。

阿念本就因为好几天没见到玱玹而心烦，此时看到小夭，不禁怒火腾腾地往上冒。她呵斥侍女们退下，走到小夭面前，气怒交加地说："你为什么要霸着玱玹哥哥？"

小夭有点心虚地解释："我没有，是他太忙了，每日只晚上有一小会儿空。"

阿念一听这话就知道小夭每天都能见到玱玹，她气得不知道该怎么办，居然如小孩子打架一般，用力推了一下小夭。

小夭灵力低微，一下子就跌到了地上，好巧不巧，偏偏玱玹此时回来了，将这一幕看了个正着。他忙冲过去，把小夭扶起，严厉地训斥道："阿念，难道你不知道小夭几乎没有灵力吗？你下次要再动手，我可就要请师父好好惩戒你了。"

阿念的眼泪唰地一下就落下来了，她冲上前，一边狠狠地推玱玹，一边哭嚷："我就动手又怎么样？我就是动手了，你叫父王来惩戒我啊！最好把我打死，你就高兴了，反正你们都不要我了……"

玱玹怕伤着阿念，没敢用灵力抵抗，被阿念推得直往后退。

小夭蹑着脚，偷偷地溜了。

从玱玹侍从的身旁走过时，小夭对侍从小声叮嘱："我今天晚上有事和父王说，让哥哥不必来看我了。"

小夭溜进朝晖殿，坐到高辛王身旁，探着脑袋看他在看什么。

高辛王笑看了她一眼，依旧忙自己的事。

小夭看了一会儿，觉得好无聊，背着手站起，东摸摸西摸摸，时不时制造点声音，高辛王问："你娘留给你的《百草经注》你学得如何了？"

小夭指指脑袋，"王母说那东西就是个祸害，强逼着我全背下后把玉简给毁了。"

高辛王说："那边架子上有不少医书，有时间就多看看。若有不懂的，正好可以和宫里的医师求教。"

小夭走过去翻看，真拿了一本打算细看，不过不是父王期待的学习医术，而是要继续研究如何害人。阿念今日这一推，让小夭警醒了很多，她不能懈怠啊！

两父女，一个坐在案前处理案牍奏章，一个倚靠着软枕，翻看医书，直到夜深了时，高辛王才送了小夭回去，自己也返回梓馨殿休息。

小夭又开始研究毒药，白日常去找宫里的医师讨教，晚上则去父王身边窝着，每日忙忙碌碌，反倒觉得日子好过了。唯一遗憾的是没有人能让她试毒。

一天晚上，小夭在朝晖殿内欣赏着自己新制的毒药，无比遗憾不能下给相柳。

她拿出她的宝贝小镜子，让小镜子重现记忆下的过往之事。有一段画面是相柳脸上画了九个头的，还有一段画面是给玱玹解了蛊之后，相柳带着她在海底潜行时，她偷偷用小镜子记忆下的。

在深蓝色的大海里，相柳白衣白发，优雅自如地游弋着，白色的长发在他的身后飘舞，让他俊美的面孔显得十分妖异。

“他是谁？”

高辛王的声音突然响起，小夭被吓了一大跳。回头才发现不知什么时候，父王坐在了她身后，也在看她的小镜子，显然对女儿镜子中的男人很感兴趣。

小夭说：“一个不算朋友的朋友。”

高辛王笑道：“我以为你这个时候会惦记涂山家的那只小狐狸。”

小夭做了个鬼脸，“也许人家正和未婚妻花前月下，风流快活得很，我又没傻，干吗惦记他？”

高辛王无可奈何地看着小夭，她可真是什么话都敢说。

小夭也知道自己言语放肆了，讨好地笑着：“我在人前会注意，不会让一国之君失了体面的。”

高辛王叹道：“你和你娘……真是一点都不像。”还有那人，他们都是热性情的人，可小夭竟然冷心冷性。

小夭想把小镜子收起来，高辛王拿了过去，“‘大荒内有异兽狌狌，知往而不知未’，它们能窥视过往的事，却不能预测未来的事，传闻用狌狌精魂锻造的镜子能窥视过往之事，我也只是听说，从未见过。你从哪里来的用狌狌精魂铸造的镜子？”

小夭撇撇嘴，回道：“那只九尾狐妖给我的，刚开始我总固定不好脸，他就让我用这个小镜子把前一日的样子记下，这样纵使第二日有了偏差，也可以调整回去。有了这面小镜子，我才真正不怕了。”

高辛王说：“你能留着他的东西，可见是真不介意了。”

小夭无所谓地说：“他都已经死了，我干吗还让他折磨我？”

高辛王道：“你倒活得很通透。”

小夭嘻嘻笑道：“不如说我很贪婪，舍不得好东西。”

高辛王的手从镜面上拂过，出现了相柳在海底遨游的画面，“这位不算朋友的朋友值得你永远记忆吗？”

小夭夺过了狌狌镜，“记着玩而已，说不定明天就抹去了。”

高辛王摇头笑起来，还想说什么，小夭展了个懒腰，掩着嘴打哈欠，“好困！”

高辛王拽着她站起，“我送你回去休息。”

回到明瑟殿，小夭端起水要喝，却警觉地停住。她掀开盛水的水壶，果不其然，看到里面浸着几条虫子，小夭喃喃说：“阿念，你为什么这么弱呢？如果你能和那个九头妖相柳一样厉害，我的日子就比较有意思了。”

正在铺被褥的婢女脸色变了，小夭走过去，看到被褥都被匕首划坏了。小夭无力地摇头。

一个婢女小声说：“天天这么折腾也不是个事儿，要不然明日禀奏陛下吧。”这段日子以来，每天都会出点事情，不是浴桶里藏着蛇，就是饭里撒了沙子。

大王姬倒是毫不在意，一边逗蛇，一边洗澡，饭里有沙子就咬几块糕点，可她们却被折腾得要受不了了。

小夭笑笑，“要禀奏你们自己去禀奏，不过被阿念知道了，你们自己掂量着办吧！”

没有一个婢女敢说话了。

小夭挑了条还能盖的被子，“都睡吧，明日再去领几条新的被褥就行了。”

孟冬之月的最后一日，蓐收带人送来了庆典时要穿的礼服，高辛王召来小夭，让小夭去试穿，若有不合适的地方可以立即修改。

小夭去偏殿，在四个婢女的服侍下，换好衣裙，步入正殿。

素白色的束腰长裙，将身材勾勒得高挑玲珑，外罩一件长长的拖地纱袍，纱袍上用红黑两色的丝线绣着桃花玄鸟图，当纱袍展开，就如满地都绽放出桃花。因为拖在地上的纱袍很长，小夭怕被绊倒，所以目不斜视，走得很稳也很慢；束腰的长裙紧紧地勒着她的腰，让她几乎要喘不过气来，腰板被迫挺得笔直。小夭只觉得这衣服很是折腾人，不由得抿紧了唇，眼中略带着不悦。

当小夭缓缓走进正殿时，蓐收和殿内的几个臣子都觉得有些目眩，缤纷绚烂的桃花盛开在小夭的身后，她额间一点绯红，明明有万千妩媚，眼中却尽是漠然。

高辛王凝视着小夭，心内暗叹。此时的小夭真的很像那人，纵百紫千红、万种风流，都只是踩在脚下的一抔黄土。

小夭站定，手扶着腰，脖子像乌龟一样往前探，愁眉苦脸地问：“父王，庆典那日这件衣服我要穿多久？”

殿内的众人都松了口气，蓐收觉得还是现在的王姬可爱，可又邪恶地琢磨着等庆典那日，王姬会穿着这套衣衫在灿烂的阳光下，走过高高的祭台，再配上发饰和妆容，效果肯定会比现在更可怖，一定能狠狠震慑一下大荒内的来宾。

高辛王摇摇头，“这衣服不好，重做！”

小夭高兴得差点跳起来，可是腰被勒得很疼，实在动不了。

蓐收呆住，怎么可能会不好？他看其他人，发现其他人也都满面不解，显然所有长着眼睛的人中只有高辛王和小夭认为不好。

蓐收结结巴巴地说：“十五日之后就是庆典了，再做件能在这么重大场合穿的礼服只怕不太可能。”

高辛王淡淡说：“所以，这件事情会交给你去督办。”

对陛下的器重，蓐收心里简直泪流成河，面上却只能恭恭敬敬地说：“臣一定尽力！”

蓐收离开时，小夭悄悄地追上他，扒着他的肩膀，低声叮嘱："做宽松点。"

"王姬放心，织女们定会量体裁衣。"蓐收不动声色地让开了小夭的手，不知道自己什么时候和这位王姬哥俩好了。

因为众人只知道高辛王是从玉山接回了王姬，连精明的蓐收也没把玟小六和王姬联想到一起去。小夭干笑两声，有些难受地离开了。

随着蓐收派人把请柬送往各地，整个大荒都在议论，失踪了两三百年的高辛大王姬被找到了。

高辛王不喜奢华，行事低调，不管做什么都好像无声无息，可这次为了女儿竟然几乎给大荒内所有有名望的家族都发了请柬。大荒内的家族就算不看高辛王的面子，也要看轩辕王的面子，就算不看轩辕王的面子，也要看玉山王母的面子，所以一时间，宾客从四面八方赶来高辛。

仲冬之月的第十四日，五神山的瀛州已经住满了各地赶来的贵客。

瀛州虽然被称为五神山之一，但其实有山有岛，岛上酒肆、茶楼、饭馆、商铺一应俱全，此时大荒别处正寒风凛冽、大雪飘飞、万物凋零，五神山却温暖如春、百花盛开，没来过高辛的宾客都好奇地四处游览，如果想出海去观赏海景的，也可以租船出海。

大清早，小夭刚起身，玱玹就来找小夭，"丰隆和馨悦都到了，我打算待会儿去见他们，带他们四处游览一下。"

小夭边漱口边问："以青龙部子弟的身份，还是以轩辕王子的身份？"

"当然是轩辕王子了。如果我现在坦诚告之，他们顶多有些意外，却不会心生芥蒂，可如果让他们自己发现了我的身份，那就真成欺骗了。"

"你玩你的去吧，我今日有一堆事情要做，待会还要试穿新衣。如果你回来得晚，就不要来看我了，蓐收要求我今天必须早睡，好明日仪容光鲜，不辱没高辛国体。"小夭想起蓐收就郁闷，这几日他简直用各种方法在折磨她，小夭都要怀疑他被阿念收买了。

"不是听说做好了吗？上次的衣服怎么了？"

"穿着难受！"

玱玹要走，突然又想起什么，回头说："涂山家除了璟，他的孪生大哥涂山篌也来了。璟应该会和丰隆在一起，我只怕要带两对孪生子去游玩。"

小夭想说什么，可又决定不让玱玹先入为主，应该让玱玹对涂山篌形成自己的判断，小夭只挥了下手，示意玱玹赶紧走。

玱玹感慨："等璟看到你，他会后悔离开的。"

小夭没听明白，也没时间去弄明白，赶着去吃早饭，生怕蓐收的人来时，她就吃不了了。

玱玹去找丰隆时，被告知丰隆和馨悦都去璟那里了。涂山氏和赤水氏的住处很近，玱玹又赶去璟的住处。

花厅内，除了璟、篌、丰隆、馨悦，意映也在。玱玹留意看了一眼篌，是个十分英武俊朗的男子。

丰隆和馨悦见到玱玹很高兴，馨悦对哥哥说："看吧，我就知道他听说我们来了，一定会来找我们。"

丰隆笑道："算你够朋友！"

丰隆想介绍玱玹给篌认识，玱玹忙说道："我有一事需要向你们赔罪。"

丰隆诧异地说："赔罪？"

玱玹道明了自己的身份，再次向丰隆、璟、馨悦、意映行礼道歉："并不是故意要隐瞒，只是当日我是随高辛使团去的赤水，若表明身份，会让大家都尴尬。"

馨悦吃惊之余，心底腾起了惊喜，隐秘的惊喜烧得她心扑通扑通直跳、脸颊滚烫，她低着头不说话，看上去倒像是在生气。

丰隆却完全如玱玹所料，意外之后并不介意，笑道："我早就觉得你和阿念的身份有点古怪了，只是没想到你竟然是王子殿下，那阿念是……"

"高辛的二王姬。"

丰隆挑挑眉头，"王姬殿下！"他对璟和意映打趣道，"看看我对你们够朋友吧？为了给你们庆贺，把轩辕的王子殿下和高辛的王姬殿下都请到了。"

玱玹忙再次对他们作揖，"诸位就饶了我吧！"

意映上前对玱玹姗姗行礼，"当日不知道殿下的身份，一时意气，不想伤到了殿下，还请殿下原谅。"

玱玹忙道："不知者不为罪，何况大家不早就说开，已经是朋友了吗？"

丰隆笑起来，劝解馨悦，"别生气了，你出去玩时不也常隐瞒身份吗？并不是故意欺骗，只是想行事方便而已。"

意映揽住馨悦的肩头，也笑着劝解："好了，看在王子殿下一再行礼的分儿上，也该原谅他了。"

馨悦抬起头，视线从玱玹脸上扫了一圈，笑了笑说："罚他今日带我们去玩，所有钱都他出。"

玱玹道："当然是我出了。"

玱玹领着五人说说笑笑地出了门，打算先带他们去吃高辛的风味小吃。

瀛州岛上的小饭馆不同于外面，不管门面再小，都收拾得十分干净雅致。因为四季温暖，花草易活，所以各家小店都喜欢栽种鲜花。一路走来，几乎是家家门前有流水，户户屋前有鲜花，再加上粉白的墙壁，被冲洗得锃亮的青石地板，三个男子还罢了，馨悦和意映简直都喜欢得不得了。

玱玹带他们走进一家店，檐下垂着碧绿的藤蔓，窗前开着火红的花，门前一道活水，店家把酒和瓜果浸在溪水中，看到客人来，才提出来，给众人斟上美酒，剖开瓜果。

玱玹介绍道："中原喝酒要么直接喝，要么烫热了喝，高辛人却喜欢喝冰镇过的酒。这是用山上的果子酿造的酒，你们尝尝。"

馨悦喝了一口，赞道："真好喝。"

意映喝了一口，凝望着窗外，幽幽叹道："如果能抛开一切，在这样的地方住一辈子，两人恩恩爱爱，也不枉一生了。"

馨悦笑起来，"璟哥哥，听到了吗？"

璟身子僵硬，垂着眼眸，什么都没说。篌却是看了一眼意映，将果子酒一饮而尽。

店里几乎坐满了人，不同于中原，也许被周围美丽祥和的风物感染，众人讲话都是慢条斯理。

不过大家议论来议论去，议论的都是高辛大王姬，从她的神秘失踪议论到她的神秘归来。

最令众人艳羡的就是她的身份了，高辛王的女儿、轩辕王的外孙女、王母的徒弟。有人叹道："谁若娶了她，可就真正一步登天了。"

"也许长得像个母夜叉，纵使登了天，晚上却要做噩梦。"

几个男子都大笑起来。

丰隆看玱玹在微笑，知道他不以为意，遂也好奇地问道："你的这位表妹究竟如何？"

玱玹笑道："等你们明日见了，就知道了。"

馨悦略带了点撒娇地说："就因为我们是你的朋友才能比别人早知道一点嘛！"

玱玹为难地说："我也不知道该如何说。"

女人对美丑有异于常人的执着，馨悦歪着头，锲而不舍地问道："她比阿念如何呢？"

玱玹装作想了一想，才说道："这就好比那庭院中的花，栀子有栀子的美，风兰有风兰的美，无可比较。"

馨悦好似还不满意，意映笑道："不管哪种，看来都是很美的，反正不会是那几个人担心的样子。"

玱玹对众人指指案上一碟翠绿的凉拌菜，"这是海里生的菜，十分爽脆，你们尝尝。"

丰隆和篌明白他不愿再谈论表妹，都吃了一筷子菜，把话题顺势拐到了高辛和中原食物的不同上。馨悦和意映也边吃边点评。

璟的手放在膝上，紧紧地握成了拳头，一直一言不发。

仲冬之月的第十五日，宾客们云集在五神山的员峤山，看高辛王领着王姬祭祀天地和祖先，以此见证大王姬重归高辛王族。

小夭再散漫，也知道人生中有些场合不能散漫，比如说今天的这个。她不明白为什么父王要为她搞出这么盛大的仪式，但她知道绝不能让父王丢脸，就如蓐收反复地唠叨，你一举一动都是全高辛百姓的颜面，若有差错，辱没的是高辛国体。

清晨起来后，小夭先洗漱沐浴，再吃了点东西，然后一边由宫里的老妪帮忙梳头上妆，一边听侍者再次重复今日的每一个环节。

中间玱玹跑来看了她一眼，安慰她别紧张，说高辛的礼仪烦琐到可怕，没有人真清楚，就算有什么小差错，只要她足够镇定，就不会有人发现。

小夭知道他今日要代表轩辕王参加仪式，也有一堆事要做，让他忙自己的去。

侍小夭梳完头、上完妆，蓐收已经在殿外等着接人了。

侍女们拿来了礼服，准备服侍小夭穿衣。

小夭还挺喜欢这套新的礼服，因为时间太赶，没有时间搞华丽繁复的绣花，礼服只好在衣料和佩饰上下功夫，素白的云纹缎子，配以碧玉环佩，高贵庄重，远比第一套礼服穿着舒服。

当侍女们展开礼服时，几声惊呼。小夭回头看，发现礼服的裙摆有些裂开，还有好几团污渍。懂得清洗的侍女查看过后，气急败坏地说："这是种在蓬莱的灵草汁液，洗不掉。"

屋子里的人全都面色惨白，高辛王性子冷淡，很少发火，可一旦发怒，就是最痛苦的噩梦。很多侍女开始默默哭泣。

小夭叹气，这个阿念真是胆大包天。她随便披了一件外袍，对一个还站得稳的侍女说："赶紧去把蓐收大人叫进来，看看可有补救的办法。"

蓐收匆匆进来，都顾不上行礼，直接去看礼服，脸色也变了，大吼着问："谁干的？被我查出来，非诛了她全族不可！"

坐在榻上的小夭幽幽地说："那你得把父王也算上。"

蓐收一口气堵在胸口，脱口骂道："阿念这个小混账，她想要我们的命啊！"

一屋子的婢女再忍不住，不少人哭出了声音。

蓐收指着小夭的鼻子，颤抖着声音骂道："你也别一脸无辜相！阿念肯定不是第一次干这事，如果不是你一直纵容，闹不到今天！你们两姊妹闹，出了事情，却要我们的人头！"

婢女们的哭声骤然变大，有人软倒在地上。

小夭摸摸鼻子，苦笑着说："我说蓐收大人，做戏做个差不多就行了，不就是想让我配合你的提议嘛！我乖乖配合不就行了！"

蓐收立即平静了，微笑着向小夭行礼，"补救的办法的确有一个。王姬应该还记得第一套礼服吧？"

"嗯。"小夭也早就想到了，所以才命人把蓐收叫了进来。

蓐收状似无奈地说："现在只能穿那套了。只是陛下很不喜欢那套礼服，现在再和陛下商议根本不可能，只能我们自作主张，万一陛下怪罪下来……"

"我顶着呗！"小夭笑笑地看着蓐收，狡黠的眼睛好似在说，这不就是你蓐收大人的打算吗？

蓐收嘿嘿地笑，这段日子为了仪式的事几乎天天要见这位王姬，相处下来，蓐收倒有几分理解高辛王对她的宠爱。

蓐收行礼告退，"我命人立即去准备。"

屋子内的侍女听见还有一套礼服，都惊喜地呆住。小夭拍拍手掌，"好了，都该干吗就干吗，放心吧，你们也听到了我刚才对蓐收大人的承诺，有事我顶着。"

众人都清醒了，擦干眼泪，赶紧开始忙碌。

那日见过第一套礼服的人立即指挥着梳头和上妆的侍女调整发饰和妆容。待这边收拾好，蓐收也亲自带着人把礼服送了过来，八个婢女服侍着小夭穿衣，束腰时，一个婢女一声令下，两个婢女齐齐用力，小夭痛苦地呻吟："真的要断了。"

八个巧手侍女如花蝴蝶般穿来绕去，终于给小夭穿戴停当。

蓐收在外面催问："吉辰就要到了，好了没有？"

"好了，好了！"侍女们回道。

小夭僵硬地走了出去，四个侍女屈着膝、弓着腰，在后面托着长长的袍摆。

蓐收不敢再有丝毫轻慢，躬身请小夭上云辇。

两个机灵的侍女先爬上车，在上面搀扶王姬，两个侍女在车下扶着，四人合力，把小夭扶上了云辇。

小夭无心说话，闭着眼睛默默地回忆仪式的过程。

待云辇抵达祭坛，又是好几个侍女扶着小夭下了车，进了云帐，侍女们最后一遍检查小夭的妆容。蓐收走进来，沉声说道："王姬，不管有多少人看着你，你只要不看他们，他们就不存在。"

小夭扫了他一眼，"我看你比我还紧张。"

有鸣钟声传来，蓐收对小夭说："时辰到。"

小夭轻吸了口气，对自己说：没什么，父王就在祭台顶端等我，和那日试衣服时没什么差别，不过是多走一段台阶。

小夭缓缓走出了云帐，侍女们迅速地为她整理好袍摆。

整座祭坛用白玉搭建，共有九十九级台阶，下宽上窄，威严地伫立在员峤山顶端，再加上全副铠甲肃立在祭坛四周的高辛精兵，让人顿生敬慕畏惧。所有宾客都穿着郑重的礼服，站在观礼台上，安静地看向祭坛。

阿念嘴角噙着笑，幸灾乐祸地等着。

玱玹既平静又期待，这一刻不仅仅是小夭的归来，还将是他的归去。

璟有期待，他曾无数次希望能看到小六的真容，现在终于要看到，可更多的是紧张，站在这里，隐没在无数来宾中，让他觉得距离她十分遥远。

此时，红日高挂，光芒万丈，钟声悠扬，一个少女姗姗走上了祭坛。

乌发堆起云鬓，素白色的束腰长裙，将高挑的身材勾勒得玲珑有致，外罩一件长长的拖地纱袍，纱袍上用红黑两色的丝线绣着桃花玄鸟图。随着她的走动，纱袍展开在白玉台阶上，绯红的桃花从她腰部蔓延开来，开得缤纷绚烂，直铺得玉阶上满是灼灼耀目的桃花。

少女随着钟鸣，从容不迫地走着，她微微仰着头，向着祭坛顶端看去，肌肤胜雪，容色清丽，额间一朵小小的绯红桃花，荡人心魄。全大荒的人都为她而来，可她神情冷肃，唇角紧抿，不见丝毫笑意，眼中带着不悦和不耐烦，甚至几抹讥嘲。

不知道是一天绚烂的阳光，还是一地缤纷的桃花，所有人都有点头晕目眩，只觉得纵百紫千红万种风流，都只是踩在她脚下的一抔黄土。

玱玹和璟都在最前面，也看得最清楚。玱玹有些生气，却不知道自己在气什么。璟只觉眼前所有的缤纷绚烂都化作了不安，手紧紧地握成了拳，好似想用力地抓住什么，却什么都没抓住。

小夭缓缓站定在高辛王面前，对高辛王叩拜，高辛王暗叹，很多时候命运都自有轨迹，非人力所能阻止。

高辛王带着小夭先祭拜天地，再祭拜高辛的列祖列宗，小夭脑内一片空白，只知道在繁冗的祝祷词中叩拜再叩拜。拜蓐收多日训练所赐，她在麻木的状态下，竟然比平日做得还好，小夭心内暗嘲，这种事情越木偶化，人家就越觉得你知礼仪。

直到最后，小夭觉得自己身子已经全部僵硬掉时，终于听到了大宗伯宣布祭祀仪式结束。来宾们在侍者的带领下，依次离开。

上了云辇后，小夭长舒了口气，高辛王问："累吗？"

小夭点头，高辛王说："回去后，把衣服换掉，好好休息一下，晚上的宴会你想来就来，不想来也无所谓。"

"父王，你不累吗？"小夭可以不去，高辛王却必须去，但高辛王并不喜应酬。

"我习惯了。"

小夭说："父王，你不问我为什么穿了这套你很不喜欢的礼服吗？"

"肯定是阿念把那套礼服弄坏了。"

小夭笑，"我就知道阿念做的事情你都知道。"

"早知如此，不该不管，可……阿念现在不过是用蛮横在掩饰自卑和害怕。只有她时，她就是唯一，不必比较，有了你时，她会拿自己和你比较。唯一能让她安心的就是我和玱玹，我不想让她觉得我偏心，倒只能比过去更纵容她一些。而且我觉得……有些事情，是你们姊妹间的事情，应该你们自己解决。"

阿念的害怕，小夭能理解，怕她抢走了爹和哥哥，可是自卑？小夭自嘲地笑笑，说道："这事我会解决，我就是想着，让她发泄够了，我再收拾她。"

高辛王竟然叹了口气，"我这一生，用我所有换了我所想要的，有遗恨却无后悔，唯独挂心的应该就你们姊妹两人。你们若能真心接纳彼此，看顾彼此，我则了无担心了。"

高辛王应该就难得流露一次伤感的情绪，惹得小夭也有些难受，可人与人之间的机缘很奇妙，不是一个有心，另一个就能有意，小夭没有信心她与阿念能做到父亲期许的，给不了父亲承诺，但她会尽力。

云辇停在承恩宫，高辛王回朝晖殿，简单地洗漱更衣后，稍微休息一下就要去漪清园参加晚宴。小夭则回了明瑟殿。

侍女们知道她的脾气，先麻利地帮她把礼服脱了，再赶紧帮她卸妆。弄完后，小夭泡了个热水澡，才觉得从头到脚活过来了。

小夭再不羡慕人家纤腰一握了，让婢女找了件宽松的衣裙穿上，她四仰八叉地躺着，由着婢女帮她梳头发。一个婢女帮她轻轻地按压着头皮放松，小夭舒服得竟然慢慢睡着了。

小夭这边了无心事地呼呼大睡，却不知道漪清园里很多年轻人都在议论她。

馨悦和意映抓着玱玹唠叨："把你表妹叫出来，我们想认识她。"

丰隆和几个世家公子不说话，却都眼巴巴地看着玱玹，玱玹头疼地说："她脾气有些古怪，只怕不愿出来。"

姜氏的一个子弟说道："我们当然知道她有些脾气了，要不然我们需要找你吗？"

馨悦对玱玹说："大家是不是朋友啊？日后我们说你是我们的朋友，人家问那你认识他表妹吗？难道我们说我们认识她，她不认识我们吗？"

众人七嘴八舌地说着，玱玹招架不住，向站在一旁的璟求救，"帮我劝劝他们吧。"

一直沉默的璟说道："你们别为难玱玹了。"

丰隆立即笑道："就是，就是，大家别为难玱玹了，以后有的是机会认识，也不着急这一时。"

馨悦和意映都不再说话，其他人也不敢再起哄，觉得无趣，纷纷走开去别处玩了。

玱玹悄悄向璟道谢，璟突然说："我想见小夭。"

玱玹眼中情绪变幻，沉吟了一瞬，笑说道："我只能帮你递个消息，见不见你在她。"

璟说："谢谢，麻烦你告诉她，我在山底的龙骨狱外等她。"

玱玹困惑不解，笑道："隐秘倒是够隐秘，不过可不像是约见女孩子的好地方。"

璟作揖，轻声说："麻烦你了。"说完，他就找机会悄悄离开了。

玱玹派心腹侍从去见小夭。

小夭一觉刚睡醒，正在吃东西，听到侍从禀奏说"十七在龙骨狱外相候"，小夭有些欣喜又有些烦恼，还有些紧张，说不清究竟是什么滋味。

她慢慢地吃完碗里的食物，仔细漱了口，尽量泰然自若地对婢女吩咐："我想换件衣服见客，帮我挑一件好看一点的。"

几个婢女第一次听到王姬主动要求打扮，全如打了鸡血一般兴奋起来，立即动手把所有衣服都拿了出来，一件件拿给王姬看。

她们叽叽喳喳地商量，好半晌才挑了三件出来，"今晚月色极好，穿这三套衣衫肯定好看。"

小夭为难地说："能不束腰吗？"

婢女紫贝立即说："这是晚上，本来就光线不好，穿得宽宽松松，乍一看像孕妇。"

另一个婢女珊瑚笑眯眯地说："王姬，我们想穿这样的衣服也不能，因为腰不够细、腿不够长，穿上不好看。您穿上那么好看，为什么不肯穿呢？"

小夭问："真的好看？"

所有婢女齐齐点头，小夭想到这是她第一次以女子容貌见瑻，决定要好看不要舒服了。

小夭挑了一件素白的衣裙，袖口和裙摆的里层绣了绿色的藤萝，行走时才会露出些许，平添几分俏皮。婢女又帮她松松绾了个发髻，簪上一支翡翠步摇，走路时，颗颗翡翠摇曳摆动，恰与袖口裙摆的刺绣呼应。

小夭走了几步，婢女们齐齐满意地点头，珊瑚左右看看，冲去衣箱里翻拣，拿出一条长长的绿色绣花纱罗披帛，搭到小夭肩上，绕过腰，旋于手臂间，再任纱罗自然垂落。

小夭走了几步，觉得累赘，众婢女却一脸惊叹、齐齐拍手，"王姬，快快去见你想见的人吧，管保让他从此再忘不了你。"

小夭脸有点烧，"你们胡说什么？我就是去见一个普通朋友。"

所有婢女都忍着笑，是普通，普通到让王姬肯费心打扮自己。

小夭乘坐云辇下山，快到时，她却让驭者停了车。

今夜是满月之夜，月色真的很好，银辉落在树梢，又洒在青石小路上。小夭踏着月色，一个人慢慢地走着，距离山脚已不远，海潮拍打礁石的声音隐隐传来。

绕过一丛灌木，小夭看到了站在礁岩上的男子。

他面朝着大海，静静地等候，不知道已经等了多久，也不知道还能等多久。

在这里等她的是叶十七。

小夭心里的那些恼怒渐渐地消失了，只余了喜悦和紧张。

小夭越发放轻了脚步，悄悄地走近他。

◈

在拜祭仪式上，阿念本来一直幸灾乐祸地等着看小夭的笑话，没想到小夭最后穿的礼服比她毁掉的那一套更华美、更精致，简直是让整个大荒都为之侧目。

阿念差点想冲出去，撕毁小夭的礼服，毁掉小夭的妆容，毁掉小夭也毁掉自己，但母亲紧紧地抓住了她，眼中含着恐惧和哀求，她可以蛮横地对任何人，唯独没有办法那样对母亲。

阿念只能闭着眼睛，默默地忍受到整个祭拜仪式结束。

她送了母亲回宫，却觉得自己在承恩宫再待不下去。从小夭回来后，这座宫殿不再是完全属于她的家。

阿念策着玄鸟坐骑，离开了承恩宫，她不知道自己想做什么，她只是想暂时地逃离，不想听到所有的欢声笑语都只是为了小夭。

玄鸟漫无目的地飞着，阿念累了，玄鸟停在了大海中不知名的小礁石岛上。礁石岛小得比一艘船大不了多少，阿念抱膝坐着，看着浪潮从四面八方涌来，碎裂在她身旁，像怪兽一般发出轰鸣声，往常她早就害怕了，可今夜她不觉得害怕，甚至觉得最好真有一只怪兽出来，反正父王和哥哥有了小夭，他们都不再关心她。她觉得最好她被怪兽咬成重伤，奄奄一息时，父王和哥哥才找到她。他们痛苦自责内疚，可是已经晚了！阿念从幻想父王和哥哥在发现要失去她的痛苦中得到了些许报复的快感。

又一波浪潮涌来，一个白衣白发、戴着银色面具的男子坐在浪潮上，微笑地看着阿念，柔声说："很痛苦吗？你的父亲和哥哥都抛弃了你。"

阿念认出了他，是那个和小六一起绑架过她的九命相柳。也许因为上次所有的坏事都是小六做的，相柳给阿念的印象并不坏，阿念很紧张，却并不害怕。

阿念问："你怎么在这里？"

相柳笑，"你说呢？整个大荒都在谈论高辛大王姬，我自然也有点好奇，所以来凑个热闹。"

又是小夭，又是小夭！阿念重重哼了一声。

相柳微笑着说："如果没有她，你仍是高辛独一无二的王姬，是父王唯一的女儿，哥哥唯一的妹妹，可是她莫名其妙地跑了出来，夺走了你的一切，难道你不想报复她吗？"

阿念紧咬着唇，不吭声。她知道她不该和相柳做交易，哥哥曾恼怒地骂过他是魔头，可是……这天下没有做不成的交易，只有还不够分量的诱惑。

阿念挣扎着说："我是恨她，可我没想让她死，我只是想一切都恢复到以前。"

相柳柔声说："我承认我有可能想杀轩辕的王子，但绝不会杀高辛的王姬，我们神农义军绝不想得罪高辛王。"

阿念知道，所以她并不怕他。

相柳凝视着阿念的眼睛，温柔地提议："你觉得好好折磨她一番，却不取她的性命，怎么样？"

阿念慢慢地点了下头。

相柳笑，"你真是个善良的女孩子，你的父王和哥哥应该更偏爱你才对。"

阿念觉得这么长时间以来，终于听到了一句顺心的话，她问："怎么才能给她一个狠狠的教训？"

相柳说："只要你能把她引出来，不要被人察觉，剩下的事情交给我。"

阿念问："你为什么要帮我？你想要我帮你做什么？"

相柳微笑着说："你是高辛王姬，什么都不缺，难得有一件我能为你效劳的事，我当然很乐意。你也知道我们神农义军的处境，如果日后有可能，希望王姬能帮我一次。"

阿念笑问："你都不要我发誓，你不怕我反悔吗？"

相柳笑看着她，温柔又郑重地说："我相信你。"

阿念甜甜地笑起来，"好！你帮我狠狠教训她一番，我日后帮你一次。"

相柳把一枚贝壳递给阿念，“把她引到海上，捏碎这个，我就会赶到。”

阿念收好了贝壳，策玄鸟返回。

◈

小夭一边喜悦地眺望着礁岩上的人影，一边忐忑地走着。突然，一枚小石子砸到她背上，小夭回身，看到阿念远远地站着，冲她挥了挥手，好像要她过去。小夭朝着阿念走过去，阿念却一转身，消失在了树丛中。

小夭蹙眉，回头望了一眼海边，循着阿念消失的方向追了上去。

阿念的身影在树林中时隐时现，她自小在五神山长大，远比小夭更熟悉五神山，她的灵力又比小夭高很多，只要她想，甩掉小夭很容易。小夭已经看出来阿念在故意逗引她，不过，她倒要看看阿念究竟想干什么。

她们从树林里的小道穿过，来到了山的另一面，阿念站在海边的悬崖上冲小夭挥手。

小夭慢慢地走过去，“你想干什么？”

阿念从头到脚地仔细打量了小夭一番，表情十分复杂。小夭也在打量阿念，猜不透阿念想做什么，就算阿念把她从悬崖上推下去，也摔不死她。

阿念捏碎了贝壳，突然向小夭冲了过来，小夭叹气，“你不是真想把我推下去吧？”她想闪避逃开，阿念用冰剑封锁住小夭的退路，站在了小夭背后。

阿念诡秘地说：“你猜对了！”

小夭想杀阿念，有办法，可她想打过阿念，却没有办法。于是，小夭只能感觉到背部有一股大力袭来，她的身子飞出了悬崖。

小夭并不惊怕，很小时，她就敢站在悬崖边往海里跳了，小夭甚至很享受在落入大海前这一段自由自在的飞翔。

海风吹起了小夭的青丝，拂起了她身上的绿色纱罗，她像一只蝴蝶一般，张开了绿色的翅膀，飞舞向大海。

小夭舒展了身躯，惬意地眯着眼睛，突然，她的眼睛瞪大了。

皎洁的月光下，深蓝的大海波光粼粼，一个白衣白发的人仰躺在一起一伏的浪潮上，他正挑着唇角，笑看着她，就如欣赏一支只为他而舞的舞蹈。

小夭想逃，可半空中，她唯一的方向只能是向下，她只能眼睁睁地看着自己和他越来越接近、越来越接近，就在她以为她会直接砸到相柳身上时，他下沉，她落入了海水中，他双手抓住了她的手，她只能被他拽向海底。

他带着她在海底游动，小夭觉得相柳不可能想杀了她，而是故意折磨，可是她只能忍受。

胸中的最后一口气已经吐完，小夭抓着他的手，哀求地看着他，他不理她，依旧往更深的海底游去。小夭憋得好似整个胸腔都要炸开，她的手上已经没有了力气，手指松开。相柳揽住了她的腰，笑指了指自己的唇，他在说，想要新鲜的空气，就自己来吸。

小夭摇头，以前，她是玟小六，她从没把自己当女人，怎么都无所谓，可现在，她做不到。

相柳唇边的笑意消失，抱住小夭，继续下沉。

他看着小夭，小夭看着他。

相柳加速了下沉，小夭开始明白，面对一个什么都不在乎的九头妖时，高辛王姬的身份并不能庇佑她。

相柳越沉越快，看似至柔的水却产生了恐怖的力量，要把小夭挤成粉末，胸腔好似要炸开，小夭全身都在剧痛。

生与死，只是一个简单的选择。

两人的面孔很近，近得几乎鼻尖碰着鼻尖，小夭只需稍稍往前一点，就能贴到他的唇。

可是，她不能！

小夭觉得海水好像灌进了她的耳鼻，他的唇那么近，那么近……小夭失去了意识，昏死过去。

相柳用力摁着她的头，狠狠地把她摁到了自己唇边，带着她向上浮。

两人浮出了海面。

相柳平坐在水面，屈起一腿，把昏死的小夭抬起，让她俯趴在他腿上，他掌含灵力，用力拍了小夭的后背几下，小夭哇一声张开了口，狂呕了几口水，人渐渐地醒了。但全身酸软，脑袋晕沉，一动不能动，她闭着眼睛，无力地俯在相柳腿上。

休息了大半晌，小夭才真正清醒。她扶着相柳的膝盖，慢慢地撑起了身子，估计因为有相柳的灵力支撑，身下的水像是个极软的垫子，她的动作会让她略微下陷，却不会让她沉下去。

相柳面无表情，一直盯着她，却不说话，小夭更不知道该说什么。

他们在茫茫大海中，四周是无边无涯的黑暗，就好似整个世界只剩下了他们两人。

小夭终于开口说道："本来我是打算，以后见了你，装作不认识的。"

"我体内还有你的蛊，你想赖掉你发的誓吗？"

小夭说："按道理来说，只能我感应到你，你应该感应不到我，你怎么知道我是玟小六的？"

相柳抬手，把小夭脸上的湿发都拨到了脑后，捧着她的头，仔仔细细地看着她的脸，"这就是你的真容？"

"嗯。"

"你很会骗人。"

小夭为自己辩解，"不算骗，我是真把自己当成了玟小六。"

"高辛王姬？"相柳冷笑，"难怪当日你突然间死也要救玱玹。"

小夭不敢再吭声了。

相柳的手好似无意地搭在她肩上，手指轻扫着她的脖颈，循循善诱地说："你说过的话里还有哪些是假的？不如今日一次坦白了，我不会杀你的。"

"我早和你说过，我只说废话，不说假话。"小夭摊摊手，"我喜欢说话，是因为怕寂寞，如果我满嘴谎话，只会越说越寂寞。"

相柳原本已经变得有点锋利的指甲无声无息地恢复了原样，小夭完全不知道刚才那一瞬她是真正和死亡擦肩而过。

相柳默默地凝望着漆黑的虚空，不知道在想什么，整个人如一把没有了剑鞘的剑，锋利孤绝得世间没有一人可以接近。

小夭也不知为何，明明在水面上，可竟然觉得自己好像又沉在了水底，胸口憋闷得很。她突然想起了什么，掏出湿淋淋的荷包，拿出一个小玉瓶，倒出一把五颜六色的药丸，摊在掌心给相柳看，"要不要尝尝？"

相柳像吃糖豆子一样，慢慢地一颗颗都放进了嘴里。

"怎么样？这可是我特意为你炼制的，查阅了很多资料，找了好多稀罕药材。"

相柳身上的冷厉骤然淡了，"凑合。"

"还是凑合啊？"小夭简直快哭了，"好多药草可是种在蓬莱岛上，用归墟水眼的水浇灌，长了千八百年的。"

相柳淡淡说："你还一直在想毒倒我？"

小夭晃晃脑袋，"想我一代毒神，连九尾狐妖都能毒倒，没有道理毒不倒你这九头妖啊！"

相柳不屑地笑，"我等着。"

小夭感觉两人之间的气氛不再那么剑拔弩张，小心翼翼地问："你怎么和阿念搅到一起去了？"

"不行吗？"

小夭抓住了相柳的衣襟，很严肃地说："不行！你别再去招惹她了，她被我父王保护得太好，禁不住你这种人的撩拨。"

相柳身子前倾，笑笑地问："我这种人？我是哪种人？"

小夭白了他一眼，"你自己心里清楚。"

相柳不在意地说："她还没当你是姐姐，你倒着急地先当起了好姐姐。"

"人与人之间的关系，总要有一个人先跨出一步，男女之间就不用说了，连父母和儿女都是如此，在儿女无知无觉时，父母就要开始付出。我向来自私，绝不肯做先跨出一步的人，但我和阿念之间，我决定做先跨出一步的一方。倒不是因为她有多好、多值得，而是因为我父王和玱玹，我愿意为父王和玱玹对阿念先付出。"

"不是付出就会有回报。她能把你出卖给我，就能把你出卖给别人。她这次能把你推出悬崖，下次也许就能把匕首插进你心口。”

“我知道，所以这种事情我也只肯做一次。”

相柳说：“我答应你不再去逗你妹妹，你也要答应我一件事情。”

“我能说不吗？”

“显然不能。”

小夭眨着眼睛看相柳，摆出洗耳恭听的样子。

相柳说：“继续帮我做毒药。”

这很简单，小夭爽快地答应了，“可以。可是……怎么交给你呢？我现在可不是在清水镇上了，你又不能去山上找我。”

相柳笑着说：“这就是你需要考虑的问题了，反正我要是太长时间没看到你的药，我就去找你妹妹。”

小夭嘟囔：“我就知道你不会这么容易饶过我。”

相柳说：“我已经饶了你。”

小夭撇撇嘴。

相柳冷哼了一声，突然问：“为什么？”

小夭明白他在问为什么宁死都不肯亲他一下，却故意装糊涂，“什么为什么？”

相柳握住她胳膊，往下沉，小夭忙大叫：“哦，想起来了，想起来了。”

相柳盯着她，小夭说：“我害怕。”

“会比死更可怕？”

小夭思索了一会儿才慢慢地说：“我哥哥，就是玱玹了，有一天晚上我们聊天时，他笑我毕竟还是个会做梦的女孩子。虽然只是、只是……可我怕一不小心，你会走进我梦里，而你……”小夭摇摇头，“绝不适合出现在女孩子的梦里，那只怕真的比死还可怕。”

相柳轻声笑起来，渐渐地，越笑越大声，他放开了小夭，身子向着远处飘去。

小夭大叫：“喂、喂……你别丢下我啊，你把我丢在这里，我怎么回去啊？”

相柳笑道：“游回去！”

小夭脸色都变了，“你让我从这里游回去？这可是深海，海兽海怪四处出没，我灵力低微，随便一只海怪都能吃了我！”

相柳笑眯眯地说：“我这也是为了你好，万一我对你太温柔体贴了，一不小心入了你的梦，让你生不如死，岂不罪过？”相柳说完，慢慢沉入海底，消失不见。

小夭还是不相信，叫道：“相柳，相柳，九命！九头怪！死魔头！死九头怪魔头……”

大海一起一伏，天地寂寥无声。

小夭只觉得海的颜色变得更黑暗了，她打了个寒战，辨别了一下方向，一边咒骂相柳，一边向着五神山的方向游去。

刚开始还害怕有什么海兽突然冒出来，咬断她的腿，时间久了，依旧看不到陆地，小夭担心的不是被咬死，而是被淹死了。

她为了节约每一分精力，不敢再胡思乱想，保持大脑一片空白，什么都不想，仿佛修炼时的入定，身体则保持一个固定的节奏不停地划水。

刚开始，还能感觉到因为疲惫而产生的身体酸痛，可渐渐地，一切都消失，天不是天，海也不是海，甚至感受不到自己的存在，一切都成了求生的本能，只是在一团黏稠中向前，一直向前，永不停歇地向前。

第十四章 此情无计可消除

LOST YOU FOREVER

小夭不知道究竟过去了多久，只知道当她的手触碰到一个硬物，本能地抓紧时，她的眼睛才恢复了一点视觉。

看清那是一块礁石，小夭的整个身子立即瘫软，她趴在礁石上，看到远处礁岩的顶上，一个黑黢黢的人影固执地伫立着。

此时，天际已经蒙蒙亮，清冷的晨曦中，那个颀长的人影好似已和礁岩融为一体，镶嵌在天地之间，成为了天荒地老的等候。

小夭也不知是累，还是喜悦，嗓子发涩，发不出声音，她无力地举起手，好似在挥，却又全然没动。

终于，岩壁上的人看见了她，顾不上从岸上走，他飞跃下岩壁，跳进大海，奋力游到小夭身边，抱起她。两个人半浸在海水中，小夭因为力竭，身子在不停地颤抖，璟却不知道为什么，身子也在不停地颤抖。

两个人颤得都说不出话来，小夭能听见自己上下牙齿打战的声音。她觉得又好笑又郁闷，精心装扮，没想到竟然以最狼狈的姿态出现。

小夭打着冷战说：“别、别……水里。”泡了一夜的海水，真的不想再泡了。

璟抱着她爬上礁石，可蹒跚地走了几步，竟然脚下打滑，向下跌去。璟怕伤到小夭，用自己的背脊着地，砰一声响，跌得不轻。

小夭笑，“你、你……还九……狐……笨……”

终于到了岸上，璟抱着小夭走到避风的岩壁下，小夭脸色惨白，嘴唇发乌，璟一手贴着她的后心，一手握着她的手掌，把灵力缓缓输进去，慢慢地在她身体内游走了几圈，小夭的身体才不再颤抖了。

此时，外面已经大亮，岩壁下的这个小小角落，因为礁岩和树林的遮掩，依旧阴暗。

璟看小夭的身体暖和了，收回了放在她后心的手，觉得也应该松开握住她手的手，却又舍不得，手一时松一时紧。小夭看着他，调笑道：“你以前倒是胆子大，现在竟然胆小了？”

璟松开了手，“现在和以前不一样。”

“哪里不一样？”

璟看了她一眼，又急急垂下了眼眸。

小夭摸了摸乱七八糟的湿发，又掐掐脸颊，估计脸色也好看不到哪里去，很是沮丧，决定回去真要狠狠教训阿念一顿了。小夭站起来，“我回去了。”

璟急忙站起，拉住她的胳膊，又触电般立刻松开，脸上有些烫。高辛的衣衫轻薄飘逸，浸湿后就顺服地贴在了身上，刚才缩坐着时不觉得，此时站起来，一下子腰是腰、胸是胸，看得格外分明。

小夭看到璟的神情，低头看了下自己，立即蹲下去，双手抱着膝盖，把自己捂了个严实。

璟坐在她对面，用灵力帮她把衣服弄干后，低声道：“待会儿再回去，好吗？就一会儿。”

小夭没有吭声。

“我等了你一夜，以为你不会来了。”

小夭气恼地问：“既然觉得我不会来了，为什么还要等？”

璟不知道该怎么回答，如果她真不来了，他也不知道能去哪里，在这地底的深处，他有过最幸福甜蜜的时刻。可是给了他幸福甜蜜的人是小六，不是眼前的这个少女，如果她收回，他完全明白。

小夭双膝跪地，膝行到他身前，眼中满是恼怒委屈，“你以为你等了一夜，很辛苦吗？你有未婚妻！你和她同进同出，却变着法子时时刻刻地提醒我对你许过诺言。你既然不信我，为什么要让我许诺？我告诉你，昨夜我为了遵守对你的承诺，差点死了！”小夭狠狠地推璟，“我不玩了，我收回承诺！你赶紧滚回青丘，去娶防风意映吧！”

璟不敢还手，却也坚决不后退，“我不会娶她，她其实并不喜欢我，应该也不会愿意嫁给我。”

小夭停止了推搡，“我不信！她为什么会不喜欢你？”

“我腿残了，看得出来她很惊讶也很失望。有一次，她看到了我身上的伤痕，受了惊……”其实，说受惊是很含蓄的说法，意映当时脸色惨白，神情惊惧，一眼都不敢看他，并且从那之后，两人单独相处时，意映都会和他保持距离。

小夭很难受，她知道璟的腿不方便，也知道璟身上的伤痕有些恐怖，可这不应该是他被嫌弃的理由。小夭说：“你们订婚几十年了，难道她还会在意这些外在的东西吗？”

“实际上，在清水镇见面前，我完全不知道她究竟长什么样，我们从未见过面。她是母亲挑中的人，当时，母亲已经染病，我不想让母亲再操心我的婚事，立即答应了。订婚后，我又要照顾母亲，又要处理族中事务，忙得不可开交，根本顾不上多想此事，倒是大哥悄悄溜去看防风意映，回来后笑嘻嘻地和我说‘恭喜，果然是花容月貌、聪慧伶俐’。母亲去世后，我要面对崩溃的大哥，没有心情想什么男女情事。奶奶揭开大哥的身世秘密后，我更是无心去想。直到一切平息下来，奶奶说我该成婚了，我才想起我还有个未婚妻。奶奶年纪已大，大嫂像是不存在，涂山氏的确需要一个女主人，帮奶奶分忧解劳。奶奶和长老商量后，择定了婚期，没想到还未举行婚礼，我就被大哥幽禁了。”

原来清水镇的相逢竟然是他和防风意映的初遇，那也难怪防风意映会失望……小夭的心里五味杂陈，有些酸涩难受，又有些高兴，自己都不知道自己究竟在想什么。

半晌后，小夭幽幽说道：“防风小姐的确是花容月貌，人又能干。眼光挑剔一点，也是正常，你别往心里去。”

“你、最美。”璟说完，立即低下了头。

“即使现在这样？”

“嗯。”

小夭扑哧笑了出来，“终于明白为什么玱玹的花言巧语对少女们无往不利了，虽然明知道你说的不是事实，可依旧喜欢听。”

“我说的是事实。小夭，我没有想到你是这样的，如果我知道你是这样的……即使在黑暗的地牢里，我也绝不会有勇气说出奢望……”璟的背脊挺得笔直，头却低垂着，犹如一株长在阴暗中、终年见不到阳光的植物，“我的身体，我的声音……你知道为什么我明知道能医好腿却不肯医治吗？因为我知道纵使好了，真正的伤依旧在身体里面，那是什么药都治不好的。我能穿上衣服遮去身上的丑陋伤痕，我能用稀世良药治好腿，我也能尽量少说话，掩饰自己难听的声音。我能欺骗所有人，我依旧是风华出众的青丘公子，可我欺骗不了自己……小夭，我配不上你！这世间，有许多健康聪慧英俊的男儿……”

“璟，抬头！涂山璟，抬起头。”

璟慢慢地抬起了头，小夭的脸凑到他的脸边，喃喃低语：“昨夜，有个男人逼我亲他，现在我却只想亲你。”她的唇轻轻落在璟的唇上，璟的身子剧颤了一下，往后猛地一缩，躲开了小夭，“别……小夭。”

小夭闭着眼睛，仰着头，双颊酡红，身子在轻颤，“璟……璟……”

小夭的轻唤声抖得几乎要听不出她在叫什么，璟觉得自己好像也在颤，他的吻落在了小夭额间的绯红上，就好似有一团火从小夭额间一直烧到了他心里，让他冰凉的心暖和起来，或许迟早有一日，那些藏在身体里、无药可医的伤口也会康复。

璟紧紧地抱着小夭，头埋在小夭颈间，像是做梦一般欢喜，让他只想永远搂着小夭，永不放开。

小夭呻吟，“你快把我勒断气了。”

璟立即松开了她，满脸通红。小夭轻笑，头倚在他的臂弯上，看着他。

璟不好意思，略微偏过了头，“刚才你说你昨夜差点死了，还说……”

小夭不在意地挥挥手，“我说气话吓唬你的。”

璟看向小夭，心中疑惑，却知道小夭不想再提了。

小夭笑问：“为什么不是这里？”她指指自己的唇。

璟低声说：“还不是时候。”

“那什么时候才……可以。”小夭半闭着眼睛，用手掩着脸，掩饰着羞意。

璟回答不出，因为那是由小夭决定，并不是他。他不是不渴望，而是——他想要她的爱，他不想她只是因为怜惜，小夭已经给了他太多，他不想继续利用她的善良。

小夭从手指缝里偷看他，“我以为你们男人见了女人，都恨不得立即掀翻到榻上，扒光了衣服……”小夭说不下去了，自从换回女儿身，不知不觉中她就没办法像小六一样没羞没臊了，尤其现在，更是恨不得把刚说的话都吞回去。

璟虽一直洁身自好，可毕竟是执掌一族之人，出入风月场所是常事，而且世家大族的子弟中免不了一些宣淫纵欲之事，璟自然是男人应该知道的事都知道。在生意场上，别说比这更露骨的话，就是更露骨的事都见过，却是没任何感觉，谈笑如常。可对着小夭，只觉得火烧火燎得不自在，低声辩解：“我、不是那样。”

两人都沉默，尴尬中有丝丝缕缕的羞涩，窘迫中又有淡淡的欣悦。

“小夭……小夭……”玱玹的叫声传来。

两人像做了贼一样，被惊得立即分开。小夭对璟做了个嘘的手势，示意他别出声躲起来。

小夭随便扒拉了一下头发，钻进树丛，绕到礁石上，对着玱玹挥手，“在这里呢！”

玱玹快步跑过来，“你怎么这个狼狈样子？”说着话立即把自己的外袍解下，披到小夭身上。

小夭说：“我为什么变成了这个模样？还不是你的好妹妹，我回去要收拾阿念了。”

玱玹召来云辇，扶小夭上车，“我还以为你打算一直忍下去。”

小夭瞟了一眼岩壁的方向，登上了车，“再不教训她，下一次只怕她就要做出让父王和你痛心的事情了。”

“她究竟做了什么？”

小夭神秘地笑笑，“这是我们姊妹之间的事情，你就别插手了。”如果让玱玹知道阿念竟然敢勾结相柳来设计她，玱玹非气死不可。

玱玹问："你见到璟了吗？"

"见到了。"

"你们……说了些什么？"

"就随便聊了聊，嗯……他说了点他和防风意映的事，也聊了一点别的。"

玱玹似笑非笑地说："随便聊聊，聊得通宵未回宫？"

小夭理直气壮地反问："你看我这样子像舒服地玩了一整夜的人吗？如果不是你的好妹妹，我早回宫睡觉了。"

玱玹捻起她的头发，看里面又是海藻又是沙子，摇头笑道："看来真没少受罪，你总算是在阿念手里吃了一次亏。你也别一口一声我的好妹妹，论远近，那是你妹妹！"

小夭耷拉着脸，叹气，突然想起什么，问道："那个涂山篌，你觉得如何？"

"不错。"

小夭流露出感兴趣的样子，玱玹只得详细解释："他本人很有才华，比起璟而言，他更刚毅霸气，听说璟失踪的那些年，涂山家的很多事都是他做主，他做得很不错，可惜璟一回来，他就必须退让。我觉得很奇怪，他们是孪生子，篌是长子，才能又不输璟，理应他的地位更重要。可很奇怪，涂山家显然更看重璟，丰隆他们也都好似不太拿篌当回事，尤其是丰隆，看上去很客气有礼，但那种客气有礼相比起他对璟的熟不拘礼，实际非常让人难受。世家子弟的圈子，看似很复杂，非常难进入，可又很简单，几个关键人物的态度能决定一切，比如他们的这个圈子，丰隆和璟表明了看重我，别人也就自然而然给了我几分尊重。篌就比较惨，丰隆虽然因为他是涂山氏接纳了他，可显然并不真正认可他。不过，我有一种感觉，篌绝不是甘愿永居人下的人，他只是在忍耐，我从他的眼里看到了野心。"

小夭点点头，"感觉你对他的印象不坏。"

玱玹自嘲地笑起来，"因为他其实和我的处境有点像。我们都是在忍耐，都是在等待时机能一击杀死对手，我们也都渴望向所有人证明自己。"

小夭的神色变得凝重，玱玹说："别担心，璟若没点手段，丰隆不会那么看重信任他，其实只要璟愿意，他完全可以先下手为强，除掉篌。可不知道他怎么想的，迟迟不动手。"玱玹拍拍她的肩膀，笑道，"看在璟的这条命是你救回来的分儿上，只要璟没有得罪你，我会盯着篌的，而且我怀疑……"玱玹眯着眼冷笑，"篌和王叔有勾结。"

小夭放心了几分，蹙眉说道："防风氏是否也已经投靠了舅舅他们？"

"看防风意映的举动，应该是。要不然一个防风氏怎么敢对我一再下杀手？这世上非要我死的不就是咱们的那几个长辈吗？"

小夭叹道："我还真佩服你们，你们这一个想杀一个的，竟然能毫无芥蒂、有说有笑地一起玩。"

玱玹笑眯眯地说："难道你不觉得这也是一种乐趣吗？"

小夭大笑，"的确！"

云辇停住，小夭跃下车，却没打算进殿，对侍女吩咐：“给我随便拿件破衣服出来。”

侍女忙跑进去，拿了一件被阿念毁掉的衣服给小夭，小夭把玱玹的外袍扔还给他，把破衣服往身上一裹，就要走。

玱玹叫道：“你不换件衣服再去找阿念算账？”

小夭回身，甩了甩夹杂着海藻和沙子的头发，说道：“要的就是这个气势！”

玱玹笑：“那我不管你们了，我去找丰隆和馨悦他们，他们明天就要走了。”

小夭边走边挥挥手，“你去找你的乐子，我去找我的乐子。”

小夭一脚踢开阿念的殿门，走了进去，估计昨晚阿念担着心事，没有睡好，这会儿还没起身。

侍女们纷纷阻挡小夭，“大王姬，二王姬还没起身，您若有事……”

小夭手脚齐上，噼里啪啦地全部踹开、推开。海棠挡在门前，小夭说：“怎么？你还想和我动手？”

海棠跪下，“奴婢不敢。”却就是不让路。

小夭破口大骂：“阿念，你有种做，就要有种认！躲在奴婢背后算什么？你个孬种！”

阿念拉开了门，对海棠说：“你让开，我倒要看看她敢做什么，她若真有胆子，今天就把我杀了，我才算服她！”

几个婢女劝道：“大王姬、二王姬，你们……”

小夭和阿念齐声喝道：“滚！”

婢女们忙拉着海棠躲到一旁，小夭对阿念说：“有胆子请我进去啊，看看我会对你做什么。”

阿念冷哼，让开了路。

小夭走进去，闩好门。她指指自己，“你合着别人把我弄成这样，满意了？”

阿念施施然地坐下，端起水想喝，“还算满意。”

小夭端起案上的水壶，把一整壶水泼到她脸上，“你个没长脑子的东西！”

阿念跳了起来，“你、你……我今天不打你个半死，我就不是高辛忆。”她挥手，却发现灵力好似消失了，别说冰棍子，就是冰渣子都没出来一个。

小夭向她勾勾手，“别光说不练！”

阿念随手拿起一柄玉如意，像挥舞棍子一般去砸小夭，小夭拿起了她的凤凰琴，和她对打起来。玉如意断了，阿念又抓起半人高的鎏金缠枝莲花水镜，朝着小夭狠狠砸去，把自己的凤凰琴砸了个稀巴烂。

小夭抓起一堆脂粉盒，边砸阿念，边躲，“你个蛮牛，倒有几分力气。”

小夭跳到案上，阿念把几案砸了个稀巴烂。

小夭躲到架旁，顺手拿了花瓶和书砸阿念，阿念以水镜横扫，把整个架子都砸翻了。

小夭退到榻旁，阿念逼了过来，“我看你还往哪里逃？”

气怒下阿念已经忘记了轻重，她把水镜狠狠地砸向小夭，只想让这个人消失在她的世界。

小夭像猿猴一般跳起，攀在榻顶，躲开致命的一击。她落下时，用力把整个纱帐扯落，重重叠叠的纱幔落在阿念身上。这些纱幔不是水火不侵的鲛绡，就是刀剑都割不断的盘丝蛛纱，阿念扯了半天，不但没有扯开，反倒把自己越缠越紧。

小夭冲着她小腹狠狠踹了一脚，阿念重重摔倒在地上，后脑勺砸在地板上，疼得脸发青。

小夭骑坐到她身上，“高辛忆，这就是你！失去了灵力，就什么都做不了！失去了你的身份，就什么都不是！”

阿念的眼泪涌出来，“你以为你比我强吗？如果你娘不是轩辕的王姬，玱玹会在乎你吗？如果你不是轩辕王的外孙女，别人会觉得你比我强吗？你除了血脉比我高贵，还有什么地方比我强？我至少自己辛苦修炼了，灵力比你高强，可你呢？说什么王母的徒弟，可你连最普通的妖怪也打不过！如果不是你的这些身份，父王会为你举行盛大的拜祭仪式吗？难道你以为大荒的宾客只是冲着看你来的？我告诉你，不是！他们是因为你爹是高辛王，你娘是轩辕王姬，你外祖父是轩辕王，你师父是王母！除去这些身份，你其实比我更一无是处！”

原来这就是阿念的自卑，小夭沉思了一瞬，说道：“你竟然在怨恨你娘出身太微贱了！”

阿念疯了一样吼叫：“我没有！我才没有！我娘是世上最好的，不许你这么说我娘……”

阿念挣扎着想起来，小夭给了她鼻子一拳，打得她眼泪鼻涕全出来，再挣扎不动，小夭压着她的胸膛说：“你还不敢承认？你不就是因为你娘而在怨恨吗？虽然你自己什么都比我强，可就是因为你娘只是一个身份微贱的女子，不仅微贱，还又聋又哑，所以你处处显得比我差。你是不是想着，如果你是王母的徒弟，你灵力都不知道有多高了？你是不是想着，如果你是轩辕王的外孙女，你绝不会像我这么没用？”

阿念呜呜哭泣，小夭拍着她的脸颊说：“你敢发毒誓说你真的没有这么想过？”

阿念的哭声越来越大。她从不承认她怨怪了娘，可是她的确有过那些念头，她并不比小夭差，可每个人都更看重小夭，难道不就是因为小夭的娘亲吗？如果小夭的娘不是轩辕王姬，如果小夭的娘是和她娘一样身份微贱的女子，小夭能让每个人都待她不同吗？小夭能让全大荒都震动吗？

阿念惊慌地想，难道我真的在介意娘的身份？

不，不会！娘是那么温柔，又是那么可怜，她和父王是娘仅有的一切，她绝不会介意娘的身份！

小夭喝道：“有本事想，就要有本事承认，除了哭，你还会做什么？”

阿念依旧放声大哭，小夭掏出一点药粉，撒在纱幔上，几缕轻烟腾起，水火不侵、刀剑不伤的纱幔竟然被腐蚀出了一个个的小窟窿眼。

小夭拿着药粉，对阿念说道：“你再哭，我就轻轻一吹，把这药粉吹到你脸上。”小夭说着话，又撒了一点药粉到纱幔上，轻烟飘起。

阿念立即紧紧地咬着唇，恐惧地瞪着小夭，眼泪依旧在往外涌，却不敢再哭出声音。

小夭收起了药粉，“这才方便谈话嘛！既然我知道了你的秘密，我也告诉你一个我的秘密。其实你怨怪你娘的身份不是什么大不了的事情，因为我对我娘的身份可是恨。”小夭瞅了阿念一眼，“不相信吗？看来咱们的父王真是太精明厉害了，这么多年竟然没有人敢在你面前嚼舌头！我来告诉你吧！你知道五神山上为什么没有人敢提起我娘吗？因为我娘休了咱们的父王！”

阿念忘记了哭，震惊地看着小夭。这天下，竟然有女人敢抛弃高辛王？

小夭说：“我娘休了咱们的父王后，带着我住在轩辕山的朝云峰，如果这事就这样，那也罢了，可是她居然又为了什么家国天下的大义，跑去领兵打仗。她把我送到玉山王母那里，骗我说让我在玉山玩，她过段日子就来接我，结果……她一去不返，战死了！玉山那个鬼地方，根本就不是正常人住的地方。婢女都像哑巴，王母如果一个月说了十句话，那就算非常健谈了。我日日盼着娘来接我，等了她七十年，可她……”小夭冷笑，“这就是我娘说的过段日子就来接我！”

小夭俯下身子，对阿念认真地说：“说老实话，如果老天允许一个人可以选择娘，我想要你娘。你娘温柔娇弱，老老实实地把父王当成她的天，一心一意地跟着父王。她只是一个什么都不会的弱女子，不用承担任何大义，可以守着女儿长大，不管任何时候，只要你想要她时，她就在那里等着你，全天下的人都背弃你时，她依旧守着你。”

阿念怔怔发呆，小夭拍拍她的脸颊，“你肯不肯和我换娘？”

阿念立即叫：“不，绝不！我娘是我的。”就好像小夭真要和她抢娘。

小夭从阿念身上起来，一边帮她解纱幔，一边说：“不管你愿不愿意，反正本姑娘就是出现在你的世界了，如今你只有两条路可以走。”

小夭不敢真松开阿念，只让她的脸露了出来。小夭粗鲁地推了阿念一把，让阿念坐起来，她蹲在阿念身前，“第一条路就是现在的路，咱俩不好好相处，你不停地找我碴，甚至不惜联合外人来整治我。你有仔细想过这条路的结局是什么吗？”

阿念没有说话，小夭说道：“你会让父王痛苦，你会失去玱玹。”

阿念瞪着小夭，小夭说：“对父王而言，我和你就像手心手背，手心手背都是肉，不管是你伤了，还是我伤了，他都会痛。父王如果痛了，你娘的天就变了，你娘也会痛！如果爹娘都痛了，我不相信你这做女儿的会觉得愉快！而玱玹，也许你不愿意承认，但我知道你心里明白，所以你才一再要验证。我不是父王和玱玹，我不拿假话哄你，我和玱玹血脉相连，安危相系，是彼此的倚靠，甚至是这世间唯一的倚靠。如果你真伤害了我，玱玹一定不会原谅你！”

小夭顿了顿，继续说道：“第二条路，却是和第一条截然不同，我们和平相处，你别瞪我！我说的是和平相处，没有说友爱相处！所谓和平相处就是井水不犯河水，承恩宫很大，大得即使多了我一个，只要你不想理会，完全可以一年都不见一次。你可以仔细想一下这条路的结局。父王会欣慰，玱玹依旧宠你护你，你娘也继续平静地生活。”

阿念冷哼，“难道只有两条路？”

小夭笑道：“其实，是有第三条，我们友爱相处，从此你不但有爹爹和哥哥疼，还多了个姐姐宠着你。”

“呸，你做梦！”

小夭摊摊手，无所谓地说：“我知道是做梦，所以压根儿没提。”

阿念低着头，默默沉思，小夭也不说话了。

屋子里安静下来，外面的声音变得刺耳起来，侍女们边哭边叫：“王姬、王姬，你们别打了！求求你们，别打了……陛下，不是已经派人去禀奏陛下了吗？为什么陛下还没派人来……”

半晌后，小夭看阿念的神情已经十分平静，开始继续解阿念身上的纱幔，刚把阿念的手解出来，阿念就用力甩了小夭一耳光，小夭一把把她重重掀翻到地上，举起了拳头，“你还想打啊？那我们继续。”

阿念怒道：“你踹了我肚子一脚，打了我脸一拳，我扇你一个耳光，就算扯平，从此井水不犯河水！”

小夭想了想，收回拳头，“好！”

小夭站起，捡起地上的破衣袍裹到身上，刚要拉开门闩，又回头说道：“你和相柳的事情，只有你我知道，我不会告诉玱玹，你自己也把口封死了。”

小夭拉开了门，侍女们呆呆地看着她。

小夭走回明瑟殿时，侍女们也都呆呆地看着她，胆子大一些的珊瑚结结巴巴地问：“王姬，谁、谁打了你？”

小夭走到水镜前，左脸上一个鲜明的掌印，小夭想着阿念脸上的青紫，笑道：“这宫里除了另一个王姬，还有谁敢打我？不过，我也没让她好过，你们如果想看她的热闹，赶紧去看。”

侍女们依旧呆呆地站着，小夭说：“如果不想去看热闹，就帮我准备洗澡水，我身上一股海腥味，难受得很。”

侍女们这才回神，赶紧去准备沐浴用具，珊瑚还去找了伤药。

小夭洗完澡，上好药，吃了点东西，对侍女叮嘱：“我睡两个时辰，记得到时间一定要叫醒我。”

小夭美美地睡了一觉，睡起后，让侍女帮她准备外出的衣服。

小夭说道：“要舒服点的。”话刚说完，想了想，又加了一句道：“也要好看的，既舒服又好看。”

侍女们都低头偷笑，珊瑚拿起一套栀黄色的衣裙说道：“这衣服虽然要束腰，但只要别像穿礼服时束得那么紧，其实穿着很舒服的。王姬觉得昨晚的穿着难受吗？”

“除了有点累赘外，倒不难受。”小夭笑道：“那就这套了。”

穿好衣服，小夭在镜子前看了看自己，哀叹，有阿念的五指印在，其实是白打扮了！

珊瑚已经给她准备好和衣裙配套的帷帽，小夭戴起帷帽，乘云辇出了宫。

◈

玱玹说丰隆明日离开，想来璟也应该是明日清早就会离开。这一别，再见不知道又是何时，所以小夭想在他走前，再见他一面。

到了瀛州山涂山氏住的庭院，守门的仆役说："璟公子去逛街了，估摸着是因为明日就要离开，想买些五神山的特产带回去送人。"

小夭本以为璟会休息，没想到他竟然和玱玹他们一道出去了，看来他不想有人知道他昨夜一夜没睡。想起他那两个精怪的狐尾人偶，如果他有心隐瞒，外人倒的确很难确定他的行踪。

没找到人，小夭有些恹恹的，一时又不想回去，只能无聊地去瀛州岛上闲逛。

上一次逛瀛州岛，还是小时候，和现在很是不同，那时的瀛州岛只有一些低等的神族居住，美则美矣，可是没什么生气。现在却有不少人族，时而还能看到妖族，熙来攘往，很是热闹。每个人都生活得平和满足，所以行为举止自然而然非常有礼。

小夭不禁为自己的父王骄傲。回来之后，也许因为长大了，她能感觉到父王并不快乐，但父王说他用所有换取所要，这大概就是父王想要的吧！

小夭看到一套珊瑚做的妆盒，从小到大约摸有十二件，小的可以用来装胭脂粉黛，大的可以用来装发簪首饰。小夭想到侍女珊瑚的名字，想着如果不太贵的话，把这买去送给珊瑚倒是不错。她走过去，拿起一个看了看，做工的确不错，问道："多少钱？"

店家还没回答，旁边一个女子拿起一个妆盒看了一眼，说道："这我要了，包起来。"

小夭倒不是非要不可，只是觉得旁边的女子未免太霸道，懒得搭理她，只对店家说道："是我先看中的东西，先问的价，如果我没说不要，应该不能卖给他人。"

店家对那位女子抱歉地说："买卖东西的确是如此。"

女子立即说道："不管她出多少钱，我再给你两倍。"

另一个女子说道："做工凑合，但珊瑚不好，妹妹若想要这样的东西，回头我命工匠用归墟的珊瑚专门给你雕刻一套。"

小夭听她们声音有点熟悉，这才回头去看，竟然是馨悦和意映。

丰隆和玱玹他们正走过来，身后跟着几个提东西的仆役。馨悦对一个仆役说道："把这套珊瑚妆盒收起来。"她又转头瞅了一眼小夭，对意映说："我又不是那没见过好东西的女子，哪里看得上这种玩意儿？不过是看着新奇，买回去赏下人的。"

小夭不擅长用言语压制馨悦这种人，此时，小夭真希望阿念和海棠在，想起当时海棠问馨悦的婢女要一捆扶桑神木的事，小夭不禁笑起来，对馨悦说："小姐喜欢，就拿去吧。"

玱玹几步赶过来，说："小夭？竟真是你！你怎么来逛街了？"

小夭道："我有些无聊，就随便来逛逛。"说着话，偷偷往璟那边看了一眼，看到他黑眸中洋溢着喜悦，小夭也不禁抿着唇角笑起来。

虽然只是两句平常的对话，可玱玹和小夭显得十分亲昵，馨悦警惕地盯了一眼小夭，似笑非笑地对玱玹说："你的红颜知己倒真是不少，随便逛逛都能碰到一个。"

丰隆和篌都笑起来，玱玹微微咳嗽了一声，向众人介绍道："你们昨晚不都闹着要见我表妹吗？

这位就是我的表妹。”

丰隆一下不笑了，众人也都神色郑重起来。丰隆和小夭见礼，抬起头时，仔细看了小夭一眼，可惜面纱遮掩，看不到纱下的容颜。

小夭向众人回了一礼，暗暗留意涂山篌。本以为那样的人纵使五官好看，气质也应该猥琐，可没想到他竟然出乎意料地俊朗。他和璟的眉眼有五六分像，不过他的更硬朗，透着几分桀骜，唇角有一道淡淡的伤疤，让他即使笑，也带着一分凌厉。

馨悦把那套珊瑚妆盒拿给小夭，笑道：“真是不好意思，因为明日就要走，难得见到一套别致的礼物，所以心急了，这套妆盒还请收下，就算作纪念我们不打不相识。”

小夭暗赞，不愧是两大家族培养出的子弟，她看玱玹，玱玹微微颔首，小夭笑着接过，“谢谢你。”

馨悦高兴地说：“逛街市人越多越热闹，不如你和我们一起吧。”

“好啊！”小夭答应了。

几人边逛边说话，小夭的话不多，不过众人都很照顾她，所以一行人倒相处得不错。

馨悦和丰隆又买了不少东西，跟来的侍从手里全都拿得满满当当，馨悦苦笑着说：“你们可别笑我们，我们父母两边都是大家族，来了一趟五神山，如果不带点东西回去，说不过去，可送了甲，就必须送乙。”

篌道：“我们不会笑，只会羡慕。”

馨悦笑起来。

小夭心想，馨悦对篌倒不错，并没有显得和对璟不同。

馨悦说：“不行了，逛不动了，找个地方休息一下吧。”

玱玹笑说：“知道你要不行了，那边有间酒肆，菜做得也不错，反正也快要吃晚饭了，不如我们就在那边喝点酒吃点东西，算作我为各位饯行。”

玱玹带着大家走进了酒肆，酒肆的老板应该认识玱玹，亲自迎了出来，带他们去天井坐。

天井被两层高的屋子围着，四四方方，二楼种了不少藤萝类的花草，可店主人并不让那些藤萝攀援，而是让它们直直地垂落下来，犹如绿色珠帘，有的藤萝上结着鲜红欲滴的朱红果子，有的藤萝上开着紫色、黄色的小花，坐在天井中，满眼青翠烂漫，倒好似坐在了山野中。

馨悦瞅着玱玹笑赞：“是个好地方。”

店主请众人落座，大坐榻上放着一张四方的大几案，要两人一边，小夭不知道玱玹的打算，迟疑间，已经被馨悦笑按在丰隆身边坐下。馨悦坐在小夭左手，和玱玹一边。璟和意映则恰坐在了小夭和丰隆对面。篌独坐了一边，和玱玹对面。

店主上了四五种酒，有浓烈的，也有清淡得像蜜水一般的，又端了七八碟精致的小菜和一些瓜果，由众人选用。

看玱玹点头表示了满意，店主立即退下。

丰隆笑道："看这架势，你不像客，倒像是主人。"

玱玹笑道："对你们不敢欺瞒，我的确算是这里的主人，我喜欢酿酒，自己一人喝终究没意思，索性就开了几个店。"

馨悦生了兴趣，叽叽喳喳地询问，意映和篌也时不时插嘴说几句，谈得十分热闹。

丰隆用干净的筷子夹了一小碟小玉瓜给小夭，低声道："我看你刚才第一口吃的就是这个，应该是爱吃的，却夹得很少，若觉得远了，我帮你夹。"

小夭扫了一眼璟，夹了一块小玉瓜放进嘴里，对丰隆说："谢谢。"

丰隆几种酒都尝过后，倒了一杯清甜的果子酒给小夭，"你尝尝这个。"

小夭接过后，低声说道："你和他们聊吧，不必特意照顾我。"

馨悦耳朵尖，插嘴道："我哥哥平日里可不是这样，别人照顾他，他都不稀罕，更别提照顾别人了。我看他今日也的确有些异样，连对我都从未这么小心体贴过。"

丰隆低斥道："别胡说！"

馨悦做了个鬼脸，对璟说："璟哥哥，你和哥哥熟，你说我有没有胡说？"

璟微微笑了笑，"没有胡说。"

丰隆不满，用手指点点璟，对意映说："好嫂嫂，快帮我堵上他那张嘴。"

意映羞得脸通红，扫了一眼篌，嘴里说着："别乱叫！"动作却很殷勤，帮璟拿了些距离璟远的小菜，又帮璟倒了酒。

丰隆摇头，笑道："这可不算堵上！"

玱玹和馨悦都笑着起哄，意映也不介意，双手端起酒盅，递到璟唇边，柔声说道："请用。"

璟僵坐着，没有动，脸上挂着勉强的笑意。

众人哄笑，丰隆说："咦？往常也不见你扭捏，今日倒端起来了。"

璟垂着眼，就着意映的手，一口饮尽了酒。

玱玹和丰隆边鼓掌边笑，丰隆赞道："还是嫂嫂爽快！"

篌也抚掌大笑，意映盯了一眼篌，笑靥如花。

小夭觉得气闷，一口气吃完了碟中的小玉瓜，丰隆立即又帮她夹了一碟。

意映说："小夭，这里没有外人，戴着帷帽多憋闷，把帽子摘了吧。"

馨悦附和道："是啊，是啊。"

小夭抱歉地说："不是不想摘下帽子，而是不知道吃错了什么，脸上突然长了疹子，实在不好见人。"

意映和馨悦都遗憾地叹气，馨悦甚至一边长长地叹气，一边对哥哥说："不要怪妹妹不帮你，而是老天不帮你。”

店主带着两个婢女，把冷菜都撤了，上了热菜，又拿了几坛酒。

馨悦尝了一口，对玱玹说：“不错。”

玱玹笑道：“得了你的赞，回头我要重赏厨子了。”

众人转而说起了大荒内的各个家族，以及近几十年都有哪些杰出子弟，私下里都喜好些什么。你说几句，我说几句，看似闲聊，却又处处透着玄机。

璟一直沉默，静静地喝着酒，众人大概已习惯他这个样子，都不奇怪。不过，他看似在出神，可每次丰隆或玱玹突然和他说什么，他总能正确地回答，可见他对身边发生的事情一清二楚。

小夭抓了烈酒的酒坛过来，一杯杯地喝着，渐渐地骨头软了，身子如猫一般缩着，一手撑着头，一手端着酒杯。

丰隆新奇地看着她，也不说话，提着酒坛陪她喝，待她喝完一杯，就给她倒一杯，自己也饮一杯，两人好似在拼酒。

玱玹看到了，笑道：“丰隆，你别把我妹妹灌醉了。”

丰隆叹道：“谁灌倒谁还不见得。”

玱玹知道小夭的酒量，笑笑不再说话。到后来，果然是丰隆先醉了，其他人也喝得晕晕乎乎，也不知道谁提议要出海，众人都不反对。

距离酒肆不远处就有个码头，玱玹命人去准备船，众人真乘了船扬帆出海。

到了船上，被海风一吹，都清醒了几分。也许因为明日要离别，可也许更因为年轻，离别只是年少放纵的一个借口，一群人嘻嘻哈哈地我敬你一杯，你再敬我一杯，继续喝酒。

意映喝醉了，拉着馨悦在甲板上跳舞；丰隆看到一尾大鱼游过，说要去海下捉鱼，扑通一声就真跳进了大海。玱玹被吓了一跳，馨悦笑着叫：“不用担心！他可是赤水家的人，一见水就发疯！淹死了谁，也淹不死他！”

玱玹毕竟还是不放心，想找个侍从下海，可一共只来了一个开船的侍从，篌端着酒杯道：“我去陪他捉鱼。”说完，也跳进了大海。

玱玹站在船头张望，意映悬空坐在船舷上，踢踏着双脚，笑着说：“不用担心，他从小到大都不知道猎了多少海兽了，只怕待会儿真要带几条大鱼回来。”

玱玹的酒气上涌，头有些疼。

意映笑问馨悦：“我要去捞月亮，你来吗？”

馨悦摇摇头，指着她说：“你真醉了。”

扑通一声，意映跳进了水里。

馨悦叽叽咕咕地笑，玱玹无力地说：“我应该还是不用担心吧？”

“不知道，我不清楚她的水性，不过，下去不就知道了。”她拉住玱玹，玱玹说：“我不会游水，你知道的。”

“我知道你不会游水。”馨悦的眼睛亮晶晶的，就好似最璀璨的星星，她蛊惑一般地对玱玹说：“随我跳下去！”

玱玹不说话，只是似笑非笑地看着馨悦。馨悦仰着头笑，媚眼如丝，“敢不敢把你的命给我？”说完，她凝视着玱玹，一步步倒退着走到船边，一个倒仰，翻进了海里。

玱玹笑了笑，走过去，干脆利落地也跳进了大海。

小夭端着酒杯，趴在船舷上，笑着又喝了一杯。如果不是昨日夜里被相柳那死魔头逼得在海里泡了一夜，她也真想跳进去。

璟默默走到她身后，小夭回身，滑坐到甲板上，嘲讽道：“现在你敢接近我了？”

璟不吭声，小夭举起空酒杯，璟拿起酒壶，帮她斟了一杯。小夭把酒杯递给他，璟接过，以为是要他喝，刚要喝，小夭半撩开面纱，指指自己的唇。

璟把酒杯凑到小夭唇畔，小夭就着他的手，慢慢地饮完。

酒气上涌，小夭头发沉，两边的太阳穴直跳，胃里也有些翻涌。她知道自己是真醉了，推开璟的手，闭目靠着船舷，等着那股难受劲儿过去。

璟拿了个小药囊，凑在小夭的鼻端，让她嗅着。

小夭道：“你倒是没忘记我教你的东西。”

“永远都不会忘记。”

“看到丰隆对我好，你心里难受吗？”

“难受。”璟沉默了一瞬，慢慢地说，“很难受。”

小夭笑起来，“听到你难受，我倒是挺好受。”

璟的手指轻轻碰了一下她的脸颊，“谁打了你？”

小夭道：“阿念，我踹了她一脚，打了她一拳，扯平。”

璟的指尖凝聚了灵力，轻抚着小夭脸上的红肿，小夭推开他的手，“你娘的眼光不错，防风意映会是个很好的妻子，你和她很般配。”

璟脸上的血色一点点褪去，他垂下了头，喃喃说：“我就知道早上是在做梦，我开心了一整天，下午在街头见到你时，我以为你是来看我的，我真的很开心，真的很开心……”

璟呆呆地坐在甲板上，无声无息。

小夭想起刚被她救回医馆的十七，从不发出任何声音，总是无声无息地躺着，小六给他什么他接受什么，既不表达痛，也不表达饿或渴。有时候小六觉得他已经死了，用手去摸他的脖子，直到感受到他的脉搏，小六才会相信这个人还活着。

小夭只觉心里搅得难受，一阵翻江倒海，忙站起趴在船栏上，哇一声吐了出来。

璟轻抚着她的背，待她吐完，又把水递给她，让她漱口。

小夭头重脚轻、耳鸣目沉，璟扶着她，小心翼翼地让她坐下。

璟把她脸上的碎发往后拢，小夭突然抱住了他的腰，喃喃说："我今天下午真的是去看你的，不信你回去问看门的仆役。我去找你，没找到，才去街上乱逛的。"

璟紧搂着小夭，额头抵在小夭的头发上，只觉短短一会儿，他跌落了深渊，正以为万劫不复时，却又飞上了云端。

他感觉小夭身子直往下滑，低头看她，她竟然醉睡了过去。璟忍不住笑，他调整了一下姿势，让小夭靠躺在他怀里。

海风轻轻吹动，海潮轻轻摇动着船，他望着天上的圆月，只想就这么过一夜。

璟看了一眼身旁的酒坛，将一只手放在酒坛上，只见白烟从酒坛中逸出，渐渐地笼罩了整艘船。从外面看过来，整艘船像被大海吞噬了，什么都再看不见。

璟低头看着熟睡的小夭，手指轻轻地抚摸着她脸上的伤痕，又一点点用指尖描摹着她的轮廓。一遍遍描摹，直到纵使他被剜去双目，依旧能清晰地看见她。

一个多时辰后，小夭轻轻动了下，喃喃叫："十七。"迷迷糊糊地睁开眼睛。

璟微笑地看着她，小夭说："我好像睡了一觉。"

"嗯。"

"他们还没回来？"

"没有。"

小夭感叹："平时一个比一个老成稳重，没想到竟是一群疯子。"

璟对小夭说："我对意映无心，意映对我也绝对无情，这次回去后，我就会和奶奶说取消婚约。"

"嗯？嗯……"小夭的脑子还晕着，一瞬后，才反应过来，"你怎么知道？她对你那么温柔体贴……"

璟打断了她，"小夭，我曾经遇到过不少对我有意的女子，我明白女人真正动情时看男人的目光，不管意映举动多温柔体贴，却从未那样看过我。而且，我现在……"璟抚了抚小夭的鬓角，"我知道渴望得到一个人的感觉。我不会判断错！"

小夭轻嘘了口气："那就好。"

璟很是心酸，小夭没有亲眼看到，私下无人时意映看他的眼神，所以小夭总不相信他是残缺的，总不相信意映会嫌弃他，她以为他在别人眼中和在她眼中一样。

小夭忽然间想到什么，兴奋地坐了起来。"既然她不要你，你回来做我的十七吧！"她的眼眸熠熠生辉，"你当年不是说担心不回去的话，涂山篌那个疯子会伤害我和老木他们吗？可是玟小六已经失踪了，我现在是高辛王姬，涂山篌伤害不了我，你可以到我身边做十七。"

璟凝视着小夭，沉默不语，眼中有哀伤。

小夭渐渐冷静了，自嘲地说："我是不是又说了傻话？"璟已经失踪过一次，如果再来一次，别说筱，只怕涂山家的太夫人不见尸体都不会罢休。

璟低声道："你没说傻话，只是有些事情变化了。我回去之后，才发现大哥正把涂山家带入危险中，如果我就这么走了，我怕他会毁掉整个涂山氏。小夭，给我一些时间，好吗？让我想办法安排好一切。"其实，不仅仅是整个家族的安危，有些话他没有办法说出口。如果眼前的人还是玟小六，他只需是叶十七，隐居在一个小镇上，他们就可以相伴一生，可她是高辛王姬。当看到那一场盛大的拜祭仪式时，他就明白了，他们俩都回不去了。有资格守在小夭身旁的男人绝不会是一个藏头缩尾的男人，他要想一世陪伴小夭，就必须取消婚约，以涂山璟的身份，堂堂正正地走到小夭身旁。

小夭笑了笑，低声说："你有十五年的时间。璟，你打算怎么办？"

"我也不知道，但我知道我一定会回到你身边，因为我答应过要一辈子听你的话，所以……"璟的额头抵着小夭的额头，虔诚地祈祷："请为我守住你的心。"

小夭的指头插进他的头发中，笑着抓他的头发，"我已经看出来了，你是个狡猾的人。就算我想忘记，你也会不停地变着法子提醒我，一边说着不敢奢望，一边却又绝不松手。"

璟的声音很痛苦，喃喃说："我只是……没有办法……我知道你值得更好的，可是我没有办法……对不起……"

小夭忙说："我明白、我明白。"

璟低声说："你不明白。"

小夭很老实地承认："是不明白，可我总得说点什么安慰你啊！"

璟轻声笑起来，叹息道："他们要回来了。"

小夭看看天色，"天都快亮了，也该回来了。"

璟又看了一会儿小夭，要把帷帽给小夭戴上，小夭抓住了他的手，不让他戴，咬着唇，闭上了眼睛。

璟轻轻地吻住了小夭的额心，直到不得不离开，他才抬起头，把帷帽给小夭戴上。

小夭躲到了船舱后，整理头发和衣裙，听到馨悦、玱玹、丰隆的说话声，小夭一抬头，却看见璟的头发刚被她十指插进去，抓得乱七八糟。此时连提醒璟都已经来不及，更何况整理头发，小夭的脸色变了。

却看璟一边站起，一边随手解开了束发的发冠，满头青丝如银河泻九天，披落在他背上，飘散在海风中。他侧倚着船栏，几分慵懒、几分随意地看着东边天空初露的晨曦。

小夭一瞬间看得心如鹿撞，怦怦直跳。玱玹叫了她好几声，她都没有听到，惹得所有人都看着她。

玱玹推了她一把，"你在想什么？"

小夭忙道："啊，你们回来了。"脸刹那涨得通红，幸亏有面纱遮住，没有人能看到。

璟却似乎明白了，眼中飞溅着喜悦。

馨悦叽叽呱呱地抱怨，说他们记错了船的位置，找了好大一圈才找到船，又担忧地说，一直没碰到意映和篌，希望他们别出什么事情。

正在抱怨，看到意映向着船游来，馨悦哈哈大笑，跑到船边，把意映拉上去，“你是不是也没找到船？”

意映愣了一下，笑道：“是啊。”

璟说道：“船舱里有清粥小菜，你们如果饿了，就先吃点。”

几个游了一夜水的人都进了船舱，小夭和璟也跟了进去。

丰隆问小夭，“要喝点清粥吗？”

小夭忙道：“我自己来，你吃你的吧。”

玱玹似笑非笑地瞅着她，小夭瞪了玱玹一眼：你也好意思来嘲笑我？

意映和馨悦也不知道是因为累了，还是困了，都十分沉默。小夭也不想说话，只听见丰隆和玱玹偶尔交谈一句。

待几人吃完，侍从要开船时，篌仍没回来。

馨悦担心地说：“篌哥哥不会出事吧？”

丰隆看向璟，璟道：“以他的能力，应该不会有事，我让小狐去找找他。”璟说着话，从他的袖中跑出一只像是烟雾凝结的九尾狐狸，九尾狐却没有离开，而是朝着一个方向叫了一声，又缩回了璟的袖中，消失不见。

璟道：“篌要回来了。”

不一会儿，只见篌从远处飞驰而来，脚下踩着一条凶猛的大鱼。他上半身赤裸着，露出紧致的古铜色肌肤，衣服被他撕成一缕缕，做成了一条缰绳，像马笼头一般勒着大鱼的头。他双手拉着缰绳，驱策着大鱼在海中驰骋。朝阳在他身后冉冉升起，篌浑身上下都散发着男性最纯粹的阳刚魅力。

馨悦和意映都扭过了头，假装被别处的风景吸引，小夭却目不转睛地看着篌，带着几分欣羡，扬声问道：“它听话吗？”

篌笑着没说话，只是策着大鱼，灵活地围着船绕行了一圈。小夭不禁鼓掌喝彩，笑道：“这个好玩，以后我也找个这样的坐骑，就不用辛苦游水了。”

玱玹嘲笑道：“别做梦了，就你的灵力还能制服这种鱼怪？它拿你做点心还差不多。”

小夭叹气，也是。

篌一手握着缰绳，一手朝着鱼身的某处一拳击下，手探进了鱼腹内，掏出一个鸽子蛋般大的血红宝石，就着海水洗干净血污，跃上了船。

那块血红的宝石晶莹剔透，在阳光下发出璀璨的光芒。馨悦的眼睛一亮，对篌说："篌哥哥，能把它转让给我吗？"她虽然说的是转让，但她难得开口要东西，以篌的脾气，肯定就直接送给她了。

但是，馨悦没有想到，篌抱歉地笑笑，说道："这块鱼丹红我有用，回头我让人再找给你。"

馨悦勉强地笑笑，什么都没说，走到意映身旁，和她一块儿张望着朝阳下的大海。

人已到齐，玱玹下令开船，船向着瀛州的码头驶去。

篌进船舱去洗漱换衣，小夭问丰隆："那是什么宝石？"

丰隆笑道："这船上有涂山家的人在，我可不敢谈宝石。"他扬声把立在船尾的璟叫来，"璟，小夭想知道篌猎取的鱼丹红是什么宝石。"

璟走到小夭身旁，解释道："其实，那就是深海鱼怪的内丹，鱼怪的内丹色泽鲜艳，人们根据它们最主要的颜色叫作鱼丹红、鱼丹紫……鱼丹红是最常见的鱼丹，可纯净到像这块这样一丝杂色都没有的，却极其罕见。鱼丹可以做首饰、佩饰，还可以入药。如果是品级好的鱼丹，炼制成宝器，含在嘴中，可以延长人在水下的时间。"

本来璟说话时，小夭就走神了，可听到最后一句，突然有了兴趣，"什么算品级好？刚才的那块算是吗？"

"颜色越纯净，品级就越好，刚才的那块算是最好的鱼丹了。"

丰隆对小夭说："这种东西可遇不可求，你若想要，我回去问问爷爷。"

小夭忙道："我就是看着好看，随口问问。"

朝阳下的大海犹如撒了金粉，闪耀着万点金光，一群群白色海鸟在海面上盘旋，倏忽来去。

一时间，三人都眺望着壮阔美丽的大海，默默不语。

小夭仗着有帷帽遮掩，偷偷地看璟。

璟很快就察觉了，垂下眼眸，唇角抿着笑意。小夭也笑，虽然不能说一句话，甚至不能站得太近，可又觉得心意相通，很亲密。

船靠岸了，众人都下了船。

丰隆和璟他们的侍从早已把行李收拾好，运到了赤水家的大船上，他们只需再登上船，就可以从水路返回中原。

玱玹带着小夭和众人一一告别，有长袖善舞、能言善道的玱玹在，小夭只需行礼、道谢，说再会。

和丰隆、馨悦道别时，馨悦眼眶有点红，和哥哥一边上船，一边还回头看玱玹。和篌道别时，篌洒脱地抱抱拳，转身上了船。和璟、意映道别时，玱玹和意映两个能说会道的依依话别，璟和小夭都沉默着。

璟走上了船，站在船栏旁，看着小夭。

船开了，玱玹向他们挥手，小夭却只是静静地站着，海风吹得她的面纱贴在脸上，露出隐约的轮廓，一袭栀黄的衣衫，亭亭玉立，犹如朝阳下迎风而开的一朵栀子花。

璟一直凝视着她，直到她消失在海天间，他才缓缓闭上了眼睛。小夭、小夭……

玱玹和小夭乘云辇回承恩宫。

玱玹把小夭的帷帽拿下，摇头叹气，“你居然被阿念扇了一耳光？我得去看看她被你打成什么样了。”

小夭道：“我和她之间的问题基本解决了，至于将来会如何，就看两人间的机缘了。”

玱玹含着丝笑，说道：“我刚问了船上的侍从，他居然和我说昨夜睡着了，你和璟玩得可好？”

小夭笑瞅着玱玹，反问道：“某人连命都不要地跳进了海里，玩得可好？”

玱玹不在意地说：“如果我只是青龙部的一个普通子弟，她再意动，也不过是逗着我玩。我不动心，是不知好歹，我动心，是痴心妄想，反正都是她解闷的乐子，现在她想玩真的，那就拭目以待呗！”

小夭困惑地问：“你们男人是如何判断出一个女人是真心还是假意呢？即使是真心，又如何知道这真心是哪种真心呢？要知道真心也分很多种，有的真心要一点波折没有；有的真心能经历八十难，八十一难就不行了；有的真心只能共贫贱；有的真心只能共富贵；有的真心平时看不到，大难时却显了；有的真心平时相敬相护，大难时却飞鸟各投林。这世间很多白头到老的男女，其实并不见得是真的一心一意、坚不可摧，只是没有碰到考验罢了。”

玱玹笑起来，“你这一串子话绕得我脑袋都疼了。你要问我具体如何判断，我也没什么可说的，不过是感觉罢了。一颗冷心、一双冷眼，经历得多了，自然看得分明。”

小夭问：“万一看错了呢？万一错把只能经历八十一难的真心，看作了百折不变、千险不改的呢？”

玱玹温柔地说：“保证不会犯错的方法你知道的，就是一颗冷心。”

小夭笑皱皱鼻子，“我以为你有什么好方法呢！”

“我没有，我想就连咱们那位精明冷静到让人恐惧的祖父也没有法子真正看透人心。”

小夭无奈地淡笑，“轩辕王！”

玱玹说：“奶奶、爹娘、姑姑，还有大伯和二伯的墓已经太多年没有人祭拜，也不知道荒凉成什么样子了。明年，姑姑的忌日，我要站在朝云峰上。”

小夭的眼中浮出隐隐的泪花，点了下头，“好！”

第十五章 思往事，易成伤

LOST YOU FOREVER

当春风吹过中原大地时，高辛大王姬向轩辕王写信请求，希望能在母亲忌日时，去轩辕祭拜远葬在轩辕山的母亲，尽一份孝心，也希望代母亲在轩辕王膝下略尽孝心。

信是大王姬亲笔所写，落着大王姬的印鉴，由高辛王派特使送到轩辕王手中。

轩辕王看完后，让近侍向所有臣子宣读了信，于情于理，都没有人能反对一个女儿祭拜母亲和想见外祖父的要求，所以众官员商讨的自然只能是如何接待高辛王姬。如果只是高辛王姬，并不难办，可她不仅仅是高辛的王姬，她还是轩辕王的外孙女，她的母亲为轩辕战死。商讨的结果，在不越制的情况下，自然是越隆重越好。

当桃花开遍中原大地时，小夭离开五神山。玱玹作为小夭的表兄，在小夭的要求下，陪同小夭一起赶往轩辕山。

仲春之月的第二十三日，小夭到达轩辕城，小夭的两个舅舅轩辕德岩、轩辕禹阳带着五位表弟，和一众官员来迎接小夭。

扰攘一番后，德岩对小夭说："本该在上垣宫接见来使，可父王年纪大了，行动不方便，这些年又不耐烦见人，所以由你七舅舅设宴款待使团，父王就不接见他们了，只在朝云殿等着见你。”

小夭笑道：“好的，那就请舅舅带我去拜见外祖父。”

德岩道：“王姬，请！”

几个德岩的侍从好似不经意地把玱玹隔绝在外，显然没有人认为玱玹也该去轩辕山。小夭站在云辇前，问道：“玱玹表哥不一起去吗？”

德岩笑得和蔼，“父王并没有说召见玱玹，已经为玱玹安排好住处，王姬不必担心。”

一位小夭还没记住名字的表弟笑道：“姐姐放心吧，我们会陪着大哥的。”

小夭笑了笑，向着玱玹走去，轩辕的侍从想拦，小夭笑盯着他们，好似在问，你们有胆子拦我？而随小夭来的高辛侍卫们已经手按在了兵器上。众人迟疑间，小夭走到玱玹面前，拉住了玱玹的手，对德岩半撒娇半赌气地说：“以前住在朝云峰时，都是玱玹表哥陪着我，如果表哥不陪我去，那我也不要去了！”

德岩笑道：“不是舅舅拦阻，而是父王没有召见他，我们实不敢擅自做主。”

“若外祖父怪罪，自然有我担着，不用舅舅担心！”小夭拽着玱玹就想登上云辇，两个轩辕侍卫拦住了他们，不许小夭上辇车，小夭盯着德岩：“玱玹表哥真不可以去？”

德岩说：“王姬见谅！”

小夭的脸色沉了下去，扬声对所有高辛侍卫下令：“既然轩辕不欢迎我来，立即返回高辛！”小夭拖着玱玹就走。

高辛侍卫们立即开道，排列出整齐的队形，竟然真的打算立即返回高辛。德岩看小夭不像是假装，着急了，“王姬，不可胡闹！”

小夭怒气冲冲，扯着嗓子喊了起来：“我胡闹？有人会不惜万里迢迢跑这么远来胡闹吗？我堂堂高辛大王姬，有什么东西是在高辛得不到的？我母亲为轩辕百姓战死，我不远万里来祭拜母亲，诚心诚意要拜见外祖父。只是想让自小就熟悉的表兄陪我一起，轩辕侍卫却阻我登上云辇，我倒是要请全天下的百姓为我评评这个理，是我胡闹，还是轩辕无礼？”

德岩哪里想得到小夭的性子竟然这么泼，居然像泼妇骂街一般嚷嚷，若今日真让小夭就这么走了，把事情闹出去，他可就要被万民咒骂了，父王也必定发怒。德岩只得忍下，安抚道：“王姬误会了，绝无人敢阻止王姬上车。”

所有轩辕侍卫都退让到一边，小夭看目的已经达到，见好就收，拉着玱玹登上了云辇。

待云辇腾上云霄，小夭看向玱玹，玱玹紧紧地握住她的手，唇紧紧地抿着。两百多年前，年少的他在四位王叔的逼迫下，孤身一人离开了轩辕山，当时，他站在船头，回身看着渐渐消失的朝云峰时，就在心中发誓：我一定会回来！

云辇停住，婢女们恭请王姬下车。

玱玹和小夭下了车。

玱玹仰头看着宫门前的匾额，上面是祖母亲笔写下的“朝云殿”三个大字，他不禁在心内说道：

奶奶，爹爹，我回来了！漂泊异乡两百多年的我回来了！我让你们久等了！

小夭也仰头看着匾额，三百多年前，这座宫殿里，曾盛满了她和亲人的欢笑，今日归来，却只剩下了她和玱玹。

玱玹和小夭相视一眼，两人同时举步，一起跨进了殿门。

小夭面无表情，走得很慢，玱玹随在她身后，也是慢慢地走着。

小夭走进了前殿，一个须髯皆白、满脸皱纹、苍老清瘦的老头歪靠在榻上，好似过于疲惫，正合目而睡。听到小夭的脚步声，他睁开了眼睛，看向小夭，视线依旧锐利。

小夭和玱玹不知为何，都想起了弥留时的祖母，他们心头一酸，齐齐跪下，不约而同地说道："孙女（孙子）回来了。"

轩辕王微微抬了下手，"过来。"

小夭和玱玹磕了三个头后，才起身，走到轩辕王的榻边。小夭随性惯了，一屁股就坐在了榻上，玱玹却是恭敬地站着。

轩辕王看着小夭，"你长得不像你娘，不过你这脸形、嘴巴倒是真像你外祖母，简直和我遇见她时一模一样。"

小夭记忆中的外祖母容颜枯槁、满脸皱纹，小夭实不知道究竟像不像，只能微微一笑。

轩辕王好像猜到小夭所想，说道："你外祖母也曾和你一般年轻过，她的美貌和才华曾名满大荒，很多好儿郎都想求娶她，可惜，她选错了人。"

小夭愣住，不知道该接着说什么，既不能说外祖母的确嫁错了人，更不愿说外祖母没有嫁错。因为她也的确有感觉，外祖母和外祖父只怕不和，在外祖母去世前那几年，外祖父从未来看过外祖母，准确地说，除了外祖父提着剑想杀母亲那次，小夭从未在朝云殿见过外祖父。直到外祖母去世后，外祖父重伤，才搬到了朝云殿。

小夭的沉默像是认可了轩辕王的说辞，轩辕王却未介意，依旧微笑地凝视着小夭。

轩辕王看向了玱玹，微笑散去，不像看小夭时的温和欢喜，而是苛刻挑剔的。玱玹没有低头，只是微微低垂着眼眸，任由轩辕王打量。

半晌后，轩辕王才说："我还以为你被高辛的风流旖旎消磨得已经忘记了怎么回来。"

玱玹跪下，"孙儿让爷爷久等了。"

"你回来是为了什么？"

玱玹刚要回答，轩辕王说："想好了再回答我，我要听藏在你心里的话。"

玱玹沉默了一会儿，目视着轩辕王，坦然地说："我想要轩辕山；还有个原因，也许爷爷不相信，但我的确想见爷爷。"

轩辕王不为所动，冷冷地说："你的两个王叔、五个弟弟都想要轩辕山，你若想要，自己想办法，我不会帮你。就如这回朝云峰的路，只有你自己走到我的面前，我才会见你。"

"是。"

轩辕王微合了双眼，说道："不要怪我心狠，你若不凭借自己的本事拿到，即使给了你，你也守不住。"

"孙儿明白。"

轩辕王道："你们下去休息吧，我住在你祖母以前的屋子，别的屋子都空着，你们想住哪里就住哪里。我不喜人声，殿内的侍女很少，你们若不习惯……"

小夭插嘴道："没什么不习惯的，外祖母在时，也是没几个侍女，我记得后殿的荒草长得和我一样高，我和哥哥还在里面捉迷藏。"

轩辕王闭上了眼睛，笑着挥挥手。

小夭和玱玹轻轻退出大殿，两人沿着朱廊，绕过前殿，到了他们以前居住的偏殿。庭院内长着高高的凤凰树，树冠盛大，开着火红的凤凰花，一切仿若当年，凤凰树下的秋千架却已无影无踪。

小夭神情恍惚，像是做梦一般走过去，一阵风过，满天花雨簌簌而落。小夭伸手接住一朵花，拔去花萼，放进嘴里吮吸花蜜吃。她笑着回头，对玱玹说："哥哥，和以前一样甜。"她把一朵花递给玱玹，玱玹接过，也放进嘴里吮吸了一口。

他们身后跟着两个侍女，一个是跟着小夭来轩辕的珊瑚，一个估计是指派来服侍玱玹的，叫桑葚。

珊瑚问："王姬，就住这里吗？"

"就住这里。"小夭用手指指，"我住这一间，哥哥住那一间。"

珊瑚进去看了一圈，说道："虽然布置得很简单，但应该经常有人打扫，挺干净的，被褥帐幔也都新换过。就是这庭院内有些脏，奴婢把这些落花都扫了，看着就干净了。"

小夭道："别扫！我小时候，四五天才扫一次，那些落花也不扫走，外祖母让堆到树下，由着它们慢慢地烂成泥。"

小夭和玱玹坐在廊下，都不说话，只是默默地看着凤凰花。

珊瑚知道王姬的性子，不再管她，自己忙碌起来。珊瑚胆大嘴甜，很快就和桑葚说上了话，在桑葚的指点下，两人准备好洗澡水。小夭和玱玹都是早习惯自己照顾自己的人，没要她们服侍，自己沐浴更衣。

等两人洗完澡，珊瑚和桑葚端来晚饭，小夭和玱玹就坐在廊下，吃了晚饭。

用完饭，小夭让珊瑚和桑葚去休息。她和玱玹沿着小径，慢步去后山，后山的桑林依旧郁郁葱葱，和外祖母在世时一模一样。小夭仰头看着桑树，"再过一段日子，就可以吃桑葚了。"

"姑姑喜欢吃冰过的，那时候你们在五神山，我还没见过姑姑和你，可奶奶一看到桑葚就唠叨'你姑姑最喜欢吃冰葚子了，五神山只怕没有好的桑葚，我们做好了，派人给你姑姑送去'，我还帮奶奶采摘过桑葚，一起做过冰葚子。"

小夭甜甜地笑起来，"每年都有人来给娘送冰葚子，娘舍不得多吃，每天只拿一小碟，因为冰冰甜甜酸酸的，高辛又热，我也喜欢吃，每次都和娘抢着吃。觉得不够吃，让侍女也去采了桑葚做冰葚子，可味道始终和外祖母送来的不一样。”

玱玹微笑着说：“等今年桑葚好了，我做给你吃，保证和奶奶做的一模一样。”

小夭笑点点头。两人都知道不可能一模一样，但失去的已经失去了，他们都不是喜欢沉湎于过去的人。

两人慢慢地散步，多数时候都是沉默，偶尔想起什么，提起时，都是快乐的事，也都是笑着回忆。

直到深夜，他们才回了屋子，各自休息。

小夭以为自己会睡不着，可没有，躺在小时候睡过的榻上，她很快就进入了梦乡，睡得十分酣沉。

第二日，直到天大亮，她才起来。珊瑚说玱玹已经离开，离开前说去见轩辕王。

小夭也不着急，慢慢地洗漱吃饭。等吃完饭，她走出屋子，看到了凤凰树下的秋千架。珊瑚笑道：“也不知道王子怎么想的，大半夜不睡觉，居然做了个秋千。”

小夭倚着门框，笑起来，鼻子却有些发酸。

珊瑚问：“王姬，荡秋千吗？”

小夭摇摇头，慢步而走，也没刻意去寻玱玹和轩辕王，只是随便地逛着，不知不觉走到了以前外祖母起居的寝殿。门口立着几个侍卫，见到她，既未出声禀奏，也未出声拦阻。

小夭走进了屋子，轩辕王和玱玹正坐在暖榻上下棋。轩辕王歪倚着，玱玹正襟端坐，不过两人的表情倒是一模一样，都面无表情，无喜无怒，让人一点都看不出他们的心思。

小夭没理他们，依旧像是在外面逛时，边走边细细浏览，最后竟然惊讶地发现，这个屋子居然和小时候的记忆变动不大，就好似外祖母依旧生活在这里，甚至连外祖母用过的梳子、首饰都依旧在妆台上。

小夭坐在了妆台前，随手打开一个首饰匣，拿起了一套红宝石的步摇。这些首饰依旧璀璨如新，就好似女主人马上就会回来戴起它们，可其实，即使在小夭的记忆中，女主人也从未戴过它们。小夭把步摇放在发上比着，这步摇一套三支，两支四蝶步摇，一支双翅步摇，还有六支配套的长短簪，累累串串的红宝石，几乎要坠满全头，很难想象朴素憔悴的外祖母曾戴过这么耀眼炫目的首饰。

“你若喜欢，就拿去吧。”轩辕王的声音突然传来。

小夭放下首饰，关好匣子，笑摇摇头，“女人戴这些东西都是为了给人看，更准确地说是吸引男人看她。如果戴上了这些，即使那个男人看了我，我又怎么知道他是在看我，还是在看那璀璨耀眼的宝石？万一误会了人家的心意，却不小心搭进了自己的真心，岂不麻烦？”

轩辕王愣了一下，小夭看着轩辕王，像是说今天天气不错一样，淡淡地说：“外祖母真的很喜欢过你。”

轩辕王盯着小夭，好似眼中有怒意，“怎可擅议长辈？”

小夭无所谓地耸耸肩，“我这人爱说话，外祖父若不喜欢听，就当没听见，反正你们装聋作哑的本事都是一流的。”

轩辕王盯了小夭一会儿，叹了口气，“你竟然是这么个性子，和你娘、你外祖母截然相反。”

小夭嘻嘻笑起来，对轩辕王做了个鬼脸，“像她们有什么好呢？不过是便宜了男人，苦了自己！”

轩辕王无奈，搁下棋子，对玱玹说：“不下了，你饿了吗？”

玱玹恭敬地站起，扶着轩辕王起来，“爷爷，久坐后先活动一下，再进食。”

祖孙两人在庭院内慢慢地走着，小夭倚在窗边，不禁想起了娘和外祖母，那时娘也常常搀扶着外祖母在庭院内一圈圈散步。

玱玹搀扶着轩辕王走了几圈后，才扶着轩辕王坐下，用了些糕点，喝了点淡茶。

轩辕王漱完口、擦干净手后，好似不经意地把一块桑叶形状的小玉牌放到玱玹面前，“朝云峰本就属于你奶奶，这峰上从一草一木到整座宫殿都出自她手，守护朝云峰的第一代侍卫也是她亲手训练。我虽住在这里，但我有自己的侍卫，朝云峰的侍卫一直闲置着，既然你回来了，他们以后就听你调遣。”

玱玹给轩辕王磕头，把玉牌小心地收了起来。

轩辕王看他依旧喜怒不显、从容镇定，一丝满意从眼中一闪而逝。

轩辕王说：“我累了，你们下去吧。”

玱玹和小夭行礼，告退。

两人走远了，小夭低声问玱玹，“哥哥，你是真的想回来陪伴照顾外祖父？”

玱玹点了下头。

小夭不解地说：“你不怨他吗？我可是有些怨他，所以刚才一直拿话刺他。”

玱玹回道：“也许因为我是男人，我能理解他的很多做法，处在他的位置，他没有错。他的选择是伤害了不少人，甚至包括祖母、爹娘、姑姑、你和我，但他成就了更多人的幸福。人们只看到他是创建轩辕、打败神农、统一了中原的伟大帝王，却看不到他所做的牺牲和他所承受的痛苦。你知道吗？就在刚才他和我下棋时，我知道他背上的旧疾在剧痛，可是他丝毫不显，每一步落子都没有受到影响，依旧保持着最敏锐的反应、最凌厉的杀气。这样的男人，即使他不是我爷爷，我也会敬重，而他是我爷爷，所以我不仅仅是敬重，还有敬爱。”

小夭叹气，“我只能说，做他的子民是幸福的，做他的亲人是痛苦的，而你这个怪胎，他对你不闻不问，任由四个舅舅对你屡下杀手，你却依旧觉得他值得你敬爱。”

玱玹笑起来，“小夭，你怨恨那两个侍女吗？如果不是她们说了不该说的话，你压根儿不用颠沛流离两百多年。”

“不，如果没有那两百多年，我不会是现在的我。如果我在父王身边平平安安地长大，也许会很幸福，可我喜欢现在的我。现在的我什么都不怕，因为我已经历过一无所有，不管遇见多么可怕的困难，我都可以像杀死九尾狐妖一样，手起刀落地杀掉那些困难。”

“如果没有王叔的逼迫，我不会孤身去高辛，就不会看到另外一个世界；如果没有他们一次次的逼害和暗杀，我不会变得更狡猾、更冷静、更有力量。苦难之所以能成为苦难，只是因为遇到它们的人被打败了，而我们打败了苦难，并把它们踩碎，糅进自己的身体里，变成了属于我们的力量，所以，我们从不会把苦难看作苦难。爷爷和我们是一样的人，正因为他明白，所以他才选择了放手。”

小夭笑起来，“好吧，好吧，说不过你，以后我注意一些，不再刺激外祖父了。”

他们已经走到凤凰树下，两人都停住了脚步。玱玹抚了抚小夭的头，笑着摇摇头，“不必。你心里想什么就说什么，你是他的外孙女，我想他喜欢你对他坦率一点，包括对他的怨恨。他也不是一般人，能受得起你的怨恨。”

小夭做了个鬼脸，什么都没说。

玱玹指指秋千架，“你玩了吗？”

小夭笑坐到秋千架上，“我等着推秋千的人来了一起玩。”

玱玹推着她的背，把小夭送了出去，一次次，秋千荡得越来越高，小夭半仰着头，看着漫天红雨，簌簌而落。

荡秋千的人在，推秋千的人在，凤凰花也依旧火红热烈，可小夭再不能像当年一样，迎着风纵声大笑。她只是微微地笑着，享受着风拂过脸颊。

小夭以为轩辕会为她祭拜母亲举行一个隆重的仪式，当轩辕王询问她想如何祭拜时，小夭淡淡地说：“我娘并不是个喜欢热闹的人，自然不喜欢人多，但如果你要举行仪式，我想我娘也能理解。”没有想到，轩辕王竟然真的下令，让德岩把原本准备好的仪式取消。

在母亲忌辰的那一日，去祭奠母亲的只有小夭和玱玹。

山花烂漫的山坡上，有六座坟茔，埋葬着祖母、大舅、大舅娘、二舅、四舅和四舅娘，还有母亲。可其实，至少有三座坟茔都没有尸体。大舅的墓里是什么小夭不知道，只能看到茱萸花开遍坟头；大舅娘是神农的大王姬，神农国灭后，她烈焰加身自尽，尸骨无存，墓里葬着的是她嫁到轩辕来时的嫁衣；不知道二舅是怎么死的，只知道留下了一小块焦黑的头骨，墓里葬的是那块骨头；四舅，也就是玱玹的父亲，和神农的炎弁同归于尽，尸骨无存，墓中只有他的一套衣冠，还有自尽的四舅娘；母亲，和神农的赤宸同归于尽，也是尸骨无存，玱玹说墓中是一套母亲的战袍。

也许因为小夭清楚地知道墓中没有母亲，所以，她从没有想过来祭奠母亲。对着一套衣服，有什么可祭拜的？高辛的梓馨殿内还有一大箱子母亲穿过的衣服呢！

可是，当她和玱玹站在这一座座坟墓前，不管理智如何告诉她都是些衣袍，她却没有办法不哀伤。

所有真正疼爱呵护他的亲人都在这里了！玱玹跪下，一座接着一座坟墓磕头，小夭跟着他，也一座接着一座坟墓磕头。给大伯磕头时，玱玹多磕了三个，他看着盖满整座坟头的茱萸花，轻声地对小夭说："这应该是朱萸姨所化，她选择自毁妖丹、散去神识时，我已在高辛。我不知道为什么，师父说让我别难过，朱萸是心愿得偿，开心离去。"

小夭默默地也多磕了三个头。

当他们给所有的坟墓磕完头，玱玹依旧跪着没有起来。

小夭却背对着坟墓，盘腿坐在了草地上。她望着山坡上的野花，正五颜六色开得绚烂，忽然想起了母亲送她去玉山前，带她和玱玹来给外婆和舅舅们磕头，她和玱玹去摘野花，回头时，隔着烂漫的花海，看到母亲孤零零地坐在坟茔间。她忽然觉得害怕，是不是那一刻，母亲已经知道自己其实再回不来了？

玱玹站了起来，开始清扫坟墓，他修炼的是木灵，本来一个法术就能做好的事情，他却不肯借助法术。

小夭把玱玹清理掉的野花拣了出来，坐在地上编花环，等玱玹清扫完坟墓，小夭正好编了六个花环，一座坟墓前放了一个花环。

他们打算离开，玱玹对小夭说："陪我去趟轩辕城。"

到了轩辕城，玱玹让驭者在城外等候，他和小夭徒步进城。

玱玹带着小夭去了一家歌舞坊，玱玹赏了领路的小奴一枚玉贝。小奴眉开眼笑，把玱玹领进了一间布置得像大家小姐闺房的房间，只不过中间留了很大的空地，想来是方便舞伎跳舞。

玱玹吩咐道："我要见金萱。"

小奴流露出为难的神色，"金萱姑娘……"

玱玹又给了他一枚玉贝，"你去请她就好了，来不来在她，赏钱归你。"

小奴高兴地去了，小夭戴着帷帽，缩在榻上，好奇地看着。

玱玹坐在琴前，试了一下琴音后，开始抚琴。琴音淙淙，时而如山涧清泉，悠扬清越，时而如崖上瀑布，飞花泻玉。

门被推开，一个女子轻轻走了进来，她一袭黄衣，清丽婉约，见之令人忘忧。她静静坐下，聆听琴音，等玱玹奏完时，才说道："皎皎白驹，贲然来思。尔公尔侯，逸豫无期？慎尔优游，勉尔遁思。你，终于回来了。"

玱玹道："我回来了。"

小夭对玱玹说："哥哥，我出去转转。"

玱玹点了下头，小夭拉开门走出去，一楼的纱幔中正好有舞伎在跳舞，小夭站在栏杆前笑看着。

虽然轩辕的歌舞坊男客女客都有，可在这样的风月场所，来的多是男人，纵有女子，也多扮了男装，小夭却穿着女装，戴着帷帽，惹得不少人注目。小夭毫不在意，人家看她，她看美女。

只看那舞伎随着靡靡之音翩翩而舞，细腰如水蛇一般柔软，惹得人想搂一把，坐在四周的男子都伸手，却没一个碰到。两个男子恰分开纱帘从外走进来，其中一个男子猛地搂住了舞伎，在她腰上摸了一把，把她扔进另一个男子的怀里，"今夜就让这小蛮腰服侍你。"

这座歌舞坊是只卖歌舞的艺坊，所有的曼妙香艳都是看得到吃不着，舞伎本来已经冷了脸，可一看到男子的脸，纵使见惯了风月的她也觉得脸热心跳，再发不出火，心甘情愿地随了男子就走。

那男子笑搂住舞伎，带着她往楼上走，小夭觉得眼熟，却因为站立的角度和纱幔，一时看不清楚男子的脸。直到男子走到了楼上，小夭才真正看清楚了他的容貌，霎时间目瞪口呆。他的面容和相柳一模一样，可他锦衣玉冠，一头乌发漆黑如墨，眉梢眼角尽是懒洋洋的笑意，整个人和冰冷的相柳截然不同。

小夭一直盯着他看，男子却只是淡扫了她一眼，目光丝毫没有停驻。另一个男子却笑瞅着小夭，伸手来揭小夭的帷帽，"小娘子，你若有几分姿色，我就让你今晚陪我。"

旁边有女子挡住了他，娇笑着说："这位小姐是这儿的客人，公子可别为难我们了。"

男子看拉住他的女子姿色不俗，不再说话，随着她进了屋子。

金萱拉开了门，对小夭和善地笑了笑："进去吧，我让人送你们离开。"

小奴送玱玹和小夭走僻静的路，离开了歌舞坊。

玱玹带着小夭又四处转了一会儿，去城内有名的酒楼吃完晚饭，两人才出城，乘云辇回轩辕山。

到了朝云殿，小夭坐在秋千上，玱玹靠树坐着。小夭仍然满心疑惑，那人是相柳？不是相柳？

小夭问："哥哥，你见过相柳的真容吗？"

"没有，每次见他，他都戴着一副面具。"

小夭好奇地问："轩辕通缉追捕了相柳几百年了，怎么我看赏金榜上只他没有画像呢？难道这么多年竟然没有一个人见过他的真容？"

"见过他容貌的人当然有，可相柳是九头妖，传说他有九张真容，八十一个化身，那些见过他的人都自相矛盾。有一次有人描绘出他的容貌，竟然和六王叔一模一样。"

难道她见到的相柳只是他的一个幻形？小夭有些释然，又有些怅然若失。

玱玹疑惑地说："不过也怪，既然相柳的幻形连神器都辨不出真假，他何必还戴面具？反正随时可以换脸！"

小夭幽幽地说："也许他和我一样，只想要一个真实的自己，对幻化没有兴趣。"

玱玹问："怎么突然提起相柳？"

小夭说："只是……想起了他。"

小夭不想对玱玹撒谎，所以说了半句实话，她语气中自然流露的怅惘让玱玹有些难受，他轻声道："你不是清水镇上的玟小六了。"

小夭笑了笑，“我明白。”

玱玹转移了话题，说道：“在歌舞坊，要揭你帷帽的人是你的小表弟始冉，德岩唯一的儿子。”

“旁边的人是谁？”

“不认识，但没有用幻形术。不过——自从碰上过你和璟，我就再不敢十成十确信了，这天下是有以假乱真之术。”

小夭问：“那个金萱姑娘是你的人？”

“希望是。大伯活着时，曾建立过一个强大的收集信息的组织，朱萸姨在掌管。大伯死后，这组织效命于姑姑，姑姑战死后，朱萸姨虽然还在，但她的性子，有人下命令就能干事，没有人下命令，完全不知道该怎么办，这组织就有些荒废了。百年前，她带着金萱去高辛找我，按照姑姑出征前的吩咐，把这个组织交给了我。金萱也是木妖，如果我算是大伯，金萱就算是朱萸姨的那个位置，但她对我是否会如朱萸姨对大伯那么忠心，我不知道，慢慢看吧！”

“不管怎么说，这是属于你的力量。”小夭睨着玱玹笑起来，一脸促狭，“而且，以你对付女人的手段，我对你有信心。”

玱玹以拳掩嘴，轻轻咳嗽了两声，瞪向小夭。小夭收起了促狭，正色道：“我原来还担心你回来势单力薄，现在总算放心了一点。”

玱玹道：“我们的长辈虽然早早就离开了我们，但他们一直在庇佑我。大伯是个非常厉害的人，他不仅给我留下了这个组织，朝堂内其实也还有他的人，虽然非常少，但每一个都是最好的。父亲虽然早早就离开了我，但我知道如果有朝一日，我能掌管军队，士兵们必愿跟随我，因为父亲当年明明可以逃生，却选择了站在所有士兵前面，迎接死亡。娘亲，她给我留下了绝对忠诚的若水族。还有姑姑……”

小夭眨眨眼睛，好奇地问：“我娘给你留下了什么？”

玱玹笑着把一朵凤凰花弹到小夭的脸上，“你。姑姑给我留下了你。”

小夭踢起地上的凤凰花，扬到玱玹身上，“竟然敢打趣我！”

玱玹大笑，小夭道：“就这些只怕不够。”

玱玹道：“远远不够，再加上我在高辛时训练的暗卫，也仅够我勉强保住性命。现在整个朝堂几乎都认定王叔该继承王位；王叔曾帮着爷爷打下中原，有赫赫战功，军队中有和他出生入死的袍泽；他已经经营了几百年，从中原到西北都有他的人，肯定有很多家族像防风氏一样已经效忠于王叔。现在我所能做的，只能是先保住命，再慢慢图之。”

小夭问：“需要我为你做什么吗？”

玱玹笑起来，“你不会不知道我一直在利用你吧？”

小夭说：“你仔细说说，看有没有我不知道的。”

玱玹抓着秋千架，“我想想啊，面上的事就不说了。暗中的，比如涂山璟，他想接近你，我给了他机会接近你，他就必须要帮我；如果不是他，我哪里能那么容易融入丰隆他们的圈子？还有，在丰隆、馨悦他们面前，我会让他们明白我对你有很大的影响力，他们在评估我时，势必要考虑到你的分量。这些事情看似微小，却会让决策的天平向我倾斜，以后这些事，只会越来越多，很多时候你甚至都不会意识到我已经利用了你。”

小夭说：“感觉上，我什么都没做。”

“你已经做了，你把我看作最重要的人，我才能肆无忌惮地利用你。涂山璟又不是傻子，现在局势明显利于王叔，帮我对涂山氏没有丝毫好处，可他知道我对你很重要，所以他才毫不犹豫地站在我这一边。”玱玹握住小夭的手，“而且，虽然我知道你不在乎手上染血，可我在乎，我不想你因为我染血。你只需站在我身边，就是对我最大的帮助。”

小夭笑着点点头，“明白了。”

玱玹轻摇着秋千架，觉得这条踏着血腥而行的路，因为有了小夭的陪伴，竟然一点不觉得阴冷，像此时此刻，两人吹着晚风，轻言慢语，很温馨，也很放松。他本已经习惯于警惕戒备，不管什么都烂死在肚子里，可是对着小夭，他会觉得无话不能说，无事不可坦白。为了照顾阿念，他会在当着小夭的面时，刻意对阿念更好一些，小夭不会嫉妒；对馨悦的看法可以坦诚，小夭不会诧异；不管阴谋阳谋，都可以说，小夭不会觉得他卑劣，小夭完全接受他是他。

第二日，小夭起身时，玱玹已经不在。小夭去轩辕王那里找他，看他站在轩辕王身后，两个表弟也在，几个臣子正在向轩辕王奏报什么。

小夭在外面等着，等到昏昏入睡时，他们才出来。

小夭躲在暗中，可玱玹和他们边走边说，一直送着他们往外走，不知道的人还真以为他们兄弟有多么情深。表弟岳梁是七舅禹阳的二儿子，他对玱玹和始冉说：“明日家中有一个晚宴，大哥和小弟若没定下别的事情，请务必赏光。”

始冉哈哈笑起来，“三哥，你知道我的性子，只要有美人，你不请我，我也会去。”

小夭走了过去，给玱玹打眼色，玱玹却笑道：“有美酒吗？只要有好酒，我也一定去。”

小夭无奈何，只能装作好奇地问道：“有好玩的事情，为什么不请我呢？”

岳梁盯着小夭，始冉猛拽了他一下，他才反应过来，和始冉一起给小夭行礼。小夭请他们免礼，岳梁笑道：“姐姐若想去，自然欢迎。”只不过，他得重新安排一下。

待始冉和岳梁走了，小夭问道：“你没看到我让你别答应吗？”

玱玹笑着说：“看到了，但我想和他们亲近亲近，多了解一些总不是坏事。而且现如今，他们才是轩辕城的主人，我初来乍到，若端着个架子，落到外人眼里，反倒是我不知好歹了。”

小夭说：“你刚到轩辕城，还未站稳脚跟，正是除掉你的最好时机。他们绝没胆子在朝云峰下手，可出了朝云峰，却是他们的地盘。”

玱玹道：“不迎着荆棘峭壁而上，如何能登临峰顶？我都不害怕，你害怕什么？”

小夭的手抚着心口，“不知道，我觉得……可是不可能啊……”

“你想说什么？”

“反正我和你一块儿去。”

玱玹笑道："我没意见。"

第二日傍晚，玱玹和小夭去岳梁的府邸。

因为是私宴，宾客不多，却都是这些年轩辕国内赫赫有名的青年才俊。他们对玱玹看似客气，实际很不屑。小夭不禁暗暗叹气，玱玹要走的路真的是荆棘峭壁。

待宴席开始后，七舅的长子廉予才来，居然带了大荒中最近最有名的一个人来——刚在小炎灷的赤水秋赛上夺冠，来自高辛四部中羲和部的禺疆。众人看到禺疆，全都站起来，给予了最热烈的欢迎。

廉予站在禺疆身旁，略带了几分自得，把每个人介绍给禺疆。

小夭来时，特意和岳梁说不要说明她的身份，让她毫无拘束地玩一玩，现在自然不想去结识禺疆。她在花园里随意地逛着，又看到了那个歌舞坊中和相柳酷似的男子，他端着酒，散漫地倚坐在玉榻上，身周花影扶疏，暗影绰绰，若不仔细，很难注意到他。

小夭轻轻地走过去，站在他身后，冷不丁地俯下身子，突然说："相柳，你在这里做什么？"

那男子身子纹丝不乱，只微微侧仰了头，"你悄悄走到我身后，我一直在猜你想做什么，竟生了一些绮思遐想，没想到你认错了人。"

小夭盯着他的眼睛，男子笑起来，"我倒真想是你叫的那位了。"

小夭体内的蛊虫没有任何反应，自己也糊涂了，"你真的不是他吗？"

"如果你能陪我喝酒，我当当他也无妨。"

小夭甜甜一笑，"好啊！"

男子给小夭斟酒，小夭一饮而尽，给男子斟了一杯，男子也一饮而尽。一瞬后，男子手中的酒杯滚落，他苦笑，"你给我下毒？"

小夭抓起了他的手，抚着他的手指细看，他的指尖生了红点，真是中毒了。

男子叹气，"如果你没给我下毒，我倒真觉得自己艳福不浅。"

小夭扔开他的手，倒了一杯酒给他，"这是解药。"

男子无力地抬了抬手，显然他不可能自己端起酒杯，小夭喂着他喝了。

小夭道："不好意思，认错了人。"

"你每次认错人都要下毒吗？这习惯可不好！"

小夭再次说："抱歉。"转身要走，男子却抓住了她的手腕，"一句抱歉，就想走？"

"那你想怎么样？"

"我是防风邶（bèi）。"男子把自己的名字一笔一画写到小夭掌心，"记住了，下次不要再认错了人。"

"你是防风意映的……"

"二哥。你认识小妹？"

小夭苦笑，"大荒可真是小啊！"

小夭离开，这一次防风邶没有再拉她。

有人在观赏歌舞，有人在饮酒聊天，几个少女在亭子里下棋，玱玹和始冉他们在一起，不知道说什么，大笑声阵阵，小夭找了个僻静的角落坐下。

一切迹象都表明防风邶不是相柳，像防风邶这样的大家族子弟，认识他们的人太多，相柳绝不可能冒充，可小夭就是觉得他熟悉，那种熟悉理智分析不出，嘴里也说不出，只是身体本能的感觉。

已是深夜，宾客们陆续散去，也许因为玱玹在高辛生活了两百多年，禺疆和玱玹聊得很投机，一直聊到了宾客都已走光，在岳梁和廉子的相送下，玱玹和禺疆才并肩向外走去。

小夭站在云辇旁等着玱玹，玱玹和禺疆在门口站定，笑着说话。

如果站在玱玹旁边的人是防风邶，小夭会非常戒备，可是禺疆来自高辛四部的羲和部，一个对高辛王最忠诚的部族，小夭没怎么戒备，等得无聊时，还东张西望。

她看到了防风邶，他骑在天马[11]上，立在长街的尽头。夜色很黑，其实根本看不清楚天马上的人，但小夭就是凭直觉知道他在那里，小夭眯眼盯着长街尽头。防风家的子弟应该箭术都不错！

突然，野兽的本能让她的身体紧张，她下意识地看向让她感觉到危险的方向，看到禺疆突然出手，一拳重重击向玱玹，玱玹急速后退，可禺疆是大荒内排名前几位的高手，玱玹只堪堪避开了要害。禺疆不等他喘息，一拳又一拳疯狂地攻击向玱玹。每一拳都蕴含着充沛的灵力，拳纹犹如涟漪一般震荡开，将府门前的玉石狮子震得粉碎。

第一次知道原来至柔的水竟然也可以至刚，小夭惊骇地大叫："来人，来人！"可是没有一个侍卫赶来，岳梁和廉子已经被禺疆的灵力震晕过去，始冉被吓得躲到了云辇下，瑟瑟发抖。

小夭第一次明白，在绝对强大的力量面前，任何计策都不管用，这个时候，不管她和玱玹有多少灵机妙策，都只有更强大的力量才能救玱玹。

玱玹受了重伤，倒在地上，禺疆抓起玱玹，眼中满是恨意，化水为刀，挥刀而下，居然想把玱玹斩首。

小夭明知道以自己的灵力，即使冲过去，也只会被禺疆的水纹绞得粉碎，可她依旧不管不顾地扑了过去，凄厉地喝道："禺疆，难道你要让整个羲和部灭族吗？"

禺疆的刀势缓了一缓，"这只是我一人所为，与羲和部无关！"

"我是高辛的王姬，我说有关就是有关！"小夭站在了禺疆面前，眼中是可以毁灭一切的冷酷。

"你是高辛的王姬，居然要为一个外人毁灭羲和部？"

"那你呢？你竟然和外人勾结，刺杀玱玹，为自己的部族惹来灭族之祸？"

禺疆吼道："我没有和外人勾结，是他杀了我哥哥，我要为哥哥报仇！"禺疆的灵力打开了

11.《山海经》中会飞的异兽。《山海经·北山经》："又东北二百里，曰马成之山，其上多文石，其阴多金玉。有兽焉，其状如白犬而黑头，见人则飞，其名曰天马。"

小夭，小夭重重跌在地上，几口鲜血吐出。

禺疆不管不顾地挥刀砍向玱玹，“他砍了我哥哥的头，我只能取他的头祭奠哥哥。”

小夭惨叫：“住手！”

禺疆没有住手，刀锋毫不迟疑地斩向玱玹。

小夭几乎要肝胆俱裂，玱玹却平静地笑起来。

突然，寒意凛冽，萦绕着禺疆和玱玹的水灵变作了冰气，禺疆手中的水刀化作了雪刀，砍到玱玹的脖子上时，就如雪团砸到人身上，虽然砸得人生疼，可雪团毕竟是雪团，碎裂成了雪末。

禺疆双眼血红，还想攻击，一堵冰墙挡在他面前，一身青衣的赤水献在漫天雪花中走了过来，冷冷地说：“要想打，我们换个地方。”

禺疆满面悲愤，伤比痛多，“为什么？你知道他杀了我哥哥，为什么要阻止我？”

赤水献冷漠得就像一块寒冰，“等你打败我，也许我会告诉你为什么。”说完，她向着一个方向奔去，禺疆知道有献在，他根本杀不了玱玹，追着赤水献而去。

玱玹刚想挣扎着站起，小夭喝道：“别动！”

她张开双臂，挡在玱玹身前，面朝着黑暗的虚空，一步步后退。玱玹这时也反应过来，低声问道：“防风氏？”

小夭全身紧绷，犹如护着小兽的雌兽，一直怒瞪着什么都没有的虚空。她看不见他，可是她能感觉到他在那里，那支箭随时能射穿玱玹的咽喉。

这个时候，随玱玹而来的侍卫终于冲破了阵法的钳制，冲了过来，护住玱玹。

那人离开了！

小夭缓缓吐出一口气，身子松懈下来，几乎软倒在地上，刚才短短一瞬的对峙，让她觉得比被禺疆摔开更痛苦。

玱玹踉跄着扶住小夭，小夭扶着他的手，一言不发地强撑着爬上了云辇。

玱玹也登上了云辇，坐到小夭身旁。

小夭先吃了一颗药丸，帮玱玹检查伤势，她拿了三颗药丸给玱玹，玱玹什么都没问，乖乖地吞下。

小夭说：“今夜岳梁的府中有个客人，就是那天和始冉在一起的男子，他叫防风邶。”

玱玹说：“防风家的老二，防风氏十分善于隐匿，配上他们的箭术，才能名震大荒，为什么你知道防风邶在那边？”

小夭摇摇头，“我不知道，只是一种感觉。”

这是个很不能取信于人的回答，但玱玹相信。在生死存亡那一刻，他有过类似的直觉。

回到朝云殿，凤凰花簌簌而落，空气中有馥郁的凤凰花香，和往常一样的平静，就好似刚才的一切只是幻觉，可小夭的胸腹间仍在隐隐作痛。

小夭要进屋，玱玹拉住她，“小夭，今夜吓着你了吧？”

小夭回身，对玱玹说：“我没有生你的气，我很高兴你留有后手，并没有因为一个突然冒出来的禺疆就有可能真的死掉。”

玱玹道：“我是留了后手，不会死于禺疆之手，可后来那一刻，如果防风邶真射出一箭，我没有信心能躲过。”

小夭问：“赤水献怎么会帮你？”

“准确地说，我给了赤水氏一个机会，对我施恩。如果那一刻，赤水献不出手，我的暗卫也会出手。”

“施恩？”

“所有人都以为接受恩情的人会对施舍恩情的人生出亲近，却不知道施舍恩情的人对于自己救护的人同样会生出亲近之心。就算对一无所有的乞丐随意施舍半个饼，恩主也会下意识地期待乞丐的感激作为回报，如果乞丐感激，帮着打扫了一下门口，那么恩主在欢愉自己善心的同时，下一次仍会施舍半个饼。施舍是一种付出，但凡人心，只要付出了，不免期待回报。而且人心很奇怪，如果我太主动亲近赤水氏，他们会对我很警惕，可如果让他们高高在上地站在施恩者的地位，他们却会放松警惕。他们认为自己只是随手丢了一块饼子，随时可以关门把乞丐关闭在门外，却不知道当心里有了期待，即使关上了门，也要悄悄看一看乞丐会怎么反应。”

小夭叹气，“我以前觉得自己挺聪明，可和你们一比，我觉得自己是傻子。”

玱玹笑起来，“你不是，我们千般算计都只是因为有所求，而你无所求，自然不必算计，人无欲，才是至强。”

小夭苦笑：“好吧，我最强。你的伤不轻，休息吧。”

玱玹点头，今夜是一个双杀的局，禺疆的刺杀竟然只是为了给防风邶创造机会，虽然他有暗卫，可那一瞬，是灵力低微的小夭将他护在身后，用自己的身体护住他。

小夭走进屋子，掩门前突然说：“禺疆说你杀了他哥哥，究竟怎么回事？如果真有杀兄之仇，只怕他还会来杀你。”

玱玹皱眉，“我也不知道，从没听说禺疆有哥哥，如果真有个禺疆这么强的生死仇敌，倒真很麻烦，我会派人去查清楚。”

几日后，关于禺疆的事情查了出来。

原来禺疆原名玄冥，他的父亲是高辛羲和部的贵族，他的母亲却是轩辕族的女子。当年小夭的母亲嫁到高辛，轩辕王曾选了十来名轩辕少女陪嫁，其中一个少女与羲和部的一个少年情投意合，少年向高辛王请求赐婚，小夭的母亲没反对，两人就成婚了。婚后两人生了两个儿子，长子叫玄庭，幼子叫玄冥。小夭的母亲自休于高辛王后，当年随她到高辛的轩辕族侍卫和侍女也都返回了轩辕，禺疆的母亲留下了。但也许因为远离故土，不但没有朋友陪伴，还要承受轩辕王姬惊世骇俗举动的恶果，也许因为热情烂漫的轩辕女子无法忍受刻板严肃的高辛礼节，夫妻两人开始频频吵架。有一次禺疆的父亲气急下口不择言，说后悔娶了轩辕女子，骂轩辕的女子都没有教养，不懂尊重夫君。禺疆的母亲一怒之下，竟然学了轩辕王姬，写下休书，带着大儿子离开了高辛。

因为此事太过丢人，所以禺疆的爷爷极力压下此事，对外宣称儿媳和长孙遭遇意外而死。禺疆的父亲虽然从没有去轩辕找过妻子，可也没有再娶妻。禺疆的母亲在回到轩辕后，一直郁郁寡欢，没几年就病死了，她死后不久，禺疆的父亲也病逝。禺疆的爷爷改了孙子的名字，从玄冥改为禺疆，带着禺疆远离人世，终年漂泊于归墟。从此后，关于禺疆的身世，知道的人就非常少了。

禺疆跟着爷爷长大，他的大哥玄庭则由轩辕族抚养长大，之后他的大哥得到了轩辕王的重用，出任轵邑城的城主，成为了闻名天下的酷吏。在玱玹离开轩辕前，轩辕王下令，由玱玹监刑，斩杀了玄庭。

爷爷临终前，禺疆才知道了自己的身世，他的大哥并没有死于意外，可高兴还没过去，又听到爷爷说大哥已被玱玹斩杀。他总觉得是玱玹夺去了他的亲人，想杀玱玹，可玱玹是高辛王的徒弟，如果他在高辛境内杀了玱玹，是在挑战高辛王，会给全族惹祸，所以他只能一直忍，忍到玱玹离开高辛，回到轩辕。禺疆觉得他去轩辕杀玱玹，只是他的个人行动，和其他人没有关系。

至于是他利用了廉予接近玱玹，还是廉予和岳梁利用了他去杀玱玹，则不得而知。

小夭听完禺疆的身世，不禁有些同情禺疆，也不打算向父王告状了。

玱玹对小夭说："杀玄庭没有错，我不后悔杀了他，可我的确觉得对不起他，因为他犯的罪……"玱玹叹息，"算了，这些肮脏的事和你没有关系，就不和你解释了。"

小夭的伤已经好了，玱玹的伤还没好，但常有人来见他。其余时间，玱玹或者陪爷爷下棋，或者和小夭说说话。

等能行动时，他叫上小夭，每日采摘桑葚，腌制冰葚子。

仲夏时，玱玹的伤痊愈了。轩辕王给他派了差事，他开始忙碌起来，真正参与到轩辕的朝事中去。为了方便接见访客、商谈事情，玱玹在轩辕城内置了一座宅邸，忙时就宿在那边。小夭正有点嫌朝云殿太闷，问过轩辕王的意思后，偶尔也住在轩辕城。

第十六章 思君恨君君不知

LOST YOU FOREVER

从瀛州岛分别到现在，从冬到夏，已是半年多的时间，璟只和小夭联系了一次，还是他为了感谢玱玹的款待，在送给玱玹的谢礼中夹带了九壶青梅酒。玱玹虽不知道究竟哪份东西是交给小夭的，也猜到璟这礼肯定不全是给他的。收到礼物后，把小夭叫去，说道："你们的哑谜我看不懂，自己去挑。"

小夭把九壶青梅酒挑出来，一色的白玉瓶子，绘着一枝绯红的桃花，本是很稀松平常的白玉桃花瓶，小夭却觉得额间好似又有一点温润在辗转。

九瓶酒，随着小夭，从五神山的明瑟殿来到轩辕山的朝云殿。

青梅酒，小夭慢慢地喝，也只喝得还剩最后一瓶，她舍不得再喝，一直留着，把八个已经喝空的酒瓶仔细收好。

她很想喝最后一瓶，可她想等璟送来新的酒后，再喝这一瓶。

夜深人静时，小夭会躺在榻上把玩酒瓶，三寸高的酒瓶，放在掌间，盈盈一握。有时，小夭会笑；有时，小夭却为自己心酸。

她等了半年，都再没有璟的消息。

一日晚上，她又在榻上摆弄九个玉瓶，翻来倒去，九个玉瓶躺在白绢上，九枝桃花艳艳盛开，小夭忽然想起了玉山，她在那里等了母亲七十年，最终什么都没等来。这一生，她再不想等待任何人了。

小夭打开最后一瓶青梅酒，没有像以前一样一次只喝一两口，而是一直喝着。不过三寸高的瓶子，没一会儿小夭就喝完了。小夭把九个玉瓶收了起来，再不拿出来把玩。

小夭开始花更多的时间炼制毒药，夜深人静睡不着时，她在榻上摆弄毒药，边摆弄边思量如何才能把毒药做得更好看。是更好看，而不是更有毒。

她脑中有被天下人尊奉为医祖的神农王留下的《百草经注》，高辛和轩辕珍藏的医书随她翻看，小夭并不怀疑自己做的毒药的毒性，她现在喜欢做好看的毒药。看到凤凰花，她琢磨了几日，又花费了几日几夜，做了一朵栩栩如生的小小凤凰花，花色明艳、花香迷人。看到晚霞，她做出了熙彩流金的毒香屑，犹如将潋滟晚霞从天际采了下来。

每一份毒药，都是她的一个念想，一段心情，她把它们做出来，看它们在她手中盛放，再将它们仔细装好，送出去。

小夭猜度着相柳收到这些毒药时，不知道会是什么感觉，会不会骂她变态。

小夭把做好的毒药放在玉匣子里封好，到属于涂山氏的车马行，把匣子交给他们，问道："送到清水镇西槐街上的娼妓馆要多少钱？"

老板说道："如果姑娘指的是那个清水镇，那可在轩辕国的最东边，都快要到大海了。"

小夭说："所以才特意找涂山氏的车马行，交给别的车马行送货，便宜是便宜了，可我不放心。"

老板笑起来，"姑娘找对地方了。"

老板报了个价，小夭没有还价，痛快地把钱付了，反正不是她赚的，不心疼。

这就是小夭想出来应付相柳的法子，全天下到处都有涂山氏开的车马行，只要小夭有钱，什么都能送到清水镇。

小夭每隔三四个月，给相柳送一次毒药，上一次的毒药还是从高辛送出。也不知道相柳收到没有。应该收到了吧，否则以那人的小气性子，再忙也得抽出时间来找她的麻烦。

小夭走出车马行，又看到了防风邶，她忍不住再次试图用蛊虫去感应，可依旧没有反应。

防风邶笑着走过来，"要送货物？"

小夭看着他，他问道："你还认识我吧？"

小夭离开："你最好别接近我，我一看到你就想给你下毒。"

防风邶跟着她，"你的那位朋友就这么招你嫌？"

相柳招她嫌吗？当然不是，不过他倒是比较招她嫌。

小夭问："你跟着我做什么？"那日在园中相见时，他应该还不知道她是谁，但现在，他应该已知道她的身份。

“我无聊，我看你也挺无聊，两个人无聊总比一个人无聊好。”

那个晚上，在他箭锋前的死亡压迫感，小夭还记忆犹新，讥嘲道：“你来轩辕城干什么？不是为了来无聊吧？”

防风邶笑嘻嘻地说：“我来轩辕城做的事情都见不得光，一般是晚上忙，白天是真的很无聊。”

小夭哑然失笑，这人的性子和他妹子截然相反，无赖得坦率，“听说你们家的人都很善于射箭。”

“不错。”

“你和你妹妹的箭术谁更好？”

“她。”

“好到什么地步？”

“你想看我的箭术吗？”

小夭随口说：“好啊！”

“随我来！”

防风邶回到住处，命人牵了两匹天马，带着小夭出了轩辕城，来到敦物山。

防风邶问道：“你想我射什么？”

小夭眯着眼睛看了一会儿，指着对面悬崖上攀附在松树上随风摇摆的菟丝子，“菟丝子夏秋开花，现在应该已有小黄花，就射一朵花吧。”

防风邶从天马背上拿下弓箭，弯弓、搭箭、拉弦、射出。

小夭笑起来，“都不知道有没有射中。”

防风邶伸手，箭从对面的悬崖飞回他的手中，防风邶拿给她看，矢锋上有一点点黄色，显然是射中了花。

小夭不得不赞道：“果然是好箭术。”

“想学吗？”

“这也能教人？”

“你现在要学的是射箭的姿势，又不是修炼的心法，任谁都能教你，不过我教，自然是最好的。”

“好啊！”小夭猜不透防风邶想做什么，但正如他所说，反正无聊，就看看他想干什么。

防风邶选了一个距离他们不远不近的大树，“就拿它做靶子吧。”他把弓递给小夭，小夭模仿着他刚才的动作，握住了弓。

防风邶说：“不错，有点样子。身法当正直，勿缩颈、勿露臂、勿弯腰、勿前探、勿后仰、勿挺胸。”他指点小夭调整细微处的姿势，“你的力量小，最好采用四指拉弓。大拇指自然弯曲指向掌心，食指靠在颌下面，弓弦对正鼻、嘴、下颌……”

他把一支箭递给小夭，小夭射出，箭斜飞了出去，半途掉下。

他又递了一支箭，依旧和上次差不多。

连着射了几箭后，小夭比前两箭强了不少，可没有一箭接近大树。

小夭叹气，“真是看着容易，做起来难。”

防风邶站到了小夭身后，握着小夭的手，引导小夭跟着他的动作，“身端体直，用力平和，拈弓得法，架箭从容，前推后走，弓满式成！”随着“成”字，箭飞出，稳稳地钉入了树干。

“什么感觉？”

“心中什么都没想，眼睛并没有盯着靶子，只专注于引弓射箭的动作。”

“悟性不错。”

小夭苦笑，不是她想悟，而是那一瞬，她身体的反应就如同相柳接近她时，她简直觉得他会一口咬在她脖子上，脑中一片空白。可如果真是相柳，即使他和防风家有什么合作协议，防风家也绝不会把家传的箭术传授给一个九头妖怪。

防风邶又带着小夭拉了一次弓，“保持这种感觉，继续。”

小夭自己射出一箭，虽然没有射中大树，却已经到了大树跟前。小夭真正生了兴趣，立即又射出一箭，钉入了大树。小夭有点不敢相信，“我射中了？”

防风邶微笑，小夭立即拿了一箭，模仿着刚才的感觉射出，却居然和第一箭一样，半空中就坠落了。防风邶道：“你生了得失计较。”

小夭不相信，还想再试，防风邶阻止了她，“今日到此为止。”

小夭不解，“我以为要多多练习。”

“你再练习，只会越射越差，那种错误的感觉反而会因为一遍遍练习巩固在你心中，相信我，凡事都是见好就收最好。”

小夭放下了弓，“你若去做师父，保管徒弟都喜欢。”

防风邶笑起来，“人与人不同，我这法子只适合聪明人。”

“谢谢夸奖。”

防风邶翻身上了天马，两人策着天马慢慢下山。

小夭说：“我看你灵力修为比意映高很多，怎么可能箭术比她差呢？”

防风邶笑道：“很多人认为射箭要臂力惊人，其实不然，射箭是个巧劲，四两拨千斤才算好。经过特殊锻造的弓箭可以穿破灵力凝结的防御，即使是一个没有灵力的人，只要用对了方法，也能射中灵力比他高很多的人。我灵力修为是比小妹高很多，箭术却的确不如她。”

小夭盯着防风邶，心中波澜起伏。她灵力低微，所以她只求自保，早放弃了主动进攻的想法，可如果防风邶所说是真，那么一定距离内，她也是可以主动进攻的。如果再碰到像上次禺疆刺杀玱玹的事情，她能做的就不会是只能用自己的身体去阻挡。

防风邶却好像完全没感觉到自己说的话会对小夭产生影响，他笑问小夭：“有没有兴趣和我学习射箭？”

“有。”

防风邶说："你陪我解闷，我就教你。"

小夭回道："好。"

防风邶把小夭送到了玱玹的宅邸前，笑道："明天见。"

小夭目送他策着天马，犹如浪荡公子般，疾驰过长街。

小夭的生活突然之间就变得十分忙碌，她要炼制毒药，要练习射箭，当防风邶有空时，她要向防风邶学习射箭，还要陪着防风邶找乐子。

小夭和防风邶在一起后，才知道什么叫吃喝玩乐，她觉得简直在重新认识轩辕城，很多藏在小巷子里的地方，别说是她，就是她那几个表弟都没听说过，可防风邶知道。

他犹如识途老马一般，带着小夭吃喝玩乐。

周饶国的侏儒族开的珠宝店，也许因为他们人小，手指也小，所以他们打造的首饰格外精巧，一块普通的红宝石，他们能雕出上百朵的玫瑰花；一枚水滴坠子，他们能把一对情侣的画像雕刻进去，栩栩如生，如见真人。小夭叹为观止，给阿念和静安王妃各选了几件首饰。

巨人夸父族的饭铺，吃饭的碗像小夭用的盆子，小夭本来绝不相信自己能吃完那一盆，可尝了一口后，她立即一口接一口，把一盆饭全吃了。她哼哼唧唧地喊撑死了，却毫不后悔被撑死。

花妖开的脂粉店，那些脂粉小夭倒不稀罕，可一滴凝练的花露，能让人身体凝香一个月，清幽的莲香、傲骨的梅香、空灵的兰香……还有各种调制的方法，能调制出这世上独一无二的香气，连小夭这个做惯了男人的人，也不禁陷了进去，试着各种香露，忍不住买了十几种花露。

防风邶并不是每天都有时间，每隔五六天，他才会要小夭陪他一天，恰恰够小夭把上一次学习的射箭技巧巩固。有一次他甚至消失了三个多月，才再次出现。

小夭没问他去了哪里，他也没解释。小夭和他都很明白他们的教授与学习只是一种很短暂的关系，随时会因为一个意外终结。

但在外人眼里，防风邶和小夭算是走得很近了，而且因为传授箭术，小夭和他之间有一种若有若无的亲密。

防风邶是个很随性的人，有时来找小夭，小夭如果在朝云峰，他就直接跑去轩辕山，请侍卫通传，小夭也不觉得需要遮掩，两个人一来一往，整个轩辕城都知道高辛的大王姬和防风家的二公子交好。

连玱玹都打趣小夭，"好不容易把你找回来，我还想多留你在身边几年，你可别被防风家的那个浪荡公子勾引跑了。"

小夭笑吐吐舌头，"只要他还有可能射你，我是不会跟他跑的。"

不知不觉中，一年多过去了。

小夭有些糊涂了，不知道防风邶究竟想干什么。本以为他教授她箭术，只是一个接近她的借口，本以为他带着她四处游玩，只是想打开女人心门的一种手段。可是，他教授得非常认真，让小夭每次学习箭术时，真的很尊敬地把他看作了老师。和他一起的吃喝玩乐，更像是两人在享受生命。两个什么都不在意、什么都不介意尝试、却又什么都不想要的人，做了个伴，在熙攘红尘中寻找点滴乐趣。很多东西，一个人和两个人截然不同，比如吃饭，菜肴再美味，一个人吃总失了滋味，两个人一起时，小夭一抬头看见防风邶也是一脸享受，自然更觉得有滋味。小夭相信防风邶也是同样的感觉，所以，他毫不吝啬地把他所知道的一切有意思的事情都翻出来，带着小夭一起去经历。

小夭有时候觉得防风邶像个寂寞了很久的孩子，玩过无数玩具，早已索然无味，现在好不容易得到一个玩伴，不禁迫不及待地带着玩伴一起去玩，想要和他分享一切。看似嬉闹，其实是最真诚的。

渐渐地，小夭也是真诚地陪着他吃喝玩乐，只要防风邶没有挽弓对着玱玹，他就不是她的敌人。

这一日，上午防风邶教导小夭练习箭术，中午两人去歌舞坊吃饭睡觉，下午防风邶带小夭去了离戎族的人开的地下赌场。传说离戎族上古时的先祖是双头狗妖，不知是否出于这个原因，每个进入地下赌场的男人都必须要戴狗头面具，女子则随意。小夭看防风邶戴上狗头面具后，变成了狗头人身，笑得肚子疼。小夭笑够了，也戴上狗头面具，举起两个爪子，对着防风邶汪汪地叫。防风邶笑，"如果你被离戎族的人暴打一顿、扔了出去，别怪我没提醒你。"

走进地下城后，到处都是狗头人身，衬托得那些没戴面具的女子分外妖娆多姿，小夭又是笑。

因为大家都没了脸，也就可以不要脸，一切变得格外赤裸裸，香艳到淫荡、刺激到血腥。小夭和防风邶穿行其间，都云淡风轻。

防风邶先带小夭去赌钱，小夭曾在赌场里住过五年，靠这个吃饭，如今重操旧业，一直在赢，防风邶也一直赢，但两人都很懂规矩，适可而止。

他们去看奴隶的死斗，正好用赢来的钱下注，搏击的双方不死不休，在一堆疯狂呐喊的狗头人中，小夭泰然自若，防风邶也面不改色。

死掉的那方血肉模糊，活下来的一方也不见高兴，缩坐在角落里，一双死气沉沉的眼眸。

这一次小夭赌输了，防风邶赌赢了。

小夭不服气，"侥幸而已。"

防风邶道："那就再赌一次，赌什么随便你选。"

"好，我们就继续赌这个奴隶。"

"你明天还想来看他死斗？"

"不。你看到他的眼睛了吗？这是一双已经绝望的眼睛，我们就赌谁能在刹那间给他希望。"

防风邶轻声笑起来，"很有意思，看在你刚输了的分儿上，我让你先。"

小夭走过去，奴隶机警地握住了小夭的手，想扭断它，可常年的搏击，让他立即明白这双手灵力低微，杀不死任何人，而且野兽的直觉让他知道小夭没有任何敌意。他迟疑了一瞬，放开小夭。

奴隶的主人想上前赶走小夭，防风邶长腿一伸，挡住了他，把刚从死斗中赢来的钱扔给他。

奴隶的主人捡起钱袋，乖巧地躲到了一边。

小夭背对着他们，摘下狗头面具，对奴隶笑笑，用力抱住了他，在他耳边低声道："这世上总有一点美好，值得你活下去。"小夭戴上狗头面具，走了回来，那个满身血污的奴隶只是茫然地看着她，好似完全没弄明白究竟发生了什么。

防风邶弯下腰，身子簌簌轻颤，笑声压都压不住。

小夭没好气地说："轮到你了。"

防风邶走过去，弯下身子，对奴隶轻声说了一句话。奴隶的眼睛刹那间焕发出诡异的神采，好似激动，又好似不相信，急切地盯着防风邶，防风邶只是郑重地点了下头，走了回来。那奴隶却好像换了一个人，当奴隶主带走他时，他的步履格外坚定。

防风邶笑道："我赢了。"

小夭想不通，就算防风邶对奴隶许诺会赎买他，给他自由的生活，这个心已经被黑暗碾碎的奴隶也绝不会相信，而且很显然防风邶许的不是这样的诺言。

小夭喃喃说："你作弊了，你肯定认识他。你了解他，难怪你会赌他胜。"

"今夜我第一次见他。"

"你究竟对他说了什么？"小夭怎么想都想不出。

两人到了地下赌场的出口，防风邶脱下狗头面具，小夭也把狗头面具脱下，还给赌场的侍者。

走出赌场，已经是深夜，小夭不禁深深吸了一口属于人世的新鲜空气。

她对防风邶说："我真的很想知道你和他说了什么。"

防风邶笑道："如果你也抱我一下，我就告诉你。美人计对他没用，对我却会很有用。"

小夭跺了下脚，有些羞恼地说："不说拉倒！"

她气冲冲地走，防风邶跟在她身后，"好了，我告诉你。"

"我不想听了！"

"真的不要听了？"

"不要听！"

防风邶拉住她，好性子地哄她，"可我就是想告诉你，求着你听。"

小夭把唇角的笑意紧紧地压着，"你怎么求？"

"我抱一下你？我愿意对你使美男计。"

小夭又气又笑，用力推开他，"防风邶，你耍我！"

防风邶轻声笑起来，拉住小夭的胳膊，不让她走，"我和他说，我也曾是死斗场里的奴隶，我活下来了。"

小夭停住了脚步，怒瞪着防风邶，"你居然骗他！"

防风邶淡笑，"希望本就是个骗子。"

小夭的怒气渐渐地散去，忽而摇摇头，"他虽然被关在笼子里，却是只很聪明的野兽，他不会那么轻易相信你说的话，你一定还做了什么。”

“我用的是死斗场里奴隶的特殊语言。”

小夭惊异，“听说连奴隶主都不懂，你怎么会？”

防风邶笑，“也许我真在死斗场里做过奴隶。”

小夭呆呆地看了他一会儿，喃喃问：“你是谁？”

“你希望我是谁呢？”

小夭一手放在自己心口，一手慢慢地伸出，放在了防风邶的心口上，他的心正在和她用同一节奏跳动。

小夭茫然了，她曾以为他是相柳，相柳有九颗头，据说有九张脸，八十一个化身，也许其中一个就和防风邶一模一样，可防风邶和相柳太不相同了。

他带着她去买脂粉香露，懒洋洋地窝在榻上，看着她挑。女人一旦陷了进去，会彻底忘记时间，小夭在那家小店里待了一天，试验着各种各样的香露。嗅到后来，她鼻子都嗅麻木了，拿不定主意地拿给他闻，问他的意见，他耐心地一一帮她闻，给她意见。

一起吃饭，小夭爱吃酥饼最里面的那一层，他吃掉外面的，把最里面的一层夹给她。吃烤肉时，她最喜欢肋骨上方靠近脖颈，带着皮脂的那一块嫩肉，每一次他都会把那块肉连着烤得焦黄的皮切给她。

策马走山间的小路时，他总让她走前面，因为当前面的人经过后，横生的树枝常会弹打到后面的人。

相柳怎么可能温柔地和她说话，体贴地让着她，耐心地陪着她？也只有防风邶这种浪荡子才能那么了解女人的心思。

日子长了，纵使仍有那种莫名的感觉，小夭也认定防风邶就是防风邶，但是现在……她又觉得他是相柳，没有理由，无法解释，她就是觉得他是。

她对防风邶说：“我们的心在一起跳动。”她仰脸看着防风邶，等着防风邶给她一个解释。

防风邶的手盖在她的手掌上，笑笑地说：“是啊，好像真的在一起跳。”

这个无赖啊！小夭又是无可奈何，又是咬牙切齿，瞪着防风邶，防风邶笑看着她。

昏黄的灯光静静地笼罩着他们的身影。

一辆马车停在他们身旁，车帘被挑开，防风意映惊讶地叫：“二哥？”

防风邶十分泰然自若，微笑着说：“小妹，好久不见。”

小夭的身体有点僵，她能感觉到身后还有一人在看着她。

小夭不知道该是什么心情，她跟着防风邶学习箭术已经有十六个月，以涂山氏的力量，以她和防风邶的身份，璟早就应该听闻了她和防风邶的事。或者说，在刚开始，当她还没了解防风邶的随性浪荡时，她不相信防风邶会真正传授她箭术，她也没打算真跟他学，小夭没有抗拒防风邶的接近，只是因为她清楚地知道她和防风邶走到一起的消息会飞进每个世家大族的深宅大院内。

璟当然也会听到，而小夭就是想让他听到。小夭不明白自己为什么想这么做，她也懒得去想，反正这么做她觉得高兴，她就这么做了。

后来，小夭发现她误会了防风邶，防风邶真的在教授她箭术，她也开始认真学习。渐渐地，最初的那个目的已不重要。可小夭仍旧在若有若无间等待璟的反应，但十六个月，她真的已经放弃了等待，她只是觉得自己有点可笑。幸亏、幸亏，防风邶让她出乎意料，否则可就不仅仅是可笑，而是可悲了。

但是，就在她已经忘记时，他又突然出现了，并且带着他的未婚妻！

防风意映下了车，涂山璟也下了车，防风邶含笑打招呼，"想必你就是青丘公子，我那位大名鼎鼎的未来妹夫了，幸会。"

防风意映很无奈，对璟说："这是我二哥。"

璟一时没有说话，作为有幸曾见过相柳"真容"的人，估计他和小夭第一次看见防风邶时一样。一会儿后，他才行礼，客气地说："二哥好。"

防风邶笑道："我来给你们介绍一下，这位是……"

防风意映眼含不悦，打断了他的话，"二哥，你的朋友不必介绍给我们。"意映只在拜祭仪式上见过一次盛装的小夭，小夭今夜穿着普通轩辕女子的衣衫，侧身而站，低着头。意映又认定，深夜和邶在一起的女人肯定不是正经女人，根本不屑留意，所以完全没有认出来。

防风邶笑了笑，也就真不提小夭了。

意映问："二哥，你住哪里？涂山氏在这里有一座园子，二哥可以和我们同住。"

防风邶道："不用了。"

难得说话的璟突然说道："意映一直很挂念你，那园子很大，出入也方便，还请二哥赏光。"

意映诧异地看了一眼璟，却很高兴，毕竟璟殷勤款待她的家人，是她的面子。

邶笑道："盛情难却，不过今夜就不打扰了，我还要送朋友回去。明天再搬。"

璟说道："二哥去哪里？反正马车很宽敞，可以送你们。"

邶说："不用麻烦，我们刚在赌场里坐了几个时辰，现在想动一动。"

"走吧！"邶招呼小夭。

小夭毫不犹豫地跟着他，离开了。自始至终，她没有看璟一眼。

璟凝视着她的背影。

意映看着哥哥叹气，"传言他和高辛王姬这一年来走得近，我还以为他碰到一个真让他动心的，性子收敛了，没想到还是这样。"

璟没有说话，沉默地上了车。合上双眼，眼前浮现的是刚才小夭和邶四目相望的画面，两人之间浮动着说不清道不明的微妙。

小夭回到玱玹的宅邸，急匆匆地去找玱玹，“玱玹，玱玹。”推开屋门，居然看到了阿念和海棠。

小夭呆了一瞬，看向玱玹。

玱玹笑道：“阿念来轩辕城玩。”

小夭问：“她偷跑出来的？”堂堂高辛王姬来轩辕城，如果不是偷着来，无论如何也该有人向轩辕王奏报。

玱玹无奈地笑笑，“但我想师父应该知道。”

小夭也觉得父王肯定知道，如果不是他默许，再借海棠一百个胆子，她也不敢和阿念私逃，父王是个怪人，他一直非常纵容女儿们在外面野。就拿她和防风邶的事来说，在轩辕不算什么，轩辕王自然不会管，可高辛王也不管，只在给小夭的信里轻描淡写地问了一句防风邶。

阿念问玱玹：“哥哥，你是不是不高兴我来？”

玱玹温和地说：“当然不会，你来看我和小夭，我很高兴。”

阿念不屑地横了小夭一眼，“我只是来看哥哥。”

玱玹问小夭：“你刚才急急忙忙的，发生了什么事？”

“我刚在街上碰到……涂山璟和防风意映。”

“嗯，他们下午就到了，估计再过几日，丰隆和馨悦也会来。”

“他们怎么都来了？发生了什么事？”

玱玹说道：“小夭，这是轩辕城！轩辕国的都城！关系到大半个大荒的政令都是从这座城池中颁布出去。不管是赤水、涂山，还是神农、防风，他们的家族命运都和这座城池的政令息息相关。每个家族的重要子弟隔几年都会特意来轩辕城住一段日子。交好的，自然而然也就常常约好时间一起来。”

小夭沉默，好似很失望。玱玹问：“怎么了？”

小夭摇头，“我去洗漱睡觉了。”

玱玹带着阿念也出了屋子，对阿念说：“我带你去你的房间，你在轩辕城时就住这里。你既然是偷偷来的，到时别人问起，你就说是小夭的朋友，但我得和爷爷说一声，如果他想见你，我再带你去拜见爷爷。”

阿念乖巧地答应了，却有些不满地问：“为什么不能说是哥哥的朋友？为什么要说是小夭的朋友？”

“因为现在哥哥的能力有限，做哥哥的朋友很危险，做你姐姐的朋友比较安全。”

阿念向来是小事糊涂、大事精明，立即从玱玹的一句话中意识到很多，她咬了咬嘴唇，对玱玹说：“哥哥，你放心吧，我知道这里不是高辛，我不会给你添麻烦的。”

走在前面的小夭扑哧一声笑了出来，阿念羞恼，“你不相信吗？”

小夭已经到了自己的屋子，她走进去，回身对阿念说：“我、拭、目、以、待。”砰一声赶在阿念发火前，关上了门。

玱玹忙安抚阿念，“我知道阿念最懂事，别和你姐姐一般计较。”

阿念笑起来，跟着玱玹去了自己的屋子。

第二日，小夭起了个大早，给玱玹留了个口信，就回了朝云峰。

按照礼节，以璟和玱玹的交情，璟到了轩辕城后，应该会来拜访玱玹，小夭不知道他哪天会来，可她实在不想等待了，悬着心猜测，随着时间的流逝失望，那种感觉太难受。所以她选择不再等待，逃回了朝云峰，他会不会来、什么时候来，都与她无关。

小夭在桑林里练习射箭，练了大半日，出了一身汗，她才收起弓箭。

“你今日心不静。”轩辕王的声音传来。

轩辕王拄着拐杖，站在桑林外。小夭走过去，扶着轩辕王坐到桑木榻上，她没大没小地坐在了轩辕王旁边，端起一碟子冰葚子，一串串吃着。估计现在整个大荒，也只有她敢和轩辕王平起平坐。

轩辕王说：“让我看看你的手。”

小夭伸出手，轩辕王摸了摸她的手指，拉弓的地方已经结了厚厚的茧子，“小姑娘练箭，怕长了茧子不好看，都会戴上特制的手套，为什么不去找工匠定做？”

小夭笑起来，“我和她们的目的不一样，她们是为了秋天狩猎游玩，我是为了杀人，难道敌人会等我戴上手套再出手？”

轩辕王放开了小夭的手，“防风邶不可能把防风家的箭术传授给你，回头我再给你找个师父。你的灵力低微，弓和箭需要找技艺高超的大铸造师专门为你打造，但这个不急，等你箭术有小成时，我再命人去请铸造师。”

小夭不在意地说：“高辛缺什么都不会缺好的铸造师，回头让父王找铸造师帮我做。”

轩辕王看着小夭的眉眼，淡淡地问：“你父王待你如何？”

小夭的眼睛幸福地眯成了月牙，“不可能有比他更好的父亲。”

轩辕王望向桑林，以少昊[12]的精明，不可能看不出来小夭……他有什么图谋吗？轩辕王缓缓说道：“他是一国之君，不要把他看作单纯的父亲。既然生在帝王之家，就不要指望任何纯粹的感情，凡事只能靠自己。”

小夭叹了口气，“不是每个君王都像您这般雄才伟略的。”

轩辕王并不在意小夭话语里的讥嘲，忽然说道：“好好选个夫婿吧，在我死之前，我还能保证你嫁给任何一个想嫁的男人。”并尽可能安排她幸福。

轩辕王的话题太跳跃，小夭愣住，过了一会儿，她心内忽然涌出又酸又涩的感觉。不管她再怨他，他毕竟是她的外祖父。

小夭压下了那些复杂的感觉，嬉皮笑脸地问道：“不管是谁都可以吗？如果有婚约也可以吗？如果是你的敌人也可以吗？”

---

12. 少昊：高辛王名少昊。

轩辕王看向小夭，“你想要个什么样的男人？”也许因为轩辕王出身平凡，没有受过世家大族的教育，他说话时，要远比高辛王直接犀利。

这么直白的话，换成别的女子大概早就脸红了，小夭却没有丝毫扭捏。第一次有人问她这个问题，她也正儿八经地思考了一会儿，“我还没成年就开始扮男人，人家少女怀春时，我也不知道我忙什么呢，大概忙着活下去吧。也许我一个人的时间太长，我一直很想找个人陪伴，不是指嫁人，就是一起生活，分享苦、分享乐，即使吵吵闹闹，至少不用自己和自己说话，可我胆子很小，你想啊，我的亲祖父、亲爹、亲娘都能因为这个那个的原因放弃我，我又能相信谁不会放弃我呢？我和孤苦无依的老者相伴，我收养孤儿，他们需要我，不会抛弃我。”小夭嘿嘿地笑，“人家觉得我心善，其实，只不过因为我懦弱，我和弱小者在一起，觉得自己掌握着一切，被倚靠，不会被放弃，才觉得心安。”

轩辕王歪靠在桑木榻上，思量地看着小夭。

小夭说：“恢复女儿身后，总觉得嫁人还挺遥远，也没仔细想过。不过我知道我害怕像你这样的男人，在你们心中，永远会有比女人更重要的选择。”

轩辕王面无表情，淡淡地说：“我们本就不适合做夫君。”

小夭眯着眼，慢慢地说：“我太害怕拥有后又失去了，如果那样，我宁可从未拥有。除非有一个男人，不管面对任何选择，我都是他的第一选择，不管有任何原因，都不会放弃我，我才愿意和他过一辈子。”

轩辕王说：“很难。”

小夭笑起来，“我知道很难啊，所以，我根本不敢去想什么男人，我怕一想就万劫不复。就算……”小夭叹气，“就算心有点乱，我也会努力控制。”

轩辕王说：“你刚才问我的问题，你自己已有答案。如果他选择了别的女人，证明你在他心中不是第一选择；如果他选择了做我或玱玹的敌人，证明你在他心中不是最重要，他可以放弃你。”

小夭觉得心里堵得慌，抱膝缩坐在桑木榻角，望着桑林发呆。

轩辕王说：“其实你想得太多了，人有时候要学会糊涂，只要选对了人，相敬如宾、白头偕老并不难。”

小夭怔怔地思索着轩辕王的话，半晌后，苦笑起来，“我明白外爷说的话，可是我已经是这样的性子了，如果真找不到那样一个男人，我宁愿不嫁，收养几个孤儿，日子照样过。”

轩辕王什么都没说，只是凝望着桑林。

小夭在朝云峰待了五天，早上练箭，下午翻看医书炼制毒药，轩辕王有空时，陪轩辕王吃点东西说会儿话。

第六日清晨，玱玹带着阿念来拜见轩辕王。

阿念对轩辕王异常地恭敬，轩辕王看到阿念有些意外，估计没想到阿念居然比小夭更像自己的女儿吧，也许因为这一点相像，轩辕王对阿念多了一点亲切。

阿念立即感觉到了，居然半撒娇半央求地问轩辕王："我也好想要一个爷爷，陛下，我可以和玱玹哥哥一样叫您爷爷吗？"

轩辕王笑起来，"只要你父王不介意，当然可以。"

阿念立即甜甜地叫："爷爷。"

轩辕王一时高兴，命侍者拿了一个嫘祖戴过的镯子赐给阿念。阿念听到是嫘祖娘娘的首饰，满面欢喜，立即爱惜地戴上。

小夭目瞪口呆，觉得阿念才是和轩辕王有血缘关系的孙女。

玱玹朝她眨眼睛，现在知道阿念的厉害了吧？

小夭只能竖竖大拇指，她以前觉得阿念小事糊涂、大事精明，并不蠢笨，只是脾气冲、不会做人，可现在明白了，阿念不是不会做人，而是懒得浪费精力，对于影响不到她的人，阿念何必花心思花精力去讨好？其实仔细想想，阿念看似刁蛮，可实际上她从未逾越高辛王和玱玹的底线。

侍者进来奏报，"防风邶在山下求见王姬。"

小夭如释重负，对轩辕王说："我出去玩了，如果晚上回来得晚，你们不用等我吃饭。"

轩辕王正在和阿念说话，不在意地说："去吧。"

小夭随意地行了一礼就离开了。玱玹悄悄跟了出来。

小夭去牵天马，没有带弓箭。除了防风邶，只有轩辕王和玱玹知道她在练习箭术，小夭也不想别人知道，当日特意买了两副一模一样的弓箭，一套在小夭手里，一套在防风邶那里。纵使别人看到，也只当作是防风邶去山中射猎了。

玱玹拉住天马的缰绳，"你在故意躲着璟吗？"

"没有。"

"这几天，他每天都来找我，我想，他还没有闲到想天天见我。"

小夭说："防风邶在等我，我要走了。"

玱玹踌躇了一瞬说："防风邶是妾侍所出，防风家他做不了主，你和他玩可以，但……先不要和璟闹翻，我现在需要他。"玱玹低下了头，握着缰绳的手，因为用力，有些泛青。玱玹不是没有经历过屈辱，可这一瞬，他觉得最屈辱。

小夭握住了他的手，"哥哥，不要难受，这不是什么大不了的事，我会去见璟的，并不勉强，也不是为了你，我其实……其实在对他发脾气。"

玱玹依旧低着头，自嘲地说："我可真是个好哥哥，连让你发点脾气都不行，要你上赶着去给男人低头。"他放开了缰绳，"去吧！"步履匆匆，向殿门走去。

小夭策天马离开，到轩辕山下时，看到防风邶，小夭只是挥了下手，防风邶策天马追上她，两人默契地向着敦物山飞驰。

到了地方，小夭取下弓箭，拉满弓射出，箭狠狠地钉入了树干。

防风邶笑道："今日有火气啊！"

小夭不吭声，抽了一支箭，搭在弓上，慢慢地转身，对着防风邶的心口，拉开了弓，"你究竟是谁？"

防风邶无奈，"我现在住在未来的妹夫家里，和妹妹天天见面，你觉得我除了是防风邶，还能是谁？"

这会儿看他，又不像相柳了。小夭瞪着他，"如果日后让我发现你骗了我，我就在你心窝子射上一箭。"

防风邶笑起来，"你心里到底希望我是谁呢？那个让你想毒死的朋友？"

小夭指头一松，紧绷的弓弦弹出，箭贴着防风邶的头钉入了他身后的树干上。防风邶笑着鼓掌，"我这个师父教得不错！"

小夭抿着唇角笑。

防风邶说："我看你心情不好，今日别练了！"

小夭抽箭，引弓对着树靶子，"今日心情不好，不练！明日心情太好，不练！人生多的是借口放纵自己，有了一必有二，我还学什么？"

防风邶轻叹一声，没再废话。他盯着小夭的动作，时不时指点一下小夭。

一直练到晌午，小夭收了弓箭。

两人和以前一样，打算回轩辕城，去歌舞坊吃饭睡觉。

两人并辔行过轩辕街头，虽然小夭戴了帷帽，可一看小夭骑的天马，再看到防风邶，几个心思活泛的人猜到是王姬，不禁激动地叫了出来，行人听闻，纷纷让到路旁。

小夭这才发现早上心神不宁，牵错了天马，这匹天马的络头用黄金打造，有王族徽印，估计是专给轩辕王拉车的天马。

此时，整条长街只有她和防风邶在移动，小夭觉得很怪异，却无可奈何，只能摆出傲慢王姬的样子，和防风邶行过长街。

防风邶低声说："我虽然脸皮厚，可众目睽睽下带着你进歌舞坊，我还真有点不好意思。"

小夭笑，"说明你脸皮还不够厚，应该再练练。"其实，她也没胆子，怕传回高辛，让父王难堪。

小夭说："去玱玹那里吧，他应该会在朝云峰用过晚饭才回来。"

进了宅子，小夭跳下天马，叹道："我这野路子的王姬毕竟和阿念不同，看到那么多人盯着我，我总会下意识地检讨自己做错了什么，难道是以前当贼的后遗症？"

防风邶半真半假地说："不如你别当王姬了，跟着我四处去玩。"

小夭笑嘻嘻地说："好啊，只要你能放弃一切。"

防风邶哈哈笑起来，小夭笑睨了他一眼，话谁不会讲呢？我浪迹天下当骗子的时候，你说不定还在家里缠着婢女讨胭脂吃呢！

正厅是玱玹接待官员谈论政事的地方，小夭带着防风邶去了玱玹日间休憩的花厅，隔子中间，悬着纱帘，外面的大间摆放了茶榻和几案，可待客，里面的小间有睡榻，可小睡。

婢女们很快端上了饭菜。用过饭后，防风邶斜靠在窗边的坐榻上，一边喝酒一边看着窗外的风景。

小夭睡眼蒙眬地说："玱玹好像没养舞伎，你若想看，自己去问问婢女。"

小夭走进里间，垂下帘幕，侧身躺在榻上，闷头就睡。以前在歌舞坊时，两人也是如此，用过饭后，防风邶在外间看舞伎跳舞，小夭在里面窝在榻上睡觉，等小夭睡够了，再商量去哪里玩。

隐隐约约，小夭听到防风邶说了句什么，小夭挥挥手，示意他别烦，她还没睡够。小夭的身体不比防风邶他们，练一早上的箭，十分疲累，如果不好好睡一觉，下午什么都干不了。

又睡了一会儿，半梦半醒中，听到防风邶和什么人说着话，小夭以为玱玹回来了，也没在意，手搭在额上，依旧躺着。

"听小夭说王子要用完晚膳才会回来，你若真有要紧事，不如派个人去轩辕山通传一声。"

"我已经打发人去轩辕山了。"

小夭一个激灵，彻底清醒了，那从容沙哑的声音，不是璟，还能是谁?

真奇怪，每一次听他和别人说话，总觉得和自己认识的璟不是一个人。和别人说话时，他说假话也十分从容淡定，而和她说话，小夭总觉得他有些笨嘴拙舌。

"你和王子的交情很好？"防风邶在试探。

"王子平易近人，与大家相处得都不错。"璟回答得滴水不漏。

小夭坐了起来，纱帘外的两人停止了谈话。小夭走到镜前，稍微整理了一下发髻。

防风邶说道："小夭，刚才婢女来禀奏说青丘涂山璟求见王子，我看你还在睡觉，就自作主张让婢女请了他进来。"

小夭掀帘走了出去，笑道："幸亏你自作主张了，否则倒是我怠慢了哥哥的朋友。"

小夭只做刚才什么都没听到，对璟客气地说："哥哥在朝云峰，我这就打发人去请他回来。公子若没有急事，就在这里等等，若有的话，可以先回去，我让哥哥去找你。"说完，小夭真叫了婢女进来，吩咐她立即派人去轩辕山。

小夭对璟略欠欠身子，说道："我和邶还有事，就不陪公子了。"

小夭和防风邶走出了屋子，小夭问防风邶："待会儿去哪里？"

防风邶笑说："你想去哪里，我们就去哪里。"

小夭觉得身后一直有目光凝着，沉甸甸的，压得她几乎要走不动，可她赌气一般，偏是要做出脚步轻快、谈笑风生的样子。

走到门口时，小夭突然想起早上答应过玱玹的话，停住了步子。刚才也不知道怎么了，一心就是想和璟对着干。

防风邶看她，“怎么了？”

小夭说：“我突然想起哥哥叮嘱的一件事，今日不能陪你去玩了，改日补上，可以吗？”

防风邶盯着她，那种熟悉的感觉又冒了出来，小夭的身体不自觉地紧绷，似乎下一瞬，防风邶就会扑过来，在她脖子上狠狠地咬一口。

突然间，防风邶笑了，不在意地说：“好啊！”

防风邶扬长而去，小夭忍不住摸了下自己的脖子，感觉像是逃过了一劫。

花厅内，微风徐徐，纱帘轻动，一室幽静。

璟坐在榻上，身子一动不动，也不知道在想什么。

小夭在心里对自己说：他是涂山璟，不是破破烂烂没人要的叶十七。

小夭笑眯眯地走了进去，坐到涂山璟对面，“你要喝茶吗？我让婢女煮给你。”

璟声音喑哑，“不要。”

小夭殷勤地问：“那你要喝酒吗？让婢女给你烫点酒？轩辕城应该没有青丘暖和，到了秋末，一般都喜欢烫酒喝。”

“不要。”

小夭笑，“那你要什么？”

“你在这里，已足够。”

璟眉眼清润，唇角带着微微的笑，虽然笑意有些苦涩，却是真的一点没动气，就好似不管小夭做什么，只要她在这里，他就心满意足。

小夭突然觉得很泄气，就如对着云朵，不管怎么用力，人家就是不着力。

璟把一个小盒子递给小夭，小夭打开，里面是一根银白的链子，链子上坠着一颗紫色宝石，晶莹剔透，散发着璀璨的光芒。

小夭想了想，不太确信地问：“这是鱼丹紫？”

“本来想给你找颗红色的，可这东西虽不算珍贵，却真是可遇不可求，只找到了一颗紫色的。原想雕个什么，但我想，你要这东西肯定是想含着下水玩，不管什么模样，都不如圆润的一颗珠子含着舒服。你若想要什么样式，我再帮你雕。”

小夭问：“找这东西不容易吧？”

“不麻烦。”

小夭说：“不麻烦？连富可敌国的涂山氏也只找到了一颗紫色的。以后给女孩子送东西，一定要三分的麻烦说成五分，五分的麻烦说成十分，才能见诚意。”

璟不吭声。

小夭把玩着珠子，“这个已经锻造好了？”

“好了。”

“真的含着珠子就能在水里自由呼吸？”

“嗯，我试过了。”

小夭正拿着珠子，凑在唇边欲含不含，听到这话，忙把珠子收到手里，可拿在手里，也觉得那珠子变得滚烫。

璟也有些局促，不过他怕小夭贪玩出事，低声叮嘱道：“最长的一次，我在水里游了一日两夜，不过我有灵力，安全起见，你最好不要超过十个时辰。”

小夭低低嗯了一声。璟喜静不喜动，为了测试珠子，居然在水里游了一日两夜。

小夭突然趴倒在案上，头埋在双臂间。

璟吓了一跳，声音都变了，“小夭，小夭，你哪里不舒服？”

“我没有不舒服，我只是有点恨你。”每一次，她刚狠下心，他总有办法让她心软。难道只是因为她把他捡回家，救了他，她就对他狠不下心了？

“对不起，我知道我不该出现！”璟完全不知道小夭那百转千回的心思，他只知道，小夭现在很不高兴，刚才和防风邶在一起时很高兴。

小夭恼得把手里的珠子砸到他身上，“你就是个大傻子，真不知道那些人为什么觉得你精明。”

璟不敢躲，只能一动不动地坐着。

小夭又担心珠子被她摔坏了，问：“珠子呢？”

璟忙帮她四处找，把滚落在地上的珠子递给小夭，“不会那么容易摔坏。”

小夭瞪了他一眼，一边把玩着珠子，一边闷闷地说：“你来轩辕城，为什么要带……你还想取消婚约吗？如果不想，你提早和我说一声，我也犯不着守着和你的约定等待！”

璟急切地说：“我当然想取消！我已经和奶奶说了，我不想娶防风意映！”

小夭低着头，显然在等着他说下去。

璟说：“这些年，意映一直陪伴奶奶左右，和奶奶感情很深，奶奶没有同意取消婚约，但同意将婚礼推后。这次，意映主动要求一起来轩辕城，我不想带她，可奶奶说我们涂山氏欠她的，要我把她当成妹妹照顾。”

小夭摇晃着珠子，默默沉思。

璟说：“小夭，奶奶一直很疼我，我一定会说服奶奶同意。”

小夭说：“这枚鱼丹紫，我收下了！”小夭将项链戴到脖子上，微微拉开衣领，把珠子滚了进去，贴身藏好。

璟看在眼内，心急跳了几下，忙低下了头。

小夭说：“我在学习箭术，防风邶愿意教我，所以走得比较近。”

璟心里一下子盈满了喜悦，微笑着说："不用解释，现在我也没资格要求你解释。刚才，你回来了，已经足够。"

可她刚才回来却不是为了璟，而是为了玱玹！小夭心里十分压抑，她和璟之间也要利用与被利用吗？小夭问："你还记得答应过我不会伤害轩吗？"

"记得。"

"我不知道我哥哥想做什么，但如果不会侵害到涂山氏，你能否尽可能给他一点帮助？"

璟温和地说："如果只是这个要求，你根本不必开口。其实，我和丰隆这次来，是有事想和玱玹商谈。"

"如果没事商谈，你就不来了？"小夭咬着唇，蹙着眉。

璟的心急跳了一下，有点迟疑地说："本来丰隆想让我等他一起来，但我……等不及，先来了。"

"这也叫先来？我到轩辕城已经二十个月了。"

璟翻来覆去思索小夭的这句话，觉得小夭这句话的意思应该是认为他来得晚了，可又不太相信小夭是这个意思，他不得不一个字一个字地揣摩，简直恨不得求小夭再说一遍，让他再分析一下语气。

小夭看璟默不作声，叹了口气，起身要走。

璟一把抓住她，结结巴巴地问："小夭，你、你、你……想见我？"

小夭看着他，璟不安地说："我知道我有些笨，如果误会了，你、你别生气。"

小夭好似又看到了回春堂里的十七，她一下子心软了，柔声问："你想见我吗？"

璟重重点了下头，正是因为思念入骨，所以他反复思考后，想出了个法子，先说服了丰隆，现在又拉着丰隆和馨悦万里迢迢赶到轩辕城，来说服玱玹。

小夭不满地质问："那你为什么不来？"

"有些事要做。"

小夭叹气，"你真的那么笃定，我不会让别的男人走进我心里？"

璟摇了下头。不笃定，就是因为完全不笃定，所以他才想出了这个几乎算是釜底抽薪的法子。

小夭无奈了，"你……好笨！"

璟黯然，和防风邶的潇洒风流、挥洒自如比起来，他的确太木讷。

玱玹和阿念走了进来，彼此见礼后，玱玹笑道："不好意思，让你久等了。"

璟淡淡笑着，"无妨，是我没事先告知你。"他扫了一眼阿念，玱玹立即明白了，对阿念说："陪了爷爷一天，你也累了，先去休息一会儿。"

阿念知道他们有事要谈，可看他们不回避小夭，不禁心内很不痛快，却丝毫没表露，只乖巧地说："好。"

看阿念走远了，璟对玱玹说："估计丰隆和馨悦待会儿就到，我已通知过他们，他们一进城，会立即悄悄赶来这里，和你碰头。今晚见过你后，他们不会再单独和你相见。"

玱玹听完，神情一肃，忙快步走到屋外，叫来心腹侍从，低声吩咐了几句。

玱玹也不问璟是什么事，让婢女上了酒菜，对璟笑说："我们边吃边等吧。"又对小夭说："小夭，你也来坐。"

小夭坐下，玱玹和璟漫无边际地说着话，小夭觉得无聊，一个人倒着酒喝，玱玹笑拍了她的头一下，"你若再喝醉了，丰隆和馨悦肯定以为你酗酒，如果酗酒的名声传出去，你就别想嫁人了。"

小夭不满地说："谁又喜欢喝无聊的酒？咦，你不是精擅音律吗？去奏一首来听！"

玱玹自嘲地说："在青丘璟面前，我可不敢说自己精擅音律，不如让璟弹一曲。"

璟说："我已十几年没有碰过琴。"

玱玹有些意外，说道："那我就献丑了。"

玱玹坐到琴前，抚琴而奏，琴音淙淙，竟然是一首小夭小时听过的曲子，小夭叹息。

突然，璟俯过身子，在小夭耳畔低声说："丰隆和馨悦到了，你去里面。"

小夭忙回避到里面。

一曲结束，馨悦和丰隆推门而进，丰隆笑道："为了听完你的曲子，我都在外面站了好一会儿了。"

馨悦看着玱玹，脸有些红。

玱玹请他们入座，丰隆道："我们喝点水就行，待会儿还要去长辈们的接风宴，被闻到酒气不好解释。"

玱玹给他们斟了清水，丰隆说："我特意让侍从驾云辇慢行一步，自己策坐骑赶来，争取了这点时间，时间有限，就长话短说。"

玱玹肃容说："你我之间，本就不需客气，请直言。"

丰隆看了一眼璟，问玱玹："你既然选择回轩辕城，想来也是存了想要那个王座的心思，但你少时就离开了轩辕城，你的王叔们却有上千年的经营，不是我小瞧你，而是你拿什么和他们去争呢？"

玱玹盯着丰隆，"我的确存了那个心思，我也的确在轩辕城走得非常艰难，可以说目前只是勉强保命而已，如果你有什么建议，还请直言。"

丰隆又看了一眼璟，难掩激动之色，"既然轩辕城已经被你的王叔、弟弟们盘踞得密密实实，你为什么不放弃轩辕城呢？"

"放弃轩辕城？"玱玹的脸色变了。

丰隆站起来，手掌一挥，出现了一幅水灵凝聚的大荒地图，他指着地图说："你看看轩辕城的位置，当年，轩辕王和缬祖娘娘创建轩辕国时，选择在轩辕城立都，非常有道理，它可以辖制整个西北。轩辕城四面环山，交通不便，却易守难攻，让当年的神农国无法剿灭轩辕，可是，已经数千年过去了，现在的轩辕国早已不是当年只有小小西北的轩辕国。西域、南疆、北地、整个中原，这些大好河山都属于轩辕！”

丰隆用手指在整个版图上扫过，无边的沙漠、广袤的草原、莽莽苍苍的林海、无垠的良田、奔腾的江河、连绵起伏的崇山峻岭……坐落在西北的轩辕城和轩辕国庞大的版图相比，显得是那么不相称，没有一丝泱泱大国的王都气象。它的地理位置，隔绝了外面，看似安全，却也让它的影响力有限。

丰隆说：“玱玹，你看清楚了吗？看清有朝一日，你应该统御的河山了吗？”

玱玹的手在轻颤，“我看清楚了！”

丰隆激动地说：“放弃轩辕城！到中原来！中原才是整个大荒的中心，坐拥中原，才能俯瞰整个大荒，西域、南疆、北地、东海，尽在掌握，有朝一日，你若要挥师南下……”丰隆点了点高辛的河山，手用力地握住，“也轻而易举。”

玱玹再坐不住，站了起来，凝视着整个地图，打量了半晌后，手指缓缓地点向神农山，是这里！也只有这连绵千里、二十八峰的神农山才配得上现在的轩辕国。

他看向丰隆，丰隆点点头，他们所想一致。两张年轻的脸上，有憧憬、有激动，更有不惜一切代价的坚毅。

馨悦柔和地说：“选择神农山，并不是我们神农族企图做什么，其实，这件事到现在也只有我知道，族里的长辈还不见得愿意……

玱玹面容端肃，不耐烦地挥了下手，示意馨悦不必多言。

丰隆赞赏地看着玱玹，哈哈大笑，“女人毕竟是女人，再聪明也免不了小肚鸡肠，哪里懂得我们男人的雄伟抱负？什么神农族、轩辕族的，还纠缠于那些陈年烂谷子的事情，真是鼠目寸光！”

玱玹也禁不住哈哈大笑，倒了一杯清水，丰隆端起水杯，两人用力一碰杯子，咕咚咕咚喝下。

馨悦被哥哥骂得很难受，可看到玱玹和往日大异的样子，只觉他如巍峨高山，让她仰望崇拜，禁不住心如鹿撞，一颗骄傲的女儿心彻底陷落了。

丰隆扔了杯子，对玱玹说：“这事知道详情的就我们四人，你如何能说服陛下放你到中原，就看你的本事了，我们在中原等你。”

丰隆挥手划过整幅地图，整个大荒的河山都熠熠生辉，他朗声说：“我想要有生之年，看到一个真正的盛世帝国！千秋留名、万世敬仰！”

玱玹对丰隆行大礼，“听君一席话，惊醒梦中人，此恩永不敢忘！”

丰隆扫了一眼璟，回了大礼，笑道：“不敢居功！劝你去中原，就是要你放弃轩辕城，胜则全赢，输则一败涂地，再无转机。你敢豪赌，也是好气魄，令我钦佩！”

玱玹笑道：“我的志向本就不仅仅是一个王座，为何不敢放弃？”

馨悦不解地说：“我本以为这一趟会白跑，哥哥和我压根儿没有给你任何许诺，就让你放弃一切到中原来，你竟然真会愿意？”

玱玹笑对丰隆说：“如果我能有所作为，丰隆自然会选择与我共成伟业，如果我不能，几个许诺又能管什么用？”

丰隆大笑，用力拍了拍玱玹的肩膀。

璟提醒道：“你们该离开了。”

丰隆看着玱玹，依依不舍，好似还有千言万语要说，却知道今夜之行绝对要保密，万万不可泄露，所以不得不告辞，“我们得走了，离开轩辕城前也无法再和你相聚。”千言万语最后变成一句话，“我在中原等你！”

玱玹心怀激荡，也是依依不舍。男女之情固然缠绵悱恻，可男儿和男儿之间志同道合、浴血奋斗的情谊才更惊心动魄，他说道：“今夜只能清水一杯，等到中原，再大醉！”

丰隆和馨悦穿上披风，在暗卫的护送下，悄悄离开。

玱玹站在门口发了一会儿呆，才突然想起小夭在里间，刚才丰隆曾提到“挥师南下”，他心中一紧，急急走进里间，却看小夭躺在榻上，睡得正香。

玱玹轻舒口气，拍了自己脑袋一下，真是关心则乱，刚才丰隆在说话前，他亲眼看到丰隆又施了个禁制法术，显然是丰隆察觉到里屋还有人，但看他和璟没什么举动，知道可以信任，只是丰隆十分谨慎，依旧不愿泄露。

“小夭，起来了。”

小夭睁开眼睛，“他们都走了？”

“璟还在。”

小夭爬起来，迷迷糊糊地走出去，璟问道：“中午来时你就在睡，怎么又困了，晚上没好好休息吗？”

“不是，就是有些累，中午被你扰得压根儿没睡好。”

“你做什么了？”

小夭掩嘴打了个哈欠，“学习射箭。”

此刻的小夭睡眼惺忪，鬓发有点散，唇边带着一丝笑意，十分娇憨可爱。璟抬起手，想起玱玹在，又强压着收了回去。

小夭看玱玹眉宇间难掩激动，不禁奇怪地说：“谈了什么竟然能让你这种七情不上面的人都激动？”

玱玹问道：“小夭，你愿意去神农山吗？”

神农山？那里不是距离青丘很近？小夭下意识地看向璟，璟紧张地看着她，小夭不解地问玱玹：“我为什么要去神农山？你需要我帮你做什么吗？”

“我也要去神农山。”

“啊？你不是说要轩辕山吗？”小夭真正清醒了，双眼睁得滴溜溜圆，瞪着玱玹。

“计划变了。”

"哦！"小夭很晕，只能推测到玱玹应该是和丰隆达成了什么协议，"我无所谓了，去神农山就去神农山吧！"

玱玹和璟都如释重负。

璟垂眸看着案上的酒杯，忍不住露出了笑意，筹谋一年多，终于把她带到了身边，不再是万里之遥。

婢女进来说道："阿念姑娘问王子要不要一起用晚饭。"

玱玹看小夭，小夭挥挥手，让他走，"我若和她同席，你估计就忙着劝架了。"

玱玹朝璟苦笑一下，离开了。

小夭问璟："你什么时候离开轩辕城？"

"明天。"

"明天？"小夭真不知道自己心里是什么滋味了。

璟问："你去过青丘吗？"

"没有，我有一阵子特别讨厌九尾狐，传说九尾狐出自青丘，所以连带着讨厌上青丘了，两次经过都是绕道走。"小夭忽然有些担心，"我杀的那只九尾狐妖不会是你们的亲戚吧？"

"只怕是。"九尾狐本就稀罕，有数的那几只九尾狐妖的确都是涂山氏或远或近的亲戚。

"啊？"小夭的嘴巴张着。

璟忍不住笑起来，"亲戚归亲戚，他做了那样的事，是咎由自取，就算说到奶奶那里去，你也占着理。"

小夭拍胸口，"你要吓死我！"

璟温言软语地说："其实，青丘很好玩，等你到神农山后，我可以带你在青丘玩。"

小夭不说话，璟不安地问："小夭，你不想去中原吗？"

小夭摇了下头，"不是。"她浪迹天下时，因为对高辛王和轩辕王都心存芥蒂，所以大部分时间都在中原厮混，也是有感情的。

小夭低下了头，低声说："你送了我九瓶青梅酒。"

"嗯。"

"再没消息了。"

璟反复地思索了几遍小夭的话，才小心翼翼地说："你是说为什么我再没给过你消息？"

"嗯。"

璟想了一会儿，说道："第一，丰隆给我送的东西被人翻动过，我身边的人有了异心，没查出是谁前，我必须很小心。第二，我和玱玹的身份都很特殊，并不方便来往过密，涂山氏有家规，奶奶因为我给玱玹送谢礼的事，已训斥过我。第三，上次见你时，你抱怨我变着法子提醒你守约，所以我也想尽力克制，不要太惹你烦。"

第一条和第二条理由还算是理由，可第三条……小夭气得趴到案上，头埋在双臂间。

“小夭……”

“别和我说话，我现在不想和你说话！”

璟果真默不作声，小夭毕竟是个话多的，憋了半晌后就憋不住了，问：“你明日什么时候走？”

“清早。”

“今晚陪我玩吧！”

璟的眉眼舒展开，无限的欣悦，点了下头。

“不怕人发现吗？”

“狐尾人偶早已回去。”

小夭叹气，“我都不知道你究竟是聪明还是笨了。”

璟不说话。

小夭拉开门看了一眼，四下无人，她对璟招招手，拖着璟悄悄地溜去自己的屋子。

进了屋子，关好门，才放心。

“我不在朝云峰时就住这里。”小夭让璟坐，歪头看他，“我们玩什么呢？”

“什么都好。”

小夭看看屋子，琴棋书画——真的是什么都没有，小夭对自己也很无奈。

箱子里有几瓶毒药的汁液，桃红、天蓝、粉紫……倒是什么色彩都有，小夭把那些瓶瓶罐罐都拿出来，摆到璟面前，又把自己的四条绢帕放到案上。

小夭把自己做毒药时用的一根细细的小刷子递给他，“帮我画几幅画吧！”

“你想要什么？”

“嗯……荷花吧。”

璟蘸了深绿色的汁液，画荷叶。小夭道：“小心点，这可是埋广的汁液，很毒！南疆那边的人叫它见血封喉。”

璟倒丝毫不在意，依旧该怎么画就怎么画，小夭坐在他身旁，看他画画。

“还要什么？”

“蝴蝶吧，我上次想做一只蝴蝶毒药，可我画画不好看，做出来有些丑。”

璟听她说要做毒药，想着肯定不能太大，所以画得小一些，一只只仔细描绘，画了十来只。

小夭趴在案头，凝神看着。

璟看她有些困，说道：“你想要什么告诉我，我画我的，你要困，就睡吧。”

小夭摇头。

璟画完了蝴蝶，小夭说：“剩下的两块帕子你决定。”

璟提笔就画，一块帕子画了海边礁石图，一块帕子画了桃花，不见绿色的枝叶，只见娇艳的桃花一朵又一朵，就好似小夭额间的绯红飞落，印染在了雪白的绢帕上。

小夭脸红了，“你又来了！生怕别人忘记了似的！”

璟本没多想，只是画了心里想画的，被小夭一说，又是不好意思，又是紧张不安。手一颤，小刷掉落，一滴绯红的毒汁飞到手背上，"我、我……不是那个意思。"

小夭垂着头，半合着眼睛，声如蚊呐，"我……没有不许你那个意思。"

璟看着小夭，怔怔的。突然，身子向着小夭扑下去，把小夭压在了身下，唇恰恰亲在了小夭的唇角。

璟根本顾不上体验是什么滋味，紧张得脸都白了，"不、不是我。我、我不是。"想坐起来，却怎么都起不来。

小夭扑哧一声笑了出来，抱着璟翻了个身，"我知道不是你，你肯定中毒了，都让你小心了！"

小夭把了一下他的脉，端了杯清水，把一颗药丸融在里面，跪坐到璟身旁，抱起璟的上半身，把杯子凑到他唇畔，"半杯就够了。"

璟的脸也有些麻，只能一点点地喝，一时间，两人都有些失神。在清水镇时，小夭这么喂他吃饭喝水，喂了小半年。

"哎呀……不是说半杯吗？"小夭赶紧把杯子移开，"再喝下去，又要给你灌另一种解药了。"

小夭把杯子放到案上，对璟说："再过一会儿，就能动了。"

璟没说话，静静地倚在小夭怀里。小夭也没放下他，依旧抱着他。

过了很久，小夭问："你能动了吗？"

璟闭着眼睛，不吭声，好像仍然动不了。

小夭把一粒药放在他唇畔，璟微微动了下唇，药丸落进他嘴里。

小夭说："都不问问是什么啊？"

璟不吭声。小夭对他说："你不是想查出谁对你有异心吗？把那幅荷花的帕子拿回去，放进他有可能翻动的东西里，你多年没画画了，他看到了定然起疑，一定会仔细看，琢磨画里是否夹带了消息，消息是琢磨不出来，但毒一定会进入他体内。这世上没有能解百毒的灵丹，刚才那颗药丸，在半年内，能让一部分的毒药伤不到你，所以那帕子你可以随便碰。"

"他会死？"

"见血封喉，若不见血，没什么事。即使真见了，只要及时把帕子上的荷花剪下来，敷在伤口上，有好的医师，也死不了。"小夭叹气，"我就知道你会要解药，你太心软了！"

璟不说话。

小夭解开了他束发的玉冠，让他一头乌发散开。她的手探到他头发里，从头顺到尾，只觉一手软滑，比绸缎还柔顺，小夭问："现在是静夜还是兰香给你洗头？"

"都不是。"

"你还有别的近身服侍的人？"小夭简直想把他的头发揪下来了。

"不习惯，我自己洗。"

小夭转怒为喜，轻抚着他的头发，璟犹如被抚摸的小猫，很舒服惬意的样子。

小夭抿着唇角偷偷笑了一会儿，对璟说："上次在海上，你趴在栏杆上，头发散在背上，我就想摸一下。"

璟唇边绽开笑意，想睁眼看她，小夭盖住了他的眼睛，"别，就这样。"他睁开了眼睛，她会不好意思。

璟很听话地闭着眼睛。

小夭乐此不疲地玩着他的头发，拿起他的头发在鼻端嗅嗅，也是她喜欢的药草香。小夭自言自语般地念叨："好久没给你洗头了，下次我给你洗头吧，用槿树的叶子，清晨摘下，泡上一上午，下午时洗，再趁着太阳的余热晾干头发，闻起来是阳光青叶的味道。"

璟微微地笑着，"好。"

小夭忍不住打了个哈欠，璟坐了起来，"小夭，你累了，睡一会儿。"

小夭觉得怀里空落落的，璟伸手推她，"听话。"

小夭的确是很疲乏，无力抗争，顺着璟的力道倒在了榻上，小夭拽拽璟，"你躺下，我要摸你的头发。"

璟侧身躺下，小夭的手指卷着他的发丝绕来绕去，"是不是明天我睁开眼睛，你就不见了？"

"你到中原后，我来看你。"

小夭合上了双眼，"给我消息，不管你用什么方法，反正不要让我等太久。"

"好。"

璟鼓了半晌的勇气，才敢低声问："小夭，你、你是在惦念我吗？"

一直没有人回答他。

璟黯然神伤，半晌后，忽而反应过来，小声叫："小夭。"

小夭双目紧闭，丹唇微启，好梦正酣。璟不禁暗叹了口气，微微而笑。

早上，小夭醒来时，身上搭着被子。

她看了看案头，东西都摆放得整整齐齐，绢帕只剩下了三条。

小夭坐起，想去拿绢帕，觉得手上有什么，她低头一看，竟是一缕青丝，柔软地缠绕在她指间。估计是璟要离去时，不想她醒，索性把头发割断了。

小夭看着指间的发丝发了会儿呆，直挺挺地躺倒。这会儿，已不知他人在哪里了，却留下一缕青丝，乱她心思。

第十七章 溯洄从之，道阻且长

LOST YOU FOREVER

玱玹在高辛时，毕竟是寄人篱下，空有王子之尊，其实什么都没有享受过。

现如今回了轩辕，和岳梁越走越近，每日宴饮寻欢，被岳梁勾得把那些糜烂销魂的玩意儿都尝试了一遍，玱玹食髓知味，渐渐地沾染了岳梁的一些恶习。

原本清清静静的府邸也养了一些舞娘歌姬，好色纵欲倒没什么，反正哪个大家族子弟没养女人呢?

岳梁他们为了助兴，觉得烈酒不过瘾，偶尔会服食巫医用灵草炼制的药丸，那些药丸分量重时可令人昏迷，分量轻时，却可使人兴奋产生幻觉，醉生梦死间能得到极致的快乐。岳梁让玱玹也尝尝，刚开始玱玹还矜持着，不肯吃，岳梁也从不勉强他，可日子久了，岳梁经常吃，又有女人在一旁诱哄着，用樱桃小嘴含着药丸送到玱玹唇边，玱玹终于尝试了一次。

有了第一次，就有第二次……玱玹和岳梁是越发好了。

岳梁带着人到玱玹府上鬼混，结果被小夭撞见了一次，小夭大怒，直接告到轩辕王面前，一个女孩家也不害臊，一五一十地说给轩辕王听。轩辕王下令，把玱玹和岳梁一人抽了六十鞭子，打得岳梁一个月下不了地，还当着许多朝臣的面把德岩和禹阳臭骂了一顿，德岩和禹阳跪了两个多时辰。岳梁算是怕了小夭，再不敢来玱玹府里，见了小夭都绕道走。

玱玹索性很少回府了，常常跟着岳梁东游西逛，轩辕城中本就没有人在乎玱玹，自然也没有人为玱玹惋惜，反正这轩辕城内多一个浪荡贵公子也不多。只有大将军应龙有一次碰到喝醉的玱玹，玱玹颠三倒四地问好，应龙却扇了玱玹一耳光，对玱玹说："这一巴掌我是替你爹娘打的。"

玱玹被打闷了，半晌后，才反应过来，好似真有些羞愧，在府里闭门思过，可刚修身养性了几日，岳梁拣着小夭不在的日子来找他，几杯酒下肚，玱玹就又跟着岳梁出了府。

刚开始，玱玹还一时羞惭几天，一时又疯玩几天，到后来羞惭的天数越来越少，直到有一次再碰到应龙时，应龙训斥他，玱玹竟然抽出了鞭子，对着应龙嚷，想挥鞭抽应龙，岳梁他们拖着玱玹赶紧跑。应龙是跟着轩辕王打天下的心腹重臣，性子是茅坑里的石头，又臭又硬，岳梁的老子德岩都对应龙客客气气，岳梁哪里敢招惹？

这轩辕城内，估计最为玱玹伤心的人就是阿念了。

她每每苦劝玱玹，可玱玹总是温柔地答应着，一转身就什么都忘记了。到后来玱玹压根儿不回府，阿念在轩辕城人生地不熟，连找都不知道该去哪里找，只能整夜整夜地苦等。好不容易等到玱玹回来，却要么昏醉得根本听不到她说什么，要么就还是那样，温柔地全都答应，却全都做不到。

阿念被逼急了，和玱玹吵，甚至破口大骂，可不管她温柔地劝诫，还是刁蛮地撒泼，甚至威胁说她要回高辛，永不再理他，玱玹都只是温软地应着。

渐渐地，阿念没有了脾气，她开始哭泣，她痛恨轩辕城！在这座天下最重要的城池里，她遭遇了这辈子最伤心无力的事情，看着玱玹渐渐变得陌生，看着他拥着不同的女人，她却没有任何力量能阻止玱玹！

因为玱玹，阿念从不知道愁苦的双眸都含了忧郁，好似突然间长大了许多。

在无数次徘徊后，阿念终于对小夭低头，求小夭阻止玱玹和岳梁他们来往，实在不行，她愿意带玱玹回高辛。

小夭无奈地说："我不是没有阻止，我劝过他，也和他吵过，甚至把外爷都请了出来，该打的打了，该杀的杀了，可是结果你也看到了。"

阿念伤心地哭泣，小夭说："你能做的都已经做了，若真的不愿再见他，就回高辛去。"

小夭的平静和阿念的伤心截然不同。

阿念突然迁怒小夭，"你个冷血怪物！如果不是你，哥哥根本不会回轩辕，都是因为你要祭奠你那个坏母亲，还非要哥哥护送，哥哥才会来轩辕。如果哥哥没有回轩辕城，这些事情都不会发生！你既然已经失踪了，为什么还要回来？你根本就不该回来！"

小夭盯着阿念，"不要辱骂我的母亲，否则别怪我不念姐妹之情！"

阿念心里透出寒意，却不肯承认自己胆怯，更高声地哭骂："我从没有当过你是姐姐，压根儿和你没有姐妹情！你娘如果不是坏女人，她会抛下自己的丈夫？她就是个坏女人，不知道她跟着哪个野男人跑了……"

啪一声，小夭扇了阿念一巴掌，阿念倒在地上，浑身颤抖。

小夭说："这里不是高辛，是轩辕，你骂的人是轩辕王姬，为轩辕百姓战死，至今百姓仍在感念她，就你刚才的几句话，足以让轩辕王找到借口对高辛起兵。你要想撒泼，滚回高辛，别在轩辕闹腾。"

小夭吩咐海棠："把她带回屋子，毒半个时辰后就会解掉。"

海棠什么都不敢说，赶紧上前抱起阿念，匆匆离开。

小夭坐在玱玹的屋子前等候，玱玹昏醉不醒，被侍从背回了府邸，婢女们已经很有经验，麻利地服侍着玱玹宽衣睡下。

小夭让她们都下去，她坐到榻旁，看着玱玹。

这是一场戏，可玱玹并未和她商量。她只能稀里糊涂地陪着他演。

小夭提起玱玹的手腕，把了一会儿脉，给他嘴里扔了一颗药丸。

玱玹悠悠醒转，小夭说："这出戏再演下去，别戏结束了，你却已经成了废人。"

玱玹看着小夭，"如果不是戏呢？如果我是真的变了呢？"

"你想测试什么？你不和我商量，是想看看我会不会抛弃你吗？抱歉，测试不出来，因为我很了解你，知道你在演戏。你怎么干这么幼稚的事情？"

玱玹叹气，"有些时候人都会犯傻。"他的确是想知道小夭会如何对待这样不堪的他，"如果我真的变成了现在这样，你会有一日受不了离开我吗？"

小夭无奈地笑着，"你只需问问自己，如果有一日我变得不堪，你会抛弃我吗？"

玱玹凝神想了一瞬，说道："不会！如果你变成那样，肯定是发生了什么事，我一定会守着你，让你一点点好起来，就算你不愿意好起来……那也没什么，我会陪着你。"

小夭问："知道我的答案了？"

玱玹笑点了下头。

小夭说："你吃的那些药……为什么不提前让我给你配点解药？"

"别担心，我早已经询问过巫医，这些药会成瘾，也许对一般人很可怕，但我能戒掉。既然决定了演戏，就必须逼真，想要让他们放心地把我流放到中原，必须让他们相信我已经不能成事。"

"不仅仅是成瘾，其实这些药都是慢性毒药，在毒害五脏六腑。"

玱玹笑，"不是有你吗？"

小夭说："即使日后解掉了，你的灵力也会受损。"

玱玹笑道："我不是早说了，我又不是靠灵力混？"

"还要吃多久？"

"快了，很快我们就能去中原了。"

小夭说："阿念很伤心，她的伤心并不是因为你变了，其实表面上看去，你的放纵对一辈子不愁吃穿的贵族子弟来说也不是多么可怕，并不值得她日日以泪洗面，我看到过她看你那些女人的眼神，我想她对你不只是兄妹之情。”

玱玹用手盖着眼，“你想我怎么样？”

“我怎么知道？反正你要记得，她是我父王的女儿，父王不仅对你有养育之恩，还有授业之恩。”其实，小夭比较希望阿念回高辛，所以她才刻薄地逼她回高辛，但阿念不见得会走。

玱玹叹了口气，“我明白，所以我一直是真心护她，和对馨悦她们不同。”

“还是她们？”小夭狠拧了他耳朵一下，“四舅和舅娘一生一世只一双人，不离不弃、生死相随，你却和他们截然相反，我倒是要看看你这辈子能招惹多少女人。”

玱玹龇牙咧嘴地揉耳朵，委屈地说：“我又不是故意招惹的。”

小夭懒得理他，起身要走，嘲讽地问：“要不要我给你叫个女人进来？”

玱玹闭上了眼睛，“我还昏着呢！”

小夭把门关上，回了自己屋子。

小夭躺在榻上，怎么睡都睡不着。

阿念骂母亲的那些话是藏在她心底最深的恐惧，她不愿回想，但眼前依旧浮现出一袭血红的衣袍，那男子睥睨张狂得好似要踏碎整个世界，可是他看着母亲的眼神却是那么温柔缠绵，而母亲看他的目光……小夭当时不明白，现在却懂了。

母亲滴落的泪，似乎还印在小夭的脸上。

小夭不自禁地摸了一下自己的脸颊，想擦去那些眼泪，却什么都没有。

小夭惊得一下坐起来，打开榻头的小箱子，从摆满了毒药的瓶瓶罐罐中，拿出一瓶青梅酒。

这是璟送来的酒，也不知道他是揪出了内奸，还是想出了瞒过奶奶的方法，或者因为玱玹和丰隆有了协议，更信任璟，肯动用暗卫和他联系，反正现在每两个月，小夭会通过玱玹收到两瓶青梅酒。

小夭大喝了几口酒，好似从璟那里获得了力量，慢慢平静下来。小夭把关于母亲的思绪都赶走，她一边啜着酒，一边想着父王，渐渐地笑了，恐惧淡去。她的心清清楚楚地告诉她，父王很爱她！她肯定是父王的女儿！

一个人突然从窗户跃进来，又迅速地把窗户关好。

隐隐地有士兵的呼喝声传来，显然是在追捕什么人。

小夭没叫、没动，把玩着手中的酒瓶，带着几分被打扰了的不悦说：“我不会被你要挟帮你遮掩，趁早离开，重新选人还来得及。”

来人显然没接受小夭的建议，向着榻走来，小夭替他数数：“一、二、三……”一直数到了十，男子走到了榻前，依旧没有倒。

小夭知道这次来的人灵力高强，毒药很难毒倒。

男子伸手挑起了纱帘，坐在小夭的榻上。

小夭说："你虽然灵力高强，不过你受伤了，我还是建议你不要找我。"

男子戴着面具，静看着小夭。

小夭的身体紧绷，感觉告诉她这是个熟人。她伸手，男子没阻止，小夭缓缓摘下了他的面具，是防风邶。

小夭苦笑，"我比较希望你是专程深夜来探访我的香闺。"

防风邶没说话，小夭说："你就不能去找你的狐朋狗友吗？干吗要投奔我？"

"你也说了他们是狐朋狗友。"防风邶一说话，唇角有鲜血溢出，他不在意地擦掉了。

小夭无奈，很无奈，可不得不抓起他的手腕，然后把高辛王和轩辕王给她的灵丹妙药分了防风邶一些。

"你躺下吧。"

防风邶躺到榻上，小夭也躺下，盖好被子，"我哥哥如今完全镇不住场面，我的身份不见得管用，待会儿人家要硬搜，我也没办法。"

防风邶不说话，小夭觉得他今晚十分怪异，正狐疑地琢磨，听到外面闹腾起来了。

小夭什么都不能做，只能静静等待。

她低声问："你究竟干了什么？不会是去刺杀轩辕王吧？应该不是，多少刺客轰轰烈烈而来，凄凄惨惨而死，你这么个聪明人应该不会干这种傻事。"

防风邶依旧不理她。

小夭叹气，"真可惜你不是真正的浪荡子！"

婢女来敲门，小夭配合地让她敲了几下，才装出刚睡醒的样子问："怎么了？外面闹什么呢？"

婢女回道："是世子带兵在抓人。"

"岳梁？"小夭披衣而起，"他打算搜府吗？表哥怎么说？"

"王子还昏睡着呢！"

另一个婢女急急忙忙地说："王姬，快点穿好衣服吧！士兵已经搜了王子的屋子，把王子的屋子翻得乱七八糟，衣服都挑破了，奴婢怕他们待会儿冲进来冒犯到您！"

小夭不禁捏了捏拳头，不得不佩服玱玹真是能忍，堂堂王子竟然由着几个士兵搜自己的房间，乱翻自己的东西。

小夭打开门，让两个婢女进来，她端坐到榻上。

两个婢女小声提议："那些士兵都很粗鲁，不如王姬暂时回避一下，奴婢们在这里看着就行了。"

小夭笑笑，"没关系，我也正好见识一下。"

几队士兵正挨着房间搜，似乎都听说过小夭的泼辣名气，都刻意避开。一队搜到了阿念的房间，士兵没客气，海棠刚一开门，他们就想往里冲，海棠也没客气，立即动手。海棠是高辛王训练来保护阿念的，对付这几个士兵自然小菜一碟。

小夭坐在榻上，看得直笑。

轩辕的士兵向来以悍勇著称，在四个低等神族的指挥下，一下子竟然摆出了阵形，将海棠团团围住，海棠开始渐渐显得吃力。

小夭暗叹，难怪轩辕王令天下畏惧，就这么一群普通的人族士兵都丝毫不畏惧灵力高强的神族。

阿念走出了屋子，挥手射出一排冰刃，将几个士兵射倒，但她也很有分寸，没伤及性命。更多的士兵拥了进来，结成阵形，围攻阿念，还有两个驱策坐骑的妖族立在半空。看样子是打算观察清楚后，一击必杀。

小夭对婢女说："你去问问岳梁，他是不是不想活了？"

一个婢女迟疑着不敢，另一个婢女却毫不犹豫地走到门口，扬声问："王姬问世子是不是不想活了？"

一瞬后，岳梁赔着笑走了进来，给端坐在榻上的小夭行礼，"表姐何来此言？"起身时，眼睛滴溜溜地把屋子扫了一圈。

小夭笑着说："你脑子里也不知道装了些什么，一点眼色没有。你看看那个婢女，你觉得一般人能用得了吗？不是我瞧不起你，就是你身边，要找出模样这般好、灵力又这般高的女子，只怕也没一个。"

岳梁不阴不阳地说："我以为是表姐的人。"

"不是，是我妹妹的。"小夭指指阿念。

岳梁脸色变了，大喝一声"住手"。

岳梁的脸色很难看，"高辛王姬来了，表姐却隐匿不奏？"更怒的是，竟然没有人通知他。

小夭笑眯眯地说："你以为我想隐匿就能隐匿？不过是外爷懒得让你们知道而已，怕你们几个动什么歪主意，扰了我妹妹的清净，不信你回去问你爹！"

岳梁这边住手了，阿念却没住手，把对玱玹的伤心、小夭的讨厌全部发泄到了轩辕士兵身上，把所有士兵都打倒在地，还怒问："想动手的都过来！"

岳梁知道了轩辕王默许阿念在此，心里再怒，也不敢给小夭甩脸子了。他赔着笑说："还请表姐安抚一下王姬，不是我有意冒犯，实在是完全不知道。"

小夭站起，拉开纱帘，让岳梁看，"要不要仔细搜搜我的房间呢？"

岳梁忙道："不敢，不敢。"却仍旧是扫了一眼，只见被褥零乱，显然是匆匆起身，榻角还有一件大红的绣花抹胸若隐若现。岳梁不禁心里一荡，下意识地看向小夭的胸，表姐只怕没穿……

小夭也看到了自己的抹胸，脸色立变，忙放下纱帘，冷了脸，强装着镇定说："出去！"

岳梁越发心里痒痒，恨不得能摸一把，可再有色心，也不敢动小夭，只能退了出去。

岳梁琢磨着小夭的房间他已经看过，并不像藏了人，现在他怀疑的是阿念。可士兵都被阿念放倒在地，他不想和阿念直接起冲突。毕竟小夭算是半个自己人，有什么不周，和爷爷还好交代，可如果对阿念真有失礼之处，那就是对高辛的公然挑衅。

岳梁想了想，命人退出小院，却在外面守着，一边给阿念赔罪，一边说："因为有奸徒作恶，怕王姬遇险，所以特意派兵保护。"

阿念深恨岳梁带坏了玱玹，巴不得岳梁说错话，让她借题发挥，狠狠揍他一顿，再去和轩辕王告状，可岳梁曲意奉承，硬是让阿念一个错都挑不出，只能气鼓鼓地回了屋子。因为很坦然，阿念对外面的士兵是一点不在乎。

外面渐渐安静了，两个婢女行礼退出，把门关上。

小夭熄了灯，坐到榻上，把纱帘放下，掀开被子，露出防风邶的头，低声问："没闷死吧？"

防风邶闭着眼睛没理她，小夭也不能点灯，只能手塞进被子里去摸他的手，搭在他腕上，查看他的伤势，刚才喂给他的稀世灵药没有发生一点作用。

小夭猛地放开他的手，躺倒，呆呆地盯着帐顶。

半晌后，她才问："你究竟是谁？"

"你希望我是谁？"防风邶的声音很冷。

小夭不吭声，好一会儿后说："你爱是谁就是谁吧！"

防风邶半撑起身子，头缓缓地伏下，唇就要挨着她的脖子，小夭的手挡了下，"别！"他的唇挨在了她的掌心。

防风邶立即躺了回去，小夭侧身而躺，把手腕递给他，"咬这里。"

"为什么那里不行？"防风邶的脸很冷。

小夭开始很怀念随意随性、风趣无赖的防风邶，"你说呢？防风邶！"

防风邶沉默了一瞬，扶着小夭的手腕，几颗尖尖的小獠牙，刺破了小夭的手腕，这是小夭第一次亲眼看到他吸她的血，并不觉得痛，反而有种凉飕飕的快感。

小夭专注地看着防风邶，防风邶扫了一眼小夭，小夭立即乖乖地闭上眼睛。她郁闷！她还是怕他啊！

好一会儿后，小夭觉得头有些晕，却没吭声，这里是轩辕城，他的伤必须尽快好！

防风邶停止了吮血，他轻轻舔舐着小夭的伤口，小夭的血凝住，不再往外流，等他放下小夭的手腕，已经看不出是伤，只像一个激烈的吻痕。

防风邶轻声叫："小夭。"

小夭睁不开眼睛，喃喃说："没事，你疗伤，我睡一觉就好。"

防风邶翻了翻小夭的疗伤药，拣出一瓶玉髓，喂着小夭吃了。

防风邶躺下，闭目疗伤。

小夭一觉睡到快晌午才醒，她睁开眼睛，立即去看防风邶，看他依旧闭目静静躺着，才放下心来。

小夭知道他虽不能动，却能听得见，低声说："我饿了，去吃点东西。不会有人进来，你安心疗伤。"

小夭起身，把纱帘掩好，走到角落里，窸窸窣窣地把衣服换了，梳好头发，走了出去。边走边下毒，在门口又布了一层毒药，才放心。

昨夜敢大声传话给岳梁的婢女正在庭院内侍弄花草，小夭对她悄声吩咐："看着他们。"就凭昨夜她敢对岳梁传话，小夭肯定她是玱玹的人。

那婢女提着水壶，扫了一眼庭院外守着的士兵，回道："奴婢明白，若有事，奴婢必会立即闹起来。"

小夭笑起来，"你叫什么名字？"

"奴婢潇潇。"

小夭去玱玹屋里，阿念也在，玱玹仍懒懒地半躺在榻上，满屋狼藉，衣箱敞着，被翻得乱七八糟，地上几件被撕毁的衣袍。

阿念怒气冲冲地说着昨夜的事，玱玹也好似十分生气，一遍遍承诺，必要去找岳梁算账。

阿念看到小夭进来，心中有一丝畏惧，瞪了小夭一眼，离开了。

小夭在屋子里转了一圈，啧啧两声，"他们不会连你的身子都搜了一遍吧？"

玱玹笑笑，"那倒没有，只是掀开被子看了两眼。"

小夭沉默了，他们竟然真敢！

玱玹大叫一声："来人！"

婢女立即端了洗漱用具进来，小夭和玱玹一起洗了脸，漱了口。

婢女送来饭菜，小夭吃饭。

玱玹说："昨夜应该算是奇耻大辱，我好像再没血性也该发作一下，所以我得去找他们算账，你若觉得这里乌烟瘴气，就带阿念回朝云峰。"

小夭说："你问一下是为了什么岳梁要亲自带兵搜查。"

"你不说，我也得要他们给我个交代。"玱玹苍白着脸，出去了。

小夭吃完饭，回了自己屋子。

小夭怕扰到相柳疗伤，刚一进门，就低声说："是我。"

她掀开纱帘，防风邶依旧静静地躺着。

小夭盘腿坐在榻上，静静地看着他。

小夭清楚地记得那是一个夏日的早上，她仔细地装好送给相柳的毒药，去涂山氏的车马行里，把东西送出，还想着相柳看到她那一盒子绚丽美艳的毒药该是什么感觉，也许要骂她变态。

当她心情愉悦地走出车马行时，他翩翩而来，就像所有浪荡子勾引女人一般，含笑搭讪，居然要教她射箭。小夭一边好笑，一边并不排斥他的接近，也许是因为他总让她觉得熟悉。

从他教她射箭的那日到现在，已经两年。

两年间，两人结伴玩遍了轩辕城的每个角落，他有时候失踪，有时候出现，随意随性，小夭都觉得他们能这么天长地久地玩下去，因为两人的态度太像了，什么都不在乎，什么都不介意尝试，什么都感兴趣，什么都能令他们微笑。他们欣赏一切美丽美好，却什么都不想要，他们的生命就好似踩在明与暗的交界处，如果选择面朝光明，则背后是千里荒凉，如果选择了面朝黑暗，则红尘繁华只在他们身后绚烂。但即使面朝光明，他们依旧踩着黑暗，不是不明白纯粹的光明，但曾经历的一切永不会遗忘，如影随形地跟随着。他们坚强、独立、冷漠，不管遇见什么，都可以好好地活着。

昨夜，她知道他是相柳时，一点诧异的感觉都没有，就好似一切本该如此，甚至她心里的某个角落如释重负，可同时另一个角落又悬了起来。

第二日傍晚，玱玹才七倒八歪地回来了。

他如何去质问岳梁的，无法知道，只是看到他搂着两个美貌的女子，边说边笑地进了屋子。

侍从小声给小夭和阿念解释："是世子为了赔罪，送给王子的婢女。"

阿念不敢相信地怒问："为了两个女人，哥哥就连人家搜他的屋子，搜我们的屋子都不计较了？"

侍从为难地低着头，"世子也给王子道歉了。"

"道歉？前夜的事是一声道歉就能了的事？"阿念气得声音都变了，轩辕士兵都对她动了手，只是一句道歉？

阿念推开侍从，冲进玱玹的屋子，可又立即退了出来，脸涨得通红，眼中泪花滚滚，显然是看到了不该看到的画面，应该是玱玹和那两个女人在亲热。

阿念呆呆地站了一会儿，猛地转身，匆匆向自己的屋子奔去。不一会儿，就看海棠提着行囊，陪着阿念走出屋子。

小夭问道："你是回高辛吗？"

阿念盯着小夭，冷冷地嘲讽："听说昨夜岳梁连你的床榻都翻看了，你却什么都不敢做！你的本事也不过是欺负我！"

小夭什么都说不了，只能沉默。

海棠已经召唤了玄鸟坐骑，阿念跃上坐骑，腾空而起。

匆忙间，小夭只来得及对海棠叮嘱："护送王姬回高辛。"

潇潇看小夭一直凝望着天空，轻轻走过来，低声道："大王姬不必担心，会有人暗中保护二王姬。"

小夭说："我知道。"玱玹一直是最保护阿念的人，却也是他带给了阿念人生中的第一次风暴和伤害。并不是阿念在玱玹心中的地位变了，只不过因为玱玹有更重要的事，他选择了放弃保护阿念。

小夭回了屋子，她握住防风邶的手，查探了一下防风邶的伤势，他的疗伤快要结束了。

小夭把一套男子衣衫放在他身旁，轻轻离开了。她可以从容地面对防风邶，也可以嬉笑地面对相柳，但现在还不知道该如何同时面对防风邶和相柳。

小夭躺在花园里的青石板上，看月亮。

玱玹披着外袍，坐到她身旁，“阿念走了？”

“嗯。”

玱玹问：“你生我的气了吗？”

小夭侧头看玱玹，他的头发仍湿着，显然刚洗过澡。玱玹本不喜熏香，现在身上却有一股浓重的龙涎香，显然是想熏去更让他讨厌的气味。小夭问：“这段荒淫的日子你过得开心吗？”

玱玹苦笑，“噩梦！不是只有女人与不喜欢的男人虚与委蛇时才会难受，男人一样难受，说老实话，我宁愿被人刺上两剑。”

小夭幸灾乐祸地笑，“这次的事最苦的人是你，你都已经对自己下了狠手，我还生什么气？”相比玱玹给自己的伤害，他给阿念的伤害简直不值一提。

玱玹敲了小夭的头一下。

小夭握住了玱玹的手腕，静静把了一会儿脉说：“抓紧时间，你对药的依赖会越来越强，如果再过半年，我也不敢保证能把你身体内的毒全部清除。”

玱玹喃喃说：“快了，就快了，现在万事俱备，只差最后一步。”

小夭问：“前夜的事是为了什么？”

“丢了东西。有德岩和禹阳府邸的地图，估计还有他们一些见不得人的东西，所以他们十分紧张。不过我看那贼子的意图可不是德岩和禹阳，而是不起眼的另两张图。轩辕在中原有一些秘密的粮仓和兵器库，是为了防备突然爆发战争，可以及时调运兵器和粮草。我猜测有人打上了粮仓和兵器库的主意。”

小夭沉默了一会儿，问道：“你打算告诉外爷吗？”

“为什么要告诉他？如果真是相柳派人做的，现在神农义军是德岩和禹阳的麻烦，与我无关。某种程度上，敌人的敌人就是朋友。”

小夭放下心来。小夭说：“哥哥，帮我做一件事情。我想知道所有关于防风邶的事，从他出生到现在，一切你所能查到的。”

玱玹审视着小夭，“你……不会真被他勾得动了心吧？”

小夭受不了玱玹的锐利目光，偏过头说道：“我只是好奇，反正你帮我查查。”

“好。”能让小夭上心，现在玱玹也很好奇。

他出来已经有一阵子，玱玹抓着小夭的袖子，头埋在她衣服间，轻轻地嗅着，像是撒娇一般，恼怒地说：“我不想回去，我讨厌那两个女人！”

小夭忍不住笑，“没人逼你回去。”

玱玹静静趴了一会儿，抬起头，淡淡地说："从我娘自尽那一刻起，我就不能再任性。"

他起身要走，小夭抓住他的衣袖，"我虽不能帮你把那两个女人赶跑，但我能解救你的鼻子，让它暂时什么都嗅不到。"

玱玹笑了，眉间的阴郁散去，温柔地摇摇头，"不，我要让自己好好记住一切的屈辱，日后若有懈怠时，我可以想想当年为了活下去我都曾忍受过什么。"

玱玹离去了，小夭看着月亮发呆，直到沉睡过去。

清晨，她回到屋子时，床榻整整齐齐，已经空无一人。小夭缓缓坐在榻上，双手互握，无意识地抚弄着指上的硬茧。

三个月后，玱玹负责的河运出了大差错，轩辕王恼怒，令玱玹搬回朝云殿，不许再下山，好好思过。

恰好神农山的一座小宫殿因为几百年无人居住，年久失修，坍塌了，惹得神农族的不少老顽固们不满，上书轩辕王应该好好维修神农山的宫殿，神农山可是中原的象征。轩辕王同意整修神农山的宫殿，尤其是紫金殿。

众位官员商讨该派谁去，身份太低的不足以代表轩辕王，身份高的又没有人愿意去已经废弃的神农山虚耗生命。这是一件看上去是不错，其实是非常差的差事。

轩辕王身边的近侍偷偷和岳梁、始冉他们说，轩辕王打算从他们几个孙子中挑选一个，岳梁和始冉吓坏了。神农山能叫得上名字的山峰就有二十八峰，一座座宫殿整修，没个百八十年根本回不来，修好了，是应该，修不好，那些中原氏族恐怕会不停上书批驳。现在爷爷的身体那么差，万一爷爷有个闪失，他们人在万里之外，那……

始冉想了个鬼主意，和岳梁一说，岳梁再和父亲商量完，都觉得如此办既能解了眼下的燃眉之急，又可以趁着轩辕王现在气恼玱玹，彻底把玱玹赶出去。否则玱玹在轩辕城，指不准又能把轩辕王哄得上了心，毕竟只有玱玹能住在朝云殿，和轩辕王日夜相伴，他们却是没有轩辕王的召见，连朝云殿的门都进不了。

朝臣们几经商议后，有人提议让玱玹去，得到众朝臣的纷纷赞成，轩辕王思索了一夜，同意了朝臣们的提议，派玱玹去中原，负责整修神农山的宫殿。

小夭从没有去过神农山，对这座曾是神农国历代王族居住的神山很是好奇，向轩辕王请求，允许她去神农山玩玩。

德岩和禹阳都反对，认为小夭是高辛王姬，已经在轩辕住了一段日子，实不适合去神农山，委婉地建议轩辕王应该送小夭回高辛。轩辕王竟然大怒，对德岩和禹阳一字一顿地说："小夭是我和轩辕王后的血脉，轩辕国是我和王后所建，只要我在一日，她就是在轩辕住一辈子，玩遍整个轩辕国，也全凭她乐意！"轩辕王说这话时用了灵力，威严的声音一字字清晰地传到了殿外，所有站在殿外的人都听得一清二楚。

德岩和禹阳不明白很少动怒的轩辕王为什么会生气，却感受到了轩辕王眼中那一瞬的怒意，吓得腿软，忙跪下磕头，连带着殿内的几个心腹重臣都纷纷跪倒。

没有多久，整个轩辕朝堂的臣子，连带着大荒所有氏族的族长都明白了，小夭在轩辕王心中非比寻常，把外孙女的那个“外”字去掉会更贴切。

小夭觉得轩辕王的那些话是特意说给整个轩辕的臣子听的，不太明白轩辕王这么做的用意，她觉得轩辕王对她去中原似乎有些不放心，似乎认为高辛王的威仪都不足以保护她，所以要再加上轩辕王的威仪，让所有人明白，她是轩辕王和轩辕王后缬祖的血脉，伤她，就是在辱轩辕王和缬祖。

可谁能伤她呢？小夭想不出来，她可从来没和谁结过生死仇怨，只能觉得是自己想多了，毕竟帝王心思难测，也许轩辕王只是寻个借口警告德岩和禹阳。

春暖花开时，在择定的吉辰，玱玹带着十来个侍从，离开轩辕城，去往中原。

小夭带了一个贴身侍女珊瑚、十来个高辛侍卫，随着玱玹一起去往中原。

当云辇从朝云峰飞起时，小夭忍不住再次看向朝云殿，那些高大的凤凰树，开着火红的凤凰花，像晚霞一般笼罩着朝云殿。

玱玹却未回头去看，他只是静静地坐着。

上一次离开，小夭身旁是娘亲，她对站在凤凰树下送别的玱玹频频挥手，以为很快就能回来和玱玹哥哥一起在凤凰花下荡秋千，可不管是天真懵懂的小夭，还是已初尝人世疾苦的玱玹，都没有想到这一去就是三百多年。

这一次离开，已经历了世事无常、悲欢离合的他们都很清楚，想再次在凤凰花下一起荡秋千难如登天，就算能再次回来，也不知又会是多少年。

玱玹看小夭一直趴在窗口往后眺望，说道：“我会在神农山的紫金顶上也栽下凤凰树，再给你做个秋千架。”

小夭坐直了身子，回头看向他。玱玹放弃了一切，去往中原，选择了一条不成功就全输的路。如果他不能在神农山紫金顶种下凤凰树，那么他只怕也永不会有机会看到朝云峰的凤凰树，所以他必须不惜一切代价，在紫金顶上种下凤凰树。

小夭笑眯眯地说：“好的，我肯定会喜欢在紫金顶上荡秋千的。”

小夭为了祭拜母亲回轩辕山，是她和轩辕王的血缘关系，没有牵涉到轩辕的朝堂斗争内，在所有人眼中，她只是和轩辕王有血缘关系的高辛王姬。可是，当小夭选择了和玱玹同赴中原，小夭等于告诉天下，她选择了站在玱玹一边，在所有人眼中，小夭变成了和高辛王有血缘关系的玱玹的妹妹。玱玹的一举一动都会影响到小夭，甚至小夭的性命。

玱玹看着自己的手，讥讽地笑，“我是不是太自私了？其实我应该让你和阿念一样，离开我。”

小夭握住了玱玹的手，“外祖父有句话没有说错，我是轩辕王后的血脉，整个朝云殿，只剩下你、我了。外婆临终时叮嘱过我们，要我们相互扶持，如果你现在过得很好，我可以什么都不理，可你现在的情形，我纵使远走，也不得心安。”

玱玹自嘲：“相互扶持？我只看到你扶持我，没看到我扶持你。”

小夭摇晃着玱玹的手，开玩笑地说：“你着急什么啊？我们神族的寿命那么漫长，你还怕没机会扶持我？我小算盘打得精着呢！如今让你略微靠靠我，日后我可打算完全靠着你了！”小夭看玱玹依旧眉头蹙着，头靠到玱玹肩头，声音变得又低又柔，“你和我需要分那么清楚吗？”

玱玹虽然唇角依旧紧抿，没有一丝笑意，眉头却渐渐地舒展开，他轻轻地叫了声“小夭”，紧紧地握住了小夭的手。

小夭不知道中原等待着玱玹和她的是什么，那是一个高辛王几乎影响不了，即使征服了它的轩辕王也影响力有限的地方，那里有大荒最古老的世家大族，有神农义军心心念念的神农山，有大荒内最繁华的商邑，有骄傲保守的中原六大氏……但不管等待他们的是什么，小夭只知道他们必须走下去。